立足当代

贯通古今

融合新旧

兼顾中外

ZHONGHUA
SHICI
YANJIU

# 中华诗词研究

中华诗词研究院 复旦大学中文系 / 编

## 第四辑

中国出版集团 东方出版中心

# 目　录

## 诗学建构

1　元白先生说诗 …………………………………………… 李修生

18　两种《近代诗钞》的比较研究 …………………………… 黄仁生

37　当代诗词审美学研究纲要 …………………………………… 宋湘绮

## 诗史扫描

47　晚清民国诗家以古体长诗写作求"诗体革新"考说 ……… 陈友康

71　另类的经典
　　——论晚清民国王次回诗歌的流行 ……………………… 耿传友

111　20世纪30年代"词的解放"运动和"新乐歌"的创建 …… 周兴陆

124　论任可澄与民国中期京津词坛 ………………… 姚　蓉　贾艳艳

138　论周庆云民初旧体诗风的转变与对晨风庐诗人群的
　　影响及意义 ……………………………………………… 李　昇

154　论中国诗歌中冢墓意象的古今演变 ……………………… 梁思诗

173　不薄今人爱古人
　　——论《疑庵诗》的继承与新变 ……………………… 李肖锐

193　传统与现代的互补
　　——论吴兴华"化古"诗的继承与新变 ……………… 李舒宽

216　"向传统回眸"
　　——洛夫诗歌基因检测 …………………………………… 岳宗洋

## 诗教纵横

232  诗有可解有不可解 ……………………………… 查洪德　王树林

252  城市的想象：香港诗词的审美与创新 ………………………… 黄坤尧

## 中外交流

267  王治本在日本越后、佐渡地区的足迹与诗文交流 ……… 柴田清继

298  晚清外交官员在开港城市神户的诗文交流

　　　——以水越耕南《翰墨因缘》为中心 ………………… 蒋海波


333  编后记

# 元白先生说诗

李修生

【摘　要】　本文从认识启功先生廉正方直的做人原则和独具个性的学术思想来理解其诗说，力图从他对自己和中国古代诗人的评论、诗歌声律论著、新时期古体诗词创作以及新诗的发展方向等方面加以解读与阐发。

【关键词】　廉正方直　学术个性　声律　子弟书

元白先生[1]在介绍自己时会说："我生于民国元年"，"生下来就是民国的国民"。不想像阿Q一样，"炫耀自己""曾阔过"。先生认为在新的时代应该靠自己的本事做事。但先生确实是清代的皇室后裔，是雍正皇帝的九代孙。可是从先生的上几代，家世已经没落了。一岁时，父亲病逝，十岁时，曾祖、祖父病逝。家中只剩下未出嫁的姑姑、母亲和先生三人，靠祖父的两位学生募集的两千元买的七年长期公债的三十元月息度日。1924年6月，插班到汇文学校附属马匹厂小学，读四年级。1926年，入汇文中学初中，高中读商科。因读私塾时，不学习英语，毕

---

[1] 元白先生（1912—2005），姓启，名功，字元白，也作元伯，满族人，属正蓝旗。中国古典诗文、敦煌文献、《红楼梦》《清史稿》以及文物鉴定、书画等均为研究方向。著有《古代字体论稿》《诗文声律论稿》《汉语现象论丛》《启功丛稿》《启功韵语集》，《红楼梦》（程乙本注释本）（程甲本校注本），《清史稿》（校点），《敦煌变文集》校本（与人合作）等。1935年9月至1952年8月，先后任辅仁大学美术系、国文系助教、教员、讲师、副教授。1952年9月以后，先后任北京师范大学中文系副教授、教授，故宫专门委员，西泠印社社长，国务院古籍整理规划小组成员，国家文物委员会委员，国家文物鉴定委员会主任委员，中央文史馆馆长，中国书法家协会主席等职。

业前又在聚精会神学古文，无法完成汇文中学英语作业的要求，最后只是肄业。但这只是元白先生受教育的一部分。我们不能不称赞满族对于子女文化教育的重视。元白先生十岁前，有良好的家庭教育，读过旧式私塾。祖父是翰林，任典礼院学士、安徽学政、四川主考等职，善书画，对他的教育特别用心。他三岁时还被送到雍和宫，正式皈依藏传佛教，成了寄名小喇嘛。十五岁到二十五岁，师从贾羲民、吴镜汀、戴姜福、溥心畬、溥雪斋、齐白石等著名艺术家、诗人、学者。这不仅使元白先生具有高超的画、诗、书艺，而且，为其打下深厚的古文功底，提高了书画鉴赏的能力，建立了独具个性的学术思想。后又经陈援庵先生引入学术道路。像元白先生这样受过系统传统文化教育，经过多位名师指点的文人，恐怕就是在元白先生同辈中，也是少有的。

现在有些作者撰文评述、介绍元白先生，多说他豁达、幽默，有的甚至说他油滑、浅薄。恶评，我们就不说它。就是善意的称赞，我觉得还没有完全反映先生的品格。先生说："直如矢，道所履。平如砥，心所企。""一拳之石取其坚，一勺之水取其净。"——但做人的方正廉直是必须的。[1]因名其室为"坚净居"。先生做人的要求是"方正廉直"，不仅这样说，而且确实做到了。我举几个例子：

一是北京西郊香山，有一位教师称他的一处院落是曹雪芹的故居。人民日报社组织专门调查组进行研究，结论是否定的。专家也多是否定的。但最后领导部门还是将它定为曹雪芹故居，公开举行仪式挂牌，红学家都被邀请与会。先生为此写了一首《南乡子·友人访"曹雪芹故居"余未克往》[2]：

> 友人联袂至西郊访"曹雪芹故居"，余因病未克偕往。佳什联翩，余亦愧难继作。

---

[1] 启功口述，赵仁珪、章景怀整理：《启功口述历史》，北京师范大学出版社2004年版，第217页。

[2] 本文引先生诗，均出自赵仁珪注：《启功韵语集》（注释本），北京师范大学出版社2004年版。解读多参考《启功口述历史》及赵仁珪、万光治、张廷银所编《启功讲学录》（北京师范大学出版社2004年版）。因只是根据个人理解，非完整语句征引，均不出注。

一代大文豪。晚境凄凉不自聊。闻道故居犹可觅，西郊。仿佛门前剩小桥。　访古客相邀。发现诗篇壁上抄。愧我无从参议论，没（平声）瞧。"自作新词韵最娇"。

没（平声），在北京话里，就带有一种不相信的态度。先生说："我以为与其费劲炒作这种没意义的发现，还不如好好读读《红楼梦》本身，体会一下书中丰富的内容。"

二是元白先生不愿意称自己是爱新觉罗氏。他解释说："爱新"是女真语，意译是"金"，作为姓；"觉罗"是满语，按清制：称努尔哈赤的父亲塔克世为大宗，他的直系子孙为"宗室"。非塔克世"大宗"的伯、叔、兄、弟的后裔为"觉罗"。先生认为，满人久已不用这类称谓，现在社会上出现以此自诩自得的风气很无聊。"爱新觉罗"如果真的能作为一个姓，它的辱也罢，荣也罢，完全要听政治的摆布，这还有什么好夸耀的呢？所以，有人、有单位给先生写信，加上爱新觉罗的，先生就标明"查无此人，请退回"。20世纪80年代，先生的族人以这个名义开书画展，邀先生参加。先生竟然写了这样两首诗，题为《族人作书画，犹以姓氏相矜，征书同展，拈此辞之，二首》：

闻道乌衣燕，新雏话旧家。谁知王逸少，曾不署琅琊。半臂残袍袖，何堪共作场。不须呼鲍老，久已自郎当。

第二首明确表示自己不能和你们一起参与这样的活动。这是族人发起的活动，但先生还是十分明确地表明自己的态度。

三是日本"现代派"书法展览征题，先生的题诗：

水如衣带。人民友爱。文字同源，书风各派。璀璨斑斓，陆离光怪。顾后瞻前，称曰现代。

这首诗对于中日人民友谊称赞，对于书风不同派别肯定。但对于"现代派"，并不赞赏。"陆离光怪"，对方可以接受，但"陆离光怪"是先生反对的写法。

1938年9月，元白先生在陈垣校长的爱护下，到辅仁大学教大一国文。陈校长不仅关心他的教学，还关心他做学问。所以，元白先生早年一心想专力治学。先生20世纪50年代就准备写三部书：一本为《古代字体论稿》（20世纪60年代出版），是先生文字研究和书法研究结合在一起的著作，主要研究汉字的构型历史，从实物资料和文献资料两方面互证，探索古代各种字体的名和实、体和用的关系。先生认为："我们必须全面地理解各种字体因不同的时期、不同的分类而产生的不同意义，才能正确地研究书法学及文字学。"[1]一本为《诗文声律论稿》（20世纪60年代已完稿）。另一本的名字，先生说过，我记不起来了。三本都请陈校长题签。他现在自己介绍自己的著作时，第三本是《汉语现象论丛》。这本书是针对《马氏文通》的体系以及"以英鉴汉""以英套汉""以英补汉"等流派不能说明汉语现象的理论而发的。先生提出："假如从汉语的现象出发，首先承认汉语自有规律，然后以英语为鉴岂不很好？"[2]他的这三部著作，是先生在开始治学的第一阶段计划，意图从中国语言文字的实际出发，解读其发展的历史和规律。但20世纪80年代以后，又为声名所累，根本没有多少时间进行科学研究。所以，我们无从猜测先生的计划。但从先生后来关心的学术问题来看，先生对于流行的西方文明影响下的关于中国古代文字、文学、学术史的理论，均有自己的想法。先生不会俯仰从人，也不会简单地表示不同意见，而是准备从实际出发，一一进行研究，写出符合中国实际的论述。

我认为，要认识元白先生廉正方直的做人原则和独具个性的学术思想，才能理解先生的诗说。

先生从少年就喜欢读诗、背诵诗。他的悟性极高。诗，就是先生生活的一部分，也是他语言表达的一部分。有一次，先生与一位外籍华裔作家谈话，对方提了一个问题，先生就从对方问话中，截取七字，以诗回答了问题，并且同时用笔写了出来。对方惊叹不已。我当时在座，计

---

[1] 启功口述，赵仁珪、章景怀整理：《启功口述历史》，北京师范大学出版社2004年版，第207页。
[2] 同上书，第210页。

时的话，绝对比七步诗快。先生心脏病突发，送入医院抢救，居然在病榻上口占长句，还说"以其时实不能检韵书矣"。

元白先生的诗词作品，陆续出版有《启功韵语》《启功絮语》《启功赘语》，后中华书局合并，出版《启功丛稿》之《诗词卷》，北京师范大学出版社又出版合卷《启功韵语集》（注释本）。全集共收六百七十余首，我认为，先生一生写的诗要多出多倍，这不能反映元白诗的全貌。但这是元白先生的自选集。元白先生自己说："反'右'后我的很多热情都被扼杀了，如绘画，但诗词创作却是例外。""但我从来没直接写过自己的牢骚，只是写自己的一些生活感受。""自我调侃、自我解嘲的风格达到了高峰。贬我的人说我油腔滑调，捧我的人说我超脱开朗，这也许都不无道理，但如果放在那个时代来看，大概我只能开自己的玩笑了。"[1]

所以，我认为，解诗要从作品出发，但也不能只从作品出发。我们研究一个作家，作品是最主要的研究对象，但这有可能只是作家的一部分。所以，我们想了解元白先生的诗说，就既要从先生的全部作品出发，又必须尽可能地结合一些有关史料，努力了解全人。

元白先生主张"我手写我口"。一定要写出真性情，真"我"，让别人一读就知道是"我"的诗。别人爱引先生的《自撰墓志铭》，他也以此为代表作：

> 中学生，副教授。博不精，专不透。名虽扬，实不够。高不成，低不就。瘫趋左，派曾右。面微圆，皮欠厚。妻已亡，并无后。丧犹新，病照旧。六十六，非不寿。八宝山，渐相凑。计平生，谥曰陋。身与名，一齐臭。

先生说：

> 有人称这类诗为"启功体"或"元白体"，起码说明它写出了我的个性。对这个称号我是非常愿意接受的。[2]

---

[1] 启功口述，赵仁珪、章景怀整理：《启功口述历史》，北京师范大学出版社2004年版，第196页。
[2] 同上书，第200页。

李良子在《论"打油诗"的古今演变》[1]一文中说，这是"豁达者""悲剧的诙谐"。并且引用朱光潜先生在《诗论》的话，说："他的诙谐出入于至性深情，所以表面滑稽而骨子里沉痛。"这些话是很准确的。我们结合元白先生的坎坷经历来读这首诗会有更深的感受。1933年，元白先生二十二岁（按中国习惯说法），陈援庵先生安排先生到辅仁附中教初中一年级国文，教学效果很好，但被分管附中的教育学院领导刷掉，理由是学历不合要求，中学没有毕业，怎能教中学。陈校长又安排他到美术系任助教。以他当时在书画方面的水平，已是公认的名家，担任助教是绰绰有余的。但又因学历问题被刷下。1957年，北京师范大学评议新增教授人选，元白先生全票通过任教授。但他编制在北京师范大学，却被中国画院划为右派。教授被黜免，降级使用，仍然为副教授。这场右派风波，其实又有故事。当时中国画院刚准备成立，根据当时画界舆论，周总理写信，邀请著名画家、学者叶公绰先生从香港回大陆主持此事。元白先生在20世纪50年代的全国画展上受到广泛好评，所以请元白先生兼职帮叶先生做些工作。但这却引起画界党内有一定权势、有意把持画院的人的嫉恨，便利用运动的时机，把元白先生打成右派。理由是：元白先生称赞一位画家时，用了"春色满园关不住，一枝红杏出墙来"的诗句，被解读是不满大好形势，反对党的领导。同时也把叶先生打成右派。叶先生的情况反映到上级，摘了帽子。元白先生也摘了，帽子是画院戴的，是北京师范大学摘的，可也没有说是怎么一回事。总之，是稀里糊涂戴的，又稀里糊涂摘的。摘了帽子，叫"摘帽右派"。元白先生刻了一方图章，是"草屋"两字。这是引自陶渊明的诗句"草屋八九间"，八是"右派"，九是"臭老九"。"八九间"之意自明。1975年，相依四十年的夫人逝世，作《痛心篇》二十首。次年作《对酒》二首，有"心放不开难似铁，泪收能尽定成河"之句。1977年，《友人索书并索画，催迫火急，赋此答之》说："左臂行将枯，左目近复坏。左颧又跌伤，真正极右派。鄙况不多谈，已到阴阳界。"把这些作品放在一起读，不知是否还有人能够

---

[1] 李良子：《论"打油诗"的古今演变》，见《中华诗词研究》第一辑，东方出版中心2016年版，第56—75页。

笑得出来？

论者、读者说到元白先生诗，多引先生这类诗，其实，这只是先生诗作的一类，如赵仁珪先生所说，先生也有大量合乎格律的"古色古香"的精品。先生师从溥心畬先生学画，溥先生喜欢唐诗，论诗主张"空灵"，为了让先生体会空灵的境界，要求读王维、孟浩然、韦应物、柳宗元的诗。先生画了一个扇面，想让溥先生指点，但溥先生是一提画就先说诗，把诗歌修养看作艺术的灵魂。所以，先生特意在扇面上写了一首诗：

> 八月江南岸，平林欲著黄。清波凝暮霭，鸣籁入虚堂。卷幔吟秋色，题书寄雁行。一丘犹可卧，摇落漫神伤。

溥先生看了很高兴，才评起画来。这是年轻时有意仿作，且不讨论。翻开先生诗集，这一类作品不在少数。如《近见沈石田与诸友唱和落花诗，文衡山以小楷录为长卷。因拟之，得四首》其四：

> 无言谁信下成蹊。漂泊因风路总迷。宏愿枉祈春暂驻，沈吟每送日斜西。衰颜憔悴临沟水，硕果辛酸补瓮醯。此去行藏何处问，树阴随分醉如泥。

又如，先生的《启功题画诗墨迹选》中，很多也是让人读后兴味无穷的。反映现实的诗，先生主张不应太直接地叙写时事，不应太就事论事，而是把它化为一种生活感受和思想情绪加以抒发，写的时候应更多地采取寄托、象征的手法。如《藻鉴堂即事》十二首之八：

> 石栏点笔坐题诗。天宝年来又一时。人事不殊风景异。万民今说六军慈。

前用杜甫诗句，杜甫经历唐天宝时的安史之乱，先生今时写诗，遇到相似的人间事，今日老百姓都说"六军慈"，指的是什么人呢？并没有点明，但都会知道。

对于一些习见的传统题材和传统形式、传统手法，也努力写出新意。如《和友人游长城》中："车轨并齐途八达，城关内外语同风。一家两院分南北，堪笑秦皇见识庸。"力求见识新颖是先生追求的目标。我们试看他的《贺新郎·咏史》：

> 古史从头看。几千年，兴亡成败，眼花缭乱。多少王侯多少贼，早已全都完蛋。尽成了，灰尘一片。大本糊涂流水帐，电子机，难得从头算。竟自有，若干卷。　书中人物千千万。细分来，寿终天命，少于一半。试问其余哪里去？脖子被人砍断。还使劲，断断争辩。檐下飞蚊生自灭，不曾知，何故团团转。谁参透，这公案。

这是先生参加中华书局"二十四史"校点工作时的作品。可以看到，当时先生虽然自身和家庭都处于困境，但他思考问题，仍然是超现实的高度，对于二十四史记载的人和事，作出辛辣的评议。

先生是极富感情的人，对于真朋友是剖心的。他和台静农先生是最好的朋友。20世纪30年代，牟润孙、台静农、余逊、柴德赓、许诗英、张鸿翔、刘厚滋、吴丰培、周祖谟和先生被称为"燕京十才子"。先生与台静农、牟润孙，因在辅仁附中开始交往，关系更为密切。1937年，与两位先生分手；1945年抗日战争胜利后，台先生应许寿裳先生约请，赴台湾省编译局任职，后执教台湾大学；至1990年台先生逝世，虽有书信、著作来往，却始终未能会面。台先生在台湾一直被软禁，无法离开划定范围。先生赴台也遇到台湾有关方面提出的苛刻条件。但读读先生通过诗倾诉的离情，不能不为之心痛。如《龙坡翁书杜陵秋兴八首长卷题后》：

> 杜陵乡思系孤舟。秋菊何时插满头。识得中华天地大，海堧一寸亦神州。

龙坡翁为台先生号，杜甫《秋兴八首》有"丛菊两开他日泪，孤舟一系故园心"。通过台先生书写的诗句和先生的题诗，可以感受到两位老友深挚的友情和爱国情怀。

先生1976年，《自题画册》十二首之八：

> 喜气写兰怒写竹（元人语），丛兰叶嫩竹枝长。漫夸心似沾泥絮，喜怒看来两未忘。

有友人邀先生游览，先生想到老母、先妻，都没有游览过，"风物每入眼凄恻偷吞声"（《古诗四十首》之十一）。先生也喜，也悲，也怒，也自嘲，是一位有丰富情感、廉正方直的人。

先生有《论诗绝句二十五首》《论词绝句二十首》评述中国古代诗词作家。自杜甫《戏为六绝句》开始，这是中国古代诗论的重要形式。元白先生的见解突破了古代以风雅为正体的评诗观点，突破了以政治标准评诗的通例，而是以诗歌形式的发展，以"真性情"作为评论诗词和作家的标准。其一：

> 唐以前诗次第长。三唐气壮脱口嚷。宋人句句出深思，元明以下全凭仿。

这首诗是总论，先生认为，《诗经》在诗歌史的长河中是源头，朴实天真，处于不成熟阶段；汉魏六朝诗是含苞欲放的花；初唐是隋酝酿而来的。初唐诗虽然较汉魏六朝有所"消化"，但不如盛唐诗成熟。唐人"嚷"诗，出于无心，实大声宏，肆无忌惮。宋人诗多抽象说理，经过了深思熟虑，富于启发力。当然，也不应简单化、绝对化。《诗经》内也有比较成熟的诗。元明清也有好诗。盛唐、中唐、晚唐诗，又有不同。当然，在同一时期的作家又有差异。所以，评论诗人，全面地阅读和研究作家的作品，是非常必要的。要放在所在的时代，但又要具体分析，不可一刀切。要看其对于前代有何关系，在当时有何作用，对于后世有何影响。总之，先生要求从作家的作品出发，又要具体分析。所论仅是大趋向。诗歌步入成熟阶段是全国各族精英长期创造的结果。

《论诗绝句二十五首》论及《诗经》《楚辞》及二十一位作家：汉武帝、曹孟德、谢灵运、陶渊明、李太白、杜子美、韩退之、白乐天、温飞卿、李义山、曾子固、王介甫、苏子瞻、黄鲁直、朱仲晦、陆务观、姜尧章、吴骏公、王贻上、袁子才、春澍斋。《论词绝句二十首》除批评伪婉约派、伪豪放派二词外，论及十八位作家：李白、温庭筠、李煜、冯延巳、柳永、晏殊、苏轼、贺铸、周邦彦、李清照、辛弃疾、姜夔、史达祖、吴文英、张炎、陈维崧、成德、西林春。其中诗词重见的作家，有：李白、温庭筠、苏轼、姜夔。先生所选作家，与当时社会上、古代文学研究与教学中的一些热点话题有关。本文对于当时的讨论情况基本不作评述，如汉武帝功过，替曹操翻案问题等；对于一些学术史、文学史的问题以及所论作家的评介，也不可能叙及，如先生诗中说"新安理学盛元清""诗到昌黎格始全""江湖诗伯首尧章"等。主要是寻绎先生对诗歌形式发展的思路和对诗人性情的评述，略略陈述自己的学习体会。

先生对于汉魏六朝的诗，最推重的是陶渊明：

> 有意作诗谢灵运，无心成咏陶渊明。浓淡之间分雅俗，本非同调却齐名。

先生认为，将陶渊明和谢灵运并称不妥。陶渊明的诗，越是写得平淡，内容表现得越深，敢于直抒胸臆，有什么说什么。而谢灵运是有意作诗。当然，先生认为陶诗地位更高，但也并非否定谢诗。在谈到五言诗的发展时，也称赞其《登池上楼》写得很好。唐诗占有主要位置。先生称李白"千载诗人首谪仙"，称杜甫"少陵威武是诗皇"。先生是不同意在两位之间简单地分优劣。郭沫若先生出版《李白与杜甫》"扬李抑杜"，先生自称没有来得及读，观点也不清楚。先生认为，杜甫熟读《文选》，不作《文选》体。古体诗任意抒发；律诗十分精密，其间偶有不合律者，乃故意为之，近当时俗体，内容也随手拈来，毫无思想束缚。

> 地阔天宽自在行。戏拈吴体发奇声。非唯性僻耽佳句，所欲随

心有少陵。

先生论杜诗三首，李白一首，而且在这一首诗中，还说其全集良莠不齐，"江河水挟泥沙下"。这只是说其集中收了应酬之作，仍然说："千载诗人首谪仙。"安史之乱后，便是中唐。先生认为这一时期的代表作家是韩愈和白居易。先生对于韩愈的评价，有自己独到的见解。人们常说"文起八代之衰"，先生认为所谓"八代之衰"，在于"骈俪"。韩愈反对骈俪，提倡一种口语化。他的诗文是尽力往这个方向发展。韩愈的诗开辟了议论的风气，"以文为诗"。韩愈承嗣初、盛、中唐，"诗至昌黎格始全"。白居易较韩愈更重口语化，其讽喻诗反映社会问题较韩愈诗尖锐得多，但他表示奉谕作诗，虽然颇有表现现实的内容，却也有明显的软弱性。闲适诗也有值得肯定的。晚唐温庭筠、李商隐诗风细腻，模仿前辈诗作仿得很像。两人反映个人感情生活的诗篇，颇有影响，难分伯仲。

先生论宋诗推重苏轼：

> 笔随意到平生乐，语自天成任所遭。欲赞公诗何处觅，眉山云气海南潮。

"笔随意到""语自天成"，这是先生对于诗歌创作的追求，也是评诗的重要标准；当然，还有诗人在困境中表现的精神。

清诗则推重袁子才：

> 词锋无碍义无挠。笔底天风挟海涛。试向雍乾寻作手，随园毕竟是文豪。

又一首：

> 望溪八股阮亭诗。格熟功深作祖师。我爱随园心剔透，天真烂漫吓人时。

先生认为，袁子才是怪杰，在他笔下没有不可以表现的东西。

先生重点是论唐宋诗，认为元诗是真正模拟唐人，走的是复古的路。但也有好作品，对于赵孟頫、虞集，都有论述。他称赞迺贤："其南城咏古一卷，皆五言律诗，格高韵响，宛然唐音。"论明诗，先生说，读明代好诗，不如读《牡丹亭》，诗、词、曲，萃集一身。论清诗，先生在《吴骏公》中说："清诗应首子弟书，澍斋、小窗俱正鹄。"并有《春澍斋》：

> 性灵拈出自成宗。瓯北标新是继踪。试问才人谁胆大，看吾宗老澍斋翁。

子弟书是满族文人在北方俗曲的基础上创造的艺术形式，后又影响到北方的俗曲演唱形式。韩小窗是乾嘉时期代表作家。春澍斋著有子弟书《忆真妃》，写唐明皇剑阁闻铃事：

> （忙问道："外面的声音却是何物也？"高力士奏："林中的雨点合檐下的金铃。"）这君王一闻此语长吁气，说：这正是断肠人听断肠声。似这般不作美的铃声不作美的雨，乍当我割不断的相思割不断的情。洒窗栊点点敲人心欲碎。摇落木声声使我梦难成。铛郎郎惊魂响自檐前起，冰凉凉彻骨寒从被底生。孤灯儿照我人单影，雨夜儿同谁话五更？（清同治会文山房刻本）

先生认为："子弟书以七言律句为基调，以其他的长短碎句为衬垫，伸缩自如，没有受字数约束的句子，也没有受句式约束的思想感情。"[1] 所以，把子弟书看作诗歌发展至清代的新形式。子弟书多为依据古典名著改编的俗曲。而经过这些作家改编的作品都富有诗意。先生论元明清诗，重视这时期诗歌形式的新发展。

《论词绝句二十首》中，李白为首篇，然《菩萨蛮》词作者仍存争议，或以为温庭筠作。对于温庭筠，在论诗、论词中，先生均有评述。

---

[1] 启功：《启功丛稿·论文卷》，中华书局1999年版，第322页。

温庭筠诗与李商隐齐名，词名更盛。旧时对其多有微词，《旧唐书》本传："能逐弦吹之音，为侧艳之词。"先生评曰：

> 词成侧艳无雕饰，弦吹音中律自齐。谁识伤心温助教，两行征雁一声鸡。

先生不仅不同意旧有的温词评价，更重要的是深切地理解作者心底的哀痛。先生评论苏轼：

> 潮来万里有情风。浩瀚通明是长公。无数新声传妙绪，不徒铁板大江东。

"浩瀚通明"是对于诗人为人的最高的评价。先生在《东坡像赞》："香山不辞世故，青莲肯涸江湖。天仙地仙太俗，真人惟我髯苏。"可知"真人"是先生诗人最高的标准，也是先生心底的追求。"无数新声传妙绪"，则是对其艺术的最高评价。其论李清照：

> 毁誉无端不足论。悲欢漱玉意俱申。清空如话斯如话，不作藏头露尾人。

元白先生十分肯定李清照词作和为人。对于当时关于改嫁问题的无端毁誉，认为"不足论"。在《漱玉集》中表露的是李清照的悲欢真情，从"不作藏头露尾人"。我们是否也听到先生的心声呢！对姜夔，也有自己独到的评价。还举出清代女词人西林春，是原来词坛很少论及的。

先生撰写《诗文声律论稿》的目的"是要探索古典诗、词、曲、骈文、韵文、散文等文体中声调特别是律调的法则。所采取的方法，是摊开这些文学形式，分析前代人的成说，从具体的现象中归纳出目前所能得出的一些规律"[1]。汉字，一个文字表示一个记录事物的"词"，只用

---

[1] 启功：《诗文声律论稿》，中华书局2002年版，第1页。

一个音节。无论其中可有几个音素，当它代表一个词时，那些音素必是融合成为一个音节的。这基本是共识。但当时有的学者以此得出的结论是，汉字难学、难读、难写、难记，应该走拼音的道路，先生则认为，这是它的优越处："单音节而且字与字的空间整齐，它就可以追求对称的整齐效果。"[1]"汉字的字（词）不但在数目增减上有灵活性，而且在音调上也具有抑扬的灵活性。二者相乘，使得普通的表意的汉语和美化的艺用的汉语，平添了若干倍的功能。"[2]先生认为，在他以前，人们对于诗、词、曲的平仄变化的必然性缺乏主动的了解，先生的"竹竿"理论弥补了这方面的不足，解决了律诗的基本格律问题。律诗的格律不是凭空冒出来的，是中国语音系统存在的规律，是在人们长期使用中逐渐总结出的规律。韵律包括平仄和协韵，它体现了汉语诗歌的音乐性。而汉语又属于有声调的汉藏语系，本身带有高低起伏、抑扬顿挫的变化，我们必须利用这些特点组合语言。当然，声音和格律必须与意义一起作为艺术品整体中的因素来进行研究。

元白先生的这项工作是很有意义的，是我们当代研究者系统论著较少的领域。雷·韦勒克与奥·沃伦在《文学理论》第十三章"谐音，节奏和格律"中说：

> 每一件文学作品首先是一个声音的系列，从这个声音的系列再生出意义……声音的层面引起了人们的注意，构成了作品审美效果不可分割的一部分。[3]
> 我们应该记住在各种不同的语言中这些声音图式的效果是各不相同的，记住每一种语言有它自己一套音素体系。[4]

雷·韦勒克和奥·沃伦征引了英、法、美、俄等国的相关著作，不仅谈到各种语言的差异，还认为，格律学的基础和主要批评标准尚未确立。

---

[1] 启功：《汉语诗歌的构成及发展》，见《诗文声律论稿》附录，第203页。
[2] 同上书，第204页。
[3] [美]雷·韦勒克、奥·沃伦著，刘象愚等译：《文学理论》，生活·读书·新知三联书店1984年版，第166页。
[4] 同上书，第168页。

元白先生关于中国诗文声律体系的研究，对中国诗学理论建设有重大的意义，这一问题还没有得到充分的认识。

先生对于新时期的汉语诗歌创作，寄予很大的期望。虽然，先生不能预料将出现的诗坛面貌，但对于新时期旧体诗词的写作和汉语诗歌的发展也多次发表自己的看法。程毅中先生、赵仁珪先生有专文评论。[1]

先生认为，创作旧体诗词，就应该充分发挥古典诗词的优点和特色，这首先体现在优美的格律上。写古诗，特别是律诗和使用律句的词，一定要坚持这些固有的原则。简而言之可以概括为"平仄须严守，押韵可放宽"十个字。其次，先生认为诗反映现实，表现上应有多种形式，直抒胸臆，或寄托、比兴，哪种形式都可以，因人因事而异，没有优劣的分别。先生则喜欢委婉含蓄地加以表现，化为一种生活感受和思想情绪加以表现。先生特别指出：现在古典诗词的创作热潮高涨，想写好作品无论从形式到神韵都必须有古典的味道，但也须创新，表现出时代气息，而且在创作风格上体现出新意。这才是当代人写的旧体诗词。这样写作，可能写出一些好的旧体诗词。

程毅中先生在《读启功先生"三语"有感》和《楚歌与七言诗的传承》[2]文中一再说，元白先生的创作"正在探索诗体的革新，为中国诗的发展寻求出路"。举《赌赢歌》为例，来讲先生诗的独创性：

> 老妻昔日与我戏言身后况，自称她死一定有人为我找对象。我笑老朽如斯那会有人傻且疯，妻言你若不信可以赌下输赢帐……忽然眉开眼笑竟使医护人员尽吃惊，以为鬼门关前阎罗特赦将我放。宋人诗云时人不识余心乐，却非傍柳随花偷学少年情跌宕。

程毅中先生认为，这是"启先生对诗体创新作了一次尝试和探索，当然

---

[1] 参看赵仁珪《旧体诗的新作法》（《启功学术思想研讨集》，北京师范大学出版社2000年版，第199—213页）一文及其专著《启功研究丛稿》（北京师范大学出版社2006年版），程毅中《读启功先生"三语"有感》（《启功学术思想研讨集》，北京师范大学出版社2000年版，第193—198页）。

[2] 程毅中：《楚辞与七言诗的传承》，见《中华诗词研究》第一辑，东方出版中心2016年版，第209—221页。

也不一定能成为新诗的主流"。先生自己没有说,其旧体诗词写作要作新诗的探索,但这确实启发我们思考。在新时期旧体诗仍然有生命力,同时说明旧体诗未尝不是新诗发展的助力。

黄仁生先生在《论当代诗词价值观念的传承与重建》一文中,对于新诗百年来走过的道路及其发展趋向作了描述和评论:"新诗、旧体诗词(包括散曲)和歌词三个阵营各自为政是常态,基本上没有形成合力。"[1]新诗一直在探寻发展的道路,这就离不开中国语言文字的特点,离不开中国文学传统,离不开中国的读诗群体。先生谈汉语诗歌的发展,注意点是诗歌的构成要素,或说是形式的变化。先生把元曲、传奇、皮簧戏、说唱艺术(鼓书、弹词等),都从诗歌形式发展的角度考察。又从宗白华先生早年写的新诗,郭小川、戈壁舟的新诗都注意韵脚,提出:"看来押韵和适当地讲究平仄,是诗歌怎么变也不放过的要素。"也就是说,中国诗坛发展必然是多元多样的,但还会有共性,就是这两个绕不过的要素。先生期待三者能形成合力,促进中国诗歌的发展。

先生从满族文人与广泛流传的曲艺形式的接触兴起的子弟书形式得到启发,并从而思考新诗创作问题。我们顺着这个思路思考:新诗与曲艺形式结合,是否也是一个新诗的出路呢?如王蒙先生曾经为京韵大鼓写过《文人与酒》(骆玉笙演唱)。《四世同堂》主题曲也是采用京韵大鼓的韵律演唱,《重整河山待后生》(林汝为填词,雷振邦、温中甲、雷蕾谱曲,骆玉笙演唱):

> 千里刀光影,仇恨燃九城。月圆之夜人不归,花香之地无和平。
> 一腔无声血,万缕慈母情。为雪国耻身先去,重整河山待后生。

播唱后成为经典歌曲。这是不是可以说也是新诗创作的尝试呢?这的确是值得思考的问题。当然,这里说到京韵大鼓,只是举例性质,各类歌词、曲艺、戏曲,均可以尝试。是否三方多多接触,会促进诗歌创作的

---

[1] 黄仁生:《论当代诗词价值观念的传承与重建》,见《中华诗词研究》第一辑,东方出版中心2016年版,第194—208页。

发展呢?

　　以上，是我对于先生说诗的学习体会，不当之处还望方家指正。

　　**【作者简介】** 北京师范大学文学院教授。

# 两种《近代诗钞》的比较研究

黄仁生

【摘　要】　陈衍与钱仲联先后编纂的两种《近代诗钞》，从编纂意图、体例到所选诗人诗作以及对诗人的评介各具特色，两者的诗学取向、治学态度以及两书的学术价值也存在差异，各有优点与局限性。两书不仅皆曾为保存一代之诗、建构近代诗学作出过积极贡献，而且可为当下拓展近代诗学、加强民国诗歌研究提供借鉴。

【关键词】　陈衍　钱仲联　近代诗钞　比较研究

　　本文所称两种《近代诗钞》，是指陈衍与钱仲联先后编纂的两部同名总集。陈衍《近代诗钞》由商务印书馆出版，1923年11月初版时，选录370人的诗作，但至1935年5月再版时，已删去郑孝胥及其诗，收录369人的诗作。据唐文治《侯官陈石遗先生全书总序》曰："《近代诗钞》二十四卷。初，先生尝编《石遗室师友诗录》三十卷，道咸以来诗选若干卷，后逐渐增益，遂改今名。凡中兴名臣暨殉难诸贤都归甄录；或不论其行，仅存其诗。"所谓二十四卷，实指初版时装订为二十四册。钱仲联《近代诗钞》由江苏古籍出版社1993年3月初版，选录100人的诗作。此前，钱氏也曾主编《近代文学大系》中的《诗词集》，1991年4月由上海书店出版社出版，其中诗卷收录118家的3 626首诗。与两种《近代诗钞》相关的著作，还包括《石遗室诗话》《梦苕庵诗话》等。近年来，有关陈衍的研究论著颇多，对钱仲联的诗学探讨也在逐渐展开，其中就陈、钱所编两种《近代诗钞》而言，虽不乏毁誉参半的零星批评，但真正从学理层面进行深入研究者甚少。本文拟结合两人的相关著作与近代诗学研究的发展趋势，选择三个问题进行比较研究。

## 一、从编纂意图、体例看"近代诗学"的建构与学科归属

《近代诗钞》作为书名，最早由明末清初周京（1626—1697后，字雨郁，号向山）编纂，有康熙十一年（1672）向山堂刊本，选录明初至清初诸家五言律诗三千五百余首，含正集十三卷，附录方外诗、闺秀诗各一卷及周京自稿《向山诗钞》（不分卷），后因录有钱谦益等人诗作而遭禁毁[1]，其冠名"近代"，意谓属于最近时代的诗歌总集。陈衍、钱仲联先后编纂的《近代诗钞》，就时代起讫而言，皆为晚清民国时期，虽也可视为最近时代的诗歌总集，但显然已带有文学史分期的性质，旨在存一代之诗，只不过在内涵外延上略有差异而已。

陈书"凡例"第一条表明"是钞时代断自咸丰初年生存之人，为鄙人所及见者"；第三条与第五条从不同角度宣称，是钞效仿《宋诗钞》《元诗选》《明诗综》《湖海诗传》的体例。陈衍生于咸丰六年（1856），则其入选者应为1856年存世以及本年以降出生之人。不过，其所选诗家中，有温训（1788—1851）、姚椿（1777—1853）、江忠荣（1812—1854）、徐荣（1792—1955）四人，皆为陈衍所未及见者，虽然每人仅录二至九首不等，亦属自乱体例。鉴于所选1856年存世而届高龄者应含有此前撰写的作品，陈衍心中"近代"的上限，即如其《近代诗钞叙》所称"在道光咸丰"间由祁寯藻（1793—1866）、曾国藩（1811—1872）主盟文坛的时代；其下限不详，据说他后来还编有《续近代诗钞》，今未见传本，我们不妨姑且视为《近代诗钞》初版的1923年。盖民国时期学界虽已有"近代文学"之称法，但尚未形成共识，如陈子展《中国近代文学之变迁》（1928年撰），是将1898年至1928年文学称为近代文学；卢前《近代中国文学讲话》（1929年撰），是将1840年至1929年文学视为近代文学；钱基博《现代中国文学史》（1930年撰），则以明清文学为近代文学，以民国文学为现代文学（含新旧文学）。而陈衍早在1923年就推出了自成体系的《近代诗钞》，实际成为建构"近代诗学"乃至"近代文学"之第一人。其《近代诗钞叙》曰：

---

[1] 参见姚觐元《清代禁毁书目四种》，清光绪刻咫进斋丛书本。

有清二百馀载，以高位主持诗教者，在康熙曰王文简（士禛），在乾隆曰沈文悫（德潜），在道光、咸丰则祁文端（寯藻）、曾文正（国藩）也。文简标举神韵。神韵未足以尽风雅之正变，风则《绿衣》《燕燕》诸篇；雅则"杨柳依依""雨雪霏霏""穆如清风"诸章句耳。文悫言诗，必曰温柔敦厚。"温柔敦厚"，孔子之言也。然孔子删《诗》，《相鼠》《鹑奔》《北门》《北山》《繁霜》《谷风》《大东》《雨无正》《何人斯》，以迄《民劳》《板》《荡》《瞻卬》《召旻》，遽数不能终其物，亦不尽温柔敦厚，而皆勿删。故孔子又曰："诗之失愚。其为人也，温柔敦厚而不愚，则深于诗者也。"故言非一端已也。文端学有根柢，与程春海（恩泽）侍郎为杜、为韩、为苏黄，辅以曾文正、何子贞（绍基）、郑子尹（珍）、莫子偲（友芝）之伦，而后学人之言与诗人之言合。而恣其所诣，于是貌为汉魏六朝盛唐者。夫人而觉其面目性情之过于相类，无以别其为若人之言也。夫文简、文悫生际承平，宜其诗之为正风、正雅，顾其才力为正风则有馀，为正雅则有不足。文端、文正时丧乱云腾，迄于今变故相寻而未有届，其去《小雅》废而诗亡也不远矣。昔孔子作《春秋》，张三世，所见异辞，所闻异辞，所传闻异辞。据哀兼及昭、定，己与父时事，为所见之世；文、宣、成、襄，王父时事，谓之所闻之世；隐、桓、庄、闵、僖，曾祖高祖时事，谓之所传闻之世。今窃本此意，论次有清一代之诗：文简以下，传闻之世也；文悫以下，所闻之世也；文端、文正以降，所见之世也。所闻所传闻，先进略已论次。而身丁变雅、变风，以迫于将废将亡，上下数十年间，亦近代文献得失之林乎？虽位卑身隐，不敢比文简之有《感旧》，文悫之有《别裁》，然以数十年见闻所及，录其尤雅者都为一集，视吾家迦陵（陈维崧）之《箧衍》，放而大之，其诸世之君子，或亦有乐乎此也？

该"自叙"用文言写成，简略阐发了其诗论核心与诗史观。他认为"文端学有根柢，与程春海侍郎为杜为韩为苏、黄，辅以曾文正、何子贞、郑子尹、莫子偲之伦，而后学人之言与诗人之言合"，实成为其《近代诗钞》的重要理论支撑（详后文）；他将有清一代之诗分为三个时期，认为清初王士禛倡导"神韵"，清中期沈德潜标举"格调"（论诗必曰温柔敦厚），皆因生际承平之世，"宜其诗之为正风、正雅，顾其才力为正风则有余，为正雅则不足"，至道咸以降动乱时代的诗歌，则已大异其趣，因而成为其建构近代诗学的前提与根基。在《近代诗学论略》中，陈衍还明确地说："道光之际，盛谈经济之学。未几，世乱蜂起，朝廷文禁日弛，诗学乃兴盛。故《近代诗钞》断自咸丰之初年，是时之诗，渐有敢言之精神耳。"这种"敢言之精神"，是从"乱世之音怨以怒""亡国之音哀以思"的情志中体现出来的，是以"变风、变雅"的形态来"正得失，感天地，泣鬼神"，在诗歌发展史上，具有救衰矫弊的意义。陈衍曾在《题杜茶邨先生小像》之四曰："一代诗文极盛年，变风变雅最堪传。近来我有诗钞本，尽是繁霜板荡篇。"自叙其《近代诗钞》重视选编"变风、变雅"之作，显然具有以诗存丧乱之史的意图。因此，其"凡例"第四条明确地说："是钞拟古不钞，寿诗不钞，咏物诗少钞，长庆体少钞，柏梁体少钞，长短句者少钞。"钱仲联在《陈衍诗论合集》一书《前言》中阐发说："先生之论诗，以为道咸以降，丧乱云腾，身丁变风变雅以近于诗亡之会，故其选诗之旨，无异于尼父之删诗，盖有感于诗与时世相关之切而云然，其所见为先立乎其大。"

　　钱仲联编选《近代诗钞》是在他长期研究清代诗歌尤其是近代诗歌的背景下进行的，与陈衍的编纂意图有一致处，那就是有意识地建构"近代诗学"；他于1988年12月为《中国近代文学大系》而编成的《诗词集》[1]实可视为该书的前期准备，其所谓"近代"以1840年、1919年为上下限，并非他个人的意见，而是文史学界受毛泽东《新民主主义论》（1940年撰）影响而达成的共识，1959年出版的《中国近代文论选》就是以此为上下限。虽然这种分期表面上看来似乎与陈《钞》相差不大，但因时代与学科体制的变化，其表述与阐释则已大不相同。陈衍亦曾在京师大学堂、厦门大学、无锡国专执教多年，但从撰写《石遗室诗话》到编选《近代诗钞》，其所使用的话语体系基本上属于传统诗学的范围。钱仲联曾自称20

---

[1]　按：《中国近代文系大系》30册于1991年4月由上海书店出版社出版发行，但钱仲联负责主编的《诗词集》在1988年12月就已编成。

世纪30年代所撰诗话"与前人诗话不同,重点在于系统详论清代名家与作品,介绍与考订有诗史价值之杰构,而一般诗话之摘句与记述友朋间琐事者,余仅附带及之"[1],实际去传统诗学话语体系尚不远;但从承担《中国近代文学大系》中的《诗词集》编选到《近代诗钞》的完成,则完全融入当代学术的话语体系,深深烙下了那个时代的印痕。例如,他评价说:"中国近代诗歌,是古代诗歌与'五四'以后新诗的过渡……具有新旧交替、承先启后的特点。"[2]"在中国由封建末世逐步沦为半封建半殖民地社会这个大动荡的时代中产生的近代诗歌,确是这一时代的一面镜子。"[3]这种宏观概括与基本定位在当时是有利于确立近代诗学的地位与意义的,但也完全可以移植到对近代文学其他文体的评价中。因此,钱氏在这两项工程中对于近代诗学的建构主要表现在搜集遴选代表诗家诗作、将近代诗歌发展分为前后两期以及对两个时期各个流派艺术特点的梳理或不入流派诸家艺术特点的评价等方面。例如,他认为:"在诗歌的艺术形式上,从总体上看,近代诗歌都没有脱出旧体诗的框架,都是在旧形式中翻新,但不同的诗派和诗人,在摆脱旧形式的束缚,开拓诗歌表现的新天地方面,都作了程度不同的探索和努力。因而,近代诗坛才呈现出风格流派争奇斗妍的繁荣景象,在诗歌体式、表现手法、诗歌语言的运用上,也有新的创造,从而使近代诗歌在艺术上的成就也达到了唐宋、清初以来一个新的高度,成为中国古典诗歌在它发展后期矗起的又一座高峰。"这同样是在遴选出一百家诗人代表作之后所进行的宏观概括与基本定位,其体例虽亦受到了《宋诗钞》《元诗选》的影响,但在建构近代诗学体系与推动近代诗歌研究方面皆具有重要意义是不言而喻的。只不过1979年恢复学位制度后,中国文学被划分为古代文学与现代文学两个二级学科,包括近代诗学在内的所谓近代文学并未作为一个学科获得承认,因而无论是近代诗学体系还是近代文学体系的原有格局在现行学科体制中既显得颇为尴尬,也存在拓展与完善的前景。

一方面从常理说,古代文学当然应以1911年为下限,而现代文学

---

[1] 钱仲联《梦苕庵诗话·序》,齐鲁书社1986年版。
[2]《中国近代文学大系》第14册《诗词集·导言》,上海书店出版社1991年版。
[3]《近代诗钞·前言》,江苏古籍出版社1993年版。

至今仍是新文学的代名词，即以1919年为上限（少数以1917年发表白话诗为标志而上移两年），以致出现对于民国初的八年皆不管的怪现象；一方面既然把近代社会的性质定义为由封建末世逐步沦为半封建半殖民地社会，那么，至少到1945年8月这种性质并未改变，并且从社会动荡的角度来说，直到1949年才真正开始走向统一与和平，因而中国社会科学院文学所近代室已尝试将近代文学的下限延伸至1949年。这样一来，近代文学就成了一个"跨学科"的领域，它以辛亥革命为界，可分为晚清文学与民国文学两个阶段。鉴于晚清诗歌在近代诗学的格局中已经作了较为深入的研究（在这个领域中包括陈衍、钱仲联在内的一批学者功不可没），因而对民国时期旧体诗歌的研究显得尤为重要与迫切。近十多年来这个领域虽然已经推出了一批成果，如胡迎建撰《民国旧体诗史稿》（江西人民出版社2005年版），张寅彭主编《民国诗话丛编》（全六册，上海书店出版社2006年版），杨子才编《民国六百家诗钞》（长征出版社2009年版），台湾王伟勇等主编《民国诗集丛刊》第一编（凡120册，台中文听阁图书公司2009年版）等，初步形成了一定规模与氛围，但实际上还处于拓荒草创阶段，其中最重要的缺陷是没有出现像陈衍、钱仲联所编《近代诗钞》这样大型的经典化总集，杨子才编《民国六百家诗钞》一书仅40万字，实皆为短篇诗作，且并非从各家诗集中选出，并不能作为勾勒一代诗歌发展史的代表性作品。而陈衍、钱仲联先后编纂的《近代诗钞》不仅都包含了民国诗歌，并且可从不同方面为大型总集《民国诗钞》提供借鉴。当然，如果条件成熟，也可以考虑重编以1840年、1949年为上下限的《近代诗钞》。

## 二、从所选诗人诗作看其诗学取向与总集特色

陈衍《近代诗钞》虽选录了370人的诗作，规模也可观，"其中保存了一部分已被诗人在本人的诗集中删除了的诗作，在浩如烟海的近代诗歌中，陈衍这一拓荒性的成果，无疑为人们对近代诗的研究提供了宝贵的资料"[1]。但其"凡例"第二条声明："是钞无论已刻未刻之诗，但

---

[1] 钱仲联：《近代诗钞·前言》，载该书卷首，江苏古籍出版社1993年版。

就见闻所及甄录之，其未见者姑从阙如。"尽管陈衍的阅历很广，尤其是在《庸言》《东方杂志》先后连续刊载《石遗室诗话》后，主动寄诗者连篇累牍，但仅凭"见闻"选诗，"其未见者"就"姑从阙如"，这固然与商务印书馆李宣龚的催促而匆忙成书有关，但也表明其没有尽到反映一代诗歌全貌的责任，加之他"又是同光体的诗歌评论家"，"因而这个选本的局限性和缺点也是显而易见的"[1]。其最为人所诟病者，一是站在同光体诗派的立场上选诗，二是借选诗循人情之私，包括录入追随奔竞左右者、同乡同族亲友、兄弟子侄之诗，甚至以识字不多的仆人张宗杨为压卷，选诗达28首，多于康有为（4首）、梁启超（19首）、王国维（2首）、谭嗣同（11首）、黄遵宪（11首）等，而置若干名家大家于不顾。

陈衍《近代诗钞》问世后，因流派与主张不同而褒贬悬殊，其中钱仲联（1908—2003）作为迟生52年的后辈，过了70年后推出同名总集，颇有纠偏补阙、挑战前贤之意，因而被人视为反对陈衍的代表人物之一[2]。实际上钱仲联是真正认真研究过石遗室诗学、且能公正评价陈衍的学者，他曾编校《陈衍诗论合集》上下册，凡155万字，由福建人民出版社于1999年出版，并撰《前言》曰：

> 中外品诗之流，往往有未窥其闎奥而为皮相之论者。东瀛铃木虎雄称先生诗宗山谷，先生屡驳其非是。汪国垣点将光宣诗坛，谓其诗非甚工，拟以水寨之朱武，阴加贬抑。章孤桐论近代诗，更诬其挟张广雅以自重，而广雅初不许之。斯尤蚍蜉撼树，徒见其不自量而已。余故别撰《近百年诗坛点将录》，径以智多星吴用奉先生，盖谓其选诗与论诗，俱博大真人，不持门户之见者。吴江范镛撰《点将录》，更以及时雨宋江一座尊之，斯足征人心之同然已……自余年十四，操不律为韵语，先生诗话，恒置座右，余之初解声律，实先生启之。先生晚岁著《诗话续编》，先发刊于《青鹤》，采摭余

[1] 钱仲联：《近代诗钞·前言》，载该书卷首，江苏古籍出版社1993年版。
[2] 参见吴姗姗《陈衍诗学研究——兼论晚清同光体》，台湾成功大学中文系2006年博士学位论文。

诗，誉为似其乡郑海藏与何梅生。旋与余同教授无锡国学专门学院，其寓一楼，两室比邻，接座频亲其绪论。每来复日，同文宴于西溪，先生饮酣高吟，商声满天地。仿佛如前日事。忘年交契，久达数年。

陈衍晚年居苏州，又在无锡国专授学，与后进钱仲联"忘年交契"；陈衍卒后五十多年，钱仲联为何编选同名总集？难道真的是为了取代其书与反对其人吗？答案显然是否定的。

一方面钱氏在《近代诗钞》中将陈衍列为百家之一，选录其诗58题，凡64首，诗前小传除了介绍他的生平著述，还就其在诗歌领域的作为进行了评述：

衍通经史训诂之学，特长于诗。光绪十二年（一八八六）在都时，与郑孝胥标榜"同光体"之名，二人都是闽派诗的首领，而陈衍主要用力在宣传方面。他写《石遗室诗话》，目的是为了推动近代宋诗运动。早在清光绪二十四年（一八九八），他和"同光体"诗人沈曾植、郑孝胥同客武昌时，经常论诗，曾植要他"记所言为诗话"，但他没有写。清亡后开始动笔，民国十八年出版三十二卷本，二十四年出版《续编》六卷本。这部诗话，记载了"同光体"诗派的来由，武昌说诗、涛园说诗等活动；提出了陈衍诗论的观点和主张，如强调学古要"体会渊微"，反对"甚嚣尘上之不可以娱独坐"的作品，标举"开元、元和、元祐"的"三元"之说，认为"宋人皆推本唐人诗法，力破馀地"；区分道光以来宋派诗的两种风格趋向；评述了前人的诗歌理论，如论梅尧臣、姜夔、严羽、方回、钟惺、谭元春、宋大樽等的诗论；评述了前人注诗的得失，如论冯浩《玉溪生诗集笺注》、陈沆《诗比兴笺》等，也论述了自己关于写诗艺术的各种见解，如论谢、杜、柳诗的制题，论结构，论历代写景佳句，论杜、韩七绝特色，论宋人绝句等；对古代到道光咸丰以前诗人，有大幅度的专评，如论杜甫、陆游诗，都是大量的，其它如论王安石、钟惺、谭元春、王士禛、宋湘、钱载、王又曾、祁寯藻、程恩泽、陈沆、郑珍以及闽诗的前辈作家，各占有一定的篇幅。论同时代诗人，更体现了这部诗话的特点：重点在宋派诗的各重要作家，阐说主要着重在艺术方面，但也有涉及政治内容的，如林寿图的《忆昔行》《高将军歌》《馈粮叹》，吴观礼的《冢妇篇》《小姑叹》《天孙机》《邻家女》，沈瑜庆《怀军门朱洪章》，黄遵宪感时的律诗等，都属于诗史性质的作品。《续编》补充论述了前编所未提到的近代重要作家，如金天羽、许承尧、杨圻、靳志、蒋观云等以及其他作家作品。其《诗品评议》，对钟嵘的诗论大加驳议，都能击中要害，比起一般盲目推崇，以及单纯作了些来历注释的同类著作，大不相同。衍自为诗，着重在学习王安石、杨万里的曲折用笔，风格清健，日本人铃木虎雄以为他作诗学黄山谷，他在诗话续编中加以否认。他一生宣扬"同光体"成就，对近代旧诗坛，发生过广泛影响。政治立场上，反对做遗老，诗话中发表这种议论，这是他和郑孝胥、沈曾植、陈曾寿大不相同之处。[1]

这样的总体评价，涵盖其理论与创作，以及与当时诗坛潮流的关系，实事求是，评价适度，丝毫没有贬低与否定陈衍的倾向。

一方面本来也是诗人的钱仲联，在过了六七十年后，他完全是以一个学者的眼光来操选政的，当然要在自成体系的前提下尽可能采取与陈《钞》不同的路径。首先，他认为陈《钞》"入选的诗人和作品明显地体现了同光体派的观点，收录的诗人虽很广泛，但仍以宋诗派为主，而一大批代表了进步潮流或艺术成就卓越的其他流派的诗人却很少甚至没有选入"。钱氏仿效《宋诗钞》《元诗选·初集》之体例，仅选100位诗人的作品，却能兼顾各个流派诸类诗家，其比例如下：1. 初期宗宋派诗人及后期同光体三派诗人，凡25人；2. 汉魏六朝派诗人，4人；3. 唐宋兼采派诗人，6人；4. 诗界革命派诗人，8人；5. 南社诗人，10人；6. 西昆体派诗人，5人；7. 革命女诗人1人；8. 诗僧2人；9. 不列宗派者，凡42人[2]。钱氏甄选诗家时有意兼顾各个流派，颇能反映一代诗歌

---

[1] 钱仲联：《近代诗钞》，江苏古籍出版社1993年版，第1035—1037页。
[2] 作者说："以上统计，中有交叉，如苏元瑛是南社诗人又是诗僧，诸宗元、黄节是南社诗人又是同光体诗人之类。"

的丰富多彩，明显优于陈《钞》，但其分类所持标准并非一致，即分列各派后，其他皆应归入"不列宗派者"，而其第七、第八却又另以身份为标准而列"革命女诗人""诗僧"两类，且人数极少，似无必要。其次，在这100位名家中，除了陈衍作为诗人不选己作，令人钦敬外，竟有30人未入陈氏法眼，其中林则徐（1785—1850）、龚自珍（1792—1841）、张际亮（1799—1843）、汤鹏（1801—1844）四人为陈衍所未及见者，尚无可厚非，但将张维屏、黄燮清、贝青乔、释敬安、金蓉镜、夏僧佑、丘逢甲、蒋智由、黄人、张鸿、金兆蕃、章炳麟、王濬、陈去病、许承尧、秋瑾、杨圻、孙景贤、程潜、苏曼殊、郁华、黄侃、柳亚子、陈隆恪、胡光炜、杨无恙26家皆摒弃在外，不是由于疏忽，就是出于门派意气。例如，南社领袖柳亚子主张诗宗盛唐，曾写诗讥讽"郑陈枯寂无生趣，樊易淫哇乱正声。一笑嗣宗广武语，而今竖子尽成名"（《论诗绝句》其二），将郑孝胥、陈衍、樊增祥、易顺鼎一概骂倒，陈衍出于"偏隘"之心，竟不承认其为诗人；而南社诗人诸宗元、黄节、林景行、林学衡之作却被选入，是因他们几位与宋诗派诗人来往密切，实与同光体诗人宗尚相近。第三，他在为《中国近代文学大系》编选《诗词集》时，尚有采自选本者，如何振岱的诗作，就是从陈衍《近代诗钞》中选出；而钱氏在编纂《近代诗钞》时，则已明确提出了"选一代之诗，直接从诗人别集甄选"的原则；而陈《钞》所选370家中，"直接采自各家别集而甄录其作品数量又较多的，实不满四十家"。当然两《钞》皆入选的诗人也达69家，但钱《钞》内容与陈《钞》却大不相同："一是所选的诗大不相同，一是所选的篇数大不相同。"例如，诗人姚燮，陈《钞》仅选《南辕杂咏》1题凡5首，钱《钞》却选了《谁家七岁儿》《哀鸿篇》等53题凡73首，其中也包括《南辕杂咏》12首（此题为大型组诗，凡108首），但仅"朔风送征马"一首相同；又如，诗人鲁一同，陈《钞》仅选《题徐子容溪山垂钓长卷》《明月》2首，钱《钞》却选了《荒年谣》《拉粮船》等32题凡50首，其中有一首相同，即《题徐子容少府溪山垂钓长卷丁酉》，但诗题完全依据原作，可信度显然强于陈书。

由上述讨论可见，陈、钱两《钞》因诗学取向不同而差异较大，各具特色，陈《钞》的局限性与缺点固然显而易见，但后出的钱《钞》并不能完全取代其书，更非为反对其人。相反，钱仲联为《近代文学大系》编选《诗词集》时，曾参考甚至引用过陈《钞》的内容，后来为仿《宋诗钞》《元诗选》初集之体例，以与陈《钞》尽可能加大区别，他删除了前书中的祁寯藻、曾国藩、左宗棠、郭嵩焘、洪仁轩、汪泉、宝廷、郑孝胥、曹元忠、王氏通、李瑞清、宁调元、刘成禺、于右任、高旭、释演音、周树人、宋教仁、马君武、庞树柏、周实21人，而增补了周达、胡光炜、杨无恙3人，这说明钱氏在对近代诗歌进行经典化的过程中也有调整与变化。其中对郑孝胥，两人皆经历了先选入而后删除的过程，但删除时的心态不同，陈衍是因郑孝胥追随日本侵略者而与之绝交进而删除，钱仲联则是受时政影响心有余忌而删除。

## 三、从所选诗人的评介看其治学态度与学术价值

陈、钱两《钞》，除了书首有《近代诗钞叙》《凡例》《前言》，对各自的编纂意图、体例、特点有所说明，以及对近代诗歌发展的大势有所阐发外，正文所选诗作皆不施评点，但在所选各位诗人的作品之前，皆撰有关于该作者的评介，颇能体现两人的治学态度以及两书的学术价值。

陈《钞》对于所选诸家的评介，大多包括两个部分：一是对每位诗人都撰有生平著述简介；二是对超过半数诗人撰有综合性评述，其中142位以"石遗室诗话"表达陈衍本人的看法，另有3位引用他人的观点代为评述，例如，对于朱琦，引用梅曾亮的话代评（第92页[1]）；对于陈豪，先后引潘鸿、陈三立为其《冬暄草堂诗文集》所作"跋"或"序"代评（第768页）。钱《钞》对于所选100家的评介，都包括生平著述的简介与其作为诗人的综合性评述。换言之，钱仲联作为学者，其对入选诗家的评介方式是贯穿于全书的；而陈衍对入选诗人的评介方式，则明

---

[1] 本文统计：引用陈衍《近代诗钞》相关资料时，皆据1923年11月商务印书馆刊本。为便于读者查找原文，所注页码皆以华东师范大学出版社2016年5月整理本陈衍编《近代诗钞》（冯永军、祝伊湄、束璧点校）为依据，但引文断句、标点并不与整理本一致。

显带有随意性，即有所研究者就以"石遗室诗话"来表明其看法，手边有他人评述且颇惬心意者便抄而代之，其他一百二十多位诗人竟因缺乏了解而不置一词。所谓治学态度的严谨与否，由此即可管窥一斑。

不过，通过陈《钞》中凡撰有"石遗室诗话"的诗人评介，与钱《钞》的诗人评介进行比较，仍可蠡测两书的学术价值。

兹先举两书开卷对首位作者的评介为例：

### 祁寯藻

寯藻，字叔颖，一字淳甫（避讳改实甫），号春圃，山西寿阳人。嘉庆甲戌进士，官至体仁阁大学士，谥文端。有《馤龡亭集》。

石遗室诗话：有清一代，诗宗杜、韩者，嘉、道以前，推一钱萚石（载）侍郎；嘉、道以来，则程春海侍郎、祁春圃相国。而何子贞编修、郑子尹大令，皆出程侍郎之门，益以莫子偲大令、曾涤生相国。诸公率以开元、天宝、元和、元祐诸大家为职志，不规规于王文简之标举神韵，沈文悫之主持温柔敦厚，盖合学人、诗人之诗二而一之也。余生也晚，不及见春海侍郎，而春圃相国诸公，皆耆寿俊至，咸同间犹存。故钞近代诗，自春圃相国始。（陈衍《近代诗钞》第1页）

### 张维屏（一七八〇——一八五九）

字子树，一字南山，广东番禺人。嘉庆九年甲子（一八〇四）举人，以祖母老不赴会试，而肆力于诗。与黄培芳、谭敬昭称"粤东三子"。至京师，翁方纲叹为诗坛大敌。道光二年壬午（一八二二）成进士，补湖北长阳县知县，署黄梅。当江水溃堤，曾冒险乘小舟勘灾。调补广济。未几，引疾去。后出任袁州府同知、太和县知县、吉安府通判，两登庐山，建太白、东坡祠。复罢归，游桂林等地，返番禺。因癖爱松，筑听松庐，自署松心子。林则徐至广东禁烟，曾造访之。其诗当时曾流传至美国。有《听松庐诗钞》十六卷、《松心诗录》十卷。又曾辑《国朝诗人征略》六十卷、《征略二编》六十四卷。生平事迹，见《清史稿》本传、陈澧《张南山先生墓碑铭》。

清代诗歌，乾、嘉时代，形成一种清诗特有的风格。可惜那种诗格并不高，内容空虚，庸廓者居多，艺术上更不免浮滑涂泽之病。而在广东，却有黎简、宋湘两家树立坛坫，不为当时风气所囿。但黎、宋同时的张锦芳、冯敏昌诸家等广东诗人，便摆脱不了乾、嘉习气。张维屏名辈后于黎、宋、张、冯诸人，主要活动在道光、咸丰年代，他编写《国朝诗人征略》，对道光以前的清代诗人事迹，作了材料辑录和评价，也可以说是一种总结性的工作，对清诗文献有一定贡献。自为诗仍落在乾、嘉诗风的窠臼中，抒写的往往是一种封建士大夫的闲情逸趣。一时附其门下的人很多，不免走入庸俗的道路。但张氏本人也同过去一般正直的诗人一样，有时也写过少量同情人民疾苦之作。风格上，评论家认为"清新婉丽，体物浏亮"（林昌彝《射鹰楼诗话》），"纤徐为妍，少幽并气"（屈向邦《粤东诗话》卷二），也就是缺乏雄直壮健的骨力。但是，他活到咸丰九年（一八五九）才死，经历了英帝国主义侵略中国的过程，后期的作品，具有反帝斗争的特征。因此，应该把他列在近代诗人行列之内。他的优秀作品，早期以《侠客行》为代表作，论者以为"沉雄凄厉，百年无此作也"（同上）。后期反映鸦片战争的作品，以《三元里》为代表作，论者又以为是"历代诗史中最光荣、最热烈、最悲壮之作"（同上）。当然，就艺术论，《三元里》仍是乾、嘉诗歌格调，与同时反映鸦片战争的著名诗人鲁一同、朱琦、姚燮、贝青乔之作，有相当差距，但它内容上对人民力量的重点描绘与歌颂，在许多鸦片战争诗歌中，也是突出的。这正是张维屏何以能在近代诗坛上占有一席的原因。（钱仲联《近代诗钞》第1—2页）

作为全书第一位诗人的评介，两位学者都写得很认真，但也明显存在差异。首先，仅从字面上看，陈《钞》简略，而钱《钞》详赡。其中尤其是作者介绍，陈《钞》仅简列姓名、字号、籍贯、科第、最高官名、代表著作；钱《钞》则在涵盖诸项的基础上，还增列生卒年、历叙仕履踪迹，详记编纂与撰著的书名及卷数，最后还注明生平事迹的参考文献。其次，两者皆结合时代诗歌走向而评价该诗人的作为与特点，在全书中颇有纲领性意义，但思路与写法有异，各具特色。陈衍以"石遗室诗话"表达本人的看法时，其思路、观点与已在报刊上发表及后来成书的《石遗室诗话》有联系，但并非移植关系，仅就上引关于祁寯藻的"诗话"而言，主要是呼应《近代诗钞叙》中的观点，旨在阐明"故钞近代诗，自春圃相国始"，其中所谓"诸公率以开元、天宝、元和、元祐诸大家为职志，不规规于王文简之标举神韵，沈文悫之主持温柔敦厚，盖合学人、诗人之诗二而一之也"，实际亮出其诗论中的所谓"三元说"与"学人之言与诗人之言合"两大重要主张。钱仲联则兼顾时代诗风的变迁与张维屏的诗歌创作而立论，旨在说明"张维屏何以能在近代诗坛上占有一席的原因"。不过，钱氏把乾嘉诗风与近代诗风相对照，重视"内容上对人民力量的重点描绘与歌颂"，"具有反帝斗争的特征"，虽然也可看作是他本人的见解，但显然与当代学术界的"共识"比较接近甚至趋于一致。

下面再举两书皆选的两位著名诗人为例，一为"同光体"代表陈三立，一为"唐宋兼采派"代表樊增祥，为省篇幅，此处皆略去生平著述简介，仅就综合性评介进行比较。

## 陈三立

石遗室诗话：散原为诗，不肯作一习见语，于当代能诗钜公，尝云某也纱帽气，某也馆阁气，盖其恶俗恶熟者至矣。少时学昌黎学山谷，后则直逼薛浪语，并与其乡高伯足极相似。然其佳处，可以泣鬼神、诉真宰者，未尝不在文从字顺中也。而荒寒萧索之景，人所不道，写之独觉逼肖。（陈衍《近代诗钞》，第1324页）

三立为"同光体"诗人的首领，陈衍区分近代宋诗派艺术风格为二派，列三立于"生涩奥衍"一派之内，汪国垣《光宣诗坛点将录》则奉为一百零八将的都头领。陈衍说他"为诗不肯作一习见语，于当代能诗钜公，尝云某也纱帽气，某也馆阁气，盖其恶俗恶熟者至矣。少时学昌黎学山谷，后则直逼薛浪语（季宣），并与其乡高伯足（心夔）极相似。然其佳处，可以泣鬼神、诉真宰者，未尝不在文从字顺中也"(《近代诗钞》),大致说明了三立诗的特点。三立诗的写诗观点,见于他《漫题豫章四贤像榻本·陶渊明》诗云:"此士不在世,饮酒竟谁省?想见咏荆轲,了了漉巾影。"又《黄山谷》云:"镵刻造化手,初不用意为。"《为濮青士观察文题山谷老人尺牍卷子》云:"我诵涪翁诗,奥莹出妩媚。冥搜贯万象,往往天机备。世儒苦涩硬,了未省初意。粗迹拏毛皮,后生渺津逮。"前一首表明了三立诗对世事的深切关怀,后二首表明了三立关于黄庭坚诗人巧天工相一致的见解,也是江西诗派的诗学理论的核心。三立早年所为诗,颇有陶渊明《咏荆轲》的气概,如《饮冰室诗话》所录的《赠黄公度》七律,可以代表,但后来编集时已自删去,集中存诗,都是八国联军入寇以后所作。自云"凭栏一片风云气,来作神州袖手人"(集外残句),表现了从新潮流退出以后,仍然压抑不下的风云之气,愤激郁勃之情。"百忧千哀在家国,激荡骚雅思荒淫"(《上元夜次申招坐小艇泛秦淮观游》),即是他的自白。如《书感》《孟乐大令出示纪愤旧句和答二首》《人日》《得邹沅帆武昌书感赋》《次韵答义门题近稿》《次韵再答义门》《次韵和义门感近闻》《崝庐述哀十五首》之五、《由崝庐寄陈芰谭》《实甫领行在所转运驻西安题寄二首》《十月十四日夜饮秦淮酒楼》《江行杂感五首》之三之四,是对庚子国难忧愤心情的抒发;《园馆夜集闻俄罗斯日本战事甚亟感赋用前韵》《小除夕后二日闻俄日海战已成作》《短歌寄杨叔玖时杨为江西巡抚令入红十字会观日俄战局》,是关于日俄在我国国土上进行战争的愤怒的控诉,后一首更称奇作;如《留别墅遣怀》则是反映了北洋军阀军队攻入南京后人民遭殃的现实,其它如"露筋祠畔千帆尽,税到江头鸥鹭无"(《寄调伯弢高邮榷舍》),"更堪玉笛关山上,照尽飘零处处鸿"(《十六夜水轩看月》)等关心人民苦难的诗句,在集中也常接触到。至于涉及怀人、悼友、旅途、游览等题材的作品,如《挽周伯晋编修》《晚抵九江作》《黄公度京卿由海南人境庐寄书并附近诗感赋》《由九江之武昌夜半羁邮亭待船不至》《哭季廉》《哭次申》《病起玩月园亭感赋》《遣怀》《亚蘧旋返京师有枉赠之作依韵奉和》《伤邹沅飐》

等反映了旧时知识分子的坎坷不幸遭遇和作者沉郁苍凉的诗情。《读侯官严复氏所译英儒莫勒群己权界论偶题》《读侯官严氏所译社会通诠聊书其后》，表现了作者对新学理的接受水平；《感春五首》论学谈政，《除夕被酒奋笔写所感》揭露清王朝"限权主宪"的欺骗性；这都是三立不同于顽固的封建士大夫之处。至于构思奇妙，如"露气如微虫，波势如卧牛。明月如茧素，裹我江上舟"（《十一月十四夜发南昌月江舟行》），被诗评家赞誉为"奇语突兀，二十字抵人千百"（狄葆贤《平等阁诗话》）者，为数较多。但在清亡以后所作，思想上留恋清王朝，最后甚至有污蔑工农革命的诗句；艺术上始终一副面目，毫无变化。

三立诗不仅为"同光体"一派所推崇，诗界革命的梁启超在《饮冰室诗话》中，也表示十分倾倒，说"其诗不用新异之语，而境界自与时流异，秾深俊微，吾谓于唐宋人集中罕见伦比"。金天翮以为是"狷介之才，自成馨逸"（《答樊山老人论诗书》）。林庚白也以为"虽囿于古人之藩篱，犹能屹然自成其一家之诗"（《今诗选自序》），但又指出它"方面太狭"（《丽白楼诗话》上编），"非学子所宜取径"（《角声集自序》）。三立也擅长古文，能继承桐城派传统，李希圣谓其文在陈寿、范晔之间。（钱仲联《近代诗钞》，第899—901页）

## 樊增祥

石遗室诗话：樊山生平以诗为茶饭，无日不作，无地不作，所存万馀首，而遗佚盖已不少矣。论诗以清新博丽为主，工于隶事，巧于裁对。见人用眼前习见故实，则曰："此乳臭小儿耳。"万馀首中，七律居其七八，次韵叠韵之作尤多，无非欲因难见巧也。安石、碎金、樊榭、冬心诸家视之，当羡其沉沉黟颐矣。七言古多转韵，今不多选。选各体全首外，专选七律中对尤工整者为"摘句图"附后，可作馈贫之粮。君于前人诗，颇喜瓯北，此亦瓯北专采放翁对句矣。（陈衍《近代诗钞》，第968页）

樊山成名较早，出李慈铭、张之洞之门，与易顺鼎齐名，号称

"樊易",诗篇富有也相埒。李慈铭尝自言:"吾与云门所为乐府,天下无双。"(见余诚格《樊山全集正集叙》)又尝谓增祥:"今作者虽多,若精深华妙,八面受敌,而为大家,则吾与子,不敢多让。"(见樊增祥《越缦堂诗续集序》)实则取径不高,整密工丽,是其所长,诗境并不与其二师相同。陈衍"始以为似陈云伯(文述)、杨蓉裳(芳灿)、荔裳(揆),而樊山自言少喜随园(袁枚),长喜瓯北(赵翼)。自喜其诗,终身不改途易辙。尤自负其艳体之作,谓可方驾冬郎(唐韩偓),《疑雨集》(明王彦泓著)不足道也"(见《石遗室诗话》)。全集中咏物、闲情之作连篇累牍,征典隶事,不过尽其对偶工巧之能。见人用习见故实入诗,常讥之为"没出息",而其自为,也不过做到生典熟用,有时且不免生典生用,至于熟典生用,则不肯为亦不能为。集中因多咏红梅之作,被人与善为白梅诗之释敬安并称为"红梅布政、白梅和尚"。然敬安白梅诸作风骨较高,非樊山刻翠裁红可比。唯少作灞桥旅壁绝句,为谭嗣同赞叹为"所见新乐府斯为第一"者,自是名下无虚。感念国事之作亦不少,为全集中精粹所在。庚子所作《闻都门消息》组诗,佳句如"犬衔朱邸焚馀骨,乌啄黄骢战后疮""蛾眉身世唯青冢,貂珥门庭但落花""崇恺珊瑚兵子手,宋元书画冷摊中"等,可以踵梅村。而用梅村体所写的前后《彩云曲》,虽负盛名,但前曲则误信小说谰言,渲染德后与彩云合影子虚乌有之事,后曲则歌颂玷辱国体之妓女行为,俱为瑕累。至于晚年所为《贾郎曲》,则更是俗调无足取。谭献誉其诗"才性窈深,音辞旷邈,相其轮囷离奇,非宋楠之材可俪"(见《复堂日记》)。只是论其早期作品,清亡后所作,则颓唐率易,近于文字游戏了。(钱仲联《近代诗钞》,第684——685页)

与两书开卷首位作者评介规模比例相当,上引两篇陈氏综评文字,皆言简意赅,深中肯綮,切合实际;而钱氏综评文字则为其三倍乃至十倍以上,其传达的信息量之大,涉及的方面之广,列举的作品之多,自然非陈《钞》所能比。以往学术界多认为陈衍《近代诗钞》有抑他派而扬"同光体"派之倾向，上引其关于"同光体"代表陈三立与"唐宋兼采派"代表樊增祥的综评中或在措辞上也有所体现，但所述皆言之有据，实事求是，且对于陈三立的综评字数少于对樊氏的综评，真正称得上惜墨如金。而钱仲联对于陈三立的综评，不仅完全接受陈衍所定的调子，而且径直引用其品评文字，并由此扩展到各个方面，对陈三立给予了更高的评价，只是认为其"在清亡以后所作，思想上留恋清王朝，最后甚至有污蔑工农革命的诗句；艺术上始终一副面目，毫无变化"，颇有求全责备之意。对于别派的天才高产诗人樊增祥，陈衍肯定其"工于隶事，巧于裁对"之特点，在兼顾诸体的前提下，尤推重其七律之工对，虽未高调置评，但也未作贬斥。钱仲联对樊增祥的综评，大抵接受陈衍所评"工于隶事，巧于裁对"的调子，肯定其"整密工丽"的特长，又引《石遗室诗话》中谓樊山"尤自负其艳体之作"而加以扩展，一方面肯定其"感念国事之作""为全集中精粹所在"；一方面斥责其"取径不高""刻翠裁红"，甚至认为一直享有盛名的前后《彩云曲》"俱为瑕累"，理由是事件细节描写有所虚构与"歌颂玷辱国体之妓女行为"，透露出其时尚未完全摘下"极左"的有色眼镜。至于最后所说："清亡后所作，则颓唐率易，近于文字游戏了。"也属以偏概全，并不符合实际。

由以上比较不难看出，陈衍对于入选作者生平著述的简介方面，显然远不如钱仲联用功之深。关于这一点，陈衍在《凡例》第六条曾有声明："各家中科第官职或漏或误，时所不免，一时无从查问，阅者谅之。"尽管他的阅历很广，尤其是在《庸言》《东方杂志》先后连续刊载《石遗室诗话》后，主动寄诗者连篇累牍，但仅凭"见闻"选诗，"其未见者"就"姑从阙如"，诗人生平仕履不详者，也不去查问考证，实为"失职"。又《凡例》第五条曰："各姓名下，载字号、爵里、集名外，间缀诗话，仿《明诗综》《湖海诗传》之例，偶摘断句，并略附评品焉。"所谓"间缀诗话"，是其未能将《明诗综》《湖海诗传》体例贯彻到底时的一种开脱之词。不过，如果仅就已缀"石遗室诗话"的一百四十余人的综评来看，与后出的钱《钞》相比，即使大多文字简略（对包括沈曾植在内的少数诗人的综评稍详），提及的篇名与摘引的诗句也不多，所评往往突出一个方面而忽略其馀，但就学术价值而言，应以两《钞》各有特色来表述。有不少作家的综评，实是陈衍最先定调，钱氏在其基础上有所扩展与发挥而已。钱氏综评的文字大为增加，范围明显扩大，所举作品也颇多，且皆是在阅读诗人本集后形成的看法，这是难能可贵的；但其评品诗歌时颇受"反映论"影响，尤重思想内容，因而其扬抑的标准中难免还残留着"文革"以来"极左"观念的痕迹，在过了二十五年以后的今天来品味，其优点与局限性皆显而易见。

【作者简介】复旦大学中国古代文学研究中心教授，博士生导师。

# 当代诗词审美学研究纲要

宋湘绮

【摘　要】"诗词热"再度凸显当代诗词创作批评与理论的薄弱,诗话词话难以解读当前"跑奖"、新闻诗、碎片诗、拟古诗等负面问题。传统诗词研究大多停留在认识论层面,而诗词创新的本原是"人"的实践存在,诗的现代性来源于人的现代性。在诗词古今演进的历史瞬间,必须从人的实践存在论的角度研究诗词如何存在。揭示诗词作品的存在论意义、真理性、时间性,才能认清诗词艺术的本体,需要四个突破:一是新方法:以阐释学方法,突破传统二元论思维方式,从诗词点评走向当代诗词审美学研究。二是新领域:研究当代诗词审美活动,与古典诗词文本研究不同,是当代文学尚未重视的薄弱地带。三是新材料:古典诗词研究者忽视当代诗词文本和文化现象,是本选题的支柱性材料。四是新观点:追究王国维境界论深刻内涵,找到诗词艺术创新的本原——人的实践存在;确立当代诗词审美学的研究对象和方法;从文本—文化整体观照,追求价值真理;拓展诗词文学审美空间,构建当代诗词审美学理论框架,是"十三五"期间文化创新的时代命题。

【关键词】　当代诗词　创造论文学价值观　实践存在论　境界说　虚践情感表现论

## 一、当代诗词的生存和研究现状

自20世纪80年代诗词复苏,至今经历了三十余年的成长史。诗词创作从文学的边缘一步一步走进大众生活。2014年5月,第六届鲁迅文学奖参评作品公示期间,湖北省作家协会主席方方公开指责柳忠秧"跑奖"。"方柳之争"掀起风波。8月,第六届鲁迅文学奖首次颁给当代诗词集，引发了广大网友甚至新文学界、旧体诗词界的集体"吐槽"。从20世纪末大批知名现当代学者排斥诗词入史，到2014年第六届鲁奖前后，"跑奖""官诗""商诗""新闻诗""泥古诗""碎片诗"备受各方针砭，传统诗词正在转型，大众创作热度持续不减，传承与发展却步履维艰。

如何研究诗词的变化？如何重建诗词艺术的评价标准？学界远离诗词创作现场太久，中山大学中文系彭玉平教授在央视"中国诗词大会"热播后，接受记者采访时说："此前很多人也包括我们研究者这一群体中的不少人认为，学者们所研究的诗词是与社会脱节的，是一种历史现象，它们可能在当代社会并不受欢迎。但通过这个诗词大会，可以发现原来诗词在民众中那么受欢迎。这也值得我们反思：如何将高端的、阳春白雪的研究与现实的诗词普及结合起来？"[1]

当代诗词是古代诗词的延续，又是诗词艺术发展的新形态。马克思曾说"人体解剖对于猴体解剖是一把钥匙"，为我们站在更高的历史阶段、以更为全面的理论视野把握诗词艺术提供了新的思路。"人体"包含"猴体"的所有奥秘，当代诗词是研究诗词艺术规律的最高切入点。在现行学科体制下，古代诗词研究紧扣经典名家，当代文学尚未重视诗词正在发生的古今演变，当代诗词研究落入"中空地带"，与其相关的是20世纪诗词文本和入史争议、诗词研究方法反思、诗词现代性的探讨。

一是20世纪诗词文本和入史争议。主要集中在以下三个热点：第一个热点是20世纪活跃文人的旧体诗作。第二个热点研究旧体诗的用韵、格律方面。除了一部分考证文章外，多数论文是从风格、主题等传统角度欣赏现代旧体诗，集中在鲁迅、郁达夫、毛泽东等名家作品上，多为游击式研究，缺乏深度和思辨。第三个热点是讨论20世纪旧体诗应不应该入史的问题。自1988年开始的"重写文学史"的论争，把"五四"后边缘化的现当代诗词卷入学术视野。反对入史的学者中，王泽龙的观点比较有代表性，2015年已有专著《新世纪词创作审美问题》

---

[1] 吴小攀、翁小筑：《唤醒沉睡已久的诗心——中山大学中文系彭玉平教授专访》，载《羊城晚报》2017年2月12日。

回应他指出的"'现代旧体诗词'不具有充分的现代性和经典性"[1]。同意入史的学者认为旧体诗有广泛的群众基础和"非如此不可"的民族基因，钱理群的《一个有待开拓的研究领域》将20世纪旧体诗研究推向高潮。目前，至少已有17家编本，把现代诗词写入了20世纪文学。[2]2014年第六届鲁迅文学奖首次颁发给当代诗词作品，诗词回归当代文学已成事实；在被关注同时，也遭到各方激烈批评。传统诗词价值观与当代文学价值观冲突，成为近两年来备受关注的"文学大事件"[3]。传统诗词和当代文学接轨，最关键是两者"文学价值观"对接，这是我们要解决的主要问题。

二是从诗词研究方法和门径方面反思诗词艺术出路。"五四"以来诗词被边缘化，诗词演进卡在古今演变的理论关卡上。关注这个问题的极少学者，一是就研究方法，细读深入。叶嘉莹、杨义指出点评的局限，提出阐释、文本细读。叶先生吸收西方文论，构建了古代文学视野下的古典诗词阐释体系，该体系能否解释属于当代文学的当代诗词，是本选题要开拓的重点，正如杨义先生所说："若能悟与析兼用，大概足可以拓出文学评论和研究的新境界的。"他们提示本选题立足本土诗学，西方术语、理论会成为我们创造现代汉诗研究方法和理论体系的路石，能开辟更深的认识路径。二是围绕境界说，形成大讨论。施议对先生指出"王国维境界说"研究陷入风格论误区，多次在国内外学术会议上呼吁：境界与人的生存密切相关，是诗词发展的命门。[4]朱光潜，宗白华、周振甫、滕咸惠、缪钺、佛雏、肖鹰、王攸欣等知名学者都参与该讨论。这些研究一方面多从认识论角度论述；另一方面都是理论研究，都未涉及当代诗词文本。这是本选题要继续完成的，立足当代文本，探析境界说内涵，阐释当代诗词创作中存在的问题，建构当代诗词审美学理论框架。

---

[1] 王泽龙：《关于现代旧体诗词的入史问题》，载《文学评论》2007年第5期。
[2] 李仲凡：《古典诗艺的当代新生》，兰州大学2008年博士论文。
[3] 陈定家：《当前我国文学理论研究的几个热点问题》，载《文艺理论》2016年第2期。
[4] 施议对：《立足文本走出误区，新声与绝响——施议对当代诗词论文集》，华中师范大学出版社2015年版。

　　三是从思想、内容来观照现当代诗词的现代性。第一，陈友康的《二十世纪中国旧体诗的合法性和现代性》（《中国社会科学》2005年第6期），指出诗的现代性来源于人的现代性，需要全新的话语体系。这也是本选题摆脱传统表现论、提出创造论要破解的问题。第二，马大勇的《20世纪旧体诗词研究的回顾与前瞻》《网络诗词评议》（《文学评论》2011年第11期、2014年第7期），提出加强阐释学研究和理论建构，他通过网络诗词文本的平民立场、人文温度、哲学品格、语言特色、诗体交涉，论述了网络诗词悲悯凝重的人文情怀、自由深邃的思想取向、守正开新的艺术追索。第三，李遇春在专著《中国当代旧体诗词论稿》梳理了中国古典诗词"五四"新文学运动以来的命运、价值和生存现状；2016年他主编《21世纪新锐吟家诗词编年》三卷，强调"老干体"以外，存在着现实主义或现代主义的新兴诗词创作潮流，代表着新世纪中华诗词的历史成就，为本选题勾勒诗词艺术趋势提供了文本和思路：现代主义是人类精神的重要转折点，是一切艺术的现代起点，不仅为诗词演进贡献质疑、批判、创造的动力，还提供变形、荒诞、意识流等创作思维。第四，发表在《文学评论》2014年第11期的《首届"当代诗词创作批评与理论研究青年论坛"综述》，该论坛首次召集全国当代诗词研究一线的学者跨学科交流，研究方法、视角、理论多元化，使新诗和旧诗从对抗开始走向对话，呼吁学界密切关注诗词生存语境和诗词文学价值观古今演变的这一历史瞬间，提出文化转型要重建诗词文学价值观。

　　国外数据库检索都是国内研究成果的翻译。Springer数据库、Sage过刊数据库等有零星的当代诗词评论、访谈，缺乏深度研究。有影响的是哈佛大学田晓菲在《隐约一坡青果讲方言：现代汉诗的另类历史》中分析了黄遵宪、聂绀弩、李子三人的诗词作品，她说："文学革命一百年后，旧体诗显然活力犹存，我们必须把20世纪旧体诗和新体诗放在一起检视。一方面新体诗以锐意进取、敢于超越前辈的诗人为代表，不断继续发展，取得了令人瞩目的美学成就；而另一方面，经李子等诗人之手，旧体诗幸免于僵死的命运，突破了唐宋大师古老词汇的重围。"

　　整体来说，国内对当代诗词的合法性、现代性和文本研究已为本选题扫除了"该不该"的障碍，并就"如何研究""理论建树"两方面给出了吸取西方优秀成果、加强阐释、重读境界说的提示。国外研究虽然是零星初探，却在世界文学视野凸显从理论上护佑民族诗形演进的必要性和迫切性。

## 二、如何研究当代诗词

目前，诗词创作主体从精英变成大众，从士大夫、旧文人到当代诗人和诗词爱好者的角色转换，是与"人"的现代性密切相关的时代命题。如何促进诗词爱好者向"诗人"靠近？"中国诗词大会"热播，各种诗词吟诵、创作、赛诗活动蔚然成风。"以诗言道"何以成为可能？传统诗教如何实现现代转型？如何以"诗性"促使大众诗词创作从通俗走向通雅？"我们只能在现代文学理论的基础上，充分地研究古代文论，把其中的有用成分，包括它的体系与各种术语，最大限度地分离出来，不是表面地使用一些古代文论的术语，而是丰富其原有的涵义，赋予其新义，与现代文学理论、西方文学理论融合起来，使其成为当代文学理论的血肉，形成当代文学理论的新形态。这将是具有中国特色的文学理论的新形态，一种在长远时间里不断生成、不断丰富、体现现代性的文学理论的新形态。"[1]学术界有识之士已提出良策，创造当代诗词研究新的理论形态，需要全面反思当代诗词的研究对象、方法和思路。

研究对象：需要从传统诗词的文本研究走向当代诗词的文本—文化研究，走向诗词审美活动研究。通过诗词艺术哲学研究，才能把握正处于古今演进中的当代诗词，理清诗词艺术的过去、现在和未来。

研究方法：中国感悟思维方式具有整体性、直观性、体验性优势，但缺乏逻辑工具、理论方法和清晰的术语，诗话词话很难理性地深入到诗词内部结构，说清诗词艺术规律和诗性的本源、现代性。中国文论总是说"只可意会，不可言传"，到底什么是方法？现代意义上的方法指"从理论上、实践上把握现实，从而达到某种目的的途径、手段和方

---

[1] 钱中文：《再谈文学理论现代性问题》，载《文艺研究》1999年第3期。

式的总和。方法的本质在于，它一方面是联结主客体的中介。同时，它不仅是一个中介物，而且可以作为独立存在的研究对象。即超越这一中介，达到对本体的把握"[1]。反思叶嘉莹、杨义、施议对等前辈对诗词研究方法提出的建议，提出如下思维的概念模型，能有效解读当代词创作中的问题。

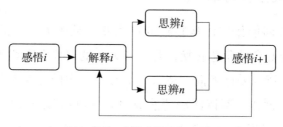

感悟-解释-思辨对接的概念模型

主要采取三种研究方法：

一是文化解读法：从政治、经济、历史、哲学、文化等视野中审视和发现诗词与"人"的实践存在之间的关系，揭示诗词的文学本质。

二是阐释学研究法：通过感悟+阐释，从认识论走实践存在论，从而更深刻地理解诗词作品的内涵。

三是"论从史出"法：遵从历史唯物主义原则，运用文献调研和客观的当代诗词文本事实，做到史料与立论、宏观与个案相结合，从而作出有说服力的判断，发现诗词的艺术走向。

王国维境界说开诗词美学研究先河。百年来，对王国维境界说，无论是传统诗学谱系中的内涵挖掘、意识形态化的解读，还是叔本华哲学影响下的美学剖析，都未解读"境"之本源。这是诗词艺术现代转型的精神杠杆。王国维境界说从认识论上升到实践存在论，以"人的实践存在"为支点，获得更大的思想、理论阐释空间，有开拓诗词审美学现代话语的学术意义。王国维境界说开诗词美学研究先河，但"五四"后诗词边缘化，悬置了诗词现代转型的理论追踪。美在阐释中生成，当代诗词审美阐释研究有重要的学术价值。

---

[1] 胡经之、王岳川：《文艺学美学方法论》，北京大学出版社1994年版，第2页。

研究思路：

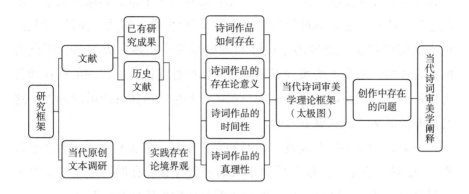

研究内容：一是诗词作品的如何存在。① 研究物性对诗词作品的规定性，韵脚、平仄、字数等形式原则如何决定着作品的存在状态、民族性、诗性。② 诗词是物质存在，它的本体却是精神的，以此切入研究诗词艺术意义。创作即情志、想象、构思这些精神活动物质化的过程，实质是创造、是实践、是赋予存在。③ 从精神的符号化过程与符号的物质化过程，建构当代诗词创造论文学价值观，恢复诗与人的生活世界的原初关系，诗词在创造—作品—接受中动态生成。

二是诗词作品的存在论意义。过去把境界理解成感性认识成果，忽视了境界是一种实践存在状态，诗词艺术是人的一种实践存在方式。从现成论转向生成论，从表现论转向创造论，是诗词现代转型的理论拐点。诗词融入当代文学，面临着传统诗词价值观念向当代创造论文学价值观的转型。研究三个主要问题：

① 什么是诗词文学价值观？人们对于诗词价值的认识看法，以及在诗词活动中所体现的价值观点或观念，包括对诗词文学价值的认识、审美理想、审美判断，与个体价值观、时代精神、政治气候、社会心态等有必然联系。

② 为什么重建？当前普遍存在的中国传统诗词情感表现论与当代文学价值观是否兼容？抒情言志、抒怀遣兴，服务于个体自我表现和修身养性，这种观念重视诗词的审美价值和意义，尊重诗词艺术规律，但忽视了王国维境界说所包含的创造论旨意。

③ 怎样重建当代诗词创造论文学价值观？王国维说："自然中之物，互相关系，互相限制。然其写之于文学及其美术中也，必遗其关系、限制之处，故写实家，亦理想家。"即不是写出生存之实然，而是"创造"出人的应然状态。境界的生成性和理想性关乎实践。吸纳马克思创造的、开放的、未完成的实践观和海德格尔的存在论，把诗词的存在理解为诗词的意义。诗词意义的显现与在场，是生成所体现出的时间性，这是提升诗词文学性的重要台阶。

三是诗词作品的时间性。时间的介入使诗词创美和审美成为动态过程。"境界、意象、意境"贯穿于人的实践存在，在时间中生成。审美境界是至高的人生境界，使人的现代性与诗的现代性共生互动。

① 诗词创造论：研判诗创作态势，引导当代诗词不仅要关注人与自然、人与自我、人与社会这些老问题，还要关注人与自我的新遭遇。

② 从创作中心和接受中心，保持诗词的实践本质，即马克思所说的精神生产、精神实践，把诗词与"人"连接起来，把人的存在与诗词传承连接起来。

③ 研究诗词接受过程。诗词作品的意义和真理只有在审美经验中才能发生和出现，是一种时间性的结构和过程。

四是诗词作品的真理性。从认识论真理的符合性与确定性转向价值追寻，从抒情言志到饶宗颐"落想说"都是存在经验和存在真理的昭示，诗中真理性超越作者和创作活动而在接受中被理解，是实践事件，也是存在历程。

① 揭开诗词艺术创新的本原——实践存在，关乎创作主体的境界。自王国维提出境界说以来，该学说被众多学者解读，主要研究：第一重，把境界当作一种认识对象、认识成果。第二重，把境界理解成人的实践存在状态。第三重，在饶宗颐"落想说"、陈伯海意象新论、施议对意境论、吴炫本体性否定论的基础上，揭示境界说的创造本质。

② 意境与境界。境界涵盖人生境界和诗中意境。意境存在于作品，是艺术形象的存在状态，是人的精神实践。过去把境界理解成意境，切断了境界的实践存在之维，忽视了境界与实践的关系。境界生成于人与世界的意义建构中，在创作—文本—阅读中当下"生成"显现。

③ 引导当代诗词文学从表现情感，走向境界创造。离开实然，走向形上，书写生活的应然状态。

五是构建当代诗词审美学理论及作品阐释。

① 构建当代诗词审美学理论框架。

② 诗词作品阐释：解读21世纪产生的、具有当代性的诗词作品，引导当代诗词与当代文学接轨，建立创造论诗词文学价值观。

当代诗词审美学以实践存在论视角切入诗词艺术，有三个转变：① 圆融的"一体观"。从传统诗词研究那种"感性—理性""主体—客体"二分的研究思路，变成"人—世界""实践—存在"主客一体的整体观照。② 动态的"生成观"。过去将诗词作视为成品，而实践存在论美学认为写诗填词是自我认识和生成，是生生不息的人生实践，由此跨进现代艺术阵营。③ 优先的"关系观"。传统诗词研究优先文与道、创作技法的研究，遮蔽了人的实践存在之维。我们把审美关系作为重要的视角，展开意义、价值建构。

## 三、建立当代诗词审美学是"十三五"期间文化创新的时代命题

2017年2月6日中央、国务院部署《关于实施中华优秀传统文化传承发展工程的意见》，提出"到2025年，中华优秀传统文化传承发展体系基本形成，研究阐发、教育普及、保护传承、创新发展、传播交流等方面协同推进并取得重要成果，具有中国特色、中国风格、中国气派的文化产品更加丰富，文化自觉和文化自信显著增强，国家文化软实力的根基更为坚实，中华文化的国际影响力明显提升"[1]。诗词艺术是优秀的中国文化基因，也是一切传统艺术的诗性之魂，是实现中华优秀传统文化传承发展工程的核心工程。把诗词融入大众精神生活，促进人生诗化已提上议事日程。诗词创新，首先需要理论创新：提出当代诗词的审美价值判断标准、解决当代诗词"写什么，怎么写"这个文学价值观的根本问题。理论是新方法的实践，"当代诗词审美学"是新世纪诗词研究的新方法，重返"诗与人"的现场，揭开诗词创新的本原——人的实践

---

[1]《人民日报》2017年1月26日。

存在。当代诗词是当代文学组成部分，必须考虑百年来中国文学"现代性"对诗词现代转型的影响，不仅仅是文本研究，还需要文本—文化研究，还需要"实践存在论"介入。要从人的"现代性"中获得诗的现代性，才能实现传统诗词创造性转化。

《国家"十三五"时期文化发展改革规划纲要》把"传统文化创造性转化和创新性发展"提到战略高度，"普及中华诗词、音乐舞蹈、书法绘画等，举办经典诵读、国学讲堂、文化讲坛、专题展览等活动……中华优秀传统文化传承体系基本形成，中华民族文化基因与当代文化相适应、与现代社会相协调，实现传统文化创造性转化和创新性发展"[1]。这个艰巨的时代使命，是"十三五"期间，文化创新的重中之重。

当代诗词审美学与传统诗词研究相比有四个不同：一是新方法：以阐释学方法，突破传统二元论思维方式，从诗词点评走当代诗词审美学研究。二是新领域：研究当代诗词审美活动，与古典诗词文本研究不同，是现当代文学尚未重视薄弱地带。三是新材料：古典诗词研究者忽视当代诗词文本和文化现象，立足当代诗词文本，可以解开2014年第六届"鲁奖"前后出现的"官诗""商诗""新闻诗""泥古诗"的理论症结。四是新观点：追究王国维境界说深刻内涵，找到诗词艺术创新的本原——人的实践存在；确立当代诗词审美学的研究对象和方法；从文本—文化整体观照，追求价值真理，回应创作困惑；拓展诗词文学审美空间，构建当代诗词审美学理论框架。

【作者简介】中南大学文学与新闻传播学院副教授。

---

[1]《中共中央办公厅、国务院办公厅印发〈国家"十三五"时期文化发展改革规划纲要〉》，新华通讯社2017年5月7日。

# 晚清民国诗家以古体长诗写作
# 求"诗体革新"考说

陈友康

【摘　要】 晚清同治、光绪年间,以黄遵宪、梁启超为代表的诗界革命派着意提倡、创作长诗,通过长诗来反映时代变迁、重要事件和人物命运,拓展诗之思想容量,在古体长诗写作方面进行了自觉探索,取得一定成效。新文学运动以后,吴宓继承诗界革命之精神,依然在声嘶力竭呼吁保存旧诗,想方设法发展旧诗。然而,晚清民国时期长诗写作的效果似乎并不理想,一直到当代,长篇写作与近体诗、短诗数量不成比例。究其原因,一是审美传统制约,二是理论误导,三是经典化欠缺,四是形式缺陷。尽管晚清民国诗家以长诗写作寻求旧体诗"革新"之突破收效有限,但用长诗表现复杂的现代社会是旧诗发展之重要路径。因此,先贤的诗歌思想与实践值得进一步总结和发扬。

【关键词】 古体长诗　诗体革新　梁启超　吴宓　《饮冰室诗话》《吴宓诗话》

　　中国古典诗歌有强大的抒情传统,叙事性不强,导致偏于叙事性的长篇文本不发达。海通以后,随着西学东渐,外国诗传入中土,其鸿篇巨制亦为国人所知。在为拯救国家、民族危机而"师夷长技以制夷""向西方寻求真理"的背景下,外国诗自然成为中国诗参照、效仿的样板,"新世瑰奇异境生,更搜欧亚造新声"。泰西诗歌从荷马、维吉尔史诗到但丁、弥尔顿、歌德、丁尼生、拜伦、海涅等均有长篇巨作,气魄夺人,炫人眼目。相形之下,中国长诗明显不如西人。一方面是外来刺激，另一方面是社会变化、文学革命促使旧体诗寻求突破，长诗写作就是突破方向之一。

晚清民国时期，黄遵宪、梁启超、吴宓、吴芳吉等都对中国古体长诗写作表示高度关切。黄遵宪自觉进行写作探索，梁启超、吴宓则从理论上予以倡导、推扬，试图打开旧体诗写作新局面，为旧体诗注入新力量。但就实际创作成效和社会影响看，并没有达到预期目标。这似乎给人一种印象，叙事非古诗所长，亦非国人所乐见，刻意追求长篇诗歌写作是一条难走通的路。但细心考究，又不尽然。本文以梁启超《饮冰室诗话》和《吴宓诗话》为中心，揭出先贤探寻长诗写作的一段历史和心迹，以反映近现代旧体诗演进的一个侧面，从而为吾国旧体长诗写作和研究提供某些启示。

本文说的"诗体革新"指的是诗歌内容、风格、写法的变化，不是指诗歌体裁的革命。这一概念来自汪辟疆，其《近代诗派与地域》论黄遵宪云："又以习于欧西文学，以长篇诗，见重艺林，时时效之。叙壮烈则绘影模声，言燕昵则极妍尽态。其运陈入新，不囿于古，不泥于今，故当时有诗体革新之目。"[1]陈衍《石遗室诗话》说："先生（黄遵宪）之为新诗派，盖非革诗体而在变化作法与辟诗境而已。"晚清民国探求旧体诗革新的诗家都是在保存旧诗形式的前提下进行写法的创新，拓展书写领域，开辟思想新境界。或说在遵守"规矩定律"的基础上，"见巧思与聪明，成新奇与美丽"[2]。与现代自由派新诗不同，长诗写作也就是在这些方面着力并求突破。

## 一、诗界革命派以长诗写作增强旧体诗"精深盘郁雄伟博丽之气"

晚清同治光绪年间，黄遵宪、梁启超、谭嗣同、夏曾佑、蒋观云等倡导"诗界革命"，内容上是追求新题材新理想，"熔铸新理想入旧风格"[3]。新题材主要是指中西激荡之下产生的新的社会事象和生活体验，

---

[1] 汪辟疆：《汪辟疆文集》，上海古籍出版社1988年版，第315页。
[2] 吴宓：《诗韵问题之我见》，见吴学昭整理《吴宓诗话》，商务印书馆2005年版，第143页。
[3] 梁启超：《饮冰室诗话》，人民文学出版社1982年版，第2页。

如海外风光、声光电化。新理想主要是指突破中国传统观念，祛除闭关锁国导致的"尊大""固蔽"旧习，采"泰西哲学"及政治领域民主、自由、平等、人权之说，以"唤起国魂"，改造中国，实现富强。如黄遵宪所说："取卢骚、孟德斯鸠之说读之，心志为之一变，以谓太平世必在民主。"[1]民主、自由是其诗言说的重要主题。形式上是强调"我手写我口"，力避陈词滥调，追求语言之通俗和时代感。

有一点，过去的论者似乎还没有注意到，即在泰西长诗影响下，诗界革命派着意提倡、创作长诗，通过长诗来反映时代变迁、重要事件和人物命运，拓展诗之思想容量，增强诗之"精深盘郁雄伟博丽之气"，壮大其"气魄"。黄遵宪、梁启超都有这样的自觉意识。《饮冰室诗话》第八条透露此中消息：

希腊诗人荷马（旧译作和美尔），古代第一文豪也。其诗篇为今日考据希腊史者独一无二之秘本，每篇率皆万数千言。近世诗家，如莎士比亚、弥尔敦、田尼逊等，其诗动亦数万言。伟哉，勿论文藻，即其气魄，固已夺人矣！中国事事落他人后，惟文学似差可颉颃西域。然长篇之诗，最传颂者，惟杜之《北征》、韩之《南山》，宋人至称为日月争光，然其精深盘郁雄伟博丽之气，尚未足也。古诗《孔雀东南飞》一篇，千七百余字，号称古今第一长篇诗；诗虽奇绝，亦只见儿女子语，于世运无影响也。中国结习，薄今爱古，无论学问文章事业，皆以古人为不可几及。余生平最恶闻此言。窃谓自今以往，其进步之速远轶前代，固不待著龟，即并世人物亦何遽让于古人哉？生平论诗，最倾倒黄公度，恨未能写其全集。顷南洋某报录其旧作一章，乃煌煌二千余言，真可谓空前之奇构矣！荷、莎、弥、田诸家之作，余未能读，不敢妄下比陟。若在震旦，吾敢谓有诗以来所未有也。以文名之，吾欲题为《印度近史》，欲题为《佛教小史》，欲题为《地球宗教论》，欲题为《宗教政治关系史》；然是固诗也，非文也。有诗如此，中国文学界足以

___
[1] 黄遵宪：《东海公来函》，载《新民丛报》第13号，第35页。

豪矣！因亟录之，以饷诗界革命军之青年。[1]

这段议论，颇多待发之覆。一是中西诗对比，在肯定中国文学可以颉颃欧西文学的前提下，指出中国长诗较为逊色，欠缺"精深盘郁雄伟博丽之气"；因此要学习西方，多作"长篇诗"。1899年，梁启超《夏威夷游记》指出，"诗之境界，被千余年来鹦鹉名士（余尝戏名词章家为'鹦鹉名士'，自觉过于尖刻）占尽矣"，因此，"支那非有诗界革命，则诗运殆将绝"。"今欲易之，不可不求之于欧洲。欧洲之意境、语句，甚繁富而玮异，得之可以陵轹千古，涵盖一切。"[2]这应该主要是指长诗。二是批评国人厚古薄今之积习，为肯定当世也有杰出诗人张本。三是时代飞速发展，诗亦应超越古人而求进步。四是为黄遵宪创作出"空前之奇构"而惊叹。

他所指的"空前之奇构"是《锡兰岛卧佛》，为公度诗中最长之作。钱仲联《人境庐诗草笺注》引梁启超《欧游心影录》："锡兰岛，本名楞伽，佛说《楞伽经》处也。山中拔海三千尺，有胜区曰坎第，有湖作牛角形，周遭可十里，故宫在焉。宫外一寺，《人境庐诗草》所咏卧佛，即供养此中。"[3]光绪十六年（1890），黄遵宪赴英国途中，过斯里兰卡，随众游开来南庙，见卧佛，作此诗。诗为五古，全诗分六段，共二千一百六十字。纵横恣肆，铺写佛教历史、中外交通史、佛的学说之伟大、佛教在印度之衰落，致慨于欧洲殖民主义对东方的伤害。慷慨淋漓，沉郁顿挫，比老杜《自京赴奉先县咏怀五百字》有过之而无不及。梁任公誉为"中国文学界足以自豪"的"空前之奇构"，殆不为过。钱仲联评曰："公度诗正以使事用典擅长。《锡兰岛卧佛》诗，煌煌数千言，经史释典，澜翻笔底。"[4]侧重其使事用典繁富"精当"，是老派诗论；而梁启超着眼于其内容之精博，体制之恢弘，揭示其诗史意义，方显其价值。

---

[1]《饮冰室诗话》，第4页。
[2]梁启超：《夏威夷游记》，见吴松等点校《饮冰室文集点校》第三集，云南教育出版社2001年版，第1826、1827页。
[3]钱仲联：《人境庐诗草笺注》，上海古籍出版社1981年版，第451、452页。
[4]钱仲联：《梦苕庵诗话》，齐鲁书社1986年版，第8页。

不止此也，梁启超特别属意长诗，《饮冰室诗话》中采入甚夥。特别是黄遵宪诗，第三三条录《罢美国留学生感赋》，第四〇条录《以莲菊桃杂供一瓶作歌》，第五一条录《三哀诗》，第九〇条录《琉球歌》《越南篇》，第一一三条录《台湾行》。它们反映的多是重大历史事件和新思想，诗之规模较大。任公说："公度之诗，独辟境界，卓然自立于二十世纪诗界中，群推为大家，公论不容诬也。"[1] 这个结论，自然包含对其长诗的称许。第八六条采入杨度《湖南少年歌》，并说："昔卢斯福演说，谓欲见纯粹之亚美利加人，请视格兰德；吾谓欲见纯粹之湖南人，请视杨晳子。顷晳子以新作《湖南少年歌》见示，亟录之，以证余言之当否也。"[2]《湖南少年歌》七言歌行，莽莽苍苍，述湖南历史和英雄豪杰，发扬"楚虽三户，亡秦必楚"之意，盛赞湘人义勇："若道中华国果亡，除是湖南人尽死。"第一〇九条录遵宪弟子杨惟徽《秋感》四章。第一六七条录陈翼谋《甲辰二十八初度自述一百韵》，称其"工力甚伟"。古今诗话多如牛毛，没有哪一种如此热衷选录长诗，并且赞不绝口。任公不厌其烦全文录入，其用意在推介这些诗，让更多读者阅读。于诗歌革命而言，也有指引路径、作出示范的目的。他自己也作《二十世纪太平洋歌》《游台湾》《吊安重根》《书欧战史论后》诸长篇古诗，均是"以新材料入旧格律者"。

黄遵宪受外国诗影响，自觉进行长诗写作，集中长篇五古和七言歌行甚多。除上述梁启超提到的外，其古体长诗还有《送女弟》《铁汉楼歌》《和周朗山见赠之作》《乌之珠歌》《西乡星歌》《樱花歌》《赤穗十七义士歌》《感事三首》《乙未二月二十七日公祭沈文肃公祠》《为同年吴德潇寿其母夫人》《降将军歌》《八月十五夜太平洋舟中作歌》《伦敦大雾行》《登巴黎铁塔》《番客篇》《冯将军歌》《度辽将军歌》《聂将军歌》《拜曾祖母李太夫人墓》等。[3] 钱仲联《梦苕庵诗话》载易由甫言："其为诗也，必先搜集材料，然后下笔。庚子之变，欲为一长篇古

---

[1]《饮冰室诗话》，第24页。
[2] 同上书，第66页。
[3] 据汪龙麟统计，黄遵宪的纪事性长诗共四十余首，见汪龙麟《吟到中华以外天——略论黄遵宪诗歌创作的时代蕴含和艺术创新》，载《中国韵文学刊》2005年第4期。

诗,名曰《拳团篇》,长数万言,欲为空前所未有。材料已搜集,惜未成篇。"[1]足见其作诗之惨淡经营。他自诩五古"凌跨千古",七古"不过比白香山、吴梅村略高一筹"(《与任公书》)。此自我评价反映了他写五七古长诗的自觉和自信。其诗题材新奇,思想宏远,纵横铺排,气魄雄健,慷慨淋漓。前引汪辟疆《近代诗派与地域》论黄遵宪语阐明了欧西文学对遵宪写作长诗的影响、其长诗特色及革新意义。吴宓把他与杜甫相提并论,以为杜甫是古来中国第一大诗人,黄遵宪为近代第一大诗人,均有"伟大崇高"之品质,评价更高。[2]对其五古"凌跨千古",七古"不过比白香山、吴梅村略高一筹"之自负,论者以为"其言甚夸",大不以为然。但如果破除"薄今爱古,无论学问文章事业,皆以古人为不可几及"之"中国结习",平心静气细读公度诗,然后与传统长诗相较,不能不承认他有许多突破,诗有"新变",足为"代雄"。

此时期长诗的句式、结构、用韵跟杜韩元白诗及梅村体并无不同,所谓"旧瓶""旧风格"是也,但词汇、内容确实与时俱进,装进了"新酒",体现了"新理想"。梁启超所说的"理想"实际上是理念和思想。这些诗的理念和思想之新,表现在三方面,一是拓展视域,打破诗人书写的传统空间,而描写海外景物、欧西政制风俗及游历观感,"驰域外之观,写心上之语"[3],所谓"吟到中华以外天",具有国际性眼光。如《石遗室诗话》卷九所说:"自古诗人足迹所至,往往穷荒绝域,山川因而生色,更千百年成为胜迹,表著不衰。嘉州以岑,秦陇以杜,夜郎以李以王昌龄,柳永以柳,琼儋以苏,然皆未至裨海、瀛海而遥也。中国与欧美诸洲交通以来,持英荡与敦盘者不绝于道,而能以诗鸣者,惟黄公度,其关于外邦名迹之作颇为夥颐。而南海康长素先生以逋臣流寓海外十馀年,多可传之作。"二是引入西学知识和义理,刷新诗之思理,开启国人心智,改变国人思维方式。《饮冰室诗话》第二七条引严复"和季廉作"是一首较长的七言歌行,其中有云:"神机捭阖纵变化,

---

[1]《梦苕庵诗话》,第162页。
[2]《吴宓诗话》,第206页。
[3]陈三立:《人境庐诗草跋》,见《散原精舍诗文集》(下),上海古籍出版社2003年版,第1127页。

争存物竞谁为雄？……大哉培根氏告我，观物见道冥纤洪。三王五帝各垂法，当其时可皆为功。蚩蚩之氓俾自主，如适洲渚浮艨艟。及其时过仍墨守，无益徒使百弊丛。"表现培根的哲学思想和物竞天择、保障民权理论，希望这些理论能够启发国人明白世事变迁之理，不要再墨守成规。黄遵宪七古《感事三首》第三首写哥伦布发现美洲大陆："忽然大陆出平地，一钓手得十五鳌。即今美洲十数国，有地万里民千亿。"然后批评中国："宋明诸儒骛虚论，徒诩汉大夸皇华。谬言要荒不足论，乌知壤地交犬牙？鄂罗英法联翩起，四邻逼处环相伺。着鞭空让他人先，卧榻一任旁侧睡。古今事变奇至此，彼已不知宁勿耻？"[1]对比强烈，既增广国人知识，也刺激国人、敲破醉梦。三是救国保种、复兴民族意识极其强烈，体现时代主题和国人愿望。在西方列强"欧西诸大日逞强，渐剪黑奴及黄种"（黄遵宪《樱花歌》）、"怒潮撼东方，汹涌不可塞"（杨惟徽《秋感》）的侵凌下，中国及东方各国如黄遵宪写到的印度、越南、琉球等都陷入国已不国、种族难保的境地，诗人的现代民族国家意识（即近人所谓"国权"）被强化，表现于诗中，就是对西方列强的谴责，对国家、民族命运的忧虑，对国家民族振兴的盼望，以及重铸民族精神的呼唤。这些都是大关节，诗人虑之深而言之切，担得起梁任公所谓"理想深邃闳远"[2]。

至于语言之新变，就是引入体现现代性的"声光电化"、西方地理环境、社会生活、制度名物之类词汇入诗，形成异于传统诗的新词汇新语句。因为是最初的尝试，许多诗显得十分生硬粗疏。关于此点，梁启超在《饮冰室诗话》中有坦率的自我检讨："盖当时所谓新诗者，颇喜挦扯新名词以自表异。丙申（1896）、丁酉（1897）间，吾党数子皆好作此体。""至今思之，诚可发笑。然亦彼时一段因缘也。""此类之诗，当时沾沾自喜，然必非诗之佳者，无俟言也。"[3]钱锺书在《汉译第一首英语诗〈人生颂〉及有关二三事》（见《七缀集》）中对早期外交官所作此类诗有俏皮的讥讽，在《谈艺录》中更有被广泛引用的论断："（黄公度）

[1]《人境庐诗草笺注》，第529页。
[2]《饮冰室诗话》，第30页。
[3]同上书，第49、50页。

差能说西洋制度名物，掎摭声光电化诸学，以为点缀，而于西人风雅之妙、性理之微，实少解会。故其诗有新事物，而无新理致。"[1]后人便以此为口实，多持否定态度，动加讥嘲。梁启超勇于自省，力追上乘，态度可佩，但后人不能因此真的就以为他们浅薄而"发笑"。如果摒除先入之见，对此种现象，可以有两点认知，一是西式词汇的引入，增强了语言的陌生化效果，给诗带来新意新风，别有风趣；二是即使不成熟，不够浑融，也是旧诗求变过程中必要的探索。

　　钱锺书天纵之才，渊博罕有伦比，性情孤傲，眼空四海，心无余子，论人论事便不免过苛；论诗偏于艺术趣味，于社会政治不甚在心或不屑于挂怀。《谈艺录》论诗，只论诗句出处、写法优劣、性理之妙、中西相通相异，比才量力，痛快轩轾。论黄遵宪诗"无新理致"，举王国维诗相较，谓"王静安少作时时流露西学义谛，庶几水中之盐味，而非眼里之金屑"[2]，所举诗例，都是证明静安诗如何融会西哲柏拉图、普罗太哥拉斯、牛顿的"义谛"。可见他所理解的"新理致"，就是"西人风雅之妙、性理之微"，至于西方之社会政治学说如自由民主理论、民族国家理论、社会变革理论等及诗道与"世运"之关联、诗歌之社会功用等，则置之不论了。他说严复尊崇的斯宾塞、穆勒、赫胥黎是"西学中卑之无甚高论者"，也可见他的取向。而斯宾塞的社会进化观念、穆勒的自由思想、赫胥黎的物竞天择理论，是彼时中国社会所急需。从救国保种的忧患感和使命感出发，黄遵宪诗汲汲于此。他曾致函梁启超，谓任公之说"若公德，若自由，若自尊，若自治，若进步，若权利，若合群，既有以入吾民之脑，作吾民之气矣"，这是以新理念来"移风俗"，进行思想启蒙；又勉励他："嗟夫！我公努力努力，本爱国之心，绞爱国之脑，滴爱国之泪，洒爱国之血，掉爱国之舌，举西东文明大国国权、民权之说输入于中国，以为新民倡，以为中国光，此列祖列宗之所阴助，四万万人民之所托命也！"[3]极其诚恳、热烈。其诗中亦多这些

---

[1] 钱锺书：《谈艺录》，中华书局1984年版，第23页。
[2] 同上书，第24页。
[3] 郑海麟、张伟雄编校：《黄遵宪文集》，中文出版社1991年版，第217页。转引自张永芳《略论黄遵宪致梁启超书——对梁启超的评价》，载《苏州科技学院学报》2006年第2期。

方面的内容和情愫，趣向宏大。这些内容不视为"新理致"，"明足以察秋毫之末，而不见舆薪"，无乃"执德之不宏"欤？由于论者多按照钱锺书定义的较为狭隘的"新理致"来评判此类诗，对其思想上的突破和创新就评价不高，连带产生对新词汇的讥嘲。[1]

夏中义从《〈人境庐诗草〉到〈静庵诗稿〉——对钱锺书〈谈艺录〉的"照着说"与"接着说"》（《华东师范大学学报》2014年第6期）是伸张钱锺书"黄公度论"的，"接着说"的地方对黄遵宪痛加贬斥：

> 钱比那些先哲时贤更具底气。当他们不懈地将《诗草》中的西洋题材捧上天时，钱偏指黄诗取迳不高，甚至"位（按：当为'格'之误）卑""伧气""俗艳"。所谓取迳不高，钱是指那些为黄诗带来"维新""革命"声誉的纪事元素，"差能说西洋制度名物，掎摭声光电化诸学，以为点缀，而于西人风雅之妙、性理之微，实少解会。故其诗有新事物，而无新理致"。这就是说，若颖悟"西人风雅之妙，性理之微"才算高档次；那么，像黄一般只擅用西域皮毛来"点缀"旧诗、以期一骇俗子耳目者，其格调也就低且卑了。因为实质上已与市井"伧气"合流，仅仅契合坊间想借黄诗一窥"西洋镜"的猎奇心了。故钱所说的"每成俗艳"，转换为昆德拉的词语，亦即"媚俗"。

其中体现的价值观、诗歌观之偏好姑不论，只是想指出，他说"所谓取迳不高，钱是指那些为黄诗带来'维新''革命'声誉的纪事元素"，误解了"取迳"的含义和钱锺书原意。"取迳"作为诗学概念，是指学诗的路径，一般指效法的对象。如朱庭珍《筱园诗话》卷二："山阴胡天游稚威，幽峭拗折，笔锐而奇，虽法效郊、岛、山谷，取径僻狭，有生涩、晦僻、枯硬诸病。""取径"即"法效郊、岛、山谷"。钱锺书说：

[1] 郭延礼《关于黄遵宪"新诗派"的评价问题——读〈谈艺录〉对公度诗的评论》（《文史哲》2007年第5期）辨析钱锺书对黄遵宪的评论之偏失，用功甚勤，但没有看到钱锺书的"新理致"内涵之狭隘，以钱锺书不承认或不屑理会的"新思想""新观念"来论证公度诗之"新理致"以驳钱，似未抓住要害，有间未达。

"（黄公度）五古议论纵横，近随园、瓯北；歌行铺比翻腾处似舒铁云；七绝则龚定盦。取迳实不甚高，语工而格卑；伧气尚存，每成俗艳。"[1]他所说的黄诗"取迳"即是指学习袁枚、赵翼、舒位、龚自珍。这几位特别是袁枚，名头极大，而诗格向有异词。[2]如潘德舆《养一斋诗话》卷一斥袁枚为"佻纤之夫"。陈康祺《郎潜纪闻》二笔卷二直说袁枚"风流放荡，诗格极卑"。至于随园诗之"俗艳"更是人所共知的。在钱锺书看来，他们的诗，品格不高，有伧俗之病，效法他们，必然会带来后边所说的一系列问题，即严沧浪所谓"学其中，斯为下矣"。我们可以说"维新""革命"是"伧气""媚俗"，但这是"取迳"的结果，而不是"取迳"本身，袁枚们诗中哪有什么"维新""革命"的"纪事元素"供公度"取迳"？

从对《以莲菊桃杂供一瓶作歌》的评价可以看出钱锺书、梁启超论诗之不同旨趣。《饮冰室诗话》录此诗，并评论说："自唐人喜以佛理入诗，至于苏（东坡）王（半山），其高雅之作，大半为禅悦语。然'溪声便是广长舌，山色岂非清净身'之类，不过弄口头禅，无当于理也。《人境庐诗》中有一诗，题为《以莲菊桃杂供一瓶作歌》，半取佛理，又参以西人植物学、化学、生理学诸说，实足为诗界开一新壁垒。'女娲炼石补天处，石破天惊逗秋雨'，吾读此诗，真有此感。"[3]钱锺书说：

---

[1]《谈艺录》，第24页。

[2]对袁枚、赵翼的批评，朱庭珍最为激烈，《筱园诗话》卷二云："赵云松翼则与钱塘袁枚同负重名，时称袁赵。袁既以淫女狡童之性灵为宗，专法香山、诚斋，误以鄙俚浅滑为自然，尖酸佻巧为聪明，谐谑游戏为风趣，粗恶颓放为雄豪，轻薄卑靡为天真，淫秽浪荡为艳情，倡魔道妖言以溃诗教之防。一盲作俑，万瞽从风，纷纷逐臭之夫如云继起，因其诗不讲格律，不贵学问，空疏易于效颦。其诗话又强词夺理，小有语趣，无稽臆说，便于借口……赵翼诗比子才虽典较多，七律时工对偶，但诙谐戏谑，俚俗鄙恶，尤无所不至。街谈巷议、土音方言，以及稗官小说、传奇演剧、童谣俗谚、秧歌苗曲之类，公然作典故成句用，此亦诗中蟊贼，无丑不备矣。袁、赵二家之为诗魔，较前明钟、谭，南宋江湖、九僧、四灵、江西诸派末流之弊更增十百，实风雅之蠹、六义之罪魁也……学者于此等下劣诗魔，必须视如砒毒，力拒痛绝，不可稍近，恐一沾余习，即无药可医，终身难湔洗振拔也。"（张国庆：《云南诗文论著辑要》，中华书局2001年版，第290页）咬牙切齿，恨之入骨。观念保守，持论极端，逞口舌之快，固不可取，但确实反映了诗界对袁赵的不同看法。

[3]《饮冰室诗话》，第30页。

《以莲菊桃杂供一瓶作歌》，不过《淮南子·俶真训》所谓'槐榆与橘柚，合而为兄弟；有苗与三危，通而为一家'；查初白《菊瓶插梅》诗所谓：'高士累朝多合传，佳人绝代少同时'；公度生于海通之世，不曰'有苗三危通一家'而曰'黄白黑种同一国'耳。凡新学而稍知存古，与夫旧学而强欲趋时者，皆好公度。盖若辈之言诗界维新，仅指驱使西故，亦犹参军蛮语作诗，仍是用佛典梵语结习而已。"[1]梁启超是以社会革命者论诗，着眼于黄遵宪"输入"西学之意义，强调该诗的西学背景和西式理念，看到的是黄诗与古人之"异"。钱锺书是以赏玩者（所谓"纯诗学的审美视觉"）论诗，着眼于诗之独创，于是看到的是诗意之承袭，是与古人之"同"。后面的议论明显是针对梁启超的，"若辈"即梁启超辈。找出黄诗之出处，有助于笺释、理解此诗，但若因此而否定此诗之"新意"，轻视其表达的现代西式"平等""交流""团结"观念，恐又见小不见大了。钱仲联云："此诗盖公度借以寄托其种族团结思想，不仅以科学思想入诗也。"[2]在梁启超基础上更进一层，这正是此诗之"大"。钱仲联还说："人境庐诗，论者毁誉参半，如梁任公、胡适之辈，则推之为大家。如胡步曾（先骕）及吾友徐澄宇，以为疵累百出，谬戾乖张。予以为论公度诗，当着眼大处，不当于小节处作吹毛之求。其天骨开张，大气包举者真能于古人外独辟町畦。抚时感事之作，悲壮激越，传之他年，足当诗史。"[3]确为灼见。

《以莲菊桃杂供一瓶作歌》作于19世纪90年代初黄遵宪任新加坡总领事时，之前任旧金山总领事，经历1884年美国总统大选，写其闻见为著名的《纪事》诗，肯定美国之自由、民主、平等，诗云："吹我合众筝，击我合众鼓。擎我合众花，书我合众簿。""吁嗟华盛顿，及今百年矣。自树独立旗，不复受压制。红黄黑百种，一律平等视。人人得自由，万物咸遂利。民智益发扬，国富乃倍蓰。泱泱大国风，闻乐叹观止。"虽然不理解大选中的政党竞争，即他所谓"党争"，却也承认"究竟所举贤，无愧大宝位"。因此，《莲菊》诗中的"黄白黑种同一

[1]《谈艺录》，第24页。
[2]《人境庐诗草笺注》，第606页。
[3]《梦苕庵诗话》，第161页。

国""传语天下万万花,但是同种均一家"的所指就是《纪事》诗中的上述观念,不能简单认定是《淮南子·俶真训》中的"古已有之"。[1]

梁启超在自我调侃"至今思之,诚可发笑"之后,下一转语:"然亦彼时一段因缘也。"此"因缘",外缘即国势所逼:诗必须革新,以服务"新民",促进中国之现代转型;内缘即志同道合者的同声相应:探索诗歌发展新路,以挽救"诗运"。则此种写法,尽管不成熟,自有其价值在,它为后来写作西学义理、词汇、语句、境界更加圆融的诗作了铺垫。理性地指出其不足,探寻解决之道,以提高诗之艺术质量和现代化水平,非常必要和重要,但自居高明,轻肆讥诋,无补于事。当然,倘若认为诗只是在自家园地里"自足",论诗只取"纯诗学视觉",无关于"国运""世运",不需要社会关怀,那就没什么好说了。

要言之,晚清诗界革命诸先贤,为挽救"殆将绝"之诗运,本着"以诗界革命之神魄,为斯道别辟新土"[2]之宗旨,在古体长诗写作方面进行了自觉探索,取得一定成效。以长诗表现新题材新思想的作品较多。长诗内容及其蕴含的现代理念使这个时代的诗与传统诗有了重大区别,构成古体长诗发展的新阶段,是梅村体之后中国叙事性长诗的又一高峰。

## 二、吴宓企望以长篇叙事诗实现旧体诗"奇伟之创造"

新文学运动以后,旧体诗发展已经淡出主流诗学视野,关于旧体诗写作的公开讨论极为罕见。而吴宓继承诗界革命之精神,依然在声嘶力竭呼吁保存旧诗,想方设法发展旧诗。他的核心思想与黄遵宪、梁启超也一脉相承。他说:"宓论诗作诗之宗旨以新材料入旧格律,实本于黄公

---

[1] 郭延礼《关于黄遵宪"新诗派"的评价问题——读谈艺录对公度诗的评论》肯定此诗有"新思想、新观念、新理想",指出"钱先生说黄遵宪的这类诗,只'有新事物,而无新理致',是很不公平的",言之有理。在质疑此诗之"因袭"问题时,引述钱仲联《黄公度先生年谱》及黄遵宪《己亥杂诗》第59首自注,说明此诗本事,认为"黄遵宪此诗的命意并不是原于《淮南子·俶真训》,而是诗人外交生活中的亲身感悟",亦是征实之论。
[2] 梁启超:《清议报第一百册祝辞并论报馆之责任及本馆之经历》,见《饮冰室文集点校》第二集,第755页。

度先生，甚愿郑重声明者也。"[1]对于旧诗之革新，创作长诗同样是其关注点。

民国二十三年（1934），吴宓出版《空轩诗话》。关于诗话写作起因，他坦承受到《饮冰室诗话》影响，并效法梁启超，采录师友之作入诗话。《空轩诗话缘起》说：

> 幼读梁任公《饮冰室诗话》"我生爱朋友，又爱文学。每于师友之所作，芳馨悱恻，辄录诵之。"予亦同此感。游美回国以还，充任《学衡》杂志及《大公报·文学副刊》编辑凡十二年，所得师友之佳诗词，随时刊登，与世同赏。且印本留存天壤，异时可备检寻，不虞丧失，予心可安。去岁，编辑两职先后解褫（并非予怠惰请辞），师友佳章仍络绎而来。而九一八国难既起，中经上海及热河战役，南北志士名贤，感愤兴发，尤多精湛光辉之作。予所积盈箧，无地刊布（盖以旧诗受众排斥，报章杂志皆不肯刊登）。抄示诸友，劳力费时。欲编成《近世中国诗选》一书，作者各系小传，并予诗中所寓时事（陈寅恪君所谓今典）详加注释，既光国诗，尤裨史乘。但今各家书店，以及学校机关，无愿为予担任印行者，只得择尤纯粹，录入《空轩诗话》。[2]

这段话说明了新文学运动以后旧诗的艰难处境，报章杂志不再登旧诗，出版者不愿出版关于旧诗的书，原因是旧诗受众人排斥，"旧诗已绝"成为普遍性共识。这是反映"五四"后旧诗命运的珍贵史料。另一方面，旧诗写作仍在进行，那些歌咏抗战的诗，"精湛光辉""既光国诗，尤裨史乘"。但由于进不了文学公共场域，影响力极小。是以吴宓要通过诗话加以保存和传扬。

《空轩诗话》采录时人诗作，与《饮冰室诗话》一样，格外留意长篇文本。计有陈寅恪《王观堂先生挽词》、梁启超《寿姚茫父五十》、黄遵宪《聂将军歌》、瞿兑之《挽诗四十韵》、潘式《拾煤核》《晨起独往

---

[1]《吴宓诗话》，第207页。
[2]同上书，第177页。

万泉河冰戏观沿岸木稼》、凌宴池《观跳舞》（在《评凌宴池诗录甲集》中作《北京饭店观跳舞》）、徐澄宇《海上谣》、叶玉森《打鱼词》、常乃惪《翁将军歌》《论新诗》、邓之诚《后鸳湖曲》、王越《茵梦湖曲》《失地将军歌》《五百大刀歌》、萧公权《彩云曲》等。提到的有王国维《颐和园词》和《隆裕皇太后挽歌词》等。与《饮冰室诗话》所不同者，对采录的诗作，梁启超主要进行背景介绍，直接评诗不多，吴宓则都有三言两语的评论，揭示其主旨及诗艺诗风。

《空轩诗话》采录的长诗，有的是反映重大历史事件，如叶玉森《打鱼词》讥讽民国总统冯国璋。吴宓有背景介绍说："昔中华民族副总统冯国璋，开府南京，与民争利，一时南京之旅馆妓寮，皆其直接或间接所营（或云：军营中马粪，亦出售而取其值）。及民国七年，冯国璋为代理大总统，入居新华门内之公府，乃以三海之鱼出售获利。美国公使购得，特为送还。报纸喧传，中外腾笑。"评论诗作说："此诗有关国史，以新材料入旧格律，堪称佳作。"[1] 常乃惪《翁将军歌》反映一二八淞沪抗战。另提及曾广钧《纥干山歌》七古，"叙民国六年张勋复辟事。庄谐杂陈，浑脱流丽"，因为"过长不录"。[2]《失地将军歌》反映九一八事变，刺张学良等不战而拱手让出东北，"伤东北三省及热河之失也"。

有的反映新的生活方式。如凌宴池《观跳舞》，吴宓评曰："通篇字字句句皆着力，以锻炼典雅之旧辞藻，写新奇之事景而极妥帖，到底不懈，实为难能。"徐澄宇《海上谣》写上海上流社会"百里洋场竞豪奢"，并与底层社会的"泪与血"对比，批判"华夷士女"的醉生梦死。有的写名人故事。邓之诚《后鸳湖曲》写徐志摩、陆小曼、王赓故事。萧公权《彩云曲》写傅彩云（赛金花）故事。

傅彩云为近代传奇女子，因长篇小说《孽海花》风传天下，写她的长诗亦多。最早是樊增祥《彩云曲》《后彩云曲》，《梦苕庵诗话》收王甲荣《彩云曲》和薛秀玉《老妓行》。钱仲联仿效之，作《胡蝶曲》《后

---

[1]《吴宓诗话》，第238、239页。
[2]《吴宓诗话》，第213页。钱仲联亦推崇此诗，录入《梦苕庵诗话》，见该书第98页。

胡蝶曲》咏影星胡蝶。他说："余谓天生尤物，代不数人，陈圆圆后有傅
彩云，傅彩云后又有此豸（胡蝶）。圆圆、彩云，得梅村、樊山之笔而
名益炽；如蝶者，故不可以不加渲染也。"他还想写小凤仙与蔡锷故事，
谓："民国以来，有一诗史中绝好资料，余久欲以长庆体写之未就。"[1]以
长篇歌行写女性命运，自白居易《长恨歌》《琵琶行》之后，似乎成为
传统。除上述作品外，金兆蕃作《宫井词》咏珍妃，丁传靖作《黄鹄云
中曲》咏刘三秀，杨圻作《天山曲》咏香妃，又有《长平公主曲》。当
代有孔凡章《涉江曲》咏沈祖棻，《杨花曲》咏20世纪30年代游泳名将
杨秀琼、杨秀珍姊妹。这是一个有趣的诗史现象，借此揭出，以引起研
究者注意。

吴宓希望以长篇叙事诗实现古体诗"奇伟之创造"。《空轩诗话》第
四十三条论王越诗，先介绍王越："近年在国立北京大学研究所国学门，
从黄晦闻师（节）研究汉魏乐府诗，曾著《汉代乐府校释》《汉代乐府
释音》。"然后说："君既沉浸汉魏乐府，又上追杜工部，得力于吴梅村，
故有志继承其乡先贤黄公度先生为奇伟之创造。今能作成长篇叙事诗，
而发扬吾中华民族精神者，遍观海内，必当首推王越君也。王君勉乎
哉！自九一八国难起迄今，王君所作长诗不少（曾选登《大公报·文学
副刊》各期）。去年（民国二十三年）自编印成一集，曰《抚时集》，盖
取杜甫'感时抚事增悲伤'（《公孙大娘舞剑器行》）之意。"[2]既高度评
价王越长篇叙事诗取得的成绩，又对他寄予厚望。吴宓一生，念兹在兹
的就是"昌明国粹""发扬吾中华民族精神"。他认为"长篇叙事诗"在
这方面具有重要作用，称赞黄遵宪及王越长篇诗作为"奇伟之创造"。

吟咏这些题材的近体诗应该也有，有限的篇幅要表达复杂的内
容，往往力不从心，于是只能以套语应对，于是陈陈相因，难有新鲜
感。长诗则可以叙写过程、场面、人物音容笑貌等，内容充实具体，避
免了"空腔滑调"之病。常乃惪《翁将军歌》歌咏淞沪抗战中旅长翁照
垣事迹，吴宓评曰："九一八国难起后，一时名作极多，此诚不幸中之
幸。以诗而论，吾中国之人心实未死，而文化尚未亡也。统观辛未、壬

[1]《梦苕庵诗话》，第49页。
[2]《吴宓诗话》，第245页。

申、癸酉间南北各地佳篇，应以常乃惪（燕生，山西榆次）之《翁将军歌》为首选。此歌气格高古，旨意正大，深厚而沉雄，通体精炼，无懈可击。至若香山与梅村，皆欲突过之而不屑追步矣。"[1]王越长诗《五百大刀歌》写赵登禹部以大刀血战日寇事迹，序云："榆中已陷，热河复失。长城天险，遂为敌有。民国二十二年三月中旬，我军宋哲元部大刀队五百，袭之于喜峰口，斩首千级，大刀队亦全殉。神勇悲壮，冠绝人寰，是不可以不咏。"[2]吴宓评曰："国人读之，谅必慷慨悲哀、激昂奋发也。"大刀队的神勇振奋全国，音乐家麦新创作了著名的《大刀进行曲》，何香凝有诗《大刀赞》《颂五百大刀歌》。吴宓把这类诗作为"吾中国之人心实未死，而文化尚未亡"的证明，站位极高。

吴宓和吴芳吉还有以古体写中国史诗的宏大计划。吴宓对吴芳吉极其推崇，《评王越风沙集》说："近世中国诗人，前有黄遵宪，后有吴芳吉，允宜推崇。二君皆具有伟大之志趣怀抱，而最能代表发扬中华民族之精神者。"[3]《吴芳吉传》称其"内刚毅而外和易，性坦放而志峻拔"，"真能融合新诗旧诗之意境材料方法于一炉者"[4]。因此把书写中国史诗的宏愿寄托在他身上。《吴芳吉论史诗计划书跋》说："予近年在清华授希腊罗马文学，每年秋必教诸生读桓吉尔 Virgil 之《伊尼德》Aeneid 史诗（英译本），甚悉桓吉尔所以成功之道。又以中华与罗马东西遥对，民风历史酷似，窃意苟有人能为中华民国作成宏大之民族史诗一部，其义法必同桓吉尔，而其事非碧柳莫能任。故恒劝碧柳抛弃家庭学校朋友人事之纠纷及道德责任之小节，而专力于此。"[5]

吴芳吉接受了他的建议，于1930年6月在成都大学任教时，草拟了史诗写作计划，以信函形式向吴宓作了介绍。吴宓把这封信完整录存，在吴芳吉去世后，发表于1932年6月20日《大公报·文学副刊》。计划书介绍了史诗结构、内容、语言等。结构仿照《神曲》旧例，分过去、现在、将来三部。篇幅原拟"取人生三万六千日意"，写三万六千

---

[1]《吴宓诗话》，第239页。
[2]同上书，第245页。
[3]同上书，第169页。
[4]同上书，第160、159页。
[5]同上书，第168页。

字，后"嫌太短，决计扩大两倍，为十万八千字"。内容，第一部"主眼为神禹之肇造"，表现"吾民族根性，如博大、和平、廉洁、勇敢种种美德"；第二部"主眼为中山之继续"，写近代中国，民族根性"偶然丧失"，孙中山出而拯救之；第三部"主眼为孔子之复生"，民族根性再现，"而又助白俄之复国，建印度之新邦，普及孔教于四海苍生，出悌入孝，不求大同而自大同，为全诗结局"。体制句法，几经考虑，决定用六言。"惟六言古今罕用，而吾惯用之。又荷马史诗，音节亦六。兹用六言，适符其数。伟大者必统一，悠久者必简单。通用六言，统一又简单矣。"[1]

吴宓和吴芳吉都是文化保守主义者，又有世界性知识背景和眼光，他们都有强烈的文化使命感和责任感，力图用诗表现"中华民族之精神"，"欲以中国文章优美之工具，传述中国文化固有之精神；即一身为之起点，应时代以与无穷"。因此他们要"自创新诗"。但他们理解的"新诗"与西化派新诗不同。吴芳吉说，两派都"感于旧诗衰老之不惬人意"，"新派之诗，在何以同化于西洋文学，使其声音笑貌，宛然西洋人所为。余之所谓新诗，在何以同化于西洋文学，略其声音笑貌，但取其精神情感，以凑成吾之所为"，"余所理想之新诗，依然中国之人，中国之语，中国之习惯，而处处合乎新时代者"。西化派即自由派，追求通过诗体和语言的彻底变革以求突破，创作自由诗；而保守派希望通过吸纳西洋文学精神、体现时代特色求突破，而不毁弃传统形式和民族风格。吴芳吉把这种现象称为"同因而异果"[2]。

写作史诗，既是西方文学直接影响的结果，也是"以中国文章优美之工具，传述中国文化固有之精神"的努力。欧西有荷马史诗这样的民间史诗，也有《伊尼德》这样的文人史诗，中国有悠久历史、辉煌文明和强大国家，却没有汉语史诗，成为诗界之残缺或"短板"。吴宓、吴芳吉期望效法维吉尔（桓吉尔）、但丁创作中国长篇史诗，以表现民族精神，补齐短板。同时也是拯救"衰老"之旧诗、创作"理想之新诗"的探索。这部计划中的史诗的写作缘起和立意与《伊尼德》很相似。

---

[1]《吴宓诗话》，第167、168页。

[2] 吴芳吉：《白屋吴生诗稿自叙》，见《吴宓诗话》，第165、164页。

《伊尼德》是西罗马大帝奥古斯都建议维吉尔写的，目的是"歌颂罗马民族的光荣历史""发扬罗马的民族精神""激励罗马人民的爱国家、爱民族的热情"。[1]二吴也有这样的宏图远志。维吉尔的成功，说明进行文人史诗创作是可行的。遗憾的是，史诗还没有写，吴芳吉就英年早逝了，"君久拟辞世务而隐居，以十年或二十年之力，撰作中华民族之史诗。及其殁，甫草创耳。悲夫！"[2]

当然，这样的史诗即使写出来，能否满足史诗的要求、符合公众的期待及阅读习惯，未必乐观。就吴芳吉的计划书来看，恐难达致他们理想的目标。一是内容和写法，他设想的内容固然正大，但写法上似乎看不出史诗的特征。长篇史诗必须靠叙事支撑，即讲故事。还要有传奇性。计划书说"西洋史诗，多半依据经典。今亦准此，以厚其胎息。所有材料，均自群经诸子求之"。他相信，中国历史和人物"趣味之丰，道德之盛，岂荷马中人所能追及哉"？写出来会很精彩。问题在于，荷马史诗、《伊尼德》《神曲》，直至弥尔顿《失乐园》《复乐园》、歌德《浮士德》等西洋史诗及史诗性经典巨作，均有极强的叙事性和传奇性，它们依据的经典本身就是神话式、超越性的，魅力巨大；而吴芳吉拟写的中国史诗，只据"群经诸子"求取材料，写出来恐怕会过于征实而平淡。就二吴极强的道德意志推测，诗中可能还会出现较多的道德训诫，此亦会削弱诗之艺术性。二是语言，十万余字的长诗，全用六言句书写，恐太板滞而少流走，单调而乏变化，易导致阅读疲劳。用古体诗创作长篇叙事性作品，道路并不平坦。

总之，民国时期，在新文学背景下，大批留学欧美的人文学者归国，外国诗的接触和汉译远超晚清，参照西洋文学以改造中国文学成为广泛共识。吴宓等既不满于自由派摧残中国诗"优美之形质"，泛滥无归；也不满于"极旧派"之"陈陈相因，反复堆塞，令人生厌"，而折中其间，倡导"以新材料入旧格律""谋诗之创造"。吴宓把"熔铸新材料以入旧格律"视为中国诗歌"大业"[3]，视为旧诗发展的必由之路，不

---

[1] 石璞：《欧美文学史》（上），四川人民出版社1980年版，第102、104页。

[2] 吴宓：《吴芳吉传》，见《吴宓诗话》，第160页。

[3] 吴宓：《论今日文学创造之正法》，见《吴宓诗话》，第97、98页。

惜唇焦舌敝反复申说。长诗伸缩自如，在表现"新材料""新思想"方面较为擅长，故受到重视。民国时期的长诗写作在晚清诗界革命成果的基础上继长增高，出现一些优秀篇什，反映重要历史事件和新的社会事象及诗人的感想评价，颇有可观。

## 三、古体长诗实际接受效果考察

晚清民国时期长诗写作，虽有诗人苦心孤诣探索，论家竭力阐扬，但效果似乎并不理想。他们的长诗除了专家介绍时有些轻描淡写的论说外，基本未进入公众视野，罕有人知晓吟诵。后来的旧体诗写作，依然我行我素，长篇写作与近体诗、短诗数量不成比例。当代写作者，以为写旧诗就是写律诗，热衷作似通非通、或陈腐或俗滥的近体诗，而不屑于写古体，长诗更罕见。各种报刊发表的旧体诗多是短小的近体诗。前贤期望以长篇叙事性诗歌创作因应时代变化，打开旧诗新路的设想落了空。

考其原因，可能有以下数端。

一是审美传统制约。中国古典诗歌重意趣和神韵的审美传统，使叙事性文本难以成为诗歌创作和鉴赏的主流。中国诗歌从发生之初就以"言志"为圭臬。到陆机将"情"从"志"中剥离出来，加以强化，倡导"诗缘情"，于是形成强大的抒情传统以及重意境、神韵、趣味的传统。叙事也可以"言志"、表情，但古人又喜欢单刀直入，直指人心，即在短小的篇幅中，或通过意境营造，情景交融地言志抒情；或直抒胸臆，表达情志。因此，偏于过程性的叙事在诗中是不受重视的。很少有诗人在构思情节、叙述故事、塑造人物形象上惨淡经营，即不乐意写叙事诗。近体诗成立以后，诗家趋之若鹜，受严格格律限制的有限字句更难有叙事空间。

长诗都有叙事性，但中国古典长诗却不以叙事为中心，"不注重叙事的连贯、情节的铺排和人物的刻画，有别于纯粹的叙事诗"[1]，往往夹杂很多抒情、议论，重在"表意"，从而形成独特的传统。除《古诗为焦仲卿妻作》外，长诗名篇如屈原《离骚》、宋玉《九辩》、卢照邻《长

---

[1] 陈同生：《中国传统叙事诗不发达原因探析》，载《复旦学报》2004年第1期。

安古意》、骆宾王《畴昔篇》《帝京篇》、张若虚《春江花月夜》、杜甫《自京赴奉先县咏怀五百字》《北征》、白居易《长恨歌》《琵琶行》、元稹《连昌宫词》、韩愈《南山》、韦庄《秦妇吟》，直到吴伟业《圆圆曲》等，都是如此。作者并非热衷于讲"故事"即叙事；读者阅读它们，关注点也不在故事，而在其韵味意趣。这与古典诗歌"言志""缘情"的功能特点和追求"神韵""意境"的美学特点相一致，也形成中国古体长诗的书写传统和审美传统。

古诗中的长篇以歌行为最多。明吴讷《文章辨体序说·歌行》说："体如行书曰'行'，述事本末曰'引'，悲如蛩螿曰'吟'，委屈尽情曰'曲'，放情长言曰'歌'。"[1]他所列举的就是常见歌行的名称。虽然有些说法未必可靠，如"体如行书曰'行'"，但他说歌行都围绕"情"展开，则指出了歌行的文体特征，叙事不在中心位置。至于杜甫、韩愈的五言古体长诗一路，叙事的重要性更低。晚清民国长诗基本延续了这一传统，叙事、议论、抒情交织。本文用"古体长诗"概念而不用"长篇叙事诗"，正是有鉴于此。

二是理论误导。中国诗重意境、神韵、趣味本没有错，但把这些局限于书写风云月露之小诗，就有问题。有些诗论家论诗，就存在这样的偏差。他们把人们的欣赏趣味引导到狭小的空间，形成审美惯习和"套板反应"。在古典诗论中，严羽《沧浪诗话》精彩迭出，影响至巨，但也有偏失。许印芳《世法萃编》批评沧浪诗论说："严氏举汉唐为法，于汉唐人鸿篇巨制未能细意寻绎，深探原本，启迪后学，正是见诗不广，参诗不熟。所取兴趣，大抵流连光景、风云月露之辞耳，何足贵乎？"又说："严氏虽知以识为主，犹病识量不足，辟见未化，名为学盛唐准李杜，实则偏嗜王孟冲淡空灵一派，故论诗惟在兴趣，于古人通讽喻、尽忠孝、因美刺、寓劝惩之本义全不理会，并举文字才学议论而空之。"[2]许印芳对严沧浪的批评是深中肯綮的。许多人的诗歌观念和鉴赏趣味就是建立在"王孟冲淡空灵一派"基础上。流连光景、吟风弄月之作，写

---

[1] 吴讷、许师曾：《文章辨体叙说　文体明辨叙说》，人民文学出版社1982年版，第33页。
[2] 张国庆：《云南古代诗文论著辑要》，中华书局2001年版，第178、179页。

得好，也"足贵"，但如看不到"鸿篇巨制"，确实是"见诗不广，参诗不熟"，遗漏诗之大美。

朱光潜《咬文嚼字》讨论语言使用的套板反应说："习惯老是喜欢走熟路，熟路抵抗力最低引诱性最大，一人走过人人就都跟着走，越走就越平滑俗滥。""这就是近代文艺心理学家所说的'套板反应'（stock response）。一个人的心理习惯如果老是倾向于套板反应，他就根本与文艺无缘。因为就作者说，'套板反应'和创造的动机是仇敌；就读者说，它引不起新鲜而真切的情趣。一个作者在用字用词上离不掉'套板反应'，在运思布局上面，甚至在整个人生态度方面也就难免如此。不过习惯力量的深度常非我们的意料所及。沿着习惯去做总比新创更省力，人生来有惰性，常使我们不知不觉的一滑就滑到'套板反应'里去。"他在《谈读诗与趣味的培养》中又说："习惯的势力之大往往是我们所难想象的。我们每个人都有几分冬烘学究气，都把自己囿在习惯所划成的狭小圈套中，对于这个圈套以外的世界都视而不见，听而不闻。"[1]诗歌鉴赏也会形成习惯和惰性，只浸淫于"流连光景、吟风弄月"的小诗，必然导致"心理习惯""诗歌态度"的狭隘和浅陋。

短小的诗，特别是近体五七言律绝、竹枝词、令词等，由于精炼，读起来省时省力，受到大众的广泛欢迎。这没有错，但倘若因此认为好诗就是这些小诗，那就错了。只会读小诗小词，实在是诗词鉴赏的误区。研究诗，只关注小诗，更是"少陵自有连城璧，争奈微之识碔砆"了。小诗因为篇幅有限，其思想、情感容量，乃至艺术表现力也有限，篇幅较长的佳作，则突破了这一局限，可以书写更为丰富的内容，展现更高的艺术功力。

"鸿篇巨制"用大力气写，也要用大力气读。浦起龙谈读《自京赴奉先县咏怀五百字》说："此为集中开篇大文章，见老杜平生大本领，须用一片大力气读去。"（《读杜心解》）程学恂说："读《南山》诗，当如观《清明上河图》，须以静心闭眼，逐一审谛之，方识其尽物类之妙。又如食五侯鲭，须逐一咀嚼之，方知其极百味之变。"[2]而一般读者没有

---

[1] 朱光潜：《我与文学及其他》，安徽教育出版社2006年版，第19页。

[2] 程学恂：《韩诗臆说》，转引自钱仲联《韩昌黎诗系年集释》（上），古典文学出版社1957年，第206页。

这样的耐心，长篇古诗就罕有人问津。古代经典尚且如此，晚清民国长诗就更难引起读者兴趣。不过，"趣味很少生来就广博，好比开疆拓土，要不厌弃荒原瘠壤，一分一寸地逐渐向外伸张。""对于某一种诗，从不能欣赏到能欣赏，是一种新收获。"[1]对长篇诗作的欣赏就应如此。清人姚范《援鹑堂笔记》说:"《北征》之沈壮郁勃，精采旁魄，盖有百番诵之而味不穷者。"[2]要指出的是，长篇诗作也须"百番诵之"而味始出。

三是经典化欠缺。诗篇的影响力，很大程度上取决于经典化水平。经典化程度越高，被关注的可能性越大。而文本之经典化，既取决于文本之品质，也受制于外部因素。关于"经典化"即经典的形成过程的研究，20世纪以来国内外讨论取得的重要进展，就是打破文本的自我完足性而将其拓展到接受者和文学制度，也就是说，经典不仅仅是由文本的思想和艺术品质决定的，它还和文本之外的其他因素相关联。斯蒂文·托托西认为，经典的确立是一整套文学制度共同作用的结果，而所谓"文学制度"由一些参与经典选拔的机构组成，这些机构"包括教育、大学师资、文学批评、学术圈、自由科学核心刊物编辑、作家协会、重要文学奖"[3]等。黄曼君认为经典既是一种实在本体又是一种关系本体，从实在本体论角度看，经典是因内部固有的崇高特性而存在的实体；从关系本体论角度看，经典是一个被确认的过程，一种在阐释中获得生命的存在。[4]童庆炳认为，经典化要有六个要素：文学作品的艺术价值，文学作品的可阐释的空间，特定时期读者的期待视野，发现人/赞助人，意识形态和文化权力的变动，文学理论和批评的观念。前两项属于文学作品内部要素，蕴含"自律"；后两项属于影响文学作品的外部因素，蕴含"他律"。第三、四项处于"自律"和"他律"之间，是内部和外部的连接者，没有这两项，任何文学经典的建构都是不可能

---

[1]《我与文学及其他》，第19、18页。
[2]转引自钱仲联《韩昌黎诗系年集释》(上)，第205页。
[3]转引自陈定家《文学的经典化与去经典化》，见《中国社会科学学术前沿(2002—2007)》，社会科学文献出版社2007年版，第489页。
[4]黄曼君：《中国现代文学经典的诞生与延传》，载《中国社会科学》2004年第3期。

的。[1]这些观点都强调了文学经典的形成除文本自身的品质之外还有别的因素发生作用，"经典是凭依某种权力或权威建构起来的"[2]。

晚清民国旧体诗在"诗运已绝"观念影响下，长期不受重视，被排斥在经典化过程之外，大学文学教材不选，面向大众的诗歌选本不收，研究不充分，大量优秀诗作被湮没。长诗也不例外。虽然黄遵宪、梁启超、吴宓等用心良苦，摇旗呐喊，但应者寥寥。"文学经典因阐释与再阐释的循环而得以不朽。"[3]由于对晚清民国长诗阐释严重不足，经典地位无从确立，影响也就极为有限了。吴宓把抗战初期的长篇诗作作为"吾中国之人心实未死，而文化尚未亡"的证明，意义不可谓小，诗艺亦不俗，具备成为经典的"实在本体"，可即使是研究抗战文学者，也罕有提及。专门家尚且如此，遑论普通读者？要加强研究和传播，把优秀文本凸显出来，让人们认知和诵读，则长诗之影响自能提升。在晚清长诗研究方面，李亚峰苏州大学博士论文《近代叙事长诗研究》（中国社会科学出版社2015年正式出版时改题《近代叙事诗研究》）做了拓荒性、总结性工作。刘梦芙《七言长篇歌行之古今演变》对近百年一些代表性长篇歌行作了精到分析[4]。在已有成果的基础上，深化研究，多加言说，晚清民国长诗影响力和地位不高的状况就能有所改变。

晚近古体长诗以陈寅恪《王观堂先生挽词》经典化程度最高。一方面是因为诗之内容、艺术成就高，具备"实在本体"。如吴宓所说："此篇发明中国文化之纲纪仁道，皆抽象理想之通性，如柏拉图所谓Eidos者，而非具体之一人一事，陈义甚精。""包举史事，规模宏阔，而叙记详确，造语又极工妙。"[5]另一方面，是由于陈寅恪人格峻洁、学术成就卓越，写的又是王国维自沉这一重要事件，是以研究者、关注者众，在反复言说中，此诗之价值就得到凸显，完成经典化。这个案例可以为提

[1] 童庆炳：《文学经典建构的内部要素》，载《天津社会科学》2005年第3期。
[2] 黄怀军：《经典/典律》，见王晓路等《文化批评关键词研究》，北京大学出版社2007年版，第217页。
[3]《文学的经典化与去经典化》，见《中国社会科学学术前沿（2002—2007）》，第488页。
[4] 中华诗词研究院、复旦大学中国古代文学研究中心编：《中华诗词研究》第二辑，东方出版中心2016年版。
[5]《吴宓诗话》，第193、196页。

高晚清民国长诗经典化水平提供启示。

　　四是形式缺陷。这里说的形式不是艺术形式，而是排版形式。古代没有标点，诗歌抄写或刻印都是白文，不分段，长诗读起来非常吃力，容易产生"审美疲劳"。这也是长诗传播不广的客观原因。这看起来很小，但确实是一个问题。古代长诗，虽然作者没有分段，但实际上是有脉络可寻的，现代整理本应该合理分段，以减少阅读疲劳。而许多整理本仍然一诗到底，这不是聪明的办法。当代写作者应该根据内容自然分段，降低阅读障碍。

　　民国有以旧体诗译西洋长诗者，因为西诗是分段的，译出来自然成段，读起来轻松，诗意亦较明了。如素痴（张荫麟）译罗色蒂（Dante Gabriel Rosstti）《幸福女郎》（*The Blessed Damozel*）。《吴宓诗话》附录译文并加按语说："罗色蒂此诗作于1847年，诗共24首，合为一篇。每首六行，第二、四、六行叶韵，今译悉仍之，以一句当一行。"顾谦吉以骚体译阿伦坡（Edgar Allan Poe）《乌鸦》（*Raven*）为《鹏鸟吟》亦然。[1] 这种做法值得仿效。当代诗家孔凡章尽瘁长诗写作，最为卓越，有梅村体长篇歌行《芳华曲》（咏梅兰芳）、《涉江曲》《杨花曲》《秦俑行》等，诗为杰构，而多不分段，固不悖旧习，但究竟读之费劲，不能不叹为美玉之瑕。

　　尽管晚清民国诗人和诗论家以长诗写作寻求旧体诗"革新"之突破收效有限，但旧诗如何因应时代变化而调整写作方式确实是关系其自身发展的重大问题，用长诗表现复杂的现代社会是旧诗发展之重要路径，因此，先贤的诗歌思想与实践值得进一步总结和发扬。当代旧体诗写作，应景式写作、即兴写作、以诗为游戏的写作、机械化写作（只知道在格律公式中填充字词的写作）不妨只写小诗，而真正体现诗人心智和时代精神高度的创造性写作，不能没有长诗。

【作者简介】云南中华文化学院副院长、教授。

---

[1] 吴宓：《罗色蒂诞生百年纪念》，见《吴宓诗话》，第119、53页。

# 另类的经典

## ——论晚清民国王次回诗歌的流行

耿传友

【摘　要】　与一般文学作品的经典化过程不同，王次回《疑雨集》在文学经典序列里时进时出。晚清以迄民国，王次回《疑雨集》发行量达数百万册，读者以千万计，受到非常广泛的欢迎，衍生出数量可观的拟作和集句，留下了极为丰富的批评资料。梳理、审视和评估这些次生文本，可以判断，王次回诗歌的艺术价值高，感染力强，影响甚大，具备了文学经典建构的一些要素，但大多数读者只关注其中的艳体诗，其可阐释的空间相对狭窄，且易受文学理论和批评的价值取向的影响。对王次回《疑雨集》之类的古代文学作品，应着力挖掘和阐释作品中有价值的部分，融入我们今天的文化建设中，满足人们多样性的审美需求。

【关键词】　王次回　《疑雨集》　经典

文学经典和文学经典化问题已成为新世纪以来中国文学研究领域的一个热门话题，这一问题直接关系到文学史的编撰和书写。文学史研究的一个重要任务就是遴选经典，诠释经典，总结文学经验，从一定意义上说，文学史就是文学经典史。经典是对文本的价值评价，只有那些影响深远，且具有典范意义的文学作品才能称为文学经典。文学经典具有流动性，其形成过程较为复杂。有些文学作品能自始至终保持着盛誉，成为历代读者所公认的经典；有些文学作品虽不为当时所重视，但却能蜚声后世，被追认为经典；有些文学作品虽名噪一时，被认为是经典，但后来又被推翻，甚至遗忘；还有些文学作品，读者对其价值的认识经历过几番起伏，在经典的序列里进进出出。[1]本文所讨论的王次回《疑雨集》就属于最后这一种。

王次回（1593—1642）名彦泓，以字行，江苏金坛人。自明末以来的三百多年间，王次回《疑雨集》曾经历两次"经典化"过程。一次是清初。王次回在世时，他的诗歌只在很小的范围流传，声名不显，但到清初时，其影响越来越大，受到较为普遍的推崇。严绳孙《〈疑雨集〉序》指出："今《疑雨集》之名籍甚，江左少年传写，家藏一帙，溉其余沈，便欲名家。"[2]王士禛、朱彝尊和陈维崧都给王次回诗以很高评价，王士禛和纳兰性德等清初著名文人的创作都曾受到王次回诗歌的滋养和启发。第二次是晚清以迄民国。随着时间的推移，到乾隆时王次回诗歌受到的批评越来越多，不像清初那样受到推崇了。但到了清末，王次回的诗歌再次走红，至1936年，《疑雨集》已被翻印三十多次，受到非常广泛的欢迎和较为普遍的称誉，并成为很多人写诗的范本。虽经历过两次洗礼，但王次回《疑雨集》的经典化并没有真正完成，随着抗日战争的爆发，其影响逐渐减弱，慢慢从人们的阅读视野里消失，中华人民共和国成立以后很少再有人提起他。近十多年来，王次回又开始再次受到关注，并渐入学术研究领域，被写进文学史著作[3]。王次回声名的升降起伏，足以发人深省，笔者曾撰文作过初步研究[4]。随着一些新资料的发现，笔者认为有些问题需要进一步思考，特别是晚清民国的王次回热，潜藏着有待发掘的丰富内涵，对反思明清文学作品的经典化，有着较为重要的启示意义。

## 一、传播和阅读

在1921年的《小说月报》上，朱瘦月发表《不羡鸳鸯室诗话》，其

---

[1] 关于文学作品的经典化研究，已有的成果很多，如朱栋霖《经典的流动》（《中国现代文学研究丛刊》2000年第4期）、童庆炳《文学经典建构诸因素及其关系》（《北京大学学报》〔哲学社会科学版〕2005年第5期）和詹福瑞《试论中国文学经典的累积性特征》（《文学遗产》2015年第1期）等。
[2] 侯文灿：《〈疑雨集〉序》，见《疑雨集》卷首，清康熙刻本。
[3] 章培恒、骆玉明：《中国文学史新著》，复旦大学出版社、上海文艺出版总社2007年版。
[4] 耿传友：《王次回：一个被文学史遗忘的重要诗人》，载《中国韵文学刊》2006年第3期。

中有一段文字涉及王次回《疑雨集》刊印和销售情况：

> 《疑雨集》初为苏州木刻袖珍本，长广均三寸馀。清光绪末扬州吴梦兰主京师《国学萃编》月刊时，特遍征题词，用铅字排印，式颇精雅，继上海扫叶山房、著易堂、文瑞楼、文明书局、朝记书庄各家皆有石印本。扫叶、文明因是书销行逾百万册，为牟利计，更延通人笺注，另行出版。惜鲁鱼亥豕，各本皆然，求一完善无疵者，竟不可得。长沙叶德辉思以矫之，曾仿旧籍精刊，然亦未免此病。甚矣哉！刻书之大不易也。[1]

扫叶山房、文明书局两家销售的《疑雨集》就超过百万册，足见其受读者欢迎的程度。此后，不仅朱瘦月提到的一些刊本一版再版[2]，而且出现了一些新的刊本，如上海扫叶山房（1926）、上海启智书局（1934）、上海中央书局（1935）、上海大达图书供应社（1935）都出版过新式标点本。自1905年叶德辉重刻《疑雨集》以来，至1935年止，《疑雨集》的正式印行量当达数百万册。王次回诗歌在此期间拥有的读者的数量，毫无疑问要比《疑雨集》印行的数字要多出几倍，当以千万计，可以说出现了"王次回热"。

王次回《疑雨集》现存版本提供了丰富的读者信息。首先，一些现存的《疑雨集》曾为名人藏书。北京大学图书馆有一《疑雨集》残本，此残本是王国维的藏书，中有王国维题记："此系大兴朱少河先生锡庚家旧钞，虽非足本而较胜坊刻。宣统改元八月国维记。"收藏于国家图书馆的五知堂板《疑雨集》，书前有"韧佩仙馆印"，当为吴梅旧藏，书中有一些批点，指出刊刻之误，在卷三的末尾有批曰："有佳酿苦无善殽，以《疑雨集》三卷下酒三升。"由此可见，王国维、吴梅都曾是《疑雨集》的爱好者。其次，晚清民国新刊印的《疑雨集》一般会有新的序跋，而序跋的作者毫无疑问都读过《疑雨集》，有的还对《疑雨集》用功甚深。如常熟丁国钧曾在光绪元年（1875）与桐乡金次良一起读书，金次良笈中有旧抄本王次回《疑雨集》，两人"课余相与览讽以为

---

[1]《小说月报》1921年第7卷，闰五月增刊。
[2] 如上海文明书局1918年初版的《王次回〈疑雨集〉注》，至1930年已至第6版。

乐"[1]。朱太忙在弱冠时"即熟读《疑雨集》不啻数十过",并由此萌发编纂《艳体诗汇选》之意。[2]再次,有的刊本还附录有题词或批点。如京都国学萃编社1909年刊行的《疑雨集》就附有一册《疑雨集题词》,内容包括"序"3篇、"题词"96篇,作者有江峰青、沈宗畸、吴清庠、王谢家、王佺孙、金绶熙、朱点衣、定信、令汝楣、李维藩、王潜刚、郑钟琪、阿邻、韩叔密、戴坤、史恩培、金葆桢、张仁寿、陈寅、钟绳武、李靖国、李盛基、孙奇、张瑞毓、陈索然、王延钊、孙熙鼎、吴仲、汪笑梅、沈雯、勒德慧、畹兰女史、赵静芙、晨风阁侍史兰睇、袁祖光、叶玉森、余际春、吕调元、张其镕、张瑜、沈豫善、童闰、朱素贞43人,这些序文和题词的作者都是"王次回迷"。

翻阅、检索晚清民国刊行的图书报刊,我们可以频繁发现王次回的踪影。在《玉梨魂》中,徐枕亚借梦霞之口称赞王次回《疑雨集》"情词旖旎,刻露深永"[3],《玉梨魂》《雪鸿泪史》中许多诗词都是模仿王次回的诗而作。张恨水《春明外史》第二十回有一段提及《疑雨集》:

> 这天晚上,杨杏园吃过晚饭之后,一看时间还早,不必就上报馆,随手在书架子上抽了一本书就着灯看。翻开来却是一本《疑雨集》,随手翻了两页,有一张一寸多长的硬皮纸,覆在书页上,是一个小照的背面。上面歪歪斜斜,行书带草的写了几行字:微睇憨笑可怜生! 垂手拈衣总有情。欲把阿侬比新月,照人只是半分明。自己一想,是了,这还是上半年害病,梨云私自送的一张小照,不要去看它了。[4]

第三十七回写杨杏园与才女李冬青的爱情,再次涉及《疑雨集》:杨杏园信笔所写、登在报纸上《乍见》三首,李冬青看后寄信后杨杏园,认为这几首诗"文情并茂,置之《疑雨集》中,几不可辨矣",并附诗三首:

---

[1] 丁国均:《〈疑雨集〉注序》,见《疑雨集》卷首,扫叶山房石印本。
[2] 朱太忙:《〈疑雨集〉序》,见《疑雨集》卷首,大达图书供应社,1935年新式标点本。
[3] 徐枕亚:《玉梨魂》第七章,江西人民出版社1986年版,第40页。
[4] 张恨水:《春明外史》(第一部)第二十回《纸醉金迷华堂舞魅影 水流花谢情海咏归槎》,中国文史出版社2018年版,第218页。

无奈柔肠著絮泥，新诗几首仿无题，怪他绝代屠龙手，一瓣心香属玉溪。

才子佳人信有之，洛妃颜色次回诗，低吟光动惊鸿句，我亦倾心乍见时。

画出如花尚带羞，谓渠抗鬓更低头，游仙应有诗千首，新得佳人号莫愁。[1]

李冬青的诗又何尝不是"文情并茂，置之《疑雨集》中，几不可辨矣"！她把"次回诗"与"洛妃颜色"相提并论，赞誉之情溢于言表。徐枕亚、张恨水把《疑雨集》写进自己的小说中，并借笔下的人物予以赞美，表明他们非常熟悉和喜爱《疑雨集》。《玉梨魂》《春明外史》都先后在报刊连载，单行本出版后，发行量巨大，乃当时的畅销书，它们对《疑雨集》的推崇，可能会吸引读者去阅读《疑雨集》，从而进一步扩大了王次回《疑雨集》的影响。《游戏世界》是当时非常有市场的刊物，其中多处载录刊物撰述同人叠王次回《疑雨集》句为酒令的事[2]，且看郑周寿梅《游戏世界撰述同文别署酒令》：

茗狂　狂心全被酒扶持
天笑　笑看如花更一嗔
寒云　云端唤出月娥身
指严　严闺初放踏青人
涵秋　秋扇轻将屈戌敲
独鹤　鹤伴经行虎结邻

[1] 张恨水：《春明外史》（第二部）第三十七回《玉臂亲援艳诗疑槁木　珠帘不卷绮席落衣香》，中国文史出版社2018年版，第86页。
[2] 1921年《游戏世界》第3录有郑逸梅《集疑雨集句分嵌游戏世界撰述同人别署》，凡12条；1922年《游戏世界》第11期录有郑周寿梅女士《游戏世界撰述同文别署酒令》（叠金坛《疑雨集》句），凡35条；1922年《游戏世界》第12期录有章梅魂《游戏世界人名酒令》（叠王次回句），凡17条。

| 小凤 | 凤头弓样改蛮靴 |
|------|----------------|
| 漱石 | 石家吹竹蔡家丝 |
| 君博 | 博山清昼起孤烟 |
| 寄尘 | 尘情端不上娇鞏 |
| 红蕉 | 蕉葛裁衫透雪肌 |
| 小蝶 | 蝶袄鸾绦结束新 |
| 忆凤 | 凤凰声韵不如雏 |
| 知新 | 新春初唱想夫怜 |
| 枕绿 | 绿梅花下著卿卿 |
| 雪芳 | 芳兰竟体总堪怜 |
| 灵凤 | 凤窠飞散别枝春 |
| 长凤 | 风光踪迹记当年 |
| 大可 | 可人风格自飘然 |
| 心木 | 木樨天气独来时 |
| 凤竹 | 竹声如肉骤难分 |
| 吟水 | 水沈熏彻藕丝衫 |
| 不才 | 才著思量便渺然 |
| 小白 | 白日闲逢一暗惊 |
| 半梅 | 梅兰簇鬓敞头新 |
| 瘦菊 | 菊黄时节蟹堪持 |
| 小青 | 青鸟心忙未敢催 |
| 律西 | 西子愁眉忍更妍 |
| 谿公 | 公主亲拈与翠花 |
| 一尤 | 尤物当前命易轻 |
| 笑烟 | 烟岭湖光短榻前 |
| 戍生 | 生前掩面郁金床 |
| 王天 | 天壤王郎嗜好奇 |
| 逸梅 | 梅花应恨旧盟寒 |
| 灵兰 | 兰熏经月尚霏微 |

叠《疑雨集》诗句而成的酒令所涉及的这35人，大都是当时的文化名流，对晚清民国初期文坛稍有了解的人都不难体会到这份名单的分量。虽然酒令的具体玩法不能确定，但可以肯定的是，参与酒令游戏的这些人当都对王次回《疑雨集》非常熟悉。举例言之：李涵秋在17—20岁时刻意模仿王次回写诗[1]；叶灵凤在《秋灯夜读抄》中说自己二十岁之前只晓得读王次回的《疑雨集》[2]；据郑逸梅在《敝帚小识》中回忆，他初学诗时曾效颦王次回《疑雨集》作"凝香词"百首[3]；张枕绿在《最小》第一百八十二号上发表《王次回式之欠债者》，文中引了王次回《谏诉逋者》一诗。《最少》第七十六号上刊载有刘醉客《最小同文酒令》，该酒令也是集《疑雨集》句，列入条目者有寒云、枕绿、小青、茗狂、舍我、萱百、明霞、天白、唐村、逸梅、寄尘、文芳、碧波、天石、吉森、菊高、寄梦、襄国、智光、浩泉、亚光、听潮生、木公、孝文、醉客25人，他们当也都曾熟读过《疑雨集》。

以上所论及的王次回诗歌的读者，后来大都被目为"鸳鸯蝴蝶派"，或被称为旧派文人，其实许多属于新文学阵营和革命阵营的文人同样爱读王次回诗歌。例如：胡适《藏晖室日记》1910年正月二十九记读王次回《疑雨集》[4]。顾颉刚在《写歌杂记》中提到，胡适曾对他说："此诗（指《野有死麕》）之义，经学家虽讲为峻拒，文学家确是讲为互恋的。记得王次回诗中即有此类句子。"顾颉刚依了这个指导，果然在《疑雨集》中找到了类似的诗。[5]郁达夫致孙荃的信中提到王次回有《疑雨》《疑云》二集，并抄录其中的诗给孙荃读。[6]冰心在《两栖动物》中回忆，她在十二岁时经常穿行于两群表兄姐之间，替他们传书递简，有一位表兄给一位表姐写了"此生幽愿可能酬，不敢将情诉骞修。半刻沉吟曾露齿，一年消受几回眸。微茫意绪心相印，细腻风光梦

[1] 贡少芹：《李涵秋》，天忏室出版部1923年版，第166页。
[2] 樊善标、危令敦主编：《香港文学大系》（散文二），商务印书馆（香港）有限公司2014年版。
[3]《学林漫录》八集，中华书局1983年版，第245页。
[4] 胡适：《胡适日记全编》第1册，安徽教育出版社2001年版，第23页。
[5]《吴歌·吴歌小史》，江苏古籍出版社1999年版，第132页。
[6] 于听：《郁达夫风雨说》，浙江文艺出版社1991年版，第127页。

借游。妄想自知端罪过，泥犁甘堕未甘休"这首七律，虽然这位表兄并没有因此得到那位表姐的青睐，但冰心依然认为是"很好的诗"。然而，在十七八岁时，冰心在小舅舅杨子玉先生的书桌上看到王次回的《疑雨集》，竟也有这首诗："原来就以为很有诗才的那位表兄，也是一个'文抄公'！"[1]冰心由此开始爱上《疑雨集》，后来在作品中不断引用。如在给弟弟冰仲的信中，她说："我何等的追羡往事！'当时语笑浑闲事，过后思量尽可怜。'这两语真说到入骨。但愿经过两三载的别离之后，大家重见，都不失了童心。"[2]"当时语笑浑闲事，过后思量尽可怜"也是王次回的诗句，与冰心表兄抄的那首诗，同出自《奏记妆阁》。1919年2月，恽代英在日记中曾抄录王次回《悲遣十三章》，有的还附有小注，随笔记下自己读诗时的感受，摘录如下：

神伤不哭愧前贤，虚读南华十八篇。曾有达人难达处，风刀将断喘丝悬。（我自命旷达，然为葆秀赔万行泪矣。）

青瞳枯涩渐无光，犹自蓸腾觅阿娘。苦是舌根闲强后，模糊言句费猜详。（令我思葆秀呓语之顷。）

儿擎婢捧藉重裀，半转屏躯万苦辛。若使一灵还负痛，泉途扶侍托何人。（于葆秀产后不得安息之苦，我亦怃然不置。）

尸堂揭白写形模，几遍端相未是他。欲倩画工追笑靥，可堪连岁泣时多。（葆秀遗像却神似，出于意外。）

半月前还弄剪刀，剩抛金线几多条。病中改出裙花样，为向灵筵挂几朝。（若葆秀则四五日前尚健如我，倏然以去，梦想不及。）

---

[1] 最初发表于《散文世界》1986年第6期。见卓如编《冰心全集 第八册 1986—1994》，海峡文艺出版社2012年版，第25—27页。

[2] 最初发表于《晨报儿童世界》1924年9月7日，后收入《寄小读者》。见《冰心全集 第二册 1923—1941》，第77页。

影堂灯火碧荧荧，消息都无去杳冥。曾是向来行立处，纸钱灰烬满中庭。（此言如出我口。）

悼亡非为爱缘牵，俨敬如宾近十年。疏阔较多欢洽少，倍添今日泪绵绵。（我等则从欢洽中骞然吹断，令人永不能忘。）

幛幡收卷散花场，烧罢人间七七香。净土天宫随意住，可知尘世独凄凉？（葆秀言，与我居三年，当往我所不知处。戏言乃有所合。）

我读此——合之葆秀之事，每不禁怃然泪下。借他人酒杯，浇自己块垒，亦无聊之至极也。但愿天下有情眷属，皆得偕老百年，莫留情天下之缺憾如我也。[1]

恽代英显然对王次回诗产生了共鸣。如果不是出于恽代英自己的记载，今天的读者恐怕很难相信这位无产阶级革命家在阅读《疑雨集》时有如此强烈的感受，这使我们对王次回诗歌的接受效果有了非常深切的了解。

王次回诗歌也被一些艺术家相中，将其向其他艺术形式转化。张大千作有《王次回诗意图》，此仕女图是据王次回诗"别来清减转多姿，花影长廊瞥见时。双鬓淡烟双袖泪，偎人刚道莫相思"诗意而作[2]。李叔同创作有书法作品《苏体行书节录王次回先生问答词横》《苏体行书王次回和孝仪看灯词横》[3]。有的读者还把兴趣转向与王次回及其诗歌相关的空间与事物。1914年，无锡侯疑始寓居北京九条胡同，因王次回诗有"曲折胡同到九条"句，乃以邻刹及门前石井推证之所寓果为阿

[1] 恽代英著，中央档案馆等编：《恽代英日记》，中央党校出版社1984年版，第488—489页。
[2] 包立民：《张大千二十年代初的设色仕女画》，见《张大千艺术圈》，中国文联出版公司1999年版，第49页。
[3]《天津文史》第22期彩页七、封底，1999年10月。这两件书法作品现藏天津市艺术博物馆。

锁故居，便招客征诗，严复、易顺鼎的诗文集中都收有应征的诗[1]。南社诗人张挥孙，曾赴金坛访王次回故宅，看到除废柱危栏外，唯有寒烟古树而已，为之抚然[2]。日本作家永井荷风不但极力推崇《疑雨集》，拿王次回与法国文学史上的重要作家波德莱尔相提并论，而且在《初砚》（1917）、《曝书》（1918）、《雨潇潇》（1921）等文章里时加引用。[3]

在文学和文化圈形成的王次回热，逐渐扩大到公众领域。如果说前引《游戏世界撰述同文别署酒令》还多少保留些文化内涵的话，霜红《霜红楼女子酒令》（集《疑雨集》句）则完全把王次回诗歌当作大众"消费"的对象[4]。现引录于下：

> 弄玉当年未嫁时（未嫁者饮）
>
> 拢髻斜阳换翠簪（簪翠簪者饮梳髻者饮）
>
> 今宵多半要装绵（服绵绸者饮）
>
> 楞严初读面生红（面红者饮）
>
> 尊前一笑两相同（相对笑者各饮一杯）
>
> 窗前有时思梦笑（窃笑者饮）
>
> 微风一道染衣香（洒香水者饮）
>
> 病容尤好莫羞郎（新病初起者饮各和一杯）
>
> 鬓态易迷花影乱（鬓发蓬松或髻花欹斜者饮）
>
> 寻幽赖有潘郎共（夫潘姓者饮一杯各和一杯）
>
> 别上菱花镜一奁（席次以镜照面扑粉者罚三杯）
>
> 梨花淡淡玉亭亭（守制服孝者饮）

---

[1] 严复：《侯疑始寓九条胡同，因金坛王次回赠妓左阿锁，有"曲折胡同到九条"句，乃以邻刹及门前石井推证所寓之果为左妓阿锁故居，遍征题咏焉》，见《严复集》第2册《诗文》（下），中华书局1986年版；易顺鼎：《侯君疑始所居九条胡同为疑雨集中左阿锁故居，召客征诗，因赋二首》，见《琴志楼诗集》（下），上海古籍出版社2004年版，第1341—1342页。

[2] 郑逸梅：《艺林散叶》，见《郑逸梅选集》第三卷，黑龙江人民出版社1991年版，第163页。

[3] 参看郑清茂《王次回研究》，见《中国文学在日本》，纯文学出版社有限公司1981年版。

[4]《晚霞杂志》1922年第3期。

玉纤长沁瀹茶香（索茗饮者罚三杯）

香盘腻发春云湿（敷生发油最多者饮）

睡鬟松落瑞香花（簪花落地者饮）

丽华身后恰归来（姓张者饮三杯夫姓张者饮一杯并唱曲调一种）

横波不待回头见（目左右视者饮回头者饮）

笑倩回灯整翠裙（整裙者饮）

更有清溪妹第三（姊妹行三者饮）

从今注定鸳鸯牒（刚字人者饮各和一杯）

怯暑心情犹喘月（咳嗽者饮）

背人伴不隐红鞋（红鞋者饮）

卷袖厨娘用玉钩（卷袖者饮）

进酒难如断酒难（各连饮三杯）

也知重向灯前见（离灯最近者饮一杯）

单占名花第一名（名有花字或在花卉类者饮）

谁堪待阙鸳鸯社（未字人或正待字者饮）

似浓如淡不曾云（涂粉不匀者罚三杯）

近来行止学矜庄（自学庄重者饮）

办得欢前行一遍（各晋一觞）

绿叶成阴色韵全（孕者饮）

重毫丝履绣鹣鹣（绣鞋者饮）

喜见唇樱染麝毫（唇点朱粉者饮）

此令凡33条，有些条目不免让人绝倒。在此酒令中，王次回诗句丰富的情感内涵被剥去，原有的抒情或审美功能遭致削弱，成为单纯的文字游戏，对理解诗歌本身没有多少价值，但这不仅更直观地反映《疑雨集》受读者欢迎的程度，而且也有力地拉近了王次回诗歌和大众的距离。我们若要了解当时王次回诗歌的传播和阅读情况，集《疑雨集》句酒令的意义值得特别关注。

综上所述，在晚清民国，王次回《疑雨集》销量巨大，所拥有读者的数量以千万计。王次回诗的读者中，不仅有普通市民、一般文化青年，还有王国维、吴梅、胡适、郁达夫、张恨水、冰心、张大千、李叔同、永井荷风等一流的学者、作家和艺术家，王次回在当时成为一位精英文化和大众文化"通吃"的作家。

## 二、拟作和集句

在晚清民国，模拟仿效王次回诗歌进行创作的文人众多，诗作数量可观。从形式上看，有模仿单篇（题）作品的，如王韬因见《疑雨集》中有《劝驾词》，便"戏效其体以示红蕤"：

> 药炉茶灶已安排，西面窗棂不许开。晓得怕风兼避客，重帘不卷等卿来。

> 轻寒昨夜上妆台，料得熏笼倚几回。漫把心香焚一饼，冷灰拨尽等卿来。

> 蛮笺几叠未曾裁，小研红丝试麝煤。密字珍珠书格细，手钞诗卷等卿来。

> 重门深锁郁离怀，谣诼蛾眉事可哀。寂寂江干舟未至，梅花开后等卿来。

> 传讹青鸟事难谐，反惹相思两地猜。即有尺波谁可托，诉将离绪等卿来。

> 记曾相识有诗媒，隽逸岂输咏絮才。城北清光仍不减，画栏看月等卿来。

> 旧时院落长苍苔，忆着前游首重回。满目凄凉增感触，沧桑细阅等卿来。

无端小病瘦于梅，怕冷憎寒倚镜台。为叠重衾温宝鸭，浓香残梦等卿来。

《劝驾词》写于咸丰甲寅（1854）夏，当时王韬在昆山笙村避暑，与红蕤阁女史（孙韵卿）相爱。这组诗无论是具体词语还是写法，都极似王次回原诗，后来王韬还将这些诗移入《淞隐漫录》，成为推进故事情节发展的情感线索。[1] 晚清民国文人所写的这类作品很多，如黄人《纪遇和〈疑雨集〉中〈菰川纪游〉》[2]、朱天目《劝驾词》（21首）[3]、谢季康《短别纪言》（8首）[4] 等都是模仿《疑雨集》中的同题之作。

有的模拟之作不提具体篇章，只笼统说"效《疑雨集》""仿《疑雨集》"或"仿《疑雨集》体"等。如樊增祥就模仿《疑雨集》写了《闲事六首效〈疑雨集〉》[5]《用前韵效〈疑雨集〉和云生》[6] 等。樊增祥是晚清民国诗坛上很有影响的诗人，他虽无酒色之娱，却爱作艳诗，并且非常自信："往往撰叙丽情，微之、义山，勉焉可至。若《疑雨集》《香草笺》，则自谓过之矣。"[7] 由于只是凭空想象儿女之情，缺乏深层次的感情体验，樊增祥的拟作缺乏王次回诗的神韵，在此不予摘录。相较而言，柳亚子《有悼十章，为云间赵生作，仿〈疑雨集〉体》，则颇得王次回诗风味，且看其中的几首：

三千邻女艳如花，独遣墙东望宋家。合德无双犹有姊，太真第一信无瑕。三挑子贡情无限，十索丁娘愿未赊。从此红闺留韵事，定情诗里斗尖叉。

惆怅西风著意吹，章台攀折最高枝。桃花门巷崔郎怨，樊素风

［1］王韬：《淞隐漫录》卷三《陆碧珊》，人民文学出版社1983年版。
［2］黄人著，江庆柏、曹培根整理：《黄人集》，上海文化出版社2001年版。
［3］见《香艳小品》1914年第3期。
［4］见《复旦》1918年第7期。
［5］樊增祥：《樊樊山诗集》，上海古籍出版社2004年版，第457页。
［6］同上书，第1269页。
［7］同上书，第1476页。

情白傅诗。得句始知前日谶，寻芳苦恨再来迟。匆匆一握重千里，悔煞韶华满眼时。

从此相思两地悬，鸾胶何意续离弦。一池萍聚终成散，满院花飞尽可怜。差幸夤缘留半面，那知此别竟千年。金钗钿盒他生事，欲抚遗徽只惘然。

书来招我石城游，少妇卢家字莫愁。双桨桃根终负汝，一宵荷雨又成秋。自怜倦翮飞难起，谁料今生事便休。欲傍玉棺眠未得，黄衫肯赦十郎不？[1]

这些诗写得情致缠绵，哀感顽艳。不管是选词用字还是写法，无论是用典还是意象，都神似王次回，若置入《疑雨集》中，几乎可以乱真。宣侠父也曾"拟疑雨集"写了一组诗，共十首。这组诗表达的是亲身的经历，切己的体验，今选录其中的三首：

山海旧时盟遽寒，况当秋色正阑珊。逢人酒后感伤易，觉我花前笑哭难。夜月圆何堪独照，春池皱讵不相干。书生愧未禁磨折，尺二腰围带又宽。

几回疑假复疑真，小别匆匆未十旬。桃叶绿迷前渡客，杨花轻扑隔河人。言犹在耳盟先背，书检从头墨尚新。坎坷如吾何足恨，不应路柳错当春。

尺布空劳密密缝，陡传消息恨重重。僵蚕欲化身先缚，孤蝶惊寒力已慵。死恐转移天下笑，生愁再在梦中逢。秋蝉毕竟痴于我，尚抱枯枝不放松。

---

[1] 柳亚子著，中国革命博物馆编：《磨剑室诗词集》（上），上海人民出版社1985年版，第132页。

诗前有小序：

> 青衫落拓，薄游虎林，衡门相对，忽逢一笑，我本恨人，讵能
> 遣此。以是花前月下，夜阑酒后，耳鬓厮磨，几忘人间岁月矣。终
> 以升斗促我别离，尺素常来，哀怨欲绝，正拟整装一行，以谋小
> 聚。孰知消息喧传，春已有主，前度刘郎顿属路人，落拓如余，命
> 也固穷。惟薄情如彼，能无介介，用赋十律，以当一哭。后之读
> 者，怜我痴而笑我愚可也。[1]

宣侠父在诗中表达了失恋的痛苦、悲伤、迷茫和无奈，文字质直，感情
纯真，皆属于爱情诗的范畴。不过宣侠父所借鉴的并不限于艳体诗，如
"逢人酒后感伤易，觉我花前笑哭难"，实由王次回《强欢》"阅世已知
寒暖变，逢人真觉笑啼难"[2]脱化而出。

此外，陈蝶仙自比王次回，他的诗集被命名为《新疑雨集》。[3]据
朱瘦月《不羡鸳鸯室诗话》，朱天目私淑王次回，"所著《怜心集》，专
摩《疑雨》，聪明学力，均不逮次回，惟七绝间有佳句，松江名士雷君
曜孝廉曾评以置诸次回集中，可乱楮叶，未竟过誉矣"[4]。沈从文在《从
文自传·一个大王》中说："至于女人呢，仿《疑雨集》写艳体诗情形
已成过去了，我再不觉得女人有什么意思。"[5]这表明他在年轻时曾以
《疑雨集》为范本学作艳体诗。胡兰成在作品中也提到他的朋友马孝安
学《疑雨集》写诗的事。[6]永井荷风的父亲永井禾原也有拟王次回之
作，其《来青阁诗集》里收有《〈新岁竹枝词〉仿王次回体即用原韵》
十三首。[7]

---

[1] 宣侠父著，全国政协文史资料委员会、浙江省政协文史资料委员会、政协浙江
　　省诸暨市委员会编：《宣侠父诗文集》，中共党史出版社2003年版，第311页。
[2] 王彦泓：《疑雨集》卷上，清康熙刻本。
[3] 陈蝶仙：《栩园丛稿》初编之三，家庭工业社香雪楼藏板。
[4]《小说月报》1921年第7卷，闰五月增刊。
[5] 沈从文：《沈从文全集》第十三卷，北岳文艺出版社2002年版，第342页。
[6] 胡兰成：《今生今世：我的情感历程》，中国社会科学出版社2003年版。
[7] [日] 大木康：《日本文学中的南京秦淮》，见章培恒、梅新林主编《中国文学
　　古今演变研究论集》，上海古籍出版社2002年版。

以上这些模拟效仿《疑雨集》的诗作证明，王次回的创作已具有独特的个性和鲜明的特色，成为后人师法的典范。"《疑雨集》体""王次回体"的提出，表明在模仿者的心目中，王次回的诗歌创作已形成了与众不同的风貌和相对统一的风格，自成一体。

晚清民国，还出现了署名王次回的《疑云集》[1]，其亦可看作特殊的模拟之作。署名李定所作的《序》云：

> 金沙王次回先生，怀沉博绝丽之才，伊郁不平之志；美人香草，微词寓意，生平所作，艳体为多。先生当万历时，慨国政之凌夷，伤边事之荆棘。久困场屋，司铎终身。遭家多故，中年丧偶，益以丧明。人生厄境，兼而有之。因而效颦韩相，嗣响玉溪，荡佚酣嬉，穷形尽态，其为有托而逃，无疑矣。所撰《疑云》《疑雨》两集；《疑雨》已刻于梁溪侯氏，万本万遍，脍炙人口。惟《疑云》则尚在若存若亡间。今春晤江右易肯构君，云有家藏抄本，系其先人以百金，沽诸先生后裔名嗣原者。索阅一过，为之狂喜。易君为江右大贾，豪于资，发潜阐幽，当所乐为。他日得付剞劂，海内人士必有先睹为快者，因作此以贻之。

序中提及的易肯构、嗣原和李定纯属子虚乌有，琢磨一下这些名字的意思或谐音就可明白。但序中说《疑雨集》"万本万遍，脍炙人口"却是事实，作伪者之所以花这么大的气力杂纂伪造《疑云集》，就是看好了"王次回"这个金字招牌，因为他们觉得假托王次回的《疑云集》一定有人愿意购买。果然，《疑云集》刊行后得到了不少人的喜爱，有的评价还很高，相当有市场，被多次刊印[2]。

---

[1] 耿传友：《王次回〈疑云集〉辨伪》，载《中国典籍与文化》2006年第4期。
[2] 《疑云集》以"黄山程文远"刊本为最早，扫叶山房石印。上海图书馆有藏。此外还有上海国学维持社1918刊印本（王文濡据"程文远刊本"点勘，现美国哈佛燕京学社有藏。中国台湾学者郑清茂校《王次回诗集》所收《疑云集》，就是据此本而施以新式标点）、上海大东书局1922年刊印本（国家图书馆有藏）、大达图书供应社1935年刊印本（上海图书馆有藏）、中央书店1935年刊印本（南京图书馆有藏）。另有雷瑨注释、扫叶山房1929年刊印的《注释疑云集》（复旦大学图书馆有藏）。

在晚清民国文人的创作中，还有一类特殊的创作现象与王次回相关，那就是集句诗。目前我们收集到的集《疑雨集》句而成的诗（以下简称集疑诗）共490首，作者有黄文炳、俞达、周瘦鹃、丘复、王瘦月、徐笑云、殷信笃、胡问锜、陈秋熙、樵渔、章山、绿芳红莪楼主、鸳春、效嵇、孙熙曾、吴国栋、程仙骏、树人、青莲诗裔、姜寅、云客、林蕴光、杨二、厮养卒等二十余人。从形式上看，集疑诗采用七绝和七律两种形式，在功能上有抒情、纪事、寄赠、题画（影）和题词等。不妨看两个具体的例子。青莲诗裔曾集《疑雨集》句成《己辛本事》[1]，共12首，并在每首诗后加以注释，说明写作的背景和情境。选录于下：

夜饮朝歌昼未眠，逢新偏忆旧缠绵。合欢心事相关处，引得红腮一笑嫣。（葵倩于酒酣耳热时能絮絮述旧人琐事，尝以恋新又忆旧讥之，辄嫣然一笑。）

月明波上载卿卿，草草犹多未诉情。惆怅不知今夕是，佳期无奈销凤城。（识晓眉三月，闻嫁有期，乃为置酒饯别。席未终，投予怀啜泣，情不自胜，以长揖报知己之情，竟消受玉人深深一拜。此事至今犹恋恋焉。）

寒透罗衫十月春，半生词赋属伤神。可知画尽销魂字，更似回文织恨人。（婉兰近忽游闽，千里外寄书问起居，有"销魂""织锦"等词句，虽嫌其出语不伦，但聪明孕愁，理或然与。）

绰约还同来嫁年，微酸隐忍带娇妍。相看一刻心俱碎，忍便长斋读妙莲。（遇阿燕，正心纷如麻。燕唏嘘谓曰："曾经沧桑，愿礼佛以遣余生。"伤心哉！）

---

[1]《晚霞杂志》1922年第1、2期。

这组集疑诗的写法，与《疑雨集》中王次回临别时赠给阿锁的一组诗歌相似，从中我们能看到那些极其私密、只属于恋人之间的情感记忆。因为有了本事的填充，这组诗比一般写与妓昵狎的诗显得真切，但根底里仍有轻薄之病，本身的价值并不高。不过，从中可见王次回《疑雨集》所写两性情感状态的丰富多样。

绿芳红蕤楼主用《疑雨集》句作《赠绿牡丹》二十首[1]，现选录其中的十首于下：

蕙兰心性玉丰姿，画出娉婷赖有诗。色艺果然推第一，天教分付与男儿。

云作双鬟雪作肌，横看侧视总相宜。情知不负周郎顾，只字悠扬刻漏移。

看来风致较前多，秀发明眸粉玉搓。底事沉吟又似笑，最宜人处是温和。

字字雕梁落细尘，一声凄调激芳唇。平生多少尊前恨，此意谁人识苦辛。

喉音袅袅齿泠泠，歌会愁心暂喜听。慧绝眼波频送语，一回低媚一回嗔。

闷拈叶子强寻欢，暂作排愁事一端。世味如茶尝欲遍，逢人真觉笑啼难。

琼树瑶枝分外清，玉人风格照秋明。频闻歌调干云响，曲罢犹疑脆管声。

---

[1]《消闲月刊》1921年第5期。

如花人在散花筵，艳似天魔静似禅。一曲清歌高阁迥，眼波心事暗相牵。

周郎顾曲阮郎琴，妖唱欣传作者心。况是可儿能不爱，未曾识面已情深。

自笑猖狂浪得名，知音恼说是多情。歌酣酒热来孤愤，国客闲将国艳评。

绿牡丹是旦角演员黄玉麟的艺名，别署欧碧馆主。绿牡丹在民国时曾红极一时，为南派四大名旦之一，鼎盛时至与梅兰芳相抗衡，陆澹庵曾撰《欧碧馆主小传》以介绍和推誉。绿芳红蕤楼主为陆澹庵的好友，其另撰有《欧碧琐话》，主要叙评绿牡丹的演剧情况。上文所引集疑诗对绿牡丹的色艺作了描绘和刻画，涉及扮相、做工、白口、唱工等，表彰不遗余力，同时也对绿牡丹不幸的人生经历表达了同情。《赠绿牡丹》显属捧角诗一类，其实质与描写文士与妓女冶游的艳诗并没有太大的区别，但这组诗词意相属，若把其与当时与绿牡丹相关的剧评对读，可以发现大体上是合拍的。

需要指出的是，集句毕竟是一种第二性的创作，既不是那种对社会生活进行提炼、升华，用自己的语言加以呈现，也不是"即目""所见"式的写作。因此，理解集疑诗的功能需要注意一个重要前提，即集句文体风格上的游戏性。从整体上看，集疑诗或多或少都包含着调侃和戏谑的色彩，创作的目的很大一部分是为了消遣和娱乐，平心而论，称得上佳作的不是很多，它们的价值主要不在于这些作品本身的文学成就，而在于这一现象所包含的文学和文化信息。

首先，集句作为集引前人成句而重新组成新作品的修辞法，集引者必须对原作者的作品非常喜爱和精通。选择以王次回《疑雨集》作为集句的对象，意味着集引者对《疑雨集》的极为喜爱和熟稔，同时也就意味着王次回诗对其产生了一定的影响。

其次，集疑诗意味着对王次回《疑雨集》的推崇和高度评价。宗廷虎在《中国集句史》中指出，集句属于引用辞格，因此它的文化心理基础与引用辞格相同，即主要为权威崇拜心理。[1]集句诗的创作实际印证了这一判断。从目前学界发现的集句文献看，杜甫、陶渊明、李白、苏轼、龚自珍等是有集引专书的原作者，他们也正是中国文学史上的经典诗人。集疑诗在晚清民国的大量出现，跟当时人对《疑雨集》的特别推崇有着非常密切的关系，因为只有尊崇《疑雨集》的人，才能下大力气背诵《疑雨集》，而这正是集疑诗写作的基本前提。

再次，从题材内容上看，集疑绝大多数为艳体诗，这一方面体现了集引者的趣味和选择，另一方面又塑造着接受者的趣味和阅读习惯，因为有了大量的集疑诗，王次回作为"艳体诗人"的符号特征更加鲜明了。如黄文炳《疑雨集新编》共有诗300首，全部为艳体诗，他在《疑雨集新编·例言》中说："《疑雨》一集，洵为香艳传神之笔，其摹写情态必尽态极妍，间览奁体诗无有出其右者。是编惟取原集，摘句成篇，不敢另为拟作也。"[2]这既是对王次回诗歌的推重，也是对王次回诗歌的定位。

## 三、评价和研究

在晚清民国的图书报刊上，有诸多对王次回诗歌的品评。诗话、序跋、题词和论诗诗等各体批评形式中，都有对王次回诗歌的批评和阐释，还出现了专门的研究论文。仔细梳理相关的论述文字，我们发现意见分歧很大，既有正面的阐释、肯定和赞誉，也有负面的非议和贬斥。

正面的阐释、肯定和赞誉可大致概括为三个方面：

首先，为王次回艳情诗辩护。《疑雨集》中艳体诗所占比重达百分之六十左右，如何理解和评价艳体诗自然成了后来关注的焦点问题，这在为《疑雨集》所写的序跋和题词里表现得尤为突出。我们搜集到的晚清民国王次回诗集的序跋共有15篇（含为伪书《疑云集》所写的序跋），题词共100首（其中题词诗90首，题词词10首）。这些序跋和题词不约而同地为王次回艳体诗辩护。如长沙叶德辉重刻《疑雨集》时，即为序重斥沈德潜：

---

[1] 宗廷虎、李金苓：《中国集句史》，山东文艺出版社2009年版。
[2] 黄文炳：《疑雨集新编》，清刻本，南京图书馆藏。

　　王次回《疑雨集》，专为香奁艳诗。钱牧翁《列朝诗集》、朱竹垞《静志居诗话》、王文简《渔洋诗话》，均极推重之。乾隆时沈归愚选《明诗别裁集》，摈斥不录，袁子才作书诤之，见所作《随园诗话》。又孙渊如《祠堂书目》载有四卷本，与今传本同。孙目分内外编，而入此于内编集部，是知其集流传海内。以朱、王、袁、孙诸先生之鸿辞博学，而心折其人，然则归愚之兢兢别裁，殆不免于村夫子之见矣……兹本出，则家弦户诵，近亦足传百年。所愿后之人，续金坛之艳缘，祛归愚之腐习，庶乎榛苓香草，不失风骚之传。斯则予表章此书之意欤！

叶德辉所引以为据的钱谦益、朱彝尊、王士禛、袁枚和孙星衍均为"鸿辞博学"之人，他们对王次回的共同推重具有很强的说服力。江峰青则从王次回的人生际遇出发为《疑雨集》辩护：

　　美人香草之吟，惊鸿游龙之赋，作者其有忧患乎？文章之士，恒有英光，足以烛霄汉而不足辱王公一日之知者，乃愤而遁于粉白黛绿之场，冀当吾世而有知我、厚我、爱我、怜我之一人，而其人又为我所知、我所厚、我所爱怜之人，而于是焉借酒杯浇垒块，居恒愤郁不平之气与夫磊落奇伟之思，欲发扬蹈厉而无由者，假吟风弄月之余间而尽情倾吐，锋刃横溢，情思悱恻，不知者以为文人之艳福，其知者以为大化之商音，此王次回先生所为有《疑雨集》之作也。嗟乎！十年绮梦，悠悠薄倖之名；一枕红绡，滴滴穷途之泪。天盖高而长醉，地无冢以埋忧，被酒伴狂，长歌当哭，先生殆古之伤心人哉？然岂独先生哉！

在江峰青看来，艳情之作因作者写作时的境遇不同，其价值自然有别。王次回"殆古之伤心人"，在个人价值难以实现时，他不得已逃于"粉白黛绿之场"，以纵情声色的方式来发泄愤懑和绝望。换言之，王次回所写艳情中寄寓着身世之感，乃是"假借吟风弄月之间"尽情倾吐其愤郁不平之气，实为"长歌当哭"之作。

为《疑雨集》题词时，题词者也多以比兴寄托阐释艳情，以说明其价值。如王佺孙云：

> 霞裳绮丽茜裙红，都入江山感喟中。文藻凄凉悲故国，余生寥落托钗丛。采薇空洒夷齐泪，赠芍休嗤郑卫风。《哀郢》《怀沙》无限意，不堪高唱大江东。

"采薇空洒夷齐泪"用的是《史记·伯夷列传》中的典故：周武王灭殷之后，"伯夷、叔齐耻之，义不食周粟，隐于首阳山，采薇而食之"。《哀郢》《怀沙》是屈原《九章》中的两篇，前者所写是郢都被攻破后作者流亡的经历，作品充满对楚国的眷恋和忧虑，后者是屈原的绝命辞，感情及其沉痛。王佺孙注意到了《疑雨集》感伤的风格特征，并进一步将这种感伤与故国之悲相联系。当然，王次回崇祯十五年（1642）已去世，离明朝灭亡尚有一段时间，说王次回"文藻凄凉悲故国"与实不符，但细读王次回诗歌，确实能感受到渗透到字里行间的感伤情绪。林之夏《题王次回疑雨集感怀杂咏后》云："楚天云雨漫猜疑，岁月颓唐系梦思。多少美人香草句，知君尽是断肠词。"[1]话说得虽有些绝对，却也不无道理，王次回确实有寓人生况味于艳情之中的倾向。

论诗诗、诗话里也不乏为王次回艳体诗的辩护之词。《著湦吟社诗词钞》卷三载有第二十八课《仿元遗山论诗绝句》（专论本朝诗家，作七言绝句不拘首数），其中袁祖光论王次回云："楚骚风韵托兰蕙，儿女温柔遣性情。独有苦衷言不得，解人谁是玉溪生。"[2]即认为王次回所写的"儿女温柔"里有苦衷，有寄托。王易《我友诗话》也认为王次回的艳体诗绝不仅写男女悦慕，而是别有所指：

> 世多以王次回《疑雨集》为香奁，此不善读《疑雨者》也。次回盖亦学义山而稍变其格调耳。集中如《个侬》诸作，未尝不似香奁，但细味其词，决不仅男女悦慕而已。如"谗唇激浪稽千尺，妒

[1]《兵事杂志》1915年第11期。
[2]沈宗畸：《著湦吟社诗词钞》，清末广益印字局铅印本。

眼成城绕一周"之句，必别有所指。盖次回诚笃人也，夫人之殁，悼之再四，重于内者，必不务于外也。袁简斋竟谓嗣次回者惟香亭。噫！香亭何人，而足与次回颉颃乎。使次回地下闻此言，亦必颔首微笑曰：王子知我。[1]

其次，称赞王次回诗歌的语言表现力和艺术感染力。阅读诗歌，首先感受到的就是诗歌的语言，如在国学萃编社刊印的《疑雨集题词》里，不少题词者把目光集中在诗歌的秀词丽句上。如金绥熙云：

> 何时把卷上旗亭，赌唱双鬟更好听。秀语夺春千种绿，余音终曲数峰青。英雄草草谈风月，儿女喁喁见性灵。言外有人容绝代，低徊不嫁惜娉婷。

李靖国云：

> 王郎才调忒翩翩，簇锦团珠萃一编。初日朝霞难比艳，惊鸿彩凤与争妍。新词旖旎愁中侣，影事荒唐梦里天。欲向巫山问神女，疑云飞去是何年。

郑钟琪云：

> 漫言儿女太情长，聊借悲欢写侠肠。电露六如归解脱，雨云一梦寓荒唐。吟成靡曼香三日，画出娉婷态万方。腻语缠人痴欲死，不愁妒艳有鸳鸯。

"秀语夺春千种绿，余音终曲数峰青"也好，"初日朝霞难比艳，惊鸿彩凤与争妍"也好，"吟成靡曼香三日，画出娉婷态万方"也好，都是赞美王次回诗歌的语言既艳丽华美，又新鲜活泼。

---

[1]《小说丛报》第6期。

限于诗、词形式的制约，题词使用的多是意象式的话语，虽生动形象，但不免浮泛。在诗话里，作者对王次回诗歌语言的分析则具体细致得多。有的对王次回诗歌的用词用典进行了具体的赏评。如陈蝶仙从自己的创作实践出发，在《栩园诗话》里对王次回创造的"裹手"一词的匠心作了细致阐发：

> 余改赵廷玉无题诗有一联云："睡眼细掭憛裹手，堕鬟教整许凭肩。"廷玉驳之曰："吾闻裹足者矣，未闻有裹手者。"不知王次回已有"裹手倩人收宝钏"之句。"裹手"者正状其撮手作裹形，小儿女睡起或啼后，每每有此形景，倘无次回用之在前，余犹不能描画出此语也。虽所状情景不同，而"裹手"二字实具画工。[1]

李伯元《南亭四话》在论及《却要》时说：

> 《疑雨集》云："却要因循簟未铺，鹦哥传道画堂呼。风光蓦去销魂在，赢得惊心也胜无。"自注云：却要，助辞。引韩偓诗"却要因循添逸兴"为证。余谓此诡言也，盖必私婢之作。《三水小牍》载某巨公有婢名却要，艳绝，巨公有子二人，均欲私之，相约于樱桃花下，云云。意次回必暗用此典，玩下语气可见。又《感怀》诗"手推自喜调家婢"云云，然则芳姿团扇，王氏固有家传也。[2]

王次回"博学好古"，用典艳逸是其诗歌语言的重要特点。李伯元说《却要》这首诗的小注为王次回"诡言"未必恰当，因为这一注释很可能是王次回的好友于韬仲所为，但李伯元对"却要"典源的分析是恰当的，从中我们不难体会到王次回用典的巧妙和贴切。

从我们掌握的资料看，大多数诗话往往与摘句的批评方式相结合，表示对王次回诗歌的称许。如方廷楷云：

---

[1] 陈蝶仙：《栩园诗话》卷三，载《著作林》1900年第5期。
[2] 李伯元：《南亭四话》，江苏古籍出版社2000年版，第248—249页。

诗歌贵乎翻新。若人云亦云，则无味矣。王次回先生尝有句云："天台再许刘晨到，那惜千回度石梁。"商宝意太史反其意作《秋霞曲》："天台已入休嫌暂，尚有终身未到人。"梁山舟学士有《反游仙》诗云："毕竟人间胜天上，不然刘阮不归来。"三人用意不同，而各极其妙。[1]

这段话既有对王次回诗歌语言的新颖和巧妙的赞许，也论及了王次回诗歌的影响。周瘦鹃在《香艳丛话》中称赞王次回《疑雨集》"绝多回肠荡气之作"，摘录的有《秋词》《杂记》《寒词》《看灯词》《问答词》《即夕口占》《口占示阿锁》等数十首诗。追灵《新年诗话及其他》则将《疑雨集》中描写新年的诗句聚合在一起，集中展示：

王次回以描写风情之什擅场，袁子才推为香奁中圣手，可谓五体投地。王之《疑雨集》中关于新年之作品甚多，虽信手拈来，亦复尽成妙谛，孰有绥绥之致也。《灯宵纪事》四绝句云："灯楼月沼映春云，箫鼓风前院院闻。但是酒旗歌板地，一时凄切想离群"，"踏月天街艳步狂，微风一路染衣香。游人暗逐芳尘去，拾得儿家紫佩囊"，"春空淡白照银纱，一径幽寻避月华。记得画桥南畔去，绿杨阴下是他家"，"赵李钿车昔昔游，酒边灯下其迟留。如何月照金堂夜，只有梅花伴莫愁"。《和孝仪看灯词》十二首，其一云："帘外晴阴几遍探，侍儿犹恐意难堪。虽然残雪消还有，且喜今朝尚十三。"其二云："灯街初出断红鞯，新嫁桥南第几晨。夫婿却扶伴不要，一回低媚一回嗔。"其七云："暗风相约宋墙东，一寸灵心两处同。南去北来多邂逅，忽然俱在寺门中。"《试笔》一律云："自笑猖狂浪得名，吟笺犹未破新正。新欢到手身难暇，尤物当前命易轻。闺阁裙衫争雪色，比邻丝管斗春声。诗家窠白宜翻洗，人日慵拈薛道衡。"细腻工整，视前诸绝句尤胜。[2]

---

[1] 方廷楷：《习静斋诗话》，见朱弁等撰，贾文昭主编《皖人诗话八种》，黄山书社1995年版，第434页。
[2]《老实话》第56期。

在为《疑雨集》写序时，一些作者也对王次回诗歌语言的表现力表达了赞许。如陈益《疑雨集》序云：

> 王次回先生，明金坛人也。工文章，犹善于艳体小诗。性磊落，执爵推敲，颇有嵇、阮、李、杜之风。观其所著《疑雨集》之诗，天机清妙，音节琮琤，字字出于性灵，语语发自天籁；而妩媚轻盈，细腻熨贴，为艳诗中独步。

说王次回诗"为艳诗中独步"或许不免夸张，说"妩媚轻盈，细腻熨贴"则抓住王次回诗歌的特点。

再次，推许王次回诗歌整体水平高，可与文学史上的经典作家和作品相媲美。这在诗话、题词、序跋和研究论文里都有很多的例证。

晚清民国报刊上刊载了大量香奁诗话，其中不乏对王次回诗歌艺术水平的推重[1]。如榴芳《无题诗话》就赞美王次回艳体诗"虽和、韩亦为却步也"：

> 金坛王彦泓先生，艳体诗家也。所著《疑雨集》四帙，传诵一时。其诗如蚌珠浴月，璞玉辉春，皆琅然可诵。开卷载《无题》四律，尤清芬袭人。其一云："弄玉当年未嫁时，徘徊好影自矜持。几从画府回娇靥，羞向花间曳绮縠。千蝶帐深萦短梦，九雏钗重困初笄。朝回夫婿鸣驺去，下却珠帘不肯窥。"他如"寒清泥拔金钗饮，醉浅俾邀小玉扶""歌筵歇拍偷回眼，花径前行细转腰""朱门逼近推敲细，袒服缠绵脱著迟"等句，风韵旖旎，虽和、韩亦为却步也。

《香奁集》的作者除了韩偓外，尚有和凝所作而托名韩偓之说，"虽和、韩亦为却步也"当是称赞王次回《疑雨集》的艺术水平不在《香奁集》之下。

---

[1] 可参看李德强《近代报刊诗话的娱乐性新变》，载《华南师范大学学报》（社会科学版）2012年第2期。

在国学萃编社刊行的《疑雨集题词》中，不少作者则将王次回《疑雨集》与中国文学史上经典作家和经典作品相联系，在艳体诗词发展的历史长河中对王次回进行考察和定位。如：

> 明月扬州杜牧之，枇杷门巷遍题诗。生耽冶习差同我，语涉风怀便郁伊。吟管不辞裙底秀，绮情半在酒边痴。玉溪不作冬郎死，《子夜》犹传绝妙词。（张仁寿）

> 江花吴月盛南天，寂寞风流二百年。长吉呕心传艳体，温岐义手著吟篇。雌黄讵免当时口，翰墨终留异代缘。此际巾箱添韵事，《香奁》妙集快重镌。（王谢家）

> 冬郎藻思江郎笔，妙管生花值万金。一片媚情呼欲出，十分忍俊未能禁。红灯隔泪真佳句，黄绢成词耐细吟。惭愧题诗病司马，开篇酸透待灰心。（李靖国）

唐代是中国诗歌的黄金时代，艳体诗也大放异彩：李贺诗集中，有关男女之情的诗歌占了相当大的比重，对女性有出色的描写；温庭筠常出入青楼楚馆，他的"侧艳之词"造就了他在文学史上的声名；李商隐诗风绮艳，他的无题诗缠绵委婉，迷离恍惚，他的创作标志着艳体诗发展的新方向；杜牧寄情声色，其在诗歌中常以多情和轻狂自我标榜，被塑造为风流浪子型的人物形象；韩偓晚年称自己"不能忘情，天所赋也"，将自己幸存下来的艳体诗编为《香奁集》，严羽《沧浪诗话》就此提出"香奁体"之说，后来"香奁体"成了艳体诗的代称。一个作家或一部作品的价值不可能孤立地得到说明，只有在与他之前或之后的经典作家的联系中才能体现，题词者将王次回与李贺、温庭筠、李商隐、杜牧、韩偓等相提并论，无疑是在反复证明王次回艳体诗的经典价值，在一定程度上帮助确定了《疑雨集》在中国艳体诗发展史上的经典地位。

在诗史的视野下给予评述和定位，更是《疑雨集》序跋里的常见内容。如李详《〈疑雨集〉注》序云：

诗有六义，其三曰比，在古原与赋、兴分编，孔子合之，令人各揣其意之所在。郑、卫之诗，多托为男女慕悦之词，而郑卿即赋之以见志，未可以淫亵视也。《古诗十九首》多具此义。至《子夜》《读曲》诸歌，则一意淫放，荡不可稽，比几于赋矣。唐之义山，以格诗写之，寓意最工，其姨子韩氏致尧和之。义山之诗，有吴江朱氏为之表章。致尧诗，近有吾友震钧在廷，著《香奁发微》。李、韩之诗，皆知其有为而言矣。明之季叶，金坛王次回出所著《疑雨集》，遂集此体之大成。

李详工诗文考证，著作甚富，是晚清民国影响很大的学者，他称王次回《疑雨集》为艳体诗的集大成之作，是很精当的概括。

在民国期刊上也发表了几篇专门研究王次回诗歌的论文，大都对王次回在诗史上的地位加以肯定。如林俪琴《李义山与王次回》一文开头说："凡略识旧文学常识的，喜欢读艳体诗的人，谁都知道唐代有一个李义山，明代有一个王次回；而他们俩的天才，及其作品的价值，那当然值得我们的崇拜！"[1]将王次回与李商隐并称"天才"而"崇拜"，评价不可谓不高。王芸孙《谈疑雨集》将中国旧诗中描写艳情的诗歌分为香奁派、无题派和写实派，推尊王次回为写实派艳诗的开山老祖，不但认为王次回有些诗篇所表现的"才、情、功力、风趣、神韵，无不达到炉火纯青的境界"，而且把王次回《疑雨集》与曹雪芹《红楼梦》相提并论："他的身世和境遇，与《红楼梦》作者曹霑，颇有些相类，不过曹霑以小说作他的情史的记录，而次回是以诗句作他的情史的歌颂，其表现的方式，各有不同而已，《红楼梦》既成为世间著名的小说，则《疑雨集》，又岂不是古今有数的好诗呢？"[2]这样的评价可以说无以复加了。

对王次回诗歌的非议和斥责，主要集矢于艳体诗。大致说来，主要涉及两个层面。一是从诗歌文本本身出发，认为王次回诗格调不高，特重狎亵之情。如杨南村《摭怀斋诗话》云：

[1] 林俪琴：《李义山与王次回》，载《紫罗兰》1929年第4卷第8期。
[2] 《华文大阪每日》1939年第二卷第2期。

　　　　义山《无题》，韩偓《香奁》，其用意深婉，盖别有所托，非咏
　　　　闺事也。后人不明此旨，几欲将身化为妇女，淫词亵媒，至不堪寓
　　　　目。王次回《疑雨集》，诗格既不高，而淫气满纸，直是描摩秘戏
　　　　图耳。艳体诗非不可作，然必取法乎上，勿染近人恶习为妙。体制
　　　　不同，似选词亦自各异也。[1]

杨南村虽不排斥艳体诗，但他欣赏的是那些"用意深婉""别有所托"
之作。在他看来，王次回《疑雨集》单纯是"咏闺事"，且对男女之情
的过于直露，"直是描摩秘戏图耳"。朱东润《中国文学批评史大纲》在
评价袁枚、沈德潜之争时，也对《疑雨集》提出批评：

　　　　随园之言性情，是也，其失则在特重男女狎亵之情。归愚摒王
　　　　次回诗，以为艳体不足垂教，随园争之，以为《关雎》即为艳诗，
　　　　又曰："《易》曰'一阴一阳谓之道。'又曰'有夫妇然后有父子'，
　　　　阴阳夫妇，艳诗之祖也。"其说甚辩，然以次回《疑雨集》，与《随
　　　　园诗话》所举随园、香亭兄弟之诗论之，非特与男女性情之得其正
　　　　者无当，即赠芍采兰，亦不若是之绘画裸陈也。章学诚《文史通
　　　　义·妇学》篇斥为"洪水猛兽"，言虽过当，持之盖有故。性情之
　　　　说，本为国人旧论，若因风趣二字，遂使次回一派，以孽子而为大
　　　　宗，固不可矣。[2]

朱东润先生虽认为袁枚"其说甚辩"，但对王次回《疑雨集》评价，他
还是更接近沈德潜。朱先生将艳诗所写的男女情爱分为"男女性情之得
其正者""赠芍采兰"与"绘画裸陈"三种类型，每种类型的价值并不
等同，他将《疑雨集》归入"绘画裸陈"之列，认为其过了情的界限，
自然不能认可。
　　二是从王次回诗歌可能产生的负面影响出发加以批评，认为其败坏

---

[1] 杨南村：《摅怀斋诗话》，见蒋抱玄辑，张寅彭点校《民权素诗话》，《民国诗话
　　丛编》（五），上海书店出版社2002年版，第230页。
[2] 朱东润：《中国文学批评史大纲》，上海古籍出版社2001年版，第359—360页。

风俗。吴清庠《重刻〈疑雨集〉序》云：

> 顾或谓襞纸驱墨，横流可哀；嘲风弄花，六义浸失。方今青楼
> 薄倖之流，城隅佻达之子，轻唇利吻，脂粉为之不芳；荡语淫哇，
> 房帷于焉流秽。截断众流，端赖大雅。今复推波以助澜，嘘火以张
> 焰，将以为后生准的，得毋作风雅罪人欤？

连为《疑雨集》写序就获"风雅罪人"之讥，可以想见当时一些人对此
书的印象。吴清庠所写的或许有设想的成分，沈宗畸《重刊〈疑雨集〉
序》则提供了一个实例：

> 客有过予者于案头见是书，读未终卷，怫然不悦，正襟危坐而
> 诘予曰："艳体贵有含蓄，次回诗过于刻露，非香奁正轨。今君刻
> 之，得毋有意诲淫耶？"

这里所写的"客"恐怕并非只是个案，与其持类似看法的人当不少。有
的不但觉得王次回诗毫无价值，甚至认为艳体诗（香奁诗）根本没有存
在的必要。皕诲《皕诲堂随笔》云：

> 儇薄轻浮王次回，《疑云》《疑雨》费诗才。欲崇女德敦风俗，
> 划却香奁丽句来。
> 香奁诗为摧抑女德，败坏风俗之尤，文人无行，涉笔儇薄，谬
> 托风怀，肆为污蔑，值此提倡女学之世，首亦划除此种文体。[1]

皕诲不但斥责王次回儇薄轻浮，说《疑云》《疑雨》枉费诗才，而且更
一步从整体上否定香奁诗，认为其摧抑女德，败坏风俗，应该从诗国里
划除此种文体。

当然，也有一些批评者对王次回诗歌具体分析，并不是单纯的赞美

---

[1]《进步》1912年第3期。

或非议。如卢冀野《读王次回疑雨集》有对王次回诗歌的否定性评价：[1]

> 全集就题目而论，别有一种色采。如《有女郎手写余诗数十首
> 笔迹柔媚纸光洁滑玩而味之》则嫌油滑，《雨后路软有女郎一队前
> 行鞋踪可玩》则嫌芜秽，《阿琐雪中下马》则嫌琐碎，如此终不能
> 免淫靡之诮也。

也有肯定性评价：

> 集中最胜人者，莫如情语，如"却忆未成欢爱日，一番相见一
> 回眸""横波不待回头见，庄语能传暗喜通""欢边事事供诗本，解
> 味闲情不费才""秋姿较比春姿艳，试看霜枫似杜鹃"。其代女子
> 设想，如"一自读郎诗句后，去年消瘦到如今"与"只愿君心似妾
> 心"。其关系社会情况者，如《灯词》"从教月落灯收尽，本看游人
> 不看灯"，《看灯词》"何须更看花灯去，若个灯人似个人"，皆宛转
> 陈词，耐人寻味。

## 四、经典化，是耶非耶

时过境迁，站在今天的立场上回看晚清民国的王次回热，有一个问
题值得思考和回答：王次回《疑雨集》到底是喧腾一时的畅销书，还是
可以流传久远的经典？

童庆炳《文学经典建构诸因素及其关系》一文指出[2]，文学经典建
构起码要有六个要素：（1）文学作品的艺术价值；（2）文学作品的可
阐释的空间；（3）意识形态和文化权力变动；（4）文学理论和批评的价
值取向；（5）特定时期读者的期待视野；（6）发现人（又可称为"赞助
人"）。童先生将前两项归于文学经典建构的内部要素，中间两项归于文
学经典建构的外部要素，最后两项则是内部和外部的中介因素和连接者。

---

[1]《东南论述》1926年第10期。后收入《酒边集》，会文堂新记书局1934年版。
[2] 童庆炳：《文学经典建构诸因素及其关系》，载《北京大学学报》（哲学社会科
　　学版）2005年第5期。

持之以衡王次回诗歌，我们接下来分析其经典要素的构成情况如何。

先看内部要素。王次回诗歌的艺术价值到底如何？王次回诗歌能够在晚清民国走红，《疑雨集》发行达数百万册，出现了大量的模拟之作和集疑诗，受到较为普遍的赞誉，足以说明其能够引起读者的阅读兴趣和心理共鸣，能够满足读者的期待。若非王次回诗歌具有相当的艺术水准和价值，何以具有如此强大的感染力和影响力？即便是非议王次回诗歌的读者，也大都从伦理教化的角度入手，很少直接否定其艺术上的价值。如斥责王次回"淫气满纸"的杨南村，对王次回诗歌的价值也没有一笔抹煞：

> 次回诗虽不能如杜老所谓"不废江河万古流"，然灵思绮笔，亦足自成一家。就中固有过甚之处，要未可以一恶而掩百臧也。不过后人学之，要有分寸耳。若一概抹煞，则袁简斋辨之于前，更毋庸南村之冗于后矣。[1]

至于王次回诗歌言说空间的大小，由于存在的误会较深，须展开论述。王次回以写艳体诗著名，后人一提到王次回，就会想到艳体诗，王次回已被确定为艳体诗的代表人物，相关的阐释和评价大都围绕艳体诗展开。在一般读者的阅读印象里，王次回诗歌描写的世界不够宽阔，题材狭窄，思想意义不大。实际上，这在一定程度上是由误解造成的。首先，署名王次回的《疑云集》在晚清出现，随后大量刊行，除个别人提出质疑外，大都认为王次回著有《疑云集》《疑雨集》，由于"云雨"在中国文化中又具有特殊内涵，这样便造成严重的误导，王次回被烙上艳体诗人甚至性爱诗人的鲜明印痕。《香艳杂志》第1期《滑稽闺语》"王次回未曾经过人道"条载：

> 一友善滑稽，一日同人论诗及王次回。友曰："王次回好作香奁诗，说得如许浓艳，其实未曾经过人道。"众诘之曰："次回有妻

---

[1]《撷怀斋诗话》，见《民国诗话丛编》五，第230页。

有女，汝何以妄断为未曾经过人道。"友笑曰："尔者不观其集名乎？云雨者，人道之谓也。疑云疑雨，是于人道有所未知也，不过一色界之思想家而已。人谓其有妻有女，吾不信也。"

这或许只是玩笑而已，当不得真，但却反映了因《疑云集》的出现，一些徒闻其名的人对王次回诗歌生发的想象。谭正璧《诗歌中的性欲描写》曾述及王次回诗集的名称问题：

> 至于《疑云》《疑雨》二集，但观其名的人，以为内容写的至少十之七八是些云雨私情，孰知十之一二也没有！这正是王次回的有意欺人！他好似在替书局作广告，完全有名无实！[1]

谭正璧显然仔细阅读过《疑云集》《疑雨集》这两部诗集，他说王次回的"有意欺人"虽不符事实，但指出"云雨私情"占王次回诗"十之一二也没有"确是事实。由于《疑云集》为伪书，其中的"云雨私情"自然与王次回无关，所谓"云雨私情"的联想，只不过是以讹传讹罢了。

其次，不但说王次回诗多"云雨私情"纯属误解，将《疑雨集》当作艳体诗专集也同样与实不符，《疑雨集》在内容的多样性上与一般文人的诗集并没有根本差别。如超然（冯迵）在《文林撷语》中指出：

> 《疑雨》一集，在香奁艳体中，可称绝调。后沈归愚选《别裁集》，斥而弗采，袁随园至贻书争之，则其诗之价值可思想……次回之艳体诗，固属专门名家，其非言情之什、侧艳之篇，亦颇思致清妍，风神婉丽，置之唐宋诸名家诗中，几不复能辨楮叶，试为摘录于左。如"穷途易感如扬子，旧里难归似柏人""泼翠林峦三代器，斩新花鸟六朝文"，其比例抑何新确也；如"有才轻艳真为累，作计疏狂不近名""都无长物惟存砚，净扫闲心剩爱香"，其标寄抑何哀艳也；如"衰杨傍水疑人立，坏叶凌风作蝶飞""果实带风趋

---

[1] 谭正璧：《诗歌中的性欲描写》，光明书局1928年版，第59页。

晓市，禾苗忍死持秋霖""病酒心情频卧起，酿花时节乱晴阴"，其摹写抑何细腻也。他如"朋欢散后清言绝，家信来疏噩梦频""永夜独醒如露鹤，他年相吊只秋蝇""雪后蕙花犹几箭，雨前茶叶不多枪""客呈便面求新句，婢掣搔头拨晚香"，以上诸句，或体物幽清，或抒怀凄切，有元白之明切而无其俚，有皮陆之生峭而无其涩，较之獭祭温李者胜，较之皮传杜韩者料胜。此等才人，吾直当买思绣之。[1]

海纳川《冷禅室诗话》也指出：

> 人只知王次回《疑雨集》为言情之作，以为全集不脱香奁本事窠臼，其实亦不尽然。王集中凡朋友赠答之诗，山川凭吊之作，皆屏去浮华，力求简奥，始信大家固无不能也。[2]

除了海纳川所举的"朋友赠答之诗，山川凭吊之作"外，王次回《疑雨集》中的悼亡诗、感怀诗同样写得颇有特色，皆是艳体诗所不能涵盖的。如永井荷风在《初砚》中写到："明人王次回《疑雨集》有诗数首打动我心，录以聊慰心中之忧。"[3]他所抄录的有《岁暮客怀》一首、《强欢》一首、《愁遣》一首、《不寝》一首、《述妇病怀》二首、《悲遣十三章》二首、《寒词》一首，这九首诗都不属于艳体诗。

如果细致阅读和辨析，实不难发现，王次回《疑雨集》所写男女之情，大都属于精神层面，单纯写"云雨私情"的诗并不多，大胆露骨描写性爱的几乎没有。潘德舆《养一斋诗话》曾批评王次回《疑雨集》"以淫靡之思，刻划入骨，使人心流气荡，觉铁崖徒炫其貌，惑人伎俩，犹有未尽致者，彦泓乃足为妖中之妖耳"，并摘句纠之：

---

[1]《独立周报》第14—15期，1913年第二卷。
[2]张寅彭：《民国诗话丛编》二，上海书店出版社2002年版，第695页。
[3]永井荷风著，陈德文译：《初砚》，见《永井荷风散文选》，百花文艺出版社1997年版，第234—236页。

句如"含毫爱学簪花格，展画惭看出浴图""翻成绣谱传人画，会得琴心允客挑""窗下有时思梦笑，灯前长不卸头眠""陈王着眼先罗袜，温尉关心到锦鞋""体自生香防姊觉，眉能为语任郎参""素艳乍看疑是月，清欢何暇想为云"，能以佻冶不堪之事，写到通微入玄处，此即朱竹垞《静志居琴趣》所本。然在词家，亦为下乘，况以之玷污风雅哉！

潘德舆所摘之句是《疑雨集》中香艳色彩较浓的，在今天看来，有些句子确实有些油滑，但所写之事能否算"佻冶不堪之事"，恐怕可以讨论。周寿昌《潘四农斥王次回诗》对此曾有针对性的论述：

顾谓其句如"窗下有时思梦笑，灯前长不卸头眠"佻冶不堪，予谓此是四农从淫荡处着想，故见得如此。以予平情论之，句固不工，要不过写一憨慵小女子之情态。从古诗无达诂，见智见仁，各随意境所到。如《青衿》，《诗序》谓刺学校废，就学校绎之，语语皆学校也。《集注》谓刺淫奔，就淫奔绎之，语语皆淫奔也。《蔓草》《溱洧》诸诗亦然。四农《养一斋诗话》力持诗教，而坛坫习气太重，其刻酷处，未免"固哉高叟"之讥。[1]

冯迥（超然）、海纳川、周寿昌这些相对持平的声音似乎被掩盖和遮蔽，王次回其他类型的诗歌似乎并没有引起大众的注意，在大多数读者的印象中，王次回成了专写艳体诗的诗人。[2] 在这样的认识惯性之下，当意识形态发生变化，文学成为道德伦理的附庸，过度强调文学的教化作用时，艳体诗受到批判和鄙弃，王次回《疑雨集》自然被排除到文学经典之外。

再看外部因素。政治意识形态的变动，文化权利的变动，对于文学经典的建构的影响是很大的，特别是那些政治性较强的作品，意识形态

---

[1] 周寿昌：《思益堂日札》卷六"潘四农斥王次回诗"条，清光绪十四年刻本。
[2] 据郑逸梅记载，某次酒叙，有人拈次如二字为鸢肩格，易顺鼎先成一联"艳体次回《疑雨集》，美人如是绛云楼"，合座为之搁笔。说明参加酒叙的都共同认可王次回《疑雨集》为艳体诗专集。

甚至直接"操控"作品的命运。对王次回诗歌而言，这一要素虽然不容忽略，但其与政治的关联性并不是很强，若把这一条代之以社会思潮及其影响下的文学思潮的变化，用来分析王次回诗歌恐怕更为合适。而这可以与文学理论与批评的观念变更结合起来讨论。王次回诗歌在清末民初的盛行，与当时的社会思潮和文学思潮密切相关。在晚清，文酒声伎之会成为一时风气，是文人日常生活的重要组成部分，而随着中西文化交流的增多，知识阶层开始崇尚西方的浪漫爱情，在这两种潮流的共同影响下，言情文学风行一时，吴仲和沈宗畸重刊《疑雨集》征集题词时能得到这么多人的响应，与这种潮流有一定的关系。降及民国，"鸳鸯蝴蝶派"进一步推波助澜，言情之风更加盛行，香艳诗风弥漫诗坛。在此情况下，王次回《疑雨集》重新走红，出现了传播和接受的热潮。与此同时，大力提倡民主和科学的五四新文化运动爆发，文学革命的影响越来越大，游戏的、消遣的文学观念遭到否定，"鸳鸯蝴蝶派"受到批判，注重文学的社会功利性逐渐成了主流。随着抗战的深入，救亡图存成了时代的主旋律，香艳的、感伤的文学作品失去了接受的土壤。中华人民共和国成立后，"鸳鸯蝴蝶派"等旧派文人，受到了清算，他们推崇的《疑雨集》自然也就很少人提及了。改革开放以后，随着社会思潮的变化和文学观念、文学理论的变更，民国旧派文学重新受到关注，其价值又得以受到重视，"鸳鸯蝴蝶派"不仅得到正名，还得到学界的重新认识和评价。那么，王次回诗歌再一次受到关注就是顺理成章的事了。

文学经典建构的最重要力量是读者。近三十年来，文学接受史研究如火如荼，读者在文学经典化中的重大意义得到认可和确定。一部文学作品能否成为经典，最终还是由广大的读者决定的。正如被研究者频繁引用的接受美学的创立者姚斯所说的："在作家、作品和读者的三角关系中，后者并不是被动的因素，不是单纯的作出反应的环节，它本身就是一种创造历史的力量。文学作品的历史生命没有接受者能动的参与是不可想象的。"[1]童庆炳在文中读者分为两类，一是一般读者和批评人，一是发现人（或赞助人）。在晚清民国，王次回诗歌第一类读者数量巨大，

---

[1] H. R. 姚斯、R. C. 霍拉勃著，周宁、金元浦译：《接受美学与接受理论》，辽宁人民出版社1987年版，第24页。

前已有比较充分的叙述，此不赘论，发现人用在此时王次回诗歌的读者身上已不合适，不妨代之为知音或功臣。这里选择对王次回诗歌传播和影响发挥过重要作用的几位（组）读者加以考察：

一是吴仲和沈宗畸。清宣统戊申（1908），沈宗畸发起组织著涒吟社，该社编有《国学萃编》，由吴仲任总理，沈宗畸任总编选。翌年，国学萃编社重刊王次回《疑雨集》，吴仲遍征题辞，共征得序文3篇、题词96首，以《疑雨集题词》附刊于《疑雨集》后。这些序文或题词，既是一则则广告，也是一篇篇的导读性文字，引导甚至控制着读者的理解方向，对王次回《疑雨集》的传播和接受意义甚大。吴仲题词云：

> 一般骚怨非无记，六义风诗未可删。异代知音者谁氏，夷门而外有仓山。（坊间通行本为侯氏所刊，而以《别裁》不登次回诗争之于沈归愚者，则袁简斋也）

《疑雨集》最初是由侯文灿刊刻的，对王次回诗歌的后来的流传厥功甚伟；袁枚曾因沈德潜编《国朝诗别裁集》不选王次回诗而去信诘问，袁、沈之争是后来评论者的重要话题，侯文灿、袁枚自然称得上王次回的"异代知音"。吴仲和沈宗畸同样可看作王次回的"异代知音"，《疑雨集》的重刊，受吴仲之征而作的这些序文和题词，无疑大大促进了《疑雨集》的传播和接受，扩大了《疑雨集》的影响。

二是丁国钧。晚清民国时出现了两种《疑雨集》的注释本，即上海扫叶山房石印《〈疑雨集〉注》和上海文明书局石印本《王次回〈疑雨集〉注》，前者为丁国钧搜采群籍，花费数年时间而成；后者署古吴勾漏后裔释，但实际上只是在丁注的基础上增益而成，这两种注本屡经重印，销行甚广，给读者阅读《疑雨集》带来了极大的便利。丁国钧洵为王次回功臣，在王次回诗歌接受史上是应该大书特书的。

三是王文濡和王有衍。这组"功臣"较为特殊，所以加上引号。王文濡一方面是文明书局石印本《王次回〈疑雨集〉注》的刊行者[1]，另

---

[1] 参看王文濡《废物赘语》，载《春声》1916年第5集。

一方面也是伪造《疑云集》的幕后老板，受他鼓动，王有衍则以俞廷瑛的诗词为基础伪造了《疑云集》。王文濡、王有衍既对王次回诗歌在晚清民国的流行起了推波助澜的作用，也造成了一些混乱。[1]

此外，在王次回诗歌的读者中，李勖也是值得特别一提的知音和功臣。他的《纳兰词笺》引王次回诗达71次，此书是最早注意到王次回对纳兰性德影响的著作，对后来纳兰词的注本影响深远。纳兰词近年来非常流行，一些读者之所以注意到王次回诗，就是以纳兰词为引线的。

综上所述，王次回诗歌的艺术价值很高，影响甚大，得到了数以千万计读者的喜爱，感染力强，具备了文学经典建构的一些要素，但其可阐释的空间相对狭窄，受社会文化思潮的变动及文学理论和批评的价值取向影响较大。这恐怕就是王次回《疑雨集》从文学经典序列里时进时出的根本原因，不妨称其为另类经典。

## 五、余论

王次回诗歌在晚清民国的流行，虽与当时的社会思潮和文学思潮息息相关，但起决定作用的还是其诗歌本身的艺术价值。开展王次回研究，考察王次回《疑雨集》的文学史意义及经典化的曲折历程，具有多方面的启示：

首先，文学史研究有多种路数，文学史可以有多种写法，但遴选哪些作家作品作为经典进入叙述和研究的视野，以什么样的标准评价这些经典作品，是撰写文学史著作必须要考虑的。近年来，随着明清文学研究的深入，明清诗词经典化的建构工作逐渐受到重视，但这一建构还处于初始状态，不仅与唐诗宋词相比不够充分，与明清小说戏曲相比也有很大的差距，一些应该受到重视的作家尚没有进入文学史的视野。更为尴尬的是，明清诗词的经典只局限在很小的学术圈子里推崇，进入文学史的诗词名家大都没有为今天的一般读者所接受，如果建个中国诗词排行榜，明清作家能入围的恐怕并不多，可见明清诗词经典化建构的效果并不显著。对于今天的文学史研究者来说，须对明清诗词作家的传播和

---

[1] 笔者拟另撰专文讨论《疑云集》伪造的相关问题。

接受资料进行系统梳理和归纳，作出评估和判断，或许能从中发现为今天大众接受和喜爱的新经典。

其次，从晚清民国的传播接受资料看，王次回在当时受到非常热烈的欢迎，其爱好者既有旧派文人，也有属于新文学阵营的作家，既有国民党官员，也有属于革命阵营的共产党人，既有普通的读者和评论者，也有第一流的学者和作家，王次回在当时被公认为与李商隐、韩偓相媲美的艳体诗人，甚至成为评价艳体诗的参照系，得到较为普遍的推崇。然而随着社会思潮和文学观念的变动，王次回从抗战爆发后逐渐被冷落，一直至最近几年才得到关注。对王次回的重新发现和评价，有助于对已有的文学观念和评价标准进行反思，等对评价标准有了新的想法以后，也就有许多新的课题可以做，没有受到注意的我们可以发现应该注意的作家，已经受到注意的作家我们要看还可以从什么角度对他作评价。

再次，虽然从题材的多样性看，《疑雨集》与一般文人的多样性并没有多少差别，只不过艳体诗占的比重较大而已，而从晚清民国对王次回诗歌的评价看，大都聚焦于艳体诗，只有少数批评者注意到艳体诗之外的其他诗歌的价值。艳体诗的内涵很复杂，就王次回而言，他的艳体诗有些就是爱情诗，有的则纯属于游戏之作，个别诗篇不免有轻佻淫靡之病。如果带着有色眼镜，心存鄙弃艳体诗的先见，只看到王次回诗中的油滑和无聊之作，就难以认同王次回诗歌的价值。如果仔细阅读《疑雨集》，平心持论，我们实不难发现，王次回善于对人生感受、情感体验和创作经验进行浓缩、提炼和概括，他诗中的句子，如"当初语笑浑闲事，向后思量尽可怜"（《奏记妆阁》）、"阅世已知寒暖变，逢人真觉笑啼难"（《强欢》）、"未形猜妒思犹浅，肯露娇嗔爱始真"（《再赋个侬》）、"一回经眼一回妍，数见何须虑不鲜"（《旧事》）、"韩凭死遂双飞愿，羞学偷生说断肠"（《再赋个侬》）、"天台再许刘晨到，肯惜千回度石梁"（《即事》）、"岂惮逡唇工贝锦？尚甘诗骨堕泥犁"（《无题》）、"诗家窠臼宜翻洗，人日慵拈薛道衡"（《试笔》）等，皆细腻真切，耐人寻味，今天读来依旧动人心弦，具有为大众接受的潜在美质。郭沫若在为《郁达夫诗词抄》写的序中说："我认为，我们应该抱着望远镜去看，把他的优点引到我们身边来；而不是抱着显微镜去看，专门挑剔他的弱点。"[1] 我想这也是对待王次回以及类似作家的正确态度。

习近平同志在十九大报告中指出，要"坚持百花齐放、百家争鸣"，"深入挖掘中华优秀传统文化蕴含的思想观念、人文精神、道德规范，结合时代要求继承创新，让中华文化展现出永久魅力和时代风采"。在此思想指引下，对待古代作家作品，应以一种宽容和宽广的文化胸襟，秉持通脱和通达的文学观念，挖掘和阐释其中具有独特价值的部分，融入我们今天的文化建设中，满足人们多样化的审美需求。就王次回研究而言，目前最迫切的工作是系统搜集王次回的相关资料，重新整理出版《疑雨集》，为挖掘王次回诗歌蕴含的独特价值的创造条件。

【作者简介】安徽大学文学院教授，博士生导师。

---

[1] 王自立、陈子善编：《郁达夫研究资料》，知识产权出版社2010年版，第456页。

# 20世纪30年代"词的解放"运动和"新乐歌"的创建

周兴陆

【摘　要】　20世纪30年代初，词体何去何从？是一个迫切需要解决的问题。曾今可、柳亚子提出"词的解放运动"引起一定的反响。"自由词"也在不断地探索尝试。同时，上海的音乐界和词学界联合提倡"新体乐歌"，最终，"自制歌，自制谱"的现代歌曲形式成为抗战期间的重要文艺形式，传统的词的形式在现代歌曲中获得新的生命。

【关键词】　"词的解放"运动　自由词　新体乐歌　曾今可　陈柱　易韦斋

自宋代以来，"词"就是与"诗"相并列的一种文学体制，两者虽为近缘，却有着各自独立的发展道路。到了晚近，梁启超提出"诗界革命"，没有顾及词体的问题，《饮冰室诗话》基本上没有论及词体。当时词学的主流是朱祖谋、王鹏运、郑文焯、况周颐等人，讲究音律精工，标尚的典范是南宋的姜夔、王沂孙和吴文英。胡适倡导"新诗运动"，重点在破除旧诗的格律，以白话作诗。他把词视为比格律诗更为进化的一种文学样式，所以最初尝试白话诗就是从词入手的，留学期间写过几首"白话词"，其中如1916年的《沁园春》"为大中华，造新文学，此业吾曹欲让谁"云云，是"一篇文学革命宣言书"。他后来编选一部《词选》，黜南宋而尊唐五代北宋，多选语言浅近明白如话的词，走的是"白话词"的道路。

大体来说，在近现代之交，词学分为两派：一派是以朱祖谋、况周颐为代表的，重音律，尊南宋；一派是以王国维、胡适为代表的，重意境，尊北宋以前。至20世纪20年代末，这两派都出现了危机，前一派老辈词人渐渐退去，况周颐于1926年，刘毓盘于1927年，朱祖谋于1931年相继谢世，后继无人。后一派走"白话词"道路，刘大白《旧诗新话》、胡云翼《宋词研究》予以响应，但是，"白话词"忽略了词的音乐性特征，等于是取消了词体。在20年代后期，它与"白话诗"一样陷入绝境。

词学的道路该怎么走，是30年代初词学界不得不面对的问题。这时《新时代》月刊年轻的主编曾今可提出"词的解放"运动，音乐界萧友梅、易韦斋与词学界龙榆生、叶恭绰联手提出"新歌"运动。虽然比胡适的"新诗运动"滞后了十来年，且并未像"新诗运动"那样引起广泛的反响，但词的现代化终于踏出坚实的步伐，融入中国现代歌曲的进程中。

## 一、"词的解放"运动

曾今可（1901—1971），名国珍，笔名金凯荷，江苏泰和县人。早年留学日本早稻田大学，归国后参加过北伐。1928年后在上海从事文学活动，1931年在上海创办新时代书局，主编《新时代》月刊。出版过短篇小说集和诗集多种。据曾今可坦言，"词的解放运动"最初是他与柳亚子闲聊时提出来的。1932年下半年，他们在上海文艺茶话会开过第一次"词会"，柳亚子、林庚白、章衣萍、张凤等四五十人到会，既有老派词人，也有词坛新秀。曾今可在1932年11月20日《时事新报·学灯》和《新时代》月刊1933年第4卷第1期上发表了《词的解放运动》一文，柳亚子、张凤、郁达夫、余慕陶、董每戡、林庚白、刘大杰、章衣萍等人撰文加入讨论，兴起了词的解放运动。然而在日趋急迫的抗日形势下，他们采取"国家事管他娘"的玩世不恭的态度，激起了鲁迅等"左翼"文学家的批评[1]，很快就偃旗息鼓了。

曾今可说："词是我们中国所独有，词值得保存。诗早已被解放了，由胡适之一度尝试而成功了，词也应该解放。"他所谓的解放是相对的解放，而不是完全的解放。用他自己的话来说，是"三分之一五的解

---

[1] 鲁迅：《曲的解放》，见《鲁迅全集》第5卷，人民文学出版社1981年版，第53页。

放"，具体来说，第一，"词"一定要有"谱"，否则与诗无异。第二，"词"必须要讲平仄，但可不讲阴平阳平，不论平上去入。第三，"词"句完全用白话，或近于白话式的浅近文言，绝对不用古典和比较深奥陈腐的文言。[1] 第三条是胡适以来的"白话词"共同遵守的原则，在当时没有引起多少异议。第一、二条，虽讲究词区别于诗的"谱"的要求，但对音律加以大大的简化，总体上还是延续王国维、胡适一派的道路，只是把当时不自觉的"白话词"写作更为自觉地加以理论倡导而已。当然，比起"白话词"来，曾今可在理论上提出须讲究句式音律平仄，是"半解放"。事实上，他的词作平仄有时还没有达到这个要求。曾今可当时已有词集《落花词》单独行世，抒写性灵，纯任天真，不事雕琢，在音律上并不能够严格遵守词谱的平仄规则，如他的《菩萨蛮》：

> 为卿始识愁滋味，从此多愁愁未已。思卿欲白头，试问卿知否？　　漫说寻春早，如今春又老！何时践春约，携手花园角。

除了字数、句数合乎【菩萨蛮】的要求外，平仄和韵脚都不符合词谱。

年轻的曾今可的词学主张，首先得到南社元老柳亚子的响应。柳亚子在二十多年前就认为唐五代的词最好，北宋次之，而南宋最下，因为"唐五代的词纯任自然，虽有辞藻，也还不至于雕琢；而一到南宋，便简直是雕章琢句的时代了"[2]。也就是说，依据前面所提的两派来看，他是近似于王国维、胡适一派的。柳亚子自己的词，一种缠绵悱恻，学唐五代和北宋；一种慷慨激昂，学辛弃疾、刘过。关于词的音律，柳亚子主张："平仄是要的，而阳平阴平和上去入的分别，应该完全解放。"这与曾今可的词学观念是一致的。

曾今可有意识地组织友人参与"词的解放运动"的讨论，在《新时代》月刊第4卷第1期推出"词的解放运动专号"，不少人撰文发表见解。有的人如张资平、曹聚仁、王独清、余慕陶等主张干脆把词废了，邵洵美主张把词归到新诗里去。而赞成或响应"词的解放"论的人，主

---

[1] 曾今可：《词的解放运动》，载《新时代》1933年第4卷第1期。
[2] 柳亚子：《词的我见》，载《新时代》1933年第4卷第1期。

要是纠缠在这样几个问题：一是讲谱不讲谱的问题；二是用旧词牌，还是创作新词的问题。大体存在三种观点：

第一类是以柳亚子为代表，主张词须讲谱，用旧词牌，音律讲究平仄，不再细究阴平阳平上去入。

第二类是以曾今可、章衣萍、林庚白、王礼锡等人为代表，虽然曾今可与柳亚子观点较为一致，讲谱，用旧词牌，但是他们创作时，"平仄和押韵常要发生问题"。柳亚子批评《看月楼词》的作者章衣萍说："袭用旧词的调名而平仄和押韵时有出入的东西，我以为简直是要不得……既用了词的名义，更用了它的调名，那就不能不依它的平仄和押韵了。"[1]章衣萍着意用"词"表达青年男女爱情，在音节上不甚留意，对于时人的批评很不以为然。他说："余作新词，往往言人所不敢言。虽音节稍为俗人诟病，然世有读《樵歌》而精研其音韵者，当知朱希真固早余大胆为之。所谓'新词运动'，余未参加。盖做词为个人嗜好，固无需乎'运动'。"[2]虽未参加运动，但"大胆为之"的精神与曾今可等人是一致的。

第三派是主张连"谱"也应该解放，不仅不讲"谱"，连词牌名也不要用了。如张双红提出"词"的解放运动，第一便要解放这"谱"，把古人遗留下来的谱一概取消，而由今日另制新谱。[3]张凤早在1931年就提出"活体诗"的概念，并在《持志年刊》发表不少"活体诗"作品。所谓"活体诗"，即"无谱的词"，连"谱"也不要了[4]。其特征是不用词牌，语言浅近，句式长短不固定，押韵但不讲究平仄。张凤自称他的"活体诗"是"能唱的诗"，柳亚子称它"完全是自度腔的词罢了"。

上述三类，第一类是遵守词的正途，不过是将晚清音律派词人所遵循的阴平、阳平和上去入简化为平仄，少用典故，语言平易，内容贴切时代，这些原则为一般填词人所遵守；第二类随后发展为"自由词"；

---

[1] 柳亚子：《词的我见》，载《新时代》1933年第4卷第1期。
[2] 章衣萍：《衣萍诗词集小序》，载《文艺春秋》1933年第1卷第6期。
[3] 张双红：《"谱"的解放》，载《新时代》1933年第4卷第1期。笔者怀疑张双红与张凤实为一人。
[4] 张凤：《词的反正》，载《新时代》1933年第4卷第1期。

第三类实为当时的新体乐歌。

## 二、自由词

　　早在1916年陈柱任广西梧州第二中学校长时，就与该校教员冯振提倡"自由词"。冯振"以词为诗"，陈柱"以诗入词"[1]。20年代后期，夏承焘也曾"做了许多不依旧谱的词，他径称自己的词为'自由词'，并不加词牌名"[2]。但这些只能说是一些大胆的创作尝试，还不是自觉的理论倡导，影响也较为有限。

　　至30年代中期，经历了一番"词的解放"的热闹之后，陈柱开始明确地倡导"自由词"。他反复辩析说："先有诗而后有谱""宋之词人，凡知音者皆自作词而自为谱"，"今词已不谱丝竹，而词人犹按谱而填，又安用此无谓之桎梏邪？""词有律绝平仄声之谐调，有古诗长短句之节奏，于徒歌尤美。今既不以之入乐，则取其所长，而解其桎梏，用其句调，而不守其律谱，学者但多读古人之词，而任意歌咏，以求词之解放，则其成就必有可观者。"[3]他主张发扬词的音韵谐调、节奏自由的特点，明确地提出废谱，摆脱词谱的桎梏。他的《自由词》就实践了这些主张，如《饮酒乐》：

> 　　落红看尽看新绿，绿已残时爱雪花。雪花没后赏春华。一年何事苦长嗟。　　酌美酒，饮岩茶。江南杨柳青于染，岭表荔枝粲若霞，人生何处不宜家。[4]

　　《饮酒乐》是乐府杂曲歌词。这首词句式长短不一，节奏自由，音韵和谐，语言浅近，接近晚唐五代词的风味。陈柱的《自由词》在《学术世界》发表后，陈钟凡致信称赏并论道：

[1] 陈柱：《自由词序》，载《学术世界》1936年第1卷第10期。
[2] 董每戡：《与曾今可论词书》，载《新时代》1933年第4卷第1期。
[3] 陈柱：《自由词序》，载《学术世界》1936年第1卷第10期。
[4] 陈柱：《饮酒乐》，载《学术世界》1936年第1卷第10期。

溯词起于晚唐五季，下逮北宋之欧、晏、张、柳，率以争斗浓
纤，抒写艳情为宗。至东坡豪放，不喜剪裁以就声律，时人虽讥为
曲子缚不住，然其横放杰出，包罗万有，词境为之一变。至稼轩多
抚时感事之作，绝不作妮子态，更无意不可入，无事不可言矣。是
知词在两宋已多变化，非必拘守律谱，方为上乘。元人散曲内容益
臻繁复，作风益趋平熟。明代小曲，如北人之打枣竿，及南人之吴
歌，有措意清新妙入神品者，多北里之侠，或闺阁之秀，以无意得
之，较诸文士以腐套填塞为词者，且高出万万。兄以清丽俊爽之
笔，抒旷放萧疏之怀，虽自为己律，或任意浩歌，无不优为。何必
倚刻版之声，按不可知之谱，而后始谓之乐章哉？[1]

陈钟凡对于陈柱这种摆脱词谱声律束缚而放笔抒怀的精神是给予肯定
的。陈柱在回信中把词律和词谱比喻为女子缠足，"虽不无美者，而求
其能高举阔步则难矣。今若只取其天然之音调，解其向来之束缚，则既
不失词之体格，而又无向来之顾忌，则作者既可高举阔步，而知音者亦
可按词制谱，似于最初创词之原意，乃或反有合也"[2]。陈柱在这里提出
一个重要的概念，即"按词制谱"。中国古代歌曲中歌与曲的配合有两
种情况，一种是先为"徒歌"，然后被之弦管；一种是先有弦管金石音
乐，然后造歌以相配合。[3]前者歌词的创作比较自由，后者则歌词受到
音乐的限制，束缚比较大。陈柱创作"自由词"，就是想将词与曲的关
系恢复到第一种关系，他创作词，等待音乐家"按词制谱"。他曾说：
"吾恐今人所为之词，未必果能被之弦管。反之，若有音乐专家，即吾
辈平日所为之诗，又何尝不可制成乐谱？今之国歌、校歌，固往往先
请诗词家作成诗歌，而后请音乐家制成乐谱，非其明证乎？然则彼辈
填词，非音乐家亦不能被之弦管；吾人为诗，遇音乐家而亦可以被于

---

[1] 陈钟凡：《与陈柱尊教授论自由词书》，载《学术世界》1936年第1卷第12期。
[2] 陈柱：《答陈斠玄教授论自由词书》，载《学术世界》1936年第1卷第12期。
[3] 沈约《宋书·乐志》第一：《读曲歌》者，民间为彭城王义康所作也。其歌云
'死罪刘领军，误杀刘第四'是也。凡此诸曲，始皆徒歌，既而被之弦管；又
有因弦管金石，造歌以被。魏世三调歌词之类是也。"

弦管。"[1]

陈柱的"自由词"，在叶恭绰看来应该称作"歌"："尊著《自由词》实即愚所主之'歌'。鄙意应不必仍袭词之名。盖词继诗，曲继词，皆实近而名殊，犹行楷篆隶，每创一格，定有一专名与之，以明界限，而新耳目。盖既非沿袭，则宜径立新名。"[2]所谓"歌"，以能合乐与咏唱为主，篇幅语句，不限长短，而必须押韵，韵脚必须合律，但不必拘守前此的韵书。叶恭绰曾说："今日求上接风骚，中承乐府，后继词曲，旁绍五七言诗，而复能尽其变通，应有新体出焉。略沿词曲之体制，而声调务期合乐，词意务求真切，一扫千余年来肤浮杂凑涂饰挢强之病，庶韵文一道，可卜中兴。此其体拟名之曰歌，以其入乐而兼通雅俗也。"[3]其实陈柱"自由词"的词题还是依据传统的词或乐府，与当时的"歌"别具新名并不一样。叶恭绰所谓的"歌"，就是现代文艺史上的新体乐歌，这是词体发展的另一条途径。

## 三、新体乐歌

在西方文艺的影响下，近代中国的歌曲应运而生，但是早期的歌曲，一般内容为国歌、军歌、校歌和学堂乐歌。这些歌曲往往是借用国外的曲调，配上新词；或者采用传统诗词，配上新乐。有的学校甚至就只教学生用外国语唱外国歌。歌词和乐曲同为新创的中国新歌，在20年代之前还较为稀见。萧友梅作曲、易韦斋作词的《今乐初集》1922年出版，次年又出版了《新歌初集》，标志着国人自创歌词曲谱的音乐形态的正式出现。但是，他们的合作，还存在词曲分离、结合不紧不顺的现象，甚至被怀疑"似是先有曲后按音再填词的结果"[4]。1928年，赵元任的《新诗歌集》出版，是用国语唱本国的歌词。萧友梅赞美赵元任是中国的舒伯特，"替我国音乐界开一个新纪元"。但是，赵元任花费

［1］陈柱：《答学生萧莫寒论诗词书》，载《大夏》1934年第1卷第7期。

［2］叶恭绰：《与陈柱尊教授论自由词书》，载《学术世界》第1卷第12期。

［3］叶恭绰：《题李释戡握兰簃裁曲图诗序》，载《学术世界》1936年第1卷第10期。

［4］孟文涛：《中国近现代歌曲创作史中一个特殊仅见事例——试议萧友梅与易韦斋合写歌曲中的词曲结合问题》，载《黄钟》2005年第2期。

了六年的光阴，只选得这十首歌词来作曲，主要的原因是："近来新诗作品并不少，可惜作诗者未有预备给人家谱曲，所以作成的诗歌，百分的九十九，只宜于看读，不宜于歌唱。"也就是当时的白话新诗完全与音乐脱节。萧友梅希望热心提倡新诗的诗人"对于音乐，尤其是音节方面，稍微注意，将来作成的诗歌，必定容易入谱。作曲者把他的歌词谱成歌曲之后，将来比较可以容易流传，国人所得的印象，比较看读得来的还要深"[1]。1927年，萧友梅与蔡元培等人在上海创办国立音乐院，1929年改为上海国立音乐专科学校。他与同仁创办《乐艺》杂志，1931年与龙沐勋、易韦斋、叶恭绰、张凤、青主等成立"歌社"，致力于"新体歌词"的创造。

萧友梅和龙榆生在《歌社成立宣言》中指摘旧体词的主要缺点，一是旧体诗歌格式过于呆板；二是内容上看，宋元词曲所用词料，多抒写怨恨忧愁牢骚悲哀，情绪悲观消极，多不适用于今日，不宜采作今日学校及社会歌唱教材。旧体文学与音乐相脱离，不为人所重视。新诗章法欠整齐，缺乏韵脚与音节的调谐，词句冗长，过于欧化，难以谱曲。而新兴歌曲，如黎锦晖的《毛毛雨》《桃花江》《特别快车》等，非效法欧风，即相率为靡靡之音，迎合青年病态心理，产生不良的社会影响。有鉴于此，上海音乐专科学校同人组织"歌社"，"谋文艺界、音乐界之结合，以弥诸缺陷，而从事于新体歌词之创造，以蕲适应现代潮流"。新体歌词，免除"倚声填词"的拘制，求声、词之吻合，具体来说，要注意：

一、宜多作愉快活泼沉雄豪壮之歌，以改造国民情调。

二、歌的形式，最好以《诗经·国风》为标准，但句读最宜取参差，不可一律，亦不宜过长，免致难于歌唱。

三、尽量采用民歌之新形式。

四、歌词以浅显易解为主。

五、歌词仍应注重韵律，但不必数章悉同一韵。

---

[1] 萧友梅：《介绍赵元任先生的新诗歌集》，载《乐艺》1930年第1卷第1期。

六、各种新名词，均不妨采用。[1]

萧友梅等提倡"新体歌词"，与曾今可的"词的解放"还有质的差别。曾今可的"词的解放"还依据旧的词谱，平仄大体也是依据词谱，这只是"半解放"，而萧友梅等主张的是词的"全解放"[2]。萧友梅就曾对提出"词的解放"者忠告说："最好多作新歌，一面为文学界开一个新纪元，一面供给作曲家作制谱的对象。"这就是词的"完全的解放"。萧友梅说：旧词牌既然无曲谱之可考，就不必一定要照他的格式填词；与其解放一部分，何如完全创作？既然知道旧词句的平仄格式不是乐谱，也就不必句句照足去填，只要平仄相间，较合音节即可。其实音乐不过只有一半的力量，真要移风易俗，还要等词人诗人多创作新歌出来，给作曲的人去制谱，等制成歌谱之后，歌词更加容易普及，岂不是比单独印专集更有效力吗？"所以我极盼望海内诗人词人，尤其盼望提出新诗和解放旧词诸君一齐起来共同合作，使吾国民气逐渐可以振起，岂不是很愉快吗？"[3]当时张凤的那些能唱的"活体词"，是比较符合萧友梅"完全解放"的要求的。张凤"活体诗"在音乐专科学校校刊《音》上发表时均称为"歌"，意即都是尚待配乐曲的歌词。而"词的解放"运动的发起者曾今可，当时还不能够接受萧友梅的建议。上海书画家白蕉向他建议，"联络一些大音乐家来合作"，但当时在曾今可看来，词曲结合有被讽为"有闲阶级"之虞，"决不是根本的主张"[4]。

继"歌社"之后，1933年3月上海音乐专科学校萧友梅校长、黄自教授等，《音乐杂志》主编易韦斋，联合《词学季刊》主编龙沐勋、叶

---

[1] 萧友梅、龙榆生：《歌社成立宣言》，载《乐艺》1931年第1卷第6期。
[2] 柳亚子：《关于平仄及其他》（《新时代》1933年第4卷第1期）提出："词的解放原有两个涵义：一个是全观解放，一个是半解放。"
[3] 萧友梅：《为提倡词的解放者进一言》，载《国立音乐专科学校校刊》1932、1933年第29—31期合刊。
[4] 曾今可《为"词的解放运动"答张凤问：并告白蕉与红蓼》（《新时代》1933年第4卷第1期）："一般文人已经被称为'有闲阶级'了，谈谈词的问题似乎是更'有闲'。如果再'联络一些大音乐家来合作'，那就简直是'第三个有闲'了。"

恭绰等人组织了音乐艺文社，蔡元培任社长，叶恭绰任副社长。"音乐艺文社"，顾名思义，就是要把音乐与艺文两者冶于一炉，一面发挥乐理，一面自由作长短句，由音乐专家作谱，使音乐家与文学家各贡献其所长，以推动"新体乐歌"的兴起。叶恭绰就职演说说：中国音乐与艺文，向来是相连的；中国向来善于吸收外来文化。今天就从这两点去努力：接受外来的音乐，择其适于国情者，及研讨我国固有文艺，取其适应于近代者而从之。创造出一个中国的新音乐与艺文，在这沉寂荒芜的艺园里，复兴其繁荣灿烂的生命！[1]

其实，在上海音乐专科学校内部，关于音乐和艺文如何结合，如何创造"新体乐歌"是有不同认识的，在廖尚果（笔名黎青主）和易韦斋之间还发生了较为明显的纷争。廖尚果的夫人是德国音乐家华丽丝（Ellinor Valesby），把中国古典诗词配上西洋音乐，谱成外国式的乐歌。1930、1931年，她曾把金昌绪《春怨》（打起黄莺儿）、《金缕衣》、李煜《浪淘沙》、周邦彦《少年游》（并刀如水）、高深甫《桃花路》、青主《易水的送别》等诗词，《莺莺传》《白雪遗音》片段，配上西洋曲谱，在黎青主主编的《乐艺》上发表；黎青主和华丽丝合作歌曲集《音境》由商务印书馆于1931年出版。华丽丝自言，她的配乐"均以诗意为主，以能够把诗里面的神味和情景传出来为最要，不像旧时以能够谱上一些合法的乐调，便算尽了作曲的能事"[2]。她将中国歌词填于西洋谱子之中，以西洋调式来给中国诗词配乐，完全不顾及传统的音乐和汉字的声韵。黎青主为华丽丝这种做法作理论上的辩解说："声韵就是音乐的自杀……你不先把这些声韵的束缚打破，你是只能够填曲，你决不能够作曲。"[3]他的意思是不去管汉语的声韵，作曲须摆脱传统的平仄和韵脚的束缚。其实华丽丝的这种做法在20世纪初是比较普遍的。比如易韦斋1921年为挽山东音乐家王心葵作《薤歌》，就是倚挪威一作曲家的原曲。但是1930年时的"新体乐歌"提倡者，更注重汉语声韵与乐曲的相得益彰的配合。华丽丝的谱曲

---

[1] 叶恭绰：《叶社长遐庵先生就职演词》，载《音乐杂志》1934年第1期。
[2] Ellinor Valesby：《浪淘沙作曲大意》，载《乐艺》1930年第1卷第1期。
[3] 青主：《作曲和填曲》，载《乐艺》1930年第1卷第1期。

刚出世时，萧友梅对之尚较为宽容[1]；三年后，易韦斋撰文批评华丽丝为李煜《浪淘沙》谱的曲，"细细体会后主词意，及其字声，按诸调音，似乎有些未安的地方"，并按华丽丝的曲调，另填了一首《浪淘沙》[2]，惹得黎青主大为光火，撰文斥责[3]。黎青主夫妇此后脱离了音乐界，可能与此有关。

"音乐艺文社"提倡"新歌"，理论和实践上的代表是来自音乐专科学校的萧友梅、易韦斋和来自《词学季刊》的叶恭绰、龙榆生。正如易韦斋多次强调的那样，"词最合作歌的规范"[4]，当时的"新歌"运动是词学与音乐的联手合作，是"中国人在这个时期，自制歌，自制谱"[5]。关于"歌"，易韦斋重视声韵之美，他说："我所谓歌，是指以西洋作谱法，在钢琴的音阶谱出来，使歌者能依谱唱出来的歌……歌必以声韵妥协为美！……我希望作歌的文学者，稍稍费些力在声韵上切实斟酌一下，免得辜负自己的企图！"此前，音乐家王光祈曾提出"美术诗歌"的概念，易韦斋说："最可以作美术诗歌的范本的，莫若'词'了，词最合作歌的规范。"[6]

龙沐勋从词学研究的角度呼应萧友梅、易韦斋的新歌运动，撰著长文《从旧体歌词之声韵组织推测新体乐歌应取之途径》，取我国固有之合乐文字，探究其声韵配合之理，以为借镜之资。他阐释了声、情、词相应的理论，指出："声韵配合，本亦依乎天理，顺乎自然，有声韵组织之歌词，未有付歌喉而不调协者。"而旧词的最大缺点是声情与词情不相应。"吾人创制新体歌词，不得不注意于声韵之组织"：声调必须和谐美听，四声平仄，为巧妙法门，不容疏忽；句度必须长短相间，乃能与情感之缓急相应；押韵必须恰称词情，乃能表现悲欢、离合、激壮、温柔种种不同之情绪。明于声韵配合之理，进而错综变

[1] 萧友梅《我对于×书店乐艺出品的批评》（《乐艺》1930年第1卷第1期）说："Ellinor Valesby在该书店出版的创作乐歌，以乐艺的新声，谱我国的诗词，是能冥契宋元词曲的菁英，为吾国的音乐界打出一条新路来。"
[2] 易韦斋：《"歌与字声"聒耳谈》，载《音乐杂志》1934年第2期。
[3] 青主：《请易韦斋先生包办填歌填曲》，载《音乐教育》1934年第2卷第5期。
[4] 易韦斋：《"声""韵"是歌之美》，载《乐艺》1930年第1卷第1期。
[5] 易韦斋：《"歌"的零碎的商榷》，载《乐艺》1930年第1卷第1期。
[6] 易韦斋：《"声""韵"是歌之美》，载《乐艺》1930年第1卷第1期。

化，以成创格，不受曲调之束缚，可以自由抒写，新体乐歌才能有远大的进展，与日俱新[1]。叶恭绰在30年代中期也多次提出"歌"的问题。除了上引《题李释戡握兰簃裁曲图诗序》之外，1939年4月24日，他在香港岭南大学作"歌之建立"的演讲，提出音乐家与文学家合作，"用文学之优点以激发音乐，以音乐之优点以激发文学"，创作当前时代的"歌"。这种歌，一定要长短句，一定要有韵脚，不拘白话文言，但一定要能合乐[2]。显然这就是30年代初新歌运动的理论的继续。

30年代的"新歌运动"是与现代的民族解放运动相一致的，抗日战争为"新歌运动"提供了无限广阔的实践舞台。早在1931年，萧友梅、龙榆生就在《歌社成立宣言》中提出"吾辈为适应时代需要而创作新歌，为适应社会民众需要而创作新歌，将一洗以前奄奄不振之气，融合古今中外之特长，藉收声词合一之效，以表现泱泱大国之风"。在抗战最为艰苦的时期，董每戡呼吁："中国，古乐久已沦亡，新乐尚未创建，正好趁这抗战建国的动荡时期来做创建新音乐的启蒙运动。"[3]的确，抗日战争是"新歌"大发展的兴盛时期，产生了大量的抗日歌曲，如骆凤麟作词、萧友梅作曲《从军歌》（为义勇军作），刘子兆作词、萧友梅作曲《中国童子军福建省会战时服务团团歌》等，发挥着宣传抗战，鼓舞士气，团结民众，激发爱国热情等重要作用。就连上面提到的不主张词曲结合的曾今可，后来对抗战期间诗人和作曲家努力创作大量的服务于抗战建国主题的大众能懂能唱的诗歌，也给予热情的肯定，称赞这些诗歌是"一种战斗的武器，感动人的力量在一切宣传工具中要算最大的，而且战斗力也高于一切的武器——可以攻心"[4]。他自己在抗战期间就作了四五十首歌词，如《出征》《前进》《疏散》《反攻》《坚持抗战》《共同抗战》《争取民众》《同胞们起来》《文艺游击队》《争取民族的自由》等，被周大融、丁敏等作曲家谱成曲，对于激发民众的爱国斗争热情具

---

[1] 龙沐勋：《从旧体歌词之声韵组织推测新体乐歌应取之途径》，载《音乐杂志》1934年第1、2期。
[2] 叶恭绰：《歌之建立》，载《大风》1939年第38期。
[3] 董每戡：《新乐歌的创建》，载《青年人》1939年复刊第1卷第3期。
[4] 曾今可：《谈诗歌》，载《抗卫军画刊》1939年第1卷第4、5期。

有重要意义。新中国成立以后，现代的作词与作曲相配合的歌曲，正是
30年代的"新歌"的继续。

【**作者简介**】复旦大学中文系教授，博士生导师。

# 论任可澄与民国中期京津词坛

姚　蓉　贾艳艳

【摘　要】　贵州闻人任可澄在1923年至1931年生活在北京，正值民国中期京津词坛复兴之时。任可澄与梁启超等政坛、文坛双栖式人物，姚华等书画界、文学界人士，林葆恒等遗民诗人、学者交往，显示了民国京津词人群体的"流寓性"和非专业性。任可澄词更多地关注世事和时局，具有写实性和忧患意识，这在京津词坛的"怀旧"语境中显得弥足珍贵。任可澄词取径各家，婉转深情，受到文学革命的新观念影响，创作出《金缕曲·咏史》那样具有"革命文学"特征的作品，在偏于传统的京津词坛显得别具一格。

【关键词】　任可澄　京津词坛　交游　社会语境　文学革命

　　任可澄（1879—1945[1]），字志清，晚号匏叟，贵州普定县人。他是清末民国时期贵州省的著名人物，在政治、教育、历史、文献、文学等领域皆有建树，影响深远。目前学界对任可澄的研究主要集中在生平介绍、政治得失、史学成就、教育贡献等方面[2]，而对其文学创作，尤其他的词，关注较少，仅有何幼兰《任可澄词〈金缕曲·咏史〉评介》一篇论文。

　　任可澄有词集《秋心词》（又名《藏山草堂倚声》）传世，存词64首。其中创作时间、地点可考的作品约三十首，有20首是写于他旅京期间。1923—1931年间，任可澄一直在北京任职、寓居，在京津地区

---

[1] 任可澄生于光绪四年十二月二十二日，对应公元历是1879年1月14日；卒于民国三十四年十一月初五，对应公元历是1945年12月9日。故任可澄的生年不是目前各种研究资料所标的"1878年"。

[2] 谢孝明：《任可澄研究综述》，载《贵州文史丛刊》2016年第2期。

生活了八年，这段时间是他填词创作的高峰期。同时，1923年到1937年"卢沟桥事变"前的这段时间，正是民国词坛的复兴期，尤其是京津词坛声势最旺的一个时期。任可澄适逢京津词坛之盛，此期的词作内容丰富、风格多变，颇能反映京津词坛风气之转移，故将两者结合起来论述之。

## 一、任可澄的填词活动与京津词坛的文人群体

在1923年之前，任可澄主要在云贵地区兴办教育及从事资产阶级改良运动。1905年他受聘为贵州学务处参议，曾参与创办贵州师范传习所、贵州通省公立中学堂、贵州优级师范选科学堂、宪群法政学堂，还参与了《黔报》《贵州公报》的创办。1909年他与唐尔镛、华之鸿等组织宪政预备会，并担任会长。辛亥革命后，任大汉贵州军政府枢密院副院长。1912年唐继尧率滇军入黔后，任可澄出任都督府右参赞。1913年至1915年，先后任黔东观察使、镇远道尹、云南巡按使。1915年12月，任可澄与蔡锷、唐继尧、刘显世、戴戡等联名通电全国，宣布云南独立，组织护国军讨伐袁世凯，讨袁檄文出自任可澄之手，其中"成则为一旅之兴夏，不成亦可为五百之殉田"[1]等句，颇能激励人心。1916年7月出任云南省长，9月到京述职。1917年侨居天津。1918年任广州军政府内政部长，秋间回黔主持续修《贵州通志》。1920年"民九事变"后，被推为贵州代省长，1922年辞去省长之职，仍任贵州通志馆馆长。1923年因贵州政局混乱，且不愿卷入第二次滇军侵黔事件，遂辞职入京。

1923年任可澄入京之时，适逢辛亥革命以来一片萧瑟的北京词坛生机再发。慧远《近五十年北京词人社集之梗概》中言：

> 迨癸亥之春（一九二三年），先君闰庵公在清史馆偶赋露华平仄韵二阕，史馆同人争相唱和，于是京师言词者又复渐盛。[2]

---

[1] 任可澄：《唐继尧致各省军界同乡请共兴义举力奠共和电》（1915年12月□日），见《会泽文牍》上，云南图书馆1917年版，第7页。
[2] 慧远：《近五十年北京词人社集之梗概》，见《春游琐谈》，中州古籍出版社1984年版，第19页。

北京词坛复盛，文人兴词社，以词唱和，身处其中的任可澄亦受风气之影响，故他在北京填的词比其他任何地方都多。任可澄从何时开始填词，已无可考。就其《秋心词》中可以考知时间和地点的作品而言，最早的作品是1926年创作于北京的《念奴娇·邓拙园毓怡藏弄蔡松坡手札属题》和《解连环·题梁任公先生〈攒泪帖〉即用仲策先生原词调并次韵》。这后一首词，来自任可澄参与的一次小有规模的文学活动。此词小序云：

> 梁仲策丈哀其兄任公先生频年哀祭之文为《攒泪帖》，自题《解连环》于帖首，词极哀婉。帖中如祭海珠三烈士文，祭蔡松坡及近作祭康南海文皆在。展卷怆然，即用原调依韵奉题。[1]

《攒泪帖》是梁启勋收集其兄梁启超所写祭父之《哀启》、祭妻之《亡妻李夫人葬毕告墓文》、祭蔡锷之《公祭蔡松坡文》、祭麦孟华之《祭麦孺博诗》等诗文而成的巨幅书法作品。梁启勋自己在卷首题《解连环》词，陆续邀请罗惇曧、罗惇曼、黄节、姚华、陈衡恪、黄濬、林长民、汪大燮、陈汉第、张一麐、蒋方震、麦仲华、籍忠寅、周大烈、余绍宋、林志钧、任可澄、伍庄、陈敬第、曾习经二十人题词。从这个活动中，可以看出任可澄在北京交游的第一个圈子，是跟他一样活跃于北京政坛和文化圈的两栖式人物。任可澄和梁启超结缘于政治，他坚决拥护以康、梁为首的改良一派，通过姚华、陈国祥、蹇念益等在日本已加入梁启超组织之"政闻社"的贵州同乡，与梁启超领导的维新改良派取得联系，并联络有着共同主张的唐尔镛、华之鸿等人，于1909年10月成立了"贵州宪政预备会"，积极参与政治变革。1926年至1927年，任可澄担任杜锡珪、顾维钧内阁的教育总长。在任期间，任可澄主张改组京师大学，欲聘梁启超为校长。梁启超对任可澄亦颇为关心，写了《致任志清》《致任志清、胡石清》等书信，鼓励任可澄"今兹既一出，即

---

[1] 任可澄：《匏斋集·秋心词》，见《民国贵州文献大系》第三辑上册，贵州人民出版社2015年版，第308页。下文所引任可澄作，皆出自此书，故仅标注页码，不再注明版本信息。

不能不做一二事，以求自异于流俗"，并就京师大学改组、庚子赔款使用等事宜发表意见。[1]梁启超去世，任可澄写了一百多字的长联，赞扬其功绩，哀挽其逝世。以梁启超为纽带，任可澄结识了梁启超的许多其门人或朋友，如黄群、曹经沅、张君劢、凌文渊、张一麐等人。在任可澄的《鲍斋集》中，和黄群、曹经沅次韵唱酬的诗作分别是五首和四首[2]，可见他与两人交往也是颇为频繁的。黄群（1883—1945），字溯初，永嘉人，清末留学日本，民国成立选为第一届国会议员。曹经沅（1892—1946），字缠蘅，四川绵竹人，民国时期历任北洋政府内务部参事，贵州省民政厅长等职。再如张君劢是梁启超"政闻社"成员，凌文渊（1866—1944）在民国时期历任财政部参事、财政部代总长，张一麐（1867—1943）历任袁世凯政事堂机要局局长、内阁教育总长，等等。他们既是当时政界的精英，又是文化圈里的名流。任可澄与他们之间的文字往来，有交际应酬的因素，也有倾盖如故的真情。如1924年12月任可澄参加凌文渊父母的生日所作《凌筱洲先生洎德配吴夫人七旬双寿奉祝直支父母》就不乏应酬的成分，而前文提到的《解连环·题梁任公先生〈攒泪帖〉即用仲策先生原词调并次韵》一词，虽然应梁启勋征集题词之举而为，然词中有"江山蕉萃"之叹、"故人长别"之悲，有对梁启超"热血喷残"的感动，有对我辈"泪尽苍生"[3]的称许，情绪激昂，意韵深沉，可谓真情流露。

　　1927年任可澄与姚华的"《千秋岁》唱和"，可以探知任可澄的第二个朋友圈，为书画家群体。根据任可澄《千秋岁》词的小序"丁卯生朝，姚茫父为作《藏山草堂图记》并系以《千秋岁》词，依韵奉和"[4]

［1］梁启超：《梁启超全集》，北京出版社1999年版，第6062—6065页。
［2］任可澄《鲍斋集》中有《溯初在北平，以五十四岁生日诗来索和，次韵酬之》《溯初诗来，并为探梅邓尉之约会，次韵和之》《溯初诗来，询有无茅台酒，再次前韵》《梅已盛开，溯初放园不来，仍次前韵代柬》《四月三日得溯初信，已赴超山，不克践邓尉之约，复次前韵》五首诗与黄群酬答；黄群集中有《寄任志清苏州，并为邓尉探梅之约》和《寄任志清昆明》两首赠任可澄的诗歌。任可澄有四首酬答曹经沅的诗歌，即《曹襄衡以重九独游东山诗索和，依韵酬之》两首、《襄衡以喜晴诗乞和，次韵奉酬》《追和襄衡元日大雪诗韵》。
［3］《鲍斋集·秋心词》，第310页。
［4］同上书，第311页。

可知，任可澄的好友姚华为其别业作《藏山草堂图》并题写《千秋岁》词，以此为他祝寿，任可澄感动之余，次韵唱酬，故有此举。姚华（1876—1930），字重光，号茫父，贵阳人，他是著名书画家、文学家，也是任可澄的贵州老乡。姚华在清光绪年间中了进士，后去日本东京法政学堂留学，光绪末年（1907）回国，直至去世，一直住在北京。他的北京宣武门外烂缦胡同莲花寺居所，是贵州在京人士集会的地方，又称为"小贵州会馆"，同时还是北京文艺界人士集会的地方。1914年，任可澄代表贵州赴北京出席约法会议，就寄居在姚华的莲花寺寓所。4月4日，任可澄受命为云南巡按使，姚华有《中秋送任志清巡按云南即席赋诗》，深情回忆了两人十年前一起赴京考试的经历及一直不曾中断的深厚交谊[1]。1923年再到北京，任可澄以姚华的北京莲花寺居所为依托，结识了一大批著名书画家，如桂百铸、僧人瑞光、萧士英、林志钧、陈衡恪、周大烈等人。姚华《墨笔山水轴》题款上，记录了任可澄与他们一起交游的场景："癸亥冬至，百铸与余为尧丞（按：萧士英）合作一纸，多为任公夺去，甲子立春重写此补之，亦两人合作也。既而百铸南旋，尧丞携过莲花庵题记，因更加墨。岁月不居，又匆匆端阳过矣。"[2]可知，任氏应是莲花寺的熟客。1930年姚华去世后的两年间，任氏还曾故地重游，为僧人瑞光作题画词《月下笛》（雪庵上月以衍法访古图卷属题，图为茫父、师曾合作）来缅怀故友。甚至在十余年后，任可澄看到姚华为陈衡恪《南泡荷花卷子》题写的《惜红衣》词，"春华梦里，蓦记起、莲庵词客"[3]，满怀深情写下了感今追昔的同调同韵唱和之作。这批文人不仅在书画领域有着精深的造诣，在文学方面也多有长才。1925年后，京津词坛词社大兴，"聊园、趣园词社先后倡立，须社、瓶花簃词社、延秋词社、玉澜词社、梦碧词社陆续在京津开展活动，京津词坛逐渐走向繁荣"[4]。目前尚未见到任可澄加入任何词社的记载，但他的好友姚华、林志钧是聊园词社成员。聊园词社由谭祖任发起于北京，

---

[1] 姚华著、邓见宽选注：《姚华诗选》，贵州人民出版社2000年版，第43页。
[2] 李黔滨：《贵州省博物馆藏品集》，贵州人民出版社2013年版，第209页。
[3] 任可澄：《惜红衣》，见《鲍斋集·秋心词》，第319页。
[4] 昝圣骞：《论民国词人郭则沄与京津词坛》，载《江海学刊》2017年第2期。

社友有夏孙桐、章华、姚华、邵伯章、赵椿年吕凤夫妻、汪曾武、溥儒、林志钧等二十余人，每月一集，连在天津的章钰、郭则沄、杨寿楠等人都时常过来参与活动。夏孙桐《悔龛词·自记》云："乙丑冬，谭篆青（按：谭祖任）诸君又结聊园词社，一岁中积十余阕，平生所作斯为最多，要不足存。"[1]可见词社活动促进了文人们的填词创作。任可澄有姚华这样的词社活跃人士作为密友，难免受其影响，无怪在京旅居期间词作独多了。

任可澄的《百字令·题林子有讱庵填词图》一词，反映了任可澄与京津词坛另一个群体——遗民词人的交游。林子有是指民国时期著名词人、学者林葆恒（1872—1950），他是林则徐的侄孙，父亲林绍年是清末名臣。任可澄早年在贵州办学时，就曾得到过时任巡抚的林绍年的支持。林葆恒是光绪十九年（1893）举人，曾任直隶提学使，入民国后以遗老自居，1934年曾专程至长春觐见溥仪。《讱庵填词图》的反复绘作和对其题词的征集，就是林葆恒遗民心态的展现。林葆恒的友人祁昆、贺翘华、汤涤、溥忻、许昭、陈曾寿为他画了一共六幅《讱庵填词图》[2]，为其画题词的陈曾寿、陈宝琛、陈三立、袁思亮、李宣龚等人，亦多是遗民，这本身是效仿明清之际遗民题咏陈维崧《迦陵填词图》的文化行为，眷念旧朝、缅怀往昔的遗民立场在林葆恒自题第一幅《讱庵填词图》时所作的《扬州慢》中有鲜明的流露：

> 文采清门，故家乔木，老来百事无成。叹虞渊莫挽，早两鬓星星。胜晞发、江湖独往，旧宫禾黍，长念周京。便弥天忠愤，哀弦弹与谁听？　五湖倦梦，问何时重订沤盟。看野水平桥，高松压屋，空写遐情。寄语故山猿鹤，斯图在、息壤堪征。待馨香姜史，银笺勤谱偷声。[3]

---

[1] 夏孙桐：《悔龛词》，见《清词序跋汇编》第4册，凤凰出版社2013年版，第2091页。

[2] 关于六幅《讱庵填词图》的详细介绍，请参姚达兑《清遗民的文化记忆和身份认同——林葆恒和六幅〈讱庵填词图〉》，载《民族艺术》2016年第6期。

[3] 转引自袁志成《晚清民国福建词学研究》，福建人民出版社2013年版，第87页。

词人为"虞渊莫挽"而悲愤不已，对"旧宫禾黍"感慨万千，将"填词图"看作遗民的"息壤"，坚定的遗民立场于此可见。在这样一场有着鲜明遗民文化特色的填词活动中，出现了任可澄这样的民国政治要员的身影，他为《讱庵填词图》题写了《百字令》：

> 人间何世，听铜仙烟语，犹思畴昔。阅尽沧桑余涕泪，洒向迦陵图册。白石清高，碧山雅怨，一念通千劫。虚空弹指，此中能使白头。　　试与天南访旧，郎君下笔，腴草还盈尺。今日浮生千万感，一曲烟沽渔笛。吴下清尊，旧京红药，影事成飞灭。心痕相印，异时留证鸿雪。[1]

从"铜仙""迦陵图册"等典故可知，任可澄理解并同情林葆恒的遗民立场。"心痕相印，异时留证鸿雪"更是肯定了林葆恒的遗民气节。林葆恒对任可澄此词也颇为认可，收入他编撰的《词综补遗》一书。由此可见，任可澄与林葆恒等遗民保持着良好的互动关系。需要说明的是，最早的一幅《讱庵填词图》是由祁昆绘于1932年冬日，其时任可澄、林葆恒都已经离开京津地区，任可澄为林葆恒《讱庵填词图》题词最有可能发生在1933年任可澄移居上海、林葆恒也在上海参加沤社活动时。不过，林葆恒1928年至1931年避地天津，与郭则沄创办须社，每月三集，三年集会达百次，刊印了收词逾千首的《烟沽渔唱》，使京津词坛进入"重张坛坫之最盛时期"[2]。因天津距北京较近，两地文人交往较为频繁，任可澄与林葆恒的文学交流极可能在京津词坛就开始了。

　　民国京津词坛词人群体身份复杂且具有"流寓性"，是当前研究界的共识。[3]任可澄本人的身份特点及其朋友圈正是这一论断的最佳注

---

[1]《匏斋集·秋心词》，第325页。
[2] 顾国华：《文坛杂忆全编·北京词社》，上海书店出版社2015年版，第213页。
[3] 谢燕《晚清民国词人集社与词学传统——论京津词坛的形态、功能及影响》（《中国韵文学刊》2013年第3期）一文认为"京津词人群体，一方面呈现出一种'流寓性'"，"另一方面，京津词坛词人群的社会阶层相当芜杂"。昝圣骞《论民国词人郭则沄与京津词坛》（《江海学刊》2017年第2期）一文认为"晚清以来，京津词人群体构成有很强的多元性和政治性"。

脚。任可澄本人是政治家、教育家、学者，寓居北京八年，只有1926—1927年间是政府高官，其余时间"僦居北城冷巷，日惟摩挲故纸自娱"[1]，交游之士有梁启超、黄群、曹经沅这样的政坛、文坛双栖式人物，有姚华、陈衡恪这样的书画界、文学界人士，有林葆恒这样的遗民诗人、学者。当时活跃在京津词坛的其他人员，也与任可澄及其交往的人士相似，京津本地人很少，多不是专业的文人。他们以乡邦、以师友、以党派、以同事等各种关系聚集在一起，闲暇之余诗酒唱和，或结成有组织有规模的词社，或仅二三好友以词酬酢，共同繁荣了当时的京津词坛，也造成了京津词人的"流寓性"与非专业性特点，导致了京津词坛的不稳定性。

## 二、任可澄的"秋心"词与京津词坛的社会语境

"何处合成愁，离人心上秋"，任可澄的词集名为《秋心词》，即谓此集为言愁之词。其中咏物、题画、咏史、怀人等各种题材，无不渗透他的愁绪。然品味其"愁"意，却不是伤春悲秋那么简单，而有着鲜明的时代气息，与当时京津词坛的社会语境息息相关。

明代以来，北京一直是国家的政治中心，其文学的发展很难不受政治风会的影响。尤其是晚清民国时期，这里经历了戊戌变法（1898）、义和团运动（1900）、八国联军侵华（1900）、溥仪逊位（1912）、袁世凯就任中华民国大总统（1912）、袁世凯复辟帝制失败（1916）及此后北洋军阀皖系、直系、奉系等派系走马灯似的掌控政权（1916—1928）等种种政治变动，保守主义、自由主义、激进主义等各种思潮在这里流播，形成了京津文坛复杂多元的社会语境。

因北京城内政治势力的频繁更迭，被新的统治秩序淘汰的官吏与眷恋旧秩序的士人，形成了京津地区的遗民群。《词学季刊》记载："国内频年丧乱，士大夫多流寓于外人租借地，冀得苟全。南有上海，北则天津，并为畸士文人，栖身息影之所。藉文酒之会，以遣忧生念乱之

---

[1] 白之翰：《代任泰撰任公志清事略》，见《匏斋集》附录，《民国贵州文献大系》第三辑上册，贵州人民出版社2015年版，第347页。

怀。"[1] 1925年至1931年间，天津租界甚至出现了一个以溥仪为中心的逊清文人群体，以结社唱和排遣胸中积郁，就如龙榆生所说："鼎革以还，遗民流寓于津沪间，又恒借填词以抒其黍离、麦秀之感，词心之酝酿，突过前贤。"[2] 郭则沄与林葆恒创办的须社，其成员大多数是遗民，其社集、唱酬有浓厚的遗民色彩，在京津词坛营造出"怀旧"语境。

任可澄虽然不是清遗民，但他也算出身于清朝的官宦之家，祖父做过吴县县令，父亲和他自己都是清朝举人。他受过系统的儒家教育，并企图通过改良来拯救清王朝，可以说他对已经倒台的清政府是有感情的。加上他跟林葆恒等遗民交游，受其影响，词作中也流露出抚今追昔的"怀旧"情绪。如其《雨霖铃·月夜过故宫凝望》一词：

> 夜凉如许，悄然凝望，故宫禾黍。望中万落千户，参差隐现，弋林钓渚。只有旧时月色，在玉楼深处。更依约、殿角风铃，阅尽兴亡作人语。　　馆娃多少如花女，想朱唇、玉貌娇无侣。人间只应天上，尽日日，艳歌欢舞。弹指沧桑，三十六宫一碧尘土。剩墙外、撷笛人来，俯仰悲今古。[3]

作为明清两朝的皇宫，故宫的象征意义不言而喻，难怪作者凝望月色中的宫殿群，感慨万千了。词作以"故宫禾黍"点明江山易代之悲凉，再以"殿角风铃"和"馆娃多少如花女"两个特写，一实一虚，诉说故宫经历的兴亡和沧桑，种种复杂难言的情绪收束于"俯仰悲今古"一句，于含蓄蕴藉中吐露故国之思、世易时移之慨，怀旧之愁情颇重。

不过，任可澄词作中如此显豁流露出遗民心态的作品仅两三篇，可见当时京津词坛的"遗民话语"对其影响是有限的。京津词坛的"怀旧"语境或许很浓，但在整个政治气氛浓郁的京津文化圈中，怀旧、守旧的遗民立场只是其中的一种政治态度，其余各种锐意进取的政治主张

---

[1]《须社唱酬之结集》，见《词学季刊》第二卷第二号（1935），上海书店出版社1985年影印版，第199页。
[2] 龙榆生：《晚近词风之转变》，载《同声月刊》第一卷第四号（1941）。
[3] 任可澄：《雨霖铃》，见《匏斋集·秋心词》，第315页。

或新思潮亦纷纷"在场"。身处京城的文化人，往往比其他地域文化中的人有更强烈的政治使命感，对社会、对时政更加关注。任可澄从20世纪初期就开始从事政治活动，在北京期间，也曾任教育总长，相对于缅怀过去，他更愿意直面现实。在其《秋心词》中，题赠、酬唱之作为18首，还未占到总数的三分之一，其余咏物、感怀、悼亡诸作，皆是情动于中而发之于外，有"惊绿愁红，碎尽秋心惨秋色"[1]的节候变化之感，有"只缘世乱归无计"[2]的思乡盼归之情，有"何处纮干乐，笑谢图麟阁"[3]的豁达淡泊之意，有"灯前华发不胜簪"[4]的年华老去之叹，有"依稀梦里与君偕"[5]的悼亡追思之痛，等等。任可澄的词中，亦不乏对世事、时局的写真，如写于1929年春夏之交的"沧海桑田成一慨，焦烂池鱼如沸"等句，叙述了北京地区"旱象已深，三海涸竭"[6]的惨况；写于1929年重阳节的"生怕登高，猛然望见，烟尘东北"[7]等句，记录了当时发生在东北的中苏之战。尤其是《八声甘州》一词，其小序云："自近畿战兴，每晚惊鸦千万为群，鸣噪城中。盖灞上连营无可栖止，翻向城市翔集也。感而赋此。"其词云：

> 甚排空万点乱群鸦，似蜂晚寻衙。望长安城里，延秋门上，一片纷拏。应是郊坰列幕，处处动悲笳。累汝栖难稳，飞向闉阇。
>
> 知否人间何世，正连天烽火，化尽虫沙。有苍生无限，琐尾向天涯。便天涯，瞻乌谁止，尽月明、三匝叹无家。汝曹有、寒枝栖稳，莫更嗟呀。[8]

此词上阕状群鸦在战争状态下"栖难稳"的纷乱之态，下阕感慨人不如鸟，乌鸦还有枝可依，民众却因烽火而"无家"。1924年第二次直奉

［1］任可澄：《雨霖铃》，见《匏斋集·秋心词》，第308页。
［2］任可澄：《浪淘沙》，同上书，第322页。
［3］任可澄：《千秋岁》，同上书，第311页。
［4］任可澄：《浣溪沙·秋思》，同上书，第313页。
［5］任可澄：《浪淘沙·梦亡室》，同上书，第309页。
［6］任可澄：《河渎神》，同上书，第315页。
［7］任可澄：《琵琶仙·己巳九日》，同上书，第318页。
［8］任可澄：《八声甘州》，同上书，第310页。

战争、1928年北伐战争、1930年中原大战都曾波及京津地区，亦都发生在任可澄在北京期间。虽然无法考证任可澄此词具体描写的是哪次战争，但是对战争的巨大破坏力以及由此造成的社会动荡描绘得入木三分。

故此，在京津词坛"怀旧"语境下观照任可澄感怀时事与人生的作品，更显出这一片"秋心"的真挚与可贵了。

## 三、任可澄的词学追求与京津词坛的"文学革命"

陈衍《石遗室诗话续编》卷六云："近识贵阳任志清可澄，号屺瞻，尝任本省省长，兼总纂《通志》，书成未刊。谓作诗第一忌俗，深中要害。"[1]这是对任可澄文学思想仅有的一条记载。被陈衍首肯的任可澄"忌俗"之诗学主张，应该也可以用来考察他的词学追求。"忌俗"两字虽简单，但放在京津词坛词学发展的大背景下考察，可用以观照当时京津词坛词学观念"新旧交织"的态势。

就传统词学发展的脉络而言，当时常州词派的领袖朱祖谋推崇吴文英词，以致"近世学梦窗者，几半天下"[2]。而慧远《近五十年北京词人社集之梗概》讲到聊园词社时说："其时仍以梦窗玉田流派者居多。继则提倡北宋，尊高周柳。自晚清词派侧重南宋，至此又经一变风气。"[3]聊园词社在发展中突破常州词派的束缚，不再对当时弥漫词坛的"梦窗风"亦步亦趋，转而取法北宋柳永、周邦彦。须社社长郭则沄认为"词学肇于五代，而盛于南宋""南宋词人，骋妍斗绮，咸有寄托"[4]，主张姜、张、辛、吴诸家并重，取法不局限于一家。京津词坛中期这种取径较宽的词学思想，对任可澄应该是有影响的。任可澄亦推尊周邦彦，《秋心词》中有7首词是依周邦彦词之韵而作，是他仿效最多的词人。除周邦彦外，任氏对柳永、欧阳修、苏轼、张炎、姜夔等人的作品也有

---

[1] 陈衍：《石遗室诗话》续编卷六，人民文学出版社2004年版，第762页。
[2] 吴梅：《乐府指迷笺释序》，见蔡嵩云《乐府指迷笺释》，人民文学出版社1963年版，第1页。
[3] 张伯驹编著：《春游社琐谈 素月楼联语》，北京出版社1998年版，第22页。
[4] 郭则沄：《词综补遗序》，见林葆恒辑《词综补遗》，上海古籍出版社2005年版，第3页。

取法，并不专主一家，以忌"跟风"之俗套，与中期京津词坛词学变迁的趋势相一致。总的来说，任可澄继承词之言情特质，总体风格偏于婉转深情，上节已有论及，兹不赘述。

同时，当时的京津文坛已经接受过"文学革命"的洗礼，新文学对任可澄也不无影响。在政治立场上，任可澄是梁启超的追随者，属于资产阶级改良派。在文学思想上，目前没有直接的证据表明梁启超对任可澄有影响。梁启超倡导文学改良，在19世纪末20世纪初提倡"诗界革命""文界革命""小说界革命"，影响很大。以梁启超的论诗主张"第一要新意境，第二要新语句，而又须以古人风格入之，然后成其为诗"[1]衡量任可澄的诗歌，发现他的《苦兵行》《破村》《抓车行》《人力车谣》等作品，都符合这个标准。如其《苦兵行》"从前尚闻皖与直，后来渐渐说南北。自从去年见南兵，小辈纷纷夸统一。统一方成兵又起，讨贼护党浑难纪。朝朝布告说裁兵，处处募兵喧城市"等句，直接以白话如诗，是为"新语句"；"闻说设兵本为民，民今苦兵甚于匪"[2]指斥时弊，是为"新意境"；全诗以七古的形式出之，承唐代新乐府之精神，是为"古人风格"。这些诗作说明，任可澄在创作上是愿意接受新风气的。

1917年1月胡适发表《文学改良刍议》，2月陈独秀发表《文学革命论》，文学变革得到进一步推进。陈独秀提出"三大主义"："曰，推倒雕琢的阿谀的贵族文学，建设平易的抒情的国民文学；曰，推倒陈腐的铺张的古典文学，建设新鲜的立诚的写实文学；曰，推倒迂晦的艰涩的山林文学，建设明了的通俗的社会文学。"[3]胡适提出"白话词"的概念，谓"后来的文学大家如苏轼、柳永、黄庭坚、周邦彦都做有这一类纯粹的白话词"[4]。1927年胡适编辑出版《词选》，标举苏辛，强调词的社会功用，在当时影响很大。任可澄虽然没有响应"文学革命"的言论，但

---

[1] 梁启超：《夏威夷游记》，见《新大陆游记节录》，中华书局1941年版，第189页。
[2] 任可澄：《苦兵行》，见《匏斋集·匏斋诗存》，《民国贵州文献大系》第三辑上册，贵州人民出版社2015年版，第270页。
[3] 滕浩主编、陈独秀著：《陈独秀经典》，当代世界出版社2016年版，第9页。
[4] 胡适：《白话文学史》，百花文艺出版社2002年版，第324页。

他的词作中有一首《金缕曲·咏史》颇值得注意：

> 白眼横今古。叹从来、书难尽信，说从何处。但令史书之足
> 矣，莽德秦功任举。一例是、此中人语。盗贼王侯成败耳，四千
> 年、史事从君数。说仁义，儒真腐。　　纷纷棋局翻云雨。任诸
> 公、爱钱惜死，何分今古。曲逆黄金真秘计，便要降龙伏虎。况揩
> 大、穷睛如鼠。天下英雄真入彀，信霸王、事业非力取。一丘貉，
> 君知否？[1]

何幼兰《任可澄词〈金缕曲·咏史〉评介》一文认为此词作于1928年
至1929年间，是作者"看到军阀混战，尔虞我诈，民不聊生的局面"[2]
有感而发。此词之特别，正在于它很符合陈独秀、胡适"文学革命"的
思想。整篇词作最大的亮点是完全"推倒雕琢的阿谀的贵族文学"，以
"新鲜的立诚的"的态度，对古往今来的帝王、将相、官吏、儒生等形
形色色的人物进行了无情的批判和嘲讽，对其宣扬的仁义道德也予以公
然颠覆，遣词激烈而口语化十足，可谓是对"白话词"和"平易的抒情
的国民文学"的成功实践。

可惜的是，像《金缕曲·咏史》这样的作品在任可澄词中并不多
见。他的词作，从形式到内容还是偏于传统的居多。这也与词体是文学
革命中所受冲击最小的文学体裁有关，朱惠国《中国近世词学思想研
究》指出："至少我们没有发现'五四'前与'五四'后的词在创作上有
明显的变化。"[3]在这样的民国词坛上，任可澄有一首《金缕曲·咏史》，
也足以说明他是得文学革命风气之先了。

---

[1] 任可澄：《金缕曲·咏史》，见《鲍斋集·秋心词》，第315页。
[2] 何幼兰：《任可澄词〈金缕曲·咏史〉评介》，载《贵州文史丛刊》2007年第
　　2期。
[3] 朱惠国：《中国近世词学思想研究》第十章第二节，上海古籍出版社2005年
　　版，第281页。关于词的传统没有被文学革命打破的原因，此书亦有详细论
　　述，可参。

## 四、结语

在名家林立的民国中期京津词坛，任可澄的词学成就并不显著。但从他的交游和创作，可以一窥京津词坛词人群体的活动特点、填词创作的社会语境、词学观念的新旧变迁。任可澄的交游网络显示了民国京津词人群体的"流寓性"和非专业性。因为大量文化遗民的存在，任可澄受京津词坛"怀旧"语境的影响，有流露出故国之思的作品。但京津地区气氛浓烈的政治语境，使得任可澄词更多地关注世事和时局，具有写实性和忧患意识，这部分作品在京津词坛的"怀旧"语境中显得弥足珍贵。任可澄受到京津词坛传统词学观念的影响，词风倾向于兼顾南北两宋，取径各家，形成婉转深情的特色；同时又受文学革命的新观念影响，创作出《金缕曲·咏史》那样具有"革命文学"特征的作品，在偏于传统的京津词坛显得别具一格。

虽然任可澄只能算京津词坛的外围词人，是文学研究中容易被忽视的"小家"，但正是这种非典型作家，往往更容易受文坛风气左右，也更便于研究者拓宽研究的视野、更全面了解文学的变化。以此，希望本文以任可澄为例对民国中期京津词坛风貌所作的考察，不是全无意义。

【作者简介】姚蓉，上海大学文学院教授，博士生导师；贾艳艳，山东大学文学院博士后。

# 论周庆云民初旧体诗风的转变与
# 对晨风庐诗人群的影响及意义

【摘　要】　民初上海遗民诗人中，周庆云的创作实绩与影响被人忽略了。周庆云以消寒会、淞滨吟社及晨风庐唱和的形式聚集了一批避地上海的诗人，最终形成了以他为中心的晨风庐诗人群。因其诗社领袖及唱和活动组织者的身份，周庆云的诗风影响到了这一诗人群体，尤其是他在民国后注重温柔敦厚诗风的转变，代表了当时遗民的普遍诗歌转向，使得淞社及晨风庐诗人群具有了独特的诗歌风貌，不同于同时期的其他沪上诗社。

【关键词】　周庆云　民初　旧体诗　晨风庐诗人群

周庆云（1864—1933），字景星，一字逢吉，号湘舲，别号梦坡，浙江吴兴县（古称乌程，今湖州）南浔镇人，生于同治三年（1864），光绪七年（1881）中秀才，之后考举人，屡试不第，遂弃举业从商，经营家族丝业，后改盐业，成为有名的富商。宣统三年（1911）九月十五日杭州独立，二十九日周庆云携家避地上海[1]，作《二十九日避地沪渎途中口占》："无端清泪落悲筋，动地渔阳战鼓挝。四野玄黄流作血，一枰黑白乱如麻。全家同慨辞巢燕，急景还怜赴壑蛇。驴背船唇成底事，闲关烽火忆京华。"（《梦坡诗存》卷四）[2]此诗开头就将武昌起义爆发前

---

[1] 周延礽：《吴兴周梦坡（庆云）先生年谱》，见沈云龙主编《近代中国史料丛刊》第816册，文海出版社1972年版，第49页。按：沈云龙误将周延礽之"礽"作"祁"，径改。

[2] 周庆云：《梦坡诗存》十四卷，民国二十二年（1933）铅印本。本文所举周庆云诗歌资料均出自此书，下不一一标注出处。

夕的时局看成是安史之乱，为此诗人悲伤落泪，举家逃离，此时诗人仍不忘忧念帝都，从全诗情感可看出其政治倾向是拥护清廷的。辛亥革命后，周庆云在上海自称"遗逸"，写有《上海高太痴狮集遗逸数辈为希社，系以短章》，同时还以"遗民"自居，他在1912年写的《中秋节为愚夫妇百龄合寿之辰，成诗十章》之六中云："遗民宽进退，志士自纵横。"（《梦坡诗存》卷五）他将这种遗民情怀最后倾注到民初诗社的唱和之中，其身份在民初上海也转变成文化名人；同时，由于有些诗社如淞社、唱和活动如"壬子消寒会"等就是周庆云组织的，应邀参加这些诗社、唱和活动的前清遗民不仅人数众多，而且不乏当时文坛中的名流，包括郑孝胥、潘飞声、缪荃孙等，时间跨度也很久[1]，所以其诗歌创作在民初上海旧体诗社中产生了一定的影响。

　　但是，当前学界对于周庆云旧体诗的研究并不太深入，罗惠缙《民初"文化遗民"研究》（武汉大学出版社2011年版）虽然设专节讨论周庆云与遗民文学，但重点却放在诗社的文化特点及唱和内容的论述上，对于周庆云民初诗歌创作的艺术特色及在诗社中的影响没有涉及。吴盛青《亡国人·采珠者·有情的共同体：民初上海遗民诗社研究》（《中国现代文学研究丛刊》2013年第4期）也仅仅是围绕周庆云与晨风庐唱和集团的关系进行论述。而像胡迎建《民国旧体诗史稿》这类诗史著作均未提及周庆云，这就让我们只熟知其对地方文献搜集整理的成绩，包括整理方志文献如《西溪秋雪庵志》《莫干志》，地方传记文献如《历代两浙词人小传》，地方诗文搜集如《浔溪诗征》《浔溪文征》，而对其自身文学创作实绩以及对民初诗史的影响和意义了解不多，这是需要我们深入阐释的方面。

## 一、辛亥鼎革后的诗风转变

　　周庆云诗集为《梦坡诗存》十四卷，四册，其中第一册收录他在光绪八年（1882）至宣统三年（1911）三十年间创作的诗歌378首，第二

---

[1] 周庆云组织的淞滨吟社，是民国比较大的诗社，社员人数据周延礽《吴兴周梦坡先生年谱》记载有86人，集社次数有57次之多，从1913年持续到1925年。见《近代中国史料丛刊》第816册，第96页。

册至第四册收录他民国元年（1912）至二十二年（1933）创作的诗歌917首。这些诗歌是周庆云自己选取成集的，从时间选择及诗歌数量上来看，他是看重民国后创作的诗歌作品的，原因可能在于辛亥革命后其诗学观及诗歌创作特点发生的变化。

周庆云民国前的诗学观可从秦国璋于1911年8月写的《梦坡诗存序》中探寻，其云：

> 作诗之道，五花八门，不一其法，然约而言之，不外言情、写景而已；诗之妙境，千奇万变，不一其态，然综而论之，不外善于言情、工于写景而已。或寓景于情，或融情入景，极其笔歌墨舞之妙，足以感天地而泣鬼神，灿云霞而光日月。诗之可贵者，在此；诗之可传者，亦在此。上自《诗》三百篇，下逮唐宋以来诸名家之作，未有能越乎此者也。顾或欲言情而情无可言，欲写景而景无可写，虽有精思妙笔，未由供其挥洒，则亦扼腕而无如何耳。

秦国璋字特臣，号涤尘，江苏无锡人，晚清学者，周庆云曾为他的诗集写过序，即民国十三年（1924）写的《涤尘遗稿序》。两人互为诗集写序，说明两人关系很好，彼此兴趣思想应该相投，则秦国璋所写的序言内容应该为周庆云接受，否则不会将其序言刊载在自己的诗集之前，所以上文所引内容与周庆云民国前的诗学观应是一致的，因秦国璋的序言总结的是周庆云1911年辛亥革命之前的诗作。从《梦坡诗存》第一册内容可看出，周庆云在前清时期的诗歌创作确实是"不外言情、写景而已"，山水游记诗歌数量较多，哪怕在辛亥年也是到处游山遣兴，《梦坡诗存》所集辛亥年诗歌13题20首，而山水游记、言情写景类诗歌就有6题12首，诸如《烟霞洞有怀学信上人》《同沈醉愚茂才焜、陈桂题茂才诗登北高峰》《湖上集咏》《湖庄遣兴》等。正如秦国璋总结的那样："吾友周君梦坡，固笃于伦类之情，而又博览名区之景者也。观其家室雍熙，戚族归附，宾朋翕集，多士景从，而君则油然蔼然，无所不用其情。至于游踪所及，若鹤渚汉皋、金焦惠麓、富春山色、西子湖光，均极中国之名胜，而君则一一领略其风景，故其发而为诗，缠绵恺恻，一往情深。月露风云，描景如画，有天然之诗料以供其挥洒，故能极笔歌墨舞之妙也。"（《梦坡诗存序》）可见，"善于言情，工于写景"是周庆云民国前诗歌创作的主要特点。

然而民国以后周庆云的诗学观及诗歌创作都发生了变化，概而言之，就是追求一种"温柔敦厚"的诗风，强调诗歌的"和平中正"之气。周庆云在1916年写的《华蕊楼遗稿序》中说：

> 顾念亡妇温柔敦厚，无世俗儿女子态者，非惟有德，抑亦才焉。呜呼，温柔敦厚乃其所以为诗也……越一月，紫垣妻弟徐君贯云袖弟妇《华蕊楼遗稿》来谒，属为甄采，得窥全豹，大都流连光景之作，然行间字里，俊逸清新，不斤斤规模唐宋，而自有蕴藉宜人者，在向使天假以年，秉其温柔敦厚者以进，窥风雅之源，卓然有以自鸣于世，宁非吾宗巾帼之光乎！（《梦坡文存》卷一）[1]

"温柔敦厚"成了周庆云评价他人诗作的核心术语，其内涵从序言内容来看是指人的性格秉性，也就是说他不是从儒家道德伦理层面来评判诗歌的，而是从性情的角度评价诗歌的艺术水平。他在1922年10月中秋写的《问妙香斋诗草序》中表达了更为明晰的诗学观念，其云：

> 《乐记》有言：温柔敦厚，《诗》之教也。诗以言志，人而和平中正，则其偶托于音必温柔而敦厚。是故，见其人而诗可知矣……坦易近情，诚所谓和平而中正者。（《梦坡文存》卷一）

传统的儒家诗学观是学《诗》之后，人与所作之诗会变得温柔敦厚，但周庆云却以"诗言志"为理论基础，认为人的性情和平中正则其所作之诗必有温柔敦厚的特点。显然，周庆云的诗学观不是传统的儒家《诗》教观，他是推崇"坦易近情"的和平中正之气的。他在1924年4月写的《涤尘遗稿序》中表达了与之相同的诗学思想，其云："夫诗以言志，

---

[1] 周庆云：《梦坡文存》五卷，两册，民国二十六年（1937）铅印本。

执心之邮，凡其诗温柔敦厚者，其人之和平宽广可知也。"执心即秉性，
诗歌能反映个人的秉性，只有秉性和平宽广者，其诗作才能温柔敦厚。

这里周庆云反复提到了"和平"一词，俨然成为他诗论中的一个范
畴，但不论是"和平中正"还是"和平宽广"，谈的都是人的精神气质
和性格特点。他在《问妙香斋诗草序》中就说："诗格在王韦皮陆之间，
殆温柔敦厚之遗音乎？然非养气和平，宅心中正者，未克臻兹意境也。"
从中，我们可以更加明了，周庆云所谓的"温柔敦厚"特指诗格，"和
平"是指性情，须养气才能致"和平"，"中正"指内心特点，他所追求
的"意境"，就是以和平之气、中正之心达到温柔敦厚的诗风境界。

有了这种诗学思想，则周庆云民国后的诗歌创作特点自然不同于民
国之前。我们可以来比较一下周庆云在民国元年前后写的两首诗，从中
体会其诗风的转变。他在民国元年元旦后写的《愤时》中说：

> 练丝可黄亦可黑，岐路可南亦可北。纤儿撞坏好家居，坐看浮
> 云蔽白日。两京新赋奏兰台，剧孟隐然一敌国。南强北胜自纷纭，
> 近来竖子都策勋。羽书昨夜下青雯，遂令礼乐废河汾。烦冤新鬼唱
> 秋坟，天阴雨湿闻不闻。吁嗟乎！烦冤新鬼唱秋坟，天阴雨湿闻不
> 闻。解作芜城肠断句，人闻空有鲍参军。（《梦坡文存》卷五）

诗的前半段表达了他对时局的不满，既认为当时是"浮云蔽白日"，又
将革命党人污蔑为"竖子"，并进而讽刺。诗的后半段将感情一转，改
为抒情，其中"烦冤新鬼唱秋坟，天阴雨湿闻不闻"一句反复吟咏了两
遍，此句是化用杜甫《兵车行》中的诗句："新鬼烦冤旧鬼哭，天阴雨
湿声啾啾。"表达了诗人对时局动荡的烦躁愤懑之情，此时的诗人将自
己联想成鲍照，怀才不遇、报国无门，满腔的愤懑也只能化作断肠的诗
句。可以看出，周庆云在辛亥鼎革之时所作的诗歌是含有激愤的感情色
彩的。

但是，到了民国元年年底时，周庆云的诗风就发生了变化，诗歌带
有了温柔敦厚的和平之气，如《长至前二日与刘复丁炳照同宴海上新旧
雨，于双清别墅为消寒第一集，诗以纪之》：

　　　独寤无所适，空自感西风。天涯存知己，飘泊各西东。角声
　　殷天末，伤哉劫未终。经季隐海曲，何处诉幽衷。消寒成例在，聊
　　复蹑高踪。折柬召宾朋，蜡屐名园中。髯刘与下走，权作主人翁。
　　琴抱松雪遗，名题风入松。声能出金石，愧我弹未工。临风玉树
　　鸣，一时皆俞钟。诗垒仗才夺，秋城借酒攻。辋川画中诗，寻思入
　　寒空。石墨发古香，摩挲意无穷。一堂半耆旧，结习犹悬胸。避
　　世成高蹈，谈瀛海客逢。旷然适心志，其乐自融融。况复言臭味，
　　一十八人同。（《梦坡文存》卷五）

双清别墅即上海徐园，今天潼路814弄，原为浙江海宁商人徐鸿逵的
私人花园，后对外开放，为清末沪北十景之一，成为文人雅士聚集地。
1912年底，周庆云邀集包括自己在内的18人于双清别墅作消寒会，尽
管仍然感叹"角声殷天末，伤哉劫未终"，但当初那种对时局的愤懑
之情却没有了，代之而起的是"空自感西风""飘泊各西东"的"幽
衷"。当诗人看到"一堂半耆旧，结习犹悬胸"之时，他以劝慰的口
吻说"避世成高蹈，谈瀛海客逢。旷然适心志，其乐自融融"，以此
解除悬于胸中的烦恼（"结习"）。诗人此时的心境显然不同于年初时
的愤懑，同时诗中"琴""松""辋川画"等出世意象的大量展现使诗
歌的风格变得平缓了许多，所以诗歌的后半部分表现出了诗人的"和
平"之气，抚琴品画、游园饮酒，并无"烦冤"之情，可见其诗风
已变。

　　潘飞声在1921年2月写的《梦坡诗存序》中对周庆云民国后的诗歌
特点进行了总结，他说："辛亥冬，予识梦坡于双清别墅……间尝披梦
坡之诗，幽思隽理，趋步四灵。"他在民国后始认识周庆云，之后两人
经常相互唱和，那么他"间尝"所读的周庆云诗歌应为民国后所作则无
疑了，所以"幽思隽理"应指周庆云民国后诗歌的主要特点，这自然不
同于周庆云前清时期创作的"善于言情，工于写景"一类的诗歌。当时
人对周庆云诗歌的评价有助于我们认识其诗歌民国后的创作特点，那么
这种诗风的形成在当时诗坛上有怎样的意义呢？这是需要进一步探讨的
问题。

## 二、晨风庐诗人群的形成与梦坡诗风的影响

周庆云在民初上海的主要文学活动就是组织参加诗社唱和，尽管他一方面参加别人组织的诗社，一方面自己又另建诗社，但不同诗社之间人员有相同者，比如潘飞声、刘炳照，既与周庆云一同参加由高翀组织的希社，又参加由周庆云组织的淞滨吟社，三人间还经常往来唱和，就这样无意间形成了一个由周庆云组织起来的遗民诗人群。如果要探究周庆云民国后诗风转变的诗史意义，那么他对这个诗人群体创作的影响应是其意义之一。

围绕周庆云的诗人群，其形成最早可追溯到1911年冬周庆云避地沪上时参加的一场消寒会。潘飞声《梦坡诗存序》云："辛亥冬，予识梦坡于双清别墅。时海上同人举消寒会，分韵赋诗，拥炉引盏，致足乐也。"周庆云于此时逐渐认识同样避地上海的清遗民，开始融入浮家海上的文化名人圈。之后，周庆云于1912年8月参加了希社唱和活动，希社创始人高翀写有《希社成立，赋五言古诗三十四韵，乞远近各同志和作》，和者包括周庆云、潘飞声等人[1]，此时的周庆云还只是参与者，但有意思的现象是，之后不久，他便开始自己组织唱和活动了。

1912年10月18日重阳节，周庆云召集希社部分成员到自己在上海的寓所"晨风庐"饮酒唱和，作《壬子重阳感怀，呈同社诸子》，刘炳照和之，作《梦坡招饮晨风庐，同席潘兰史飞声、李葆丞德鉴、汪符生煦、秦特臣国璋、俞瘦石云、刘翰怡承干与予共八人，君诗先成，予亦继声》[2]，由此知唱和人数为8人，和者所作诗歌以周庆云先成之诗为韵。

过了不到一个月的时间，1912年11月8日立冬，周庆云又组织了一次消寒会，他在《壬癸消寒集序》中说："辛亥岁避地淞滨，一廛风雪，意境索寞。爰与刘子语石（按：刘炳照）倡消寒雅集，始于壬子（1912）立冬，至春而毕。明年癸丑（1913），亦如其例……余尝举杯而

---

[1] 高翀：《希社丛编》第一册，民国六年（1917）铅印本。
[2] 周庆云：《晨风庐唱和诗存》十卷，四册，民国三年（1914）铅印本，本文所引资料为卷一内容，以下同。

语曰：'消寒之集，耐寒之侣也。'举座开颜，相与浮一大白。"这次的消寒会显然以周庆云为主角，他不再仅仅是参与者。

1913年2月5日至6日，周庆云作《壬子除夕癸丑元日两律，呈同社诸子》（《晨风庐唱和诗存》卷一），此时的周庆云还是以希社成员的身份召集唱和，但不久，他也开始组织诗社了。

1913年4月9日，农历三月初三上巳节，周庆云借修禊活动组织成立了淞滨吟社，他在《淞滨吟社集序》中说："当辛壬之际，东南人士胥避地淞滨。余于暇日，仿月泉吟社之例，招邀朋旧，月必一集，集必以诗，选胜携尊，命俦啸侣。"[1]诗社首次活动所创诗歌题名为《后永和二十六癸丑之上巳修禊于双清别墅，会者二十二人，因纪以诗》，知参会人数有22人，地点在双清别墅，即上海徐园。

上巳会后不久，周庆云、潘飞声、陶葆廉等又于4月19日重聚，作《三月十三日饮于酒家作，展上巳会》，周庆云诗云："上巳禊饮殊草草，展迟十日春未老。淞滨社约今重赓，故事何妨更搜讨。"（《淞滨吟社甲集》）这次活动是淞社成立后的一次小聚，发起人从诗句内容上来看，应是周庆云本人了。

过了两个月，1913年5月13日，农历四月初八浴佛日，周庆云、潘飞声、刘炳照、刘承干等人再聚，刘炳照作《浴佛日以荆楚旧俗相承，此日迎八字之佛于金城，为法华会，分韵得法字用全韵》，周庆云分得楚字。

1913年10月8日重阳节，淞社部分成员再聚，唐宴《齐天乐》诗序云："癸丑重阳，偕友饮于海上酒楼，晚赴徐园之约，又饮为酒，困者竟日。今岁菊花讯晚，遂无一开者，殊以为恨事，填此解记之。"（《淞滨吟社甲集》第四十八页）这次淞社聚会地点仍在徐园（双清别墅），时间在晚上，活动内容是咏重阳节典故及习俗，题名为《重阳日双清别墅分咏故事》，周庆云分咏"落帽""催租""题糕""送酒"，共作四首五言古诗。

不久，周庆云、刘炳照、刘承干、缪荃孙等再聚，作《展重阳分咏

---

[1] 周庆云：《淞滨吟社集》两卷，两册，民国三年（1914）铅印本。

上海古迹》(《淞滨吟社甲集》),这次聚会则是重阳节聚会的一个延续,具体时间待考。周庆云分咏应天泉、龙华塔、沪渎垒、最闲园、露香园、玉泓馆,共作六首五言律诗。

1913年立冬,周庆云又举办消寒会,所谓"明年癸丑,亦如其例"(周庆云《壬癸消寒集序》)。

1913年仲冬,淞滨吟社部分成员聚于酒楼,饮酒赋诗,作《癸丑仲冬,集桃源隐酒楼,胡定臣参议出示家藏陶文毅公"印心石室"旧制瓷器,此为文毅嫁女奁具,女夫益阳胡文忠也,因限胡字》。

1914年1月4日,农历十二月十九,苏东坡生日,淞社成员又聚集一起,作《东坡生日,集小有天酒楼,赋诗为寿》。

以上是对周庆云自辛亥避地上海后至1914年间的文学活动作的一次简要梳理,我们可以看出他的主要文学活动就是组织上海的清遗民聚会赋诗,活动形式有消寒会、诗社以及在家宅中的唱和。不过,有时也难以区分这些活动形式,比如自淞滨吟社成立后,周庆云仍组织消寒会,与会者大都又是淞社成员,其所辑《壬癸消寒集》《甲乙消寒集》与《淞滨吟社集》的内容实质上都是遗民之间雅集命题赋诗,所以对于由周庆云组织起来的一批诗人群,我们不妨以周庆云的寓所"晨风庐"为名,将其称为"晨风庐诗人群",其形成的标志是1914年9月刊印的《晨风庐唱和诗存》十卷,共收录92人的唱和诗作,这一份名单已完全包含了《淞滨吟社集》中刊录的成员。刘炳照在1913年8月写的《晨风庐唱和诗存序》中还对这一诗人群体的形成作了一个总结,其云:

> (周庆云)自与予交,即勾同志作销寒会。寓公过客,闻声相慕。每集,梦坡与予诗先成。嗣后,续结淞社,应求益广。此《晨风庐唱和诗存》一帙,皆梦坡与诸子赓歌各作,录而存之,以志一时唱于之乐。

由此可知,晨风庐唱和活动是周庆云组织的消寒会和淞滨吟社的一种延续。自此以后,消寒会和淞滨吟社的雅集一方面持续下去,如1914年底,周庆云按惯例又组织了一次消寒会,他在《甲乙消寒集序》中说:

"犹幸海上寓公，多识贤达，缟纻投赠，尊俎流连，藉以排其岁暮不乐之感。既汇壬癸消寒诸作为第一集矣，自是岁必有会，会必有期，期必有作。兹编《甲乙》，踵前例也。"另一方面，晨风庐唱和活动仍不断进行，以至于在1918年9月中秋之时又汇编成《晨风庐唱和续集》十二卷，煌煌五册。至此，以周庆云为中心的诗人群体已形成规模，而他的诗风因其组织者身份地位的关系，也影响到这个群体的诗歌创作。

　　周庆云组织众名士雅集赋诗，他作为东道主往往先声夺人，为吟诗会定下了基调。上文引述的文献中，刘炳照有两次提到雅集之时，周庆云诗歌先成的情况，一是刘炳照1912年写的《梦坡招饮晨风庐，同席潘兰史飞声、李葆丞德鉴、汪符生煦、秦特臣国璋、俞瘦石云、刘翰怡承干与予共八人，君诗先成，予亦继声》，一是他1913年在《晨风庐唱和诗存序》中说的："每集，梦坡与予诗先成。"不仅如此，淞滨吟社1913年成立时的集体赋诗中，陶葆廉诗句"快读周郎锦绣篇"下有作者双行小字自注："梦坡诗先成。"（《淞滨吟社甲集》第五页）看来"梦坡诗先成"已是当时人的相同印象，这其中的含义在于他人会在诗歌内容及用韵上受周庆云先成之诗的影响，我们可以比较以下诗句：

　　　　仓猝移家事可伤，经年艰苦又重阳。累累贵贱几荒冢，浩浩乾坤一剧场。今日那能知异日，故乡回望当他乡。此身不用君平卜，万事无如酒满觞。（周庆云）
　　　　我生六十六重阳，今岁庭秋菊未黄。向晚同车抒远眺（原注：君偕瘦石与予同游徐氏双清别墅），当筵借酒润枯肠。浑忘阳历殊阴历（原注：是日为阳历十月十九日），直把他乡作故乡。枉说登高灾可避，却从何处问长房。（刘炳照）

这是晨风庐第一次雅集唱和时的诗歌，周氏之诗感事而发，但他没有因伤心艰苦之事任意抒怀，而是以风雅糅之，一句"故乡回望当他乡"，气雄缭迥，锐而浑，进而将算卦测凶之事看破，以酒排遣，将烦怨出之，确有一股温柔敦厚之风。刘炳照的诗前四句记事，颈联开始承袭周庆云诗之意，"直把他乡作故乡"是对梦坡诗的翻写，"却从何处问长房"则是延续梦坡涉道思想。"长房"指费长房,《后汉书·方术传下》有传,唐人诗句多用其名,借指神仙,刘诗的主调显然受梦坡诗的影响,将漂泊他乡的烦怨之情若默若语地消解在神仙道化的想象之中。

至于用梦坡诗韵,则有秦国璋的《重九日,梦坡招饮谈谦甚欢,赋此志谢,即步见示感怀诗原韵》,诗中有云:"暂将怀抱辍忧伤,莫菊樽开对夕阳。已阅沧桑经浩劫,且凭诗酒作欢场。"(《晨风庐唱和诗存》卷一)秦氏民国前的诗论观即认为作诗之道不外"言情写景"而已,而此诗所写却没有了他往日提倡的寓景于情或融情入景(《梦坡诗存序》),完全是一种纯粹的感伤抒怀,但又以诗酒强颜欢笑,将忧伤之情注入到平淡之中,这与秦国璋"性狷介"(见周庆云《涤尘遗稿序》)的性格特点不符,显然该诗受到梦坡诗的影响,情感基调已被梦坡先成之诗固定了。

当然,唱和诗作还要考虑主宾之关系,即使梦坡诗未先成,但因他是晨风庐的主人,他人的唱和之作也会投其所好,所以有人或许会认为周庆云唱和诗影响到晨风庐诗人群的观点不一定能说服人,那么我们来看看诗社创作,按情理诗社中的命题赋诗看的是个人的诗作水平,谁的水平高自然会影响他人的创作,从《淞滨吟社集》中我们仍可发现梦坡诗影响到了他人的诗社创作。就以淞社成立之初的上巳节修禊活动为例,此次活动上郑文焯、杨拜苏两人携各种《兰亭集序》古拓及印谱示同人,众人因此借以赋诗,周庆云诗云:

> 莫春三月浴沂天,城北有园景物妍……上巳修禊集群贤,癸丑重逢夸胜缘。繄予扶病春风前,入门游骑纷联翩。席间半是饮中仙,一醉相期宿忿蠲。清谈挥麈惊四筵,东晋人物堪比肩。庭前摄影坐花毡,不愁陈迹销云烟。右军一序至今传,千古风流姓氏镌。时平岁美永和年,今看戎马妨农田。风云扰扰尽天边,棋局变化乃万千。义熙甲子私家编,脉脉江山空自怜。感时同赋丽人篇,郁勃之气谁能捐。(《淞滨吟社甲集》)

诗的前半段描写当时的修禊场景,从"上巳修禊集群贤"句开始转入正题，围绕东晋穆帝永和九年（353）王羲之、谢安、孙绰等人在山阴（今浙江绍兴）兰亭修禊的历史，抒发古今对比之慨，所谓"时平岁美永和年，今看戎马妨农田"是也。诗中"庭前摄影坐花毡，不愁陈迹销云烟"之句是实写。

此次修禊赋诗，周庆云由《兰亭序》反映的安定祥和的时代，想到眼前兵荒马乱的时局，内心的遗民情怀油然而生，他进而想到了陶渊明，"义熙旧人，只书甲子"，但江山已变空自持。于是，胸中郁勃之气平添，有感于各地军政府割据混战，他想借同样写于上巳日的《丽人行》讽刺当时人。因杜甫的这首名篇讽刺了骄横的杨氏兄妹，想到杨家兄妹的下场，周庆云发出同赋《丽人行》，谁能捐其郁勃气的呼喊时，想必是别有一番痛快之感吧。此诗一出，立刻引来同人潘飞声、沈焜的响应，两人之作不仅均用《丽人行》韵，诗歌内容也是以劝慰为主，风格与梦坡诗相近，如沈焜的"我侪已无用世志，且暮惟与杯酒亲""劝君休夸薄落津，古今只此酒数巡"，潘飞声的"永和以后岁序频更新，吾辈仍为东晋人"。潘、沈两人当时皆闻名，此次诗作却由梦坡诗而生成，足见梦坡诗在当时的影响。

## 三、民初上海诗社社长与诗社诗风

民初十年，在上海成立的诗社其实并不多，屈指算来仅有1912年成立的希社，1913年2月成立的超社，1913年4月成立的淞社和1915年3月成立的逸社，正如章梫在1915年写的《答金雪孙前辈同年》中说的："海上寥寥一二社，偶尔酬倡，愧明末甚矣。"[1] 当时人参加诗社，无非是为了排遣遗民情怀，陈三立《书善化瞿文慎公手写诗卷后》中就说："迨国骤变，大乱环起，四方人士暨生平相识亲旧，类辟地辐集沪上……居久之，无以遣烦忧，始纠侪辈十许人，时时联为诗社。"[2] 所以，当时人联诗社的目的很单纯，就是赋诗遣忧，并没有社团门户之分，比如缪荃孙，他参

---

[1] 章梫：《一山文存》，见《近代中国史料丛刊》第329册，文海出版社1966年版，第484页。
[2] 陈三立著，李开军校点：《散原精舍诗文集》，上海古籍出版社2014年版，中册第948页。

加了超社的成立，是正牌的超社成员，樊增祥在《三月三日樊园修禊序》中说："超社同人，最多尊宿：相国英绝领袖，为今晋公。乙庵体包汉唐，义兼经子。艺风抗声于白傅，散原振采于西江……"[1]超社创社人樊增祥将缪荃孙排在瞿鸿禨（相国）、沈增植（乙庵）之后，陈三立（散原）之前，可见樊增祥对缪荃孙的重视，但是缪荃孙自己却经常参加淞社的活动，尤其是当超社和淞社同一天举办诗社活动时，缪荃孙两者均参加。如1913年10月8日重阳节，超社白天在愚园云起楼组织登高赋诗的活动，缪荃孙去参加了，《艺风老人日记》载："到愚园，同人集于云起楼。"[2]而淞社晚上则在双清别墅举办分咏重阳典故及习俗的活动，缪荃孙也参加了，并在淞社的活动上赋诗四首，分咏"落帽""催租""题糕""送酒"，与周庆云所咏内容相同，其诗还被收入《淞滨吟社甲集》中。

这种参加不同诗社的情况并不只表现在缪荃孙一人身上，1914年4月底5月初时，杨钟羲参加了淞社赠行章梫应尊孔文社编辑之聘移居青岛的活动，有诗两首被收入《淞滨吟社乙集》（第三十四页）中，之后10月27日重阳节他又加入超社的赋诗活动，陈三立有诗题为《九日惠中番馆五层楼登高，集者艺风、樊山、补松、乙厂、止庵、涛园、子琴、黄楼、杼叔及余凡十人》。又如郑孝胥也同样如此，他曾参加过淞社为周庆云建生母经塔题咏的活动，有诗一首被收入《淞滨吟社乙集》（第三十七页），但他后来又参加了逸社，并成为逸社的重要成员。至于经常和周庆云参加淞社活动的潘飞声，其本身就是南社成员。显然，当时的诗社成员没有强烈的社团意识，不同诗社的社员都是同人，并无区分。

但是，诗社的社长就不一样了，周庆云创立淞社之后，便没有再参加过希社的活动，后来高翀过世，有人推周庆云为希社社长，也被他拒绝了，以致希社星散（见周庆云《希社中兴续编序》，《梦坡文存》卷一），其中一部分的原因恐怕在于社长维系着一个诗社的存亡，同时也有诗社间争胜的考虑。周庆云在1920年后写的《浔溪诗征四十卷补遗》自序中说："与刘翰怡（按：刘承干）诸君创为淞社，会中多海内知名士。国变后，荐绅南下，超社希社诸名不一，不久旋灭，惟淞社至今岿

[1] 樊增祥：《樊樊山诗集》，上海古籍出版社2004年版，下册第1979页。
[2] 缪荃孙：《艺风老人日记》，北京大学出版社1986年版，第七册第2635页。

然犹固。由同人多节慨之士，不随时变为转移，亦由梦坡二三君子维持雅意，足以贯注于永久也。”[1] 这其中有对樊增祥变志出仕民国致超社旋灭的讽刺，所谓“同人多节慨之士”即自标淞社遗民性质的纯洁，但最后的根源还是社长能维持雅意，使诗社长久。所以，我们看不到民初诗社社长加入其他诗社的活动，这从另一面也可看出社长对于诗社发展存亡的重要性到底有多大。

正因社长的重要性，所以社长的性格、诗风会影响到一个诗社的整体面貌。希社创始人高翀在《希社小启》中说：

今者昊天不吊，厄我斯文，神州大地，将及陆沉之祸，中原文献，亦同板荡之忧，而或者犹以黜孔教为奇功，废国学为快事。呜呼！吾道若亡，人心孰挽？埋遗经于古壁，虽尚未隙其时，肩道统于尼山，要当共矢厥志。支一木而大厦或可幸存，援天下而匹夫亦偿负责，此同人之所以有希社之创也。[2]

从中可看出，高翀高度重视孔教、国学，他将继绝学的希望寄托在希社同人身上，这导致希社主要成员创作多以歌颂、说教为主，文学性不足。而超社社长认定情况较特殊，樊增祥曾在《缪艺风前辈七旬寿宴诗序》中称：“艺风老人者，吾超社中之社长也。”[3] 这或许是樊增祥祝寿献媚之词，目前来看，超社成员比较认可的是社长瞿鸿禨和樊增祥两人，这就导致超社的诗风具有两面性，一方面以瞿鸿禨为代表的超社成员诗风比较沉稳，遗民情怀较浓，陈三立的诗风与之相似；而另一面以樊增祥为代表的超社诗人诗风却很媚俗，汪国垣《近代诗派与地域》说樊增祥的诗“刻画工而性情少”，胡适《五十年来中国之文学》说：“樊增祥的诗，比较的最聪明，最清切，可惜没有内容。”[4] 此诗风显然不同于瞿鸿禨和陈三立，且诗学观也不一样，陈三立在1919年写的《余尧衢诗

[1] 周延礽：《吴兴周梦坡先生年谱》，文海出版社1972年版，第65页。
[2] 高翀：《希社小启》，见吴芹《近代名人文选》，大达图书供应社1935年版，第70—71页。
[3] 《樊樊山诗集》，下册第1972页。
[4] 同上书，附录三，下册第2062—2063页。

集序》中说："吾辈保余年，履劫运，遂比丛燕集苇苕之表，姑及未堕折漂浮，唧啾相诉而已。其在《诗》曰：'心之忧矣，云如之何？'诗者，写忧之具也。"[1]樊增祥民国后的诗没有什么忧，他为易顺鼎《数斗血歌为诸女伶作》写的《后数斗血歌》就是例证。但是，当瞿鸿禨创立逸社之后，他当之无愧成为逸社的社长，该社的诗风便没有了两面性，其成员的诗风与瞿鸿禨相近。

周庆云有东晋名士之风，潘飞声在《梦坡诗存序》中说："时海上同人举消寒会，分韵赋诗，拥炉引盏，致足乐也。独梦坡促膝席间，鼓大琴，清音泠泠，有倏然物外之想。"同时又推崇汉魏文风，他在《蓬山两寓贤诗钞序》中就说："虽未哜汉魏之胾，要已入宋元之室。"从语句的表情达意来看，周庆云明显是对汉魏风骨更加倾慕，所以他在民国后的诗风转变也就能理解了，而由他创立并任社长的淞滨吟社具有他的诗风特点也就不足为奇了。

## 四、结语

李详在1918年写的《晨风庐唱和诗续集序》中说"梦坡为淞社领袖"，这个"领袖"地位绝不是周庆云靠富商身份得来的，章太炎《吴兴周君湘舲墓志铭》云："清世膏腴之家亦颇有秀出者，往往喜宾客、储图史、置酒作赋，积为别集，以异流俗，行文之士犹蔑之，谓其以多财，著书大抵假手请字，无心得之效也。吾世有吴兴周子者，独异是。"当时避地沪上的众多富商中，唯有周庆云专注诗词创作，刘炳照《晨风庐唱和诗存序》言："予闻周君梦坡名，未获奉手。甲辰罹灾，浮家海上，其地多富商大贾，无可与言诗者，最后因醉愚（按：沈焜）得识梦坡。梦坡开敏伉爽，有经世才，治事余闲，嗜琴甘酒而尤癖于诗。"周庆云对诗歌创作确实勤加用心，多向诗坛执牛耳者请教[2]，比如他常常

---

[1]《散原精舍诗文集》，中册第956页。

[2] 周庆云《人日约许娟叟大令湴祥、钱听邠直刺溯耆、缪艺风参议荃孙、汪听芝太史洵、褚耻盦太守成昌、陆企潜检察懋勋、沈醉愚茂才焜、刘语石广文炳照饮于酒家，以九人共五百三十八岁，九字依齿分韵，予得十字》："骚坛牛耳执，艺风与听邠。"（《梦坡诗存》卷五）则在周庆云看来，当时执掌诗坛牛耳者，乃缪荃孙、钱溯耆两人。

寄奉新创诗作给缪荃孙，请其指正，缪荃孙《艺风老人友朋书札》："拙句奉祝艺风先生七十览揆，即希鄩正。乌程周庆云拜稿。"所以，周庆云在民初上海诗坛上是很有地位的，连新派诗人柳亚子在《蓬庐呈周梦坡丈上》中都称赞他为"掌故南林旧有名"，只是不为我们当今人所熟知罢了。而他民国后的诗歌特点具有温柔敦厚的诗风，这与时代的变化有关系，并非他一人的改变，当时很多的遗民诗风均有变化，追求温柔敦厚的诗风在当时应是普遍追求，况周颐《蕙风词话》就提出了"柔厚"说，其实就是温柔敦厚的一种引申，只不过周庆云以诗社、消寒会及晨风庐唱和的形式，将当时与自己诗风相近或受其影响的诗人联系起来，促进了温柔敦厚诗风的发展，其意义应予以重视。

【作者简介】贵州民族大学文学院副教授。

# 论中国诗歌中冢墓意象的古今演变

梁思诗

【摘　要】　冢墓意象在中国诗歌中屡见不鲜，除了在挽诗中出现以外，诗人们还多将其引入其他主题以抒写多样的情感。冢墓偶见于《诗经》；在汉魏诗歌中开始作为意象出现；唐代数量大增；直至现当代诗歌里，冢墓依然是诗人们喜用的意象。在整个诗歌史上，冢墓意象的内涵不断丰满，从表现个体生命意识到抒写人生归属感；从忧生之嗟到直面死亡；从历史的今昔之叹到真切的易代之伤，这个过程中既有继承又有嬗变。总体而言，冢墓经历了一个逐渐符号化的过程，逐步从一个客观的物象转化成为一个具有象征意味的审美对象。

【关键词】　冢墓　意象　古今演变　死亡　生命　历史

美国学者恩斯特·贝克尔认为："死自身不仅仅是一种状态，而是一个情结符号，对于不同的人和不同文化，它的意义也因而有别。"[1]冢墓象征着死亡，通常表达生者对死者的怀念，对过去时光的记忆和情感。但在中国诗歌中，其内涵往往超出了死亡的范围，而具有更丰富的蕴含。冢墓是一个结点，连接着生存与死亡、生者与死者；又将现在与过去两个时空勾连起来，展现现实与回忆两相对照的场景。在古代诗歌中则表现为两种层面，一是对个体与个体生活的追念或思考；二是对历史今昔的叹咏。现当代以来，冢墓完全符号化，主要象征个体的精神世界。本文探讨的冢墓意象主要指墓葬之地，在诗歌文本中包括冢、墓、坟、茔、陵、碑等。

---

[1]［美］厄内斯特·贝克尔著，林和生译：《拒斥死亡》，华夏出版社2000年版，第22页。

## 一、先唐：个体生命意识的觉醒

在古代诗歌中，与冢墓相关的词最早出现于《诗经》中，如《国风·陈风·墓门》一诗云："墓门有棘，斧以斯之。夫也不良，国人知之。知而不已，谁昔然矣。墓门有梅，有鸮萃止。夫也不良，歌以讯之。讯予不顾，颠倒思予。"[1] 后代关于"墓门"的解释有分歧，《诗义会通》注曰："墓门，墓道之门。王逸云：'盖陈城门。'"[2] 朱熹《诗集传》曰："兴也。墓门，凶僻之地，多生荆棘。"[3] 据闫孟莲考证，"墓门应该就是各国都城通往郊外公共墓地的一个小城门。国民凡丧葬之事皆从此门出"[4]，并指出墓门当是实地，而非比兴。还指出"墓门"指陈哀公逃难于墓门之事。[5] 笔者认为，"墓门"并不含有指刺的内涵，而仅仅作为一个单纯的物象存在，在诗的开头作起兴用。

冢墓作为意象最早出现在汉魏时期。对于先唐人民的生死意识在文学中的展现，王瑶先生曾指出："原始人感不到死的悲哀，而且简直意识不到死的存在……中国诗，我们在三百篇里找不到这种情绪，像《唐风·蟋蟀》中的'今我不乐，日月其除''今我不乐，日月其迈'，虽然有点近似，但较之魏晋诗人，情绪平淡多了。《楚辞》里，我们看到了对社会现实的烦闷不满，但并没有生命消灭的悲哀。儒家对于这个问题采取了逃避的态度：'未知生，焉知死'，以不解决为解决。在汉帝国的升平局面下，在儒家思想的统治下，把这个问题掩饰过去了……我们看到了这种思想在文学里的大量浮出，是汉末的古诗。"[6] 随着汉末战争、

---

[1] 李学勤主编：《十三经注疏·毛诗正义》，北京大学出版社1999年版，第447页。

[2] 吴闿生：《诗义会通》，中西书局2012年版，第118页。

[3] 朱熹：《诗集传》，上海古籍出版社1980年版，第83页。

[4] 闫孟莲：《〈诗经·陈风·墓门〉论考》，载《信阳师范学院学报》2006年第6期。

[5]《左传·襄公二十五年》："六月，郑子展、子产帅车七百乘伐陈，宵突陈城，遂入之。陈侯扶其大子偃师奔墓，遇司马桓子，曰：'载余！'曰：'将巡城。'遇贾获，载其母妻，下之，而授公车。公曰：'舍而母！'辞曰：'不祥。'与其妻扶其母以奔墓，亦免。"（左丘明著，洪亮吉训诂，李解民点校：《春秋左传诂》，中华书局1987年版，第575页）

[6] 王瑶：《中古文学史论》，商务印书馆2011年版，第146—147页。

灾荒、瘟疫的频发，人们对生死的关注大大增强。又随着礼法与名教的没落，死生由命的道家思想在汉末魏晋时期颇为流行。在此一时期的诗歌中，冢墓通常不为具体个人所属（悼亡诗除外），而多指废墟或荒郊野岭中的弃冢、野冢，是诗人行于途中偶见之物，由此触发了诗人的感伤之情。随着个人意识的觉醒，冢墓意象体现了诗人对个体生命的关切与感伤，主要表现为人生苦短、时光易逝、荣华虚浮。如《古诗十九首》有诗云："驱车上东门，遥望郭北墓。白杨何萧萧，松柏夹广路。下有陈死人，杳杳即长暮。潜寐黄泉下，千载永不寤。浩浩阴阳移，年命如朝露。人生忽如寄，寿无金石固。万岁更相送，贤圣莫能度。服食求神仙，多为药所误。不如饮美酒，被服纨与素。"[1]此诗为望墓有感而作，"墓"在此象征着生命的终结。生命短暂而脆弱，且殊途同归，终究走向死亡的终点。不如在抵达终点之前尽情享乐。有的诗作是由丧乱引发对个体生命的思考，如陆机《门有车马客行》有云："借问邦族间，恻怆论存亡。亲友多零落，旧齿皆凋丧。市朝互迁易，城阙或丘荒。坟垄日月多，松柏郁芒芒。天道信崇替，人生安得长。慷慨惟平生，俯仰独悲伤。"[2]这是冢墓意象在纪实丧乱之作中出现较早的作品，虽然诗人在此仍侧重于人生无常的感发，却已开后代诗人借冢墓揭露社会现实，寓以人民关怀的先声。还有的诗作借咏怀古迹来表达个体对好景不长、繁华易逝的生命之感，如鲍照《拟行路难》其十五："君不见柏梁台，今日丘墟生草莱。君不见阿房宫，寒云泽雉栖其中。歌妓舞女今谁在，高坟垒垒满山隅。长袖纷纷徒竞世，非我昔时千金躯。随酒逐乐任意去，莫令含叹下黄垆。"[3]这种在对宫殿成墟、宫人安在的描写中引入坟墓，表现盛世已逝、今非昔比之感的书写为后人广为继承。但在此诗中，作者表达的更多是人生虚幻、及时行乐的感悟，其关注点仍在个体身上。

在汉魏六朝的诗歌中，冢墓意象还往往伴随着灵魂形象一同出现。在这里，死亡并不意味着最终的结局，人死后虽骨肉入土，却仍继续以灵魂的形态存在，继续保持着精神层面的清醒自我，自由游荡。这

---

[1] 逯钦立辑校：《先秦汉魏晋南北朝诗》，中华书局1983年版，第332页。
[2] 同上书，第660页。
[3] 同上书，第1277页。

种生死观自先秦时已有之，《左传·昭公七年》："子产适晋，赵景子问焉，曰：'伯有犹能为鬼乎？'子产曰：'能。人始化曰魄，既生魄，阳曰魂。用物精多，则魂魄强。是以有精爽，至于神明。'"[1]《礼记·郊特牲》曰："魂气归于天，形魄归于地，故祭求诸阴阳之气。"[2]灵肉分离的观念自先秦一直延续了下来，《晋中兴书》有云："夫冢以藏形，庙以安神。今世招魂葬者，是埋神也，其禁之。"[3]

在一些诗作中，冢墓常与灵魂一起出现。坟墓是骨骸的居所，鬼魂作为叙述者出现，游荡于冢墓之间，从旁观的视角审视与之脱离的形骸，由此思考生前死后的两重世界，对过往的人世生活进行追怀。如《古诗·李陵录别诗》云："远送新行客，岁暮乃来归。入门望爱子，妻妾向人悲。闻子不可见，日已潜光辉。孤坟在西北，常念君来迟。褰裳上墟丘，但见蒿与薇。白骨归黄泉，肌体乘尘飞。生时不识父，死后知我谁。孤魂游穷暮，飘遥安所依。人生图嗣息，尔死我念追。俯仰内伤心，不觉泪沾衣。人生自有命，但恨生日希。"[4]这首诗同样表达了诗人对个体生命有限的透悟，但"坟"在此成为亲属与死者联系的唯一途径，灵魂返家探视妻儿，妻儿却看不到逝者，只有祭祖时能看见一座孤冢，这样的书写更凸显了死亡的悲剧性，为"人生自有命"的生死观披上了一层厚厚的凄凉意味。

## 二、唐代：历史的今昔之感

至唐，冢墓意象的数量开始大幅增多，甚至出现了直接以墓为诗题的现象。在纵向上，从先唐对个体的关注，扩大到对时代、历史的追怀，开启了后代以冢墓意象来怀古咏史的传统；在横向上，开始大幅度外向化，无限拓展其边界与外延，不再局限于个人的生命感受，更多地传达了诗人对环境、对社会、对世界的感知。冢墓意象的内涵和书写方式基本在唐代得到了确定，后世诗人基本沿着唐代定型的方式发展演

---

[1]《春秋左传诂》，第680—681页。
[2]孙希旦编：《礼记集解》（中），中华书局1989年版，第714页。
[3]李昉编纂，孙雍长等校点：《太平御览 第8卷》，河北教育出版社1994年版，第108页。
[4]《先秦汉魏晋南北朝诗》，第342页。

变。如果说汉魏诗歌的冢墓意象大多蕴含了诗人对生命自身的思考，那么唐人写冢则更多地表达了一种对整个人世今昔变化的惆怅。从唐代起，冢墓开始成为一个象征，一个符号，一个将情感凝缩于其中的躯壳，冢墓成为连接过去与当下、历史与现实的联结点，是转变的象征，如耿湋诗云："石马双双当古树，不知何代公侯墓。墓前靡靡春草深，唯有行人看碑路。"（《路傍墓》）[1]"公侯墓"是一个具有历史意味的意象，诗人不知亡者何人，亦不表达悼亡之情，只是借墓传递一种人世变迁、沧海桑田的怅惘。这一时期，诗人追悼的对象出现了多种分化，如帝王将相，英雄人物，亲友，一座宫殿，一座城池，甚至是一整个时代等。

　　首先是在个体层面上的今昔之感。这类作品在挽诗中较为常见，诗人通过回忆亡者生前的经历，对比斯人已逝之现状，表达怀念亲故的愁情。而值得注意的是边塞诗，如王昌龄的《代扶风主人答》诗云："十五役边地，三回讨楼兰。连年不解甲，积日无所餐。将军降匈奴，国使没桑干。去时三十万，独自还长安。不信沙场苦，君看刀箭瘢。乡亲悉零落，冢墓亦摧残。仰攀青松枝，恸绝伤心肝。"[2]离乡远征多年战败而归的战士，只见故地只剩冢墓成堆，亲人故旧皆已离世。冢使回忆与现实形成对比，将过去与现在两个时空相连接，战士出征边塞的经历正介于两者之间，于是边塞与冢对于战士而言建立起了某种对接关系。战争带来了故乡的变化、人世的沧桑，战争使得征人及其亲属饱受离散的苦难。诗人将对战争的指斥、对统治者好战征兵的谴责寓于冢墓意象。此种表达早已出现在汉乐府中，如《十五从军征》诗云："十五从军征，八十始得归。道逢乡里人：家中有阿谁？遥看是君家，松柏冢累累。"[3]这种书写到了唐代更广泛地出现在诗歌中，类似的还有如王季友《代贺若令誉赠沈千运》诗云："平坡冢墓皆我亲，满田主人是旧客。"[4]

　　唐人对个体的追怀更多地还表现在对昔时帝王、贤臣、英雄的歌咏上，如张继的《河间献王墓》：

---

[1] 陈贻焮主编：《增订注释全唐诗》，文化艺术出版社2001年版，第712页。
[2] 同上书，第1057—1058页。
[3] 郭茂倩编：《乐府诗集》，中华书局1979年版，第365页。
[4] 《增订注释全唐诗》，第613页。

汉家宗室独称贤，遗事闲中见旧编。偶过河间寻往迹，却怜荒冢带寒烟。频求千古书连帙，独对三雍策几篇。雅乐未兴人已逝，雄歌依旧大风传。[1]

诗的歌咏对象是西汉刘德，与之相隔几百年之久的诗人仅能从"旧编"中知悉史事，欲"寻往迹"结果却只见"荒冢带寒烟"。"古书"与"荒冢"相对照，前者载录旧事，仿佛历历在目；后者表明往事成空，更表现了诗人对这位大儒仙逝的遗憾。"荒冢"在此代表的是空荡荡的现实，对比书面文字的丰富记载，孤零零的"荒冢"更能给人以赤裸裸的现实冲击感。

其次是在时代的层面上，冢墓意象通常出现在对宫人、宫殿、王陵、都城这四类描写中，大抵表达了诗人对安史之乱以前繁盛时代的追忆和眷恋，或是对古代盛世的向往。唐代写宫人冢的诗作为数不算少，如杜牧《宫人冢》诗云："尽是离宫院中女，苑墙城外冢累累。少年入内教歌舞，不识君王到老时。"[2] 又如王建《宫人斜》诗云："未央墙西青草路，宫人斜里红妆墓。"[3] 在这些诗中，诗人从不具体写某一有名有姓之人，而是将宫人作为一个群体看待，宫人冢也多是成群出现。宫人在古诗中通常含有美好的意味，在这些诗作中又成为昔时宫殿繁华、王朝兴盛的象征，因而对宫人之死的书写暗喻着一整个兴盛时代的覆灭。类似的，宫殿同样作为繁华时代的缩影而存在。在一些诗中，冢墓伴随着宫殿的废墟出现，如耿湋《晚次昭应》诗云："落日向林路，东风吹麦陇。藤草蔓古渠，牛羊下荒冢。骊宫户久闭，温谷泉长涌。为问全盛时，何人最荣宠。"[4] 或是作为宫殿中人的冢墓出现，如徐夤《再幸华清宫》诗云："雪女冢头瑶草合，贵妃池里玉莲衰。"[5] 将冢墓与宫殿联系在一起，更突显了诗人的历史意识，其对时代的缅怀比纯写宫人冢要明显得多。同时，坟墓也为沦为废墟的宫殿平添了一股死亡的气息，突出了物是人

---

[1] 彭定求编：《全唐诗》，中华书局1960年版，第2723页。
[2] 《增订注释全唐诗》，第1304页。
[3] 同上书，第1045页。
[4] 同上书，第690页。
[5] 同上书，第1372页。

非的感伤之意。

唐人对于王陵的书写，除了上述追怀某一帝王将相之作外，还有表现对历史变迁、朝代更替的感怀。这类作品以对北邙山的描写为主。北邙，亦作北芒，在今河南省洛阳市东北。自汉魏以来，王侯贵族多葬于此，后泛称墓地，在诗歌中是一个具有历史意蕴的冢墓意象。邙山作为意象最早出现在六朝，陶渊明《拟古九首》其四：“古时功名士，慷慨争此场。一旦百岁后，相与还北邙。”[1]表达的依旧是人生有尽的生命意识。唐代诗人写北邙之内涵颇多，有咏史、怀人、讽喻等主题，其中咏史最为值得注意。如刘希夷《洛川怀古》，诗人将洛阳城的今昔对照描写：“梓泽春草菲，河阳乱华飞。绿珠不可夺，白首同所归。高楼倏冥灭，茂林久摧折。昔时歌舞台，今成狐兔穴。”最后以北邙山上“碑茔或半存，荆棘敛幽魂”[2]作结，诗人的悲情达到最深。如此，北邙山不仅是古人的葬所，更是时代的葬所。望北邙山咏史感怀的书写方式为后人广为继承，表达一种人事俱灭的历史虚无感。此外，北邙山还成为一个泛化的冢墓意象，承载了人们的生死意识。

冢墓意象更多地出现在以都城为主的诗作中，有的诗将都城的过去与现状并写，抚今追昔，如杜颜《故绛行》诗云：“君不见铜鞮观，数里城池已芜漫。君不见虒祁宫，几重台榭亦微濛。介马兵车全盛时，歌童舞女妖艳姿。一代繁华皆共绝，九原唯望冢累累。”[3]而有的诗作则不写回忆，着重描写阴森恐怖的气氛或颓败荒芜的场景，这时候，冢墓象征着毁灭，侧重在历史不复存在这一面，如张祜《过石头城》：“累累墟墓葬西原，六代同归蔓草根。唯是岁华流尽处，石头城下水千痕。”[4]

唐诗中之所以大量出现对时代今昔的抒写，主要是由于安史之乱带给王朝与社会的损毁。中唐以后，随着文人对社会层面的关注逐步加深，冢墓意象也常与残破的社会现状一同出现，如白居易《冀城北原作》诗云：“昔人城邑中，今变为丘墟。昔人墓田中，今化为里闾。”[5]又

[1]《先秦汉魏晋南北朝诗》，第1004页。
[2]《增订注释全唐诗》，第572页。
[3]彭定求等编：《全唐诗 第二册》，中州古籍出版社2008年版，第677页。
[4]《增订注释全唐诗》，第1128页。
[5]同上书，第325页。

如其《重到渭上旧居》诗云："追思昔日行，感伤故游处。插柳作高林，种桃成老树。因惊成人者，尽是旧童孺。试问旧老人，半为绕村墓。"[1]这些诗中没有讽刺之笔，而以故地重游、追怀旧时的方式书写，乡村之景比宫殿与都城更能体现时代生活的转变。冢墓一方面代表故人已逝去，另一方面又展现了村庄今时不同往日的衰败景象。诗人在表达今昔之感的同时，还隐含了其对丧乱造成人民生活悲剧的不满和悲悯情怀。

## 三、宋元明清：易代之伤与个体生命的虚无感

从宋代起，冢墓意象大量出现在挽诗中。挽诗的内容多为送葬的过程、冢墓环境的景色、对士大夫生前品德才学的赞扬，多数为社交需要而作，思想内涵较弱。冢墓还较多地出现在以节日祭祖（清明节、寒食节、重阳节）为主题的诗作中，这些作品格调轻快，抒写了诗人野游踏青的逸乐之情。这些作品反映了宋诗日常化、生活化、平淡化的特点。与前代不同的是，宋代出现了许多以"废冢""古冢"为题的诗作，作品没有明确的悼念对象，这一方面继承了汉魏旅途中望冢感怀的传统，一方面又与唐代跨越古今的咏史怀古或富于社会现实关怀的宏大命题不同，反映了宋诗题材扩大、无事不可入诗的特点。最值得注意的是，宋代的冢墓意象通常反映了宋人通达的人生观，这是一种貌似看破红尘、实则无力改变现实的悲观情绪，渗透着个体生命的虚无感。宋人不像汉魏诗人那样忧生患死，而将死亡看作人生的必然终点。如若从个体延伸到时代的命运，则在宋人眼中，朝代兴亡交替是必然的现实。总而言之，不论是人还是社会，一切都处在无限的生死循环之中。因此，冢墓意象在宋诗中主要作为人生终点的象征，或是王朝灭亡的遗迹。

首先是个体的人生虚无感，具体表现为人终归会走向死亡，富贵终成空，一切归零，诗人时常质疑人生的意义，表达了"人生有酒须当醉，青冢儿孙几个悲"[2]（贾似道《甲戌寒食》）的情绪。冢墓作为人死后的归所，象征着虚无和毁灭，死亡使得人生前的种种灰飞烟灭，独留一座孤冢在世上，生前与死后的对照是有和无的对照。在诗作中，诗人

[1]《增订注释全唐诗》，第324页。
[2] 褚人获辑：《坚瓠集》，上海古籍出版社2012年版，第18页。

通常将关注点向"无"的一面倾斜，侧重表现死亡的空虚，将冢墓写得荒芜黯淡，而这些描写又通常是诗人想象中的虚写。这类书写以陆游为代表。由于山河收复无望，诗人壮志难酬，因而愈到晚年，诗人就愈是频频生发出人生如梦、万事皆空的悲观情绪。在诗中，冢墓作为人生的最后归宿，表现了诗人对人生价值的否定，如"骨朽空名垂断简，冢荒残碣卧苍苔。纷纷倾夺知何得，老觉人间但可哀"[1]（《遣兴》）。这里"骨朽"与"冢荒"相对，意谓人生一世终将成为一具腐朽的骨骸，埋入冢中，与苍苔为伴，表现了诗人颓废绝望的情绪。类似的感叹还有如"堪笑痴人营富贵，百年赢得冢前麟"[2]（《闲居书事》）；又如"利名争夺两皆非，生世宁殊露易晞。老冉冉来谁独免，冢累累处会同归"[3]（《岁晚感怀》）等。

其次是王朝兴废的必然规律。这类作品一方面继承了唐代咏史诗的传统，另一方面淡化了唐诗中的感伤情绪，将人事兴亡看作历史中之一环，以平淡客观的目光回顾历史。这是从人生如梦向历史如梦的延伸，其本质都体现了宋人虚无悲观的人生观与世界观。如王安石《金陵怀古四首》其三：

> 地势东回万里江，云间天阙古来双。兵缠四海英雄得，圣出中原次第降。山水寂寥埋王气，风烟萧飒满僧窗。废陵坏冢空冠剑，谁复沾缨酹一缸。[4]

诗的前两联回顾了宋太祖平定群雄的霸业。第三联由历史回到现实，面目已变的山水掩埋了当年的王气，只剩萧飒的风烟弥漫在僧窗前。诗的尾联说在那荒废的陵墓中尚能找到当年五代小朝廷的随葬的冠剑，但已再无人为其泪沾冠缨了。诗人的情感由最初对宋太祖的热情歌颂到时光已逝的黯然，最后回归淡然。在这里，冢是历史的象征，代表已覆灭的

---

[1] 陆游：《陆游集》，中华书局1976年版，第339页。
[2] 同上书，第470页。
[3] 同上书，第594页。
[4] 王安石著，李壁注：《王荆文公诗笺注》，中华书局1958年版，第446页。

王朝。诗人并未对冢意象赋予感伤情怀，而更多的是对时代更替这一事实的冷静审视。类似的诗作还有如何梦桂《挽汾阳何北园二首》其二："五十年来梦，邯郸黍一炊。传家无长物，志墓有丰碑。落日江湖泪，西风里巷悲。故园吟不尽，千古付他谁。"[1]这种历史兴亡的悲观情绪到了宋末就演变成了易代之伤。

元明清时期，冢墓意象的书写大体延续了前代的传统，主要出现在挽诗、咏史诗、节日诗中。其中，冢墓出现在怀古咏史诗中尤多，继承了唐诗咏怀历史人物、慨叹今非昔比的传统。这些诗大都是诗人路过古都或古人墓时有感而作，也有未亲临古墓只是读史书时进行的虚写，冢作为古代人物的替代品，成为诗人的凭吊对象，是将诗人与古人勾连起来的媒介。然而这些诗通常囿于对单个人的咏怀，不如唐诗气魄宏大、具有宏观的历史时空感。更值得注意的是这一时期遗民诗人对易代之伤的书写。

从南宋末起直至清末，冢墓意象就大量出现在抒写易代亡国的诗作中。与唐代安史之乱不同的是，元明清的改朝换代通常意味着亡者、故土、往昔生活彻底的一去不返。在唐诗中，冢墓意象作为一个转变的结点存在，侧重表现"变"的一面；而到了元明清，冢墓如同一个句号，象征着过往的终结，侧重表现"终"的一面。这些诗歌较少追忆往昔、今昔对比的描写，而着重写山河破碎的现状，在凄怆的背后又添上了一层绝望的底色。这一书写传统在南宋末已开先河，如文天祥《感怀二首》其二："伏龙欲夹太阳飞，独柱擎天力弗支。北海风沙漫汉节，浯溪烟雨暗唐碑。书空已恨天时去，惜往徒怀国士知。抱膝对人复何语，纷纷坐冢卧为尸。"[2]此诗抒写了诗人由国土沦丧而生的悲痛的民族情绪，"冢"在此象征着一种彻底的覆亡，意指复国无望、山河成灰的绝望现实。与大部分宋诗多景物描写、以含蓄蕴藉之笔写生命之感不同的是，这一时期伴随着冢墓一同出现在诗中的多有"泪""哭""泣""悲""恨"等词，诗人不再由冢墓延伸出对宇宙人生的感怀，而是直接传达其亡国离散之悲，少了抽象的思考，多了对现世

---

[1] 何梦桂：《何梦桂集》，浙江古籍出版社2011年版，第80页。
[2] 文天祥：《文天祥全集》，中国书店1985年版，第378页。

的悲怀。如元末明初王翰《送李可宗归汴》:"中原烽火二十年,避地今成雪满颠。无奈忆乡愁似海,不禁哭子泪如泉。入门惆怅看松菊,隔水依稀认墓田。此夜中条山馆里,归心应不负啼鹃。"[1]此诗写诗人与亲属的生离死别,故土与墓地置换,意味着战争不仅破坏土地,还带走了无数生灵,表现出沧海桑田之感。将墓置于关河离乱的背景下,诗人的悼亡之情就从寻常的吊伤个人扩大为天下兴亡之恨。

元明清时期写清明节、寒食节的诗作中与宋代不同的是,诗人们不写节日祭祖时轻快愉悦的野游之趣,而多触景生情,融入诗人对故土、对亲人的深切思念与怀恋,并且融入自己漂泊异地的身世之感,传递出哀伤的情绪。如果说宋诗中的冢墓只是作为节日祭祖传统的特色,那么这一时期的冢墓则饱含诗人自身的情感,真正作为意象而存在。在这里,冢墓象征着亲人、宗族、故土,象征着一种根的血缘关系,代表了诗人的人生归属感。首先是诗人对土地的归属感。诗人把祭祖与乡思之情结合,将节日返乡、与家人聚首的传统与自己羁旅天涯的身世相对照,表达漂泊、孤独的凄零之意。在这些诗中,冢墓不再含有死亡意象,而更多地作为将记忆中的故乡和旅途中的游子联系起来的媒介。如清代夏霖《客中寒食》:"漫道出门好,出门剧可怜。禁烟寒食节,疏雨杏花天。有梦思乡里,无方扫墓田。瀛洲知己在,我欲寄诗篇。"[2]此诗中的"墓"指远在故土的坟墓,重在说明诗人渴望祭拜故冢而不得的心情,表达了诗人思乡思友的情感。其次是人生归属感的缺失。这类诗中的冢墓意象通常也包含了诗人对故土的怀念,但在此基础上又联系其人生处境,由此生发出诗人既无出路又无归路、人生如梦、没有希望的虚无之感。如清代王仁东《书怀寄伯姊》:"少年已去老今来,一事无成亦可哀。客里更逢寒食节,八年不见墓门梅。"[3]"墓"象征着故乡与亲族,诗人由思乡思亲而反视自身,引发其对客里漂泊而一事无成的凄凉处境的自怜。

---

[1] 王冕撰,王周编:《竹斋集 外八种》,上海古籍出版社1991年版,第321页。
[2] 徐世昌编,闻石点校:《晚晴簃诗汇》,中华书局1990年版,第8899页。
[3] 同上书,第7463页。

## 四、现当代：精神世界的象征

在现代诗中，人们对冢墓的书写重新从对时代、历史的咏怀回归到个人，注重个体经验和情感的表现。但与汉魏时期不同的是，现代诗的意象内涵更加朦胧、晦涩、难懂；表达更加隐曲、内向化；情感更加复杂、颓废、忧郁、叛逆。同时，不再局限于人生有尽、生命无常等老生常谈的主题，而是与诗人的生存处境、心态等紧密结合。与古代旧体诗中常见的旅途中望冢感怀或过某人墓时悼亡而作不同的是，在现代诗中，冢墓多作为一种想象中的存在，诗人常借用冢墓来表现自己的精神世界和情感，没有写实刻画之笔，如梦似幻，完成了这类意象的符号化。冢墓往往出现在一个阴暗凄楚的意境中，与其他意象连缀在一起，表现诗人绝望孤独的心境；抑或是单独出现，具有比喻象征的意味。"意象作为诗的灵魂与生命符号，是一种富于暗示力的情智符号，也是富于诱发力的期待结构。"[1]现代诗中的冢墓意象已不再仅是客观存在的物象，而更多地作为一个富于美感的、承载着诗人的灵魂与情感的审美对象存在。其象征义十分丰富，大体可以归结为以下几种：爱情、孤独、死亡情结以及悲剧意识。

首先，在爱情诗中，诗人们常将爱情与生死联系在一起，通过死亡这个不可跨越的鸿沟来表现爱情之坚贞与执着，并将冢墓作为爱情的见证。如郭沫若的《莺之歌》：

"前几年有位姑娘，/兴来时到灵峰去过，/灵峰上开满了梅花，/她摘了花儿五朵。

她把花穿在针上，/寄给了一位诗人，/那诗人真是痴心，/吞了花便丢了性命。

自从那诗人死后，/经过了几度春秋，/他尸骸葬在灵峰，/又迸成一座梅籔。

那姑娘到了春来，/来到他墓前吊扫，/梅上已缀着花苞，/墓

---

[1] 王泽龙：《中国现代诗歌意象艺术的嬗变及其特征》，载《天津社会科学》2009年第1期。

上还未生春草。

  那姑娘站在墓前，/把提琴弹了几声，/刚好才弹了几声，/梅花儿都已破绽。

  清香在树上飘扬，/琴弦在树下铿锵，/忽然间一阵狂风，/不见了弹琴的姑娘。

  风过后一片残红，/把孤坟化成了花冢，/不见了弹琴的姑娘，琴却在冢中弹弄。"[1]

"梅花"象征着诗人对姑娘的一片痴心，由于一往情深最终相思成疾，"丢了性命"。诗人的墓上生出了梅花的花苞，意指诗人对姑娘的爱并未因为死亡而终结。墓上之梅是诗人爱情的具象化，表现了一种超越生死之爱。姑娘在墓前弹琴而梅花破绽，这是诗人的亡魂对姑娘的回应。在此，墓成为诗人的替代物，死亡使相爱之人阴阳相隔，而墓又将两人联系在了一起。姑娘扫墓实则是姑娘与诗人一次生死相隔的约会，他们通过琴声互诉衷肠。最终，"孤坟化成了花冢""琴却在冢中弹弄"，这形成了生与死的交融，也许姑娘与诗人死在了一起，总之他们的爱得到了永生。在古代诗歌中，写及冢墓上生长的植物的诗作为数不少，如唐代朱庆馀《过孟浩然旧居》云："冢边空有树，身后独无儿。"[2]冢树象征着新生，意味着生死的新旧交替，世界永远处在生生不息的循环之中，唯有亡者一去不返。诗人常将亡者与冢树对比来写，表达斯人已逝的感伤。反观郭沫若之作，诗人将冢上梅比作爱情的延续与挣破生死的力量，这已然突破了古代冢树意象的内涵。

  其次，以冢墓象征诗人孤独的人生处境。如余光中《舟子的悲歌》中的选段：

  昨夜，/月光在海上铺一条金路，/渡我的梦回到大陆，/在那淡淡的月光下，/仿佛，我瞥见脸色更淡的老母，/我发狂地跑上

---

[1] 复旦大学中文系现代文学教研室编：《中国现代文学作品选 第1册》，复旦大学出版社1986年版，第166—167页。
[2] 《增订注释全唐诗》，第1204页。

去，/（一颗童心在腔里欢舞！）/啊！何处是老母？/荒烟衰草丛里，有新坟无数！[1]

将游子的乡情寄托在坟墓中的书写，在元明清诗歌中十分常见，余光中在一定程度上继承了古典传统，用坟墓意象表现游子人生归属感的缺失。但余光中的诗不再是由节日祭祖所引发的游子乡情，坟墓作为一个隐喻，代表着诗人离开故土不能返回大陆的现实，代表着已死的过去。对于诗人而言，回忆中的故土成了坟墓，母亲成了坟墓，坟墓即是已逝的或诗人触碰不到的现实，表现了诗人无法解决的孤独感。又如卞之琳的《黄昏》：

闷人的房间/渐渐，又渐渐/小了，又小，/缩得像一所/半空的坟墓——啊，怎么好！

幸亏有寒鸦/拍落几个"哇"/跟随了风/敲颤了窗纸，/我劲儿一使，/推开了梦。

炉火饿死了，/昏暗把持了/一屋冷气，/我四顾苍茫，/像在荒野上/不辨东西，

乃头儿低着，/酸腿儿提着，/踱去踱来，/不知为什么/呕出了一个/乳白的"唉"。[2]

诗人将自己的房间比作坟墓，表现的是一种荒芜、孤寂、没有任何朝气的现代都市生活。这个比喻包含了两重意义：首先，诗人如同被埋葬的死者，麻木、无聊、平庸而绝望；其次，诗人的生活如同坟墓闷不透气，与外界存在隔膜，孤独封闭，黯然无光。"头儿低着""酸腿儿提着"，如同一个被裹挟在坟墓中难以动弹之人的状态，这种扭曲的体态和动作正是诗人困顿生活中憋闷精神的具象化。

在古代挽诗中，冢墓代表着离别与生命的终结，而在现当代诗人那里，死亡成为一件具有美感的事，坟墓则作为死亡的装饰品，反映了现

[1] 余光中：《余光中集》，百花文艺出版社2004年版，第15页。
[2] 卞之琳：《卞之琳代表作·三秋草》，华夏出版社2008年版，第23页。

当代以丑为美、以悲为美的审美变化。在许多诗作中，冢墓意象与自然意象结合，融入诗人的生命意识，在诗人对生与死的审视与思考中，最终个体与自然达到交融。如戴望舒的《夕阳下孤独寂寞》：

> 晚云在暮天上散锦，/溪水在残日里流金；/我瘦长的影子飘在地上，/像山间古树的寂寞的幽灵。
>
> 远山啼哭得紫了，/哀悼着白日的长终；/落叶却飞舞欢迎/幽夜的衣角，那一片清风。
>
> 荒冢里流出幽古的芬芳，/在老树枝头把蝙蝠迷上，/它们缠绵琐细的私语/在晚烟中低低地回荡。
>
> 幽夜偷偷地从天末归来，/我独自还恋恋地徘徊；/在这寂寞的心间，我是/消隐了忧愁，消隐了欢快。[1]

这首诗的意境宁静优美，尽管同样写及"荒冢"和"幽夜"，但却不似上一首诗那般阴森。可以看出，诗人是怀着一种审美的情感观照自然世界，大量精美的自然意象包围着"我"，令"我"静静地感受生命的变幻、时间的流淌，"我"与万物共存，最终"消隐了忧愁，消隐了欢快"。薛梅将戴望舒的生命哲学解读为："面对生命的缺陷，弥补生命的缺陷，超越生命的缺陷，而这恰恰又是人对自我的认识，对自我的寻找，对自我的超越的过程，是一种在曲折艰险中创造出的生命的永恒。"[2]在诗中，"我"本是寂寞的，但却在与自然的相处中达到了对自我与生命局限的超越。

再次，死亡情结。冢墓表现了诗人的死亡意识，而死亡又是绝望的代名词。有时诗人将冢墓与死亡并写，并非为了表达对生命的哲思，而是借用死亡比喻当前绝望的处境。坟墓表现了荒芜的现实与无法实现的理想之间的冲突，有时还代表了不可逃避的宿命或信仰的缺失。在这类诗作中，出于对生活的失望，诗人对冢墓产生了向往感，将其视作逃离

---

[1] 戴望舒著，梁仁编：《戴望舒诗全编》，浙江文艺出版社1989年版，第3页。
[2] 薛梅：《青空中斑斓的彩翼——戴望舒诗歌的生命哲学》，载《北京大学学报》2003年第1期。

黑暗现实后的避难所，有时甚至渗透着诗人对死亡的渴望，这本质上是一种想象性的自杀。如戴望舒的《流浪人的夜歌》：

> 残月是已死的美人，/在山头哭泣嘤嘤，/哭她细弱的魂灵。
> 怪枭在幽谷悲鸣，/饥狼在嘲笑声声/在那莽莽的荒坟。
> 此地黑暗底占领，/恐怖在统治人群，/幽夜茫茫地不明。
> 来到此地泪盈盈，/我是颠连飘泊的孤身，/我要与残月同沉。[1]

王传习将戴望舒诗歌中的死亡意识解读为："把'死亡'当作情绪痛苦的巅峰，激烈的情绪冲动让诗人的思维飞速地联系到生命的终点，对死亡的渴望没有经过对死亡本性的理性思辨。"[2]这首诗中没有任何生活化的记录，诗人虚构了一片阴森恐怖的荒野，与"荒坟"一起出现的意象还有"残月""怪枭""饥狼""幽夜"，这一切皆是诗人绝望心境的诗性象征，表达了诗人压抑、伤感的情绪，书写了其孤独、没有归属感的人生困境。诗歌着重写现世之恐怖，"荒坟"在此并非代表死后的彼岸，而是荒诞现实的象征。诗的末句"我要与残月同沉"是诗人对死亡的渴望，实际上是渴望逃离生活的苦难。

最后，悲剧意识。死亡是生命的终极悲剧，人们自古以来就对此有了清醒的认知。如前文所述，古人对此的关注点通常在于生命之有限与兴亡变迁。冢墓牵引着生与死的两端，而出于对生命的珍视、对生存的依恋，古人大多着重表现"生"的部分，如慨叹及时行乐或追忆往昔。相比之下，现当代诗人开始直面死亡，通过冢墓表现死亡本身。如席慕蓉的《泪·月华》：

> 忘不了的是你眼中的泪/映影着云间的月华
> 昨夜下了雨/雨丝侵入远山的荒冢/那小小的相思木的树林/遮
> 盖在你坟山的是青色的荫/今晨天晴了/地萝爬上远山的荒冢/那轻

---

[1]《戴望舒诗全编》，第9页。
[2] 王传习：《断魂的诗语——论戴望舒诗歌中的死亡意识》，载《常熟高专学报》
　　2003年第1期。

轻的山谷里的野风/拂拭在你坟上的是白头的草

黄昏时/谁会到坟间去辨认残破的墓碑/已经忘了埋葬时的方位/只记得哭的时候是朝着斜阳/随便吧/选一座青草最多的/放下一束风信子/我本不该流泪/明知地下长眠的不一定是你/又何必效世俗人的啼泣

是几百年了啊/这悠长的梦还没有醒/但愿现实变成古老的童话/你只是长睡一百年我也陪你/让野蔷薇在我们身上开花/让红胸鸟在我们发间做巢/让落叶在我们衣褶里安息/转瞬间就过了一个世纪

但是这只是梦而已/远山的山影吞没了你/也吞没了我忧郁的心/回去了穿过那松林/林中有模糊的鹿影/幽径上开的是什么花/为什么夜夜总是带泪的月华[1]

诗中没有写亡者何人，亦不知诗人与亡者的关系，而是将重点放在死亡本身。这已然是一座荒冢，地萝和白草在坟上生长，墓碑已残破，说明时过境迁，后来的人"忘了埋葬时的方位"，甚至"地下长眠的不一定是你"。"野蔷薇""红胸鸟"代表着新生与自然循环，生命在转瞬即逝的时空中显得那样微小、那样容易被遗忘。诗人将个体的死亡放置在宇宙的维度进行把握，在广袤的时空中揭示生命的本质，并以一系列自然意象的组合表现生命的美感，通过"泪"来表达诗人对人生终极悲剧的感伤。

同样直面死亡、正视死亡的诗作还有如李金发的《弃妇》，与席慕蓉诗静谧优美的写法不同，李诗通过一个弃妇的悲剧，展现了弃妇在悲剧到来之前从不断挣扎到因无法摆脱命运的管束而放弃挣扎、坦然接受生命终结的过程。如下面这部分选段：

靠一根草儿，与上帝之灵往返在空谷里。/我的哀戚唯游蜂之脑能深印着；/或与山泉长泻在悬崖，/然后随红叶而俱去。

---

[1] 席慕蓉：《席慕蓉诗集·无怨的青春》，长江文艺出版社2017年版，第48页。

> 弃妇之隐忧堆积在动作上，/夕阳之火不能把时间之烦闷/化成
> 灰烬，从烟突里飞去，/长染在游鸦之羽，/将同止于海啸之石上，/
> 静听舟子之歌。
>
> 衰老的裙裾发出哀吟，/徜徉在丘墓之侧，/永无热泪，/点滴
> 在草地/为世界之装饰。[1]

诗中"或与山泉长泻在悬崖""然后随红叶而俱去"是弃妇对自己可能
会面临的悲剧结局的清醒认识。然而即便如此，她仍试图作挣扎。"夕
阳之火不能把时间之烦闷化成灰烬"，意谓弃妇无法彻底反抗、涅槃重
生。最后一节是弃妇的最终结局：她死后被埋入墓中，她曾经的挣扎与
痛苦都随风而去，只成为这世界的一点小小的装饰，渺小可悲。墓是生
命最后的归宿，而"弃妇"可以是世上的任何一个人，因为每个人在死
亡的悲剧问题上都曾有过类似的思考。诗人将人类普遍的悲剧意识具体
到一个弃妇身上，为我们唱出了一曲生命的悲歌。

另外，在革命战争时期的诗作中，冢墓意象也表现了诗人强烈的悲
剧意识。如胡也频的《旷野》：

> 我寻找未僵硬之尸骸迷了归路，/踟躇于黑夜荒漠之旷野。/凛
> 凛的阴风飚动这大原的沉寂，/有如全宇宙在战栗、叹息。
>
> 飘荡的黯惨之燐光，/徘徊于墟墓边旁，/隐现出衣冠悖时之老
> 鬼，/推开墓门，露出土色脸颊且作微笑。
>
> 我疾步向前，却误撞了枯树，/跌倒于砂砾作底之坑谷；/抚摸
> 我身周围，/触着了冰冷的死人之胸脯。
>
> 为躲避这骷髅，我匍伏而进，/黑暗张大了嘴唇，吞噬我的清
> 明；/呵，盼微明星光引我前行，/乃代以林间风声的嘲弄！[2]

这首诗创作于1926年"大革命"时期。诗人描写了一片地狱般的旷野，
用大量具有死亡意识的意象创造出幽暗恐怖的意境，如"尸骸""阴

---

[1] 李金发：《李金发诗集》，四川文艺出版社1987年版，第5页。
[2] 胡也频：《胡也频诗稿》，四川人民出版社1981年版，第40页。

风""燐光""老鬼""枯树""骷髅"等，既象征着残酷的现实又比喻诗人绝望的精神困境。诗人置身在这片旷野中，通过"战栗""叹息""疾步""跌倒""抚摸""匍匐"等动词表现诗人内心的痛苦挣扎；试图寻求出路却又长久地受困于这片黑暗的荒野，这正是诗人无法摆脱现状的精神折磨。同样是战乱时期，若将此作与古诗中的冢墓意象比较，不难看出，古代诗人多关注社会历史层面的变迁，冢墓多与自然意象组合，借以感怀"国破山河在"；而胡也频此作完全着眼于个体在战争时期的生存状态，用其他死亡意象来包裹坟墓，把个人精神世界的黑暗无助表现得十分深细。在整个现代诗的发展中，冢墓意象的历史书写几乎消隐了。

## 五、结语

从先秦到当代，冢墓意象逐渐摆脱了单纯表达死亡意识与悼亡之思的局限，在个体层面上逐渐发展得细化且多样化，从生死观拓展到人的生存状态、人生归属感的展现；除此之外，还从个体延伸出去，从表现对个人过往生活的追思到对社会与历史的今昔咏叹，诗人们将时代的厚重感和宏大的主题寄托在冢墓中。尤其是到了现代诗中，随着诗人们对个体精神世界的自省和深挖，冢墓意象的内涵演变得十分丰富，不仅实现了完全的符号化，而且由于诗人的死亡情结和审美变化，冢墓成为富于美感的审美对象，与诗人的灵魂融合在一起。

【作者简介】复旦大学中国古代文学研究中心硕士研究生。

# 不薄今人爱古人

## ——论《疑庵诗》的继承与新变

李肖锐

【摘　要】《疑庵诗》收录了许承尧民国初年至抗战结束时期的旧体诗歌。就诗法因袭而言，许承尧对古典诗歌的取法范围十分广泛，上至汉魏，下及明清十余家，无所偏嗜。但诗人不限于将目光停留于古人，兼有新派诗创作，开辟了新意境。许承尧最擅长山水诗，早年取李贺、李商隐诸家，极尽描摹，中晚期偏向韩愈、杜甫，诗风也为之一变；新派诗又以反映近现代自然科学为主，于天人关系的思考过程中体现了有别于古人的现代价值。本文结合许承尧的履历以及学养背景，以其黄山诗为考察线索，来探究《疑庵诗》之"承"；以新派诗为例来看其"变"，在民国旧体诗的大背景中探索旧体诗歌持续发展的得失，即继承古典诗歌话语形式与当前时空的矛盾与融合。

【关键词】　许承尧　民国　旧体诗　黄山诗　新派诗　演变

晚清与民初之际，正值新旧体文学的碰撞和交融时期。旧体诗词创作在新文学的冲击之下经历了遁入低谷又回归高潮的曲线发展——从新文化运动到20世纪三四十年代抗日战争之间形成了驼峰式的两个高峰。古典诗词虽很难延续其主流文学地位，但不能忽视这一时期该文体内部的消长情况以及自身革新的系列尝试。相比于白话新诗，旧体诗系统本身即存在大量可以因袭的书写经验；但与此同时，社会性质剧变、西方文化思想突入，又使文学形式所反映的对象世界不仅不能停留在旧的时空之中，新变也成为一种必然。晚清民国诗人群体中，试图扭转传统抒写制约的一个显著特征之一，即是在诗法上采众家之长、无所特别标榜或偏嗜，试图自成一体。这种实验性实践的先驱可以追溯至龚自珍，随后金天羽、黄遵宪、易顺鼎等众多诗人也尝试跳出诗坛的某一范式，如延续数百年的唐宋之争。晚清诗坛诗歌流派纷呈，政治禁忌的逐步消解一定程度促成了旧体诗的最后一次繁荣。在地域文学传统的主导之下，各流派形成了较为稳定的师承传统以及诗论体系，如以宋诗为宗、"不墨守盛唐"的"主唱"同光体（又分闽派、赣派、浙派等，学宋而各有偏嗜）、学唐宋且不喜江西之唐宋兼采派、主攻温李的西昆派、上追汉魏的湖湘派以及后起南社诗人、不趋附于某一派别的诗人等，共同创写了传统诗歌的"最后一次自振"，但终究是"很脆弱有限的一振"[1]。

旧体诗人们自成一派的尝试并不意味着要完全斩断自我与传统的关系，而是在取法上灵活自由，内容上与时俱进，情感方面保持真实自然。相比于白话诗吸取现代元素过程中采取过类似于"横的移植"这样大胆斩断传统、移植西方现代美学的极端思路，旧体诗的新变过程举步维艰，完全抛弃传统是不可能的。特别是在晚清、民国时期，不论是古典诗词的艺术手法，还是传统的抒情方式，坚持旧体诗写作的作家大多根植于旧式教育，自然延续了古典文学的书写范式。当然，对于一些古典诗词"写尽"的题材内容，创新空间并不是很大，但另一方面，诗人们能够取法和借鉴的前人写作经验则非常丰富。紧扣时变的作品，如黄遵宪等人倡导的"新诗"，虽然在今人看来，其中的认知角度未必十分科学和先进，但不论是其文学史价值，还是诗人在面对现代科技与新社会制度时所表现出的即时的情感波动或深度思考，已经具有了一定的现代意义。因此，不妨以这"新旧交替"时期同时体现"新旧价值"的诗人之一——许承尧为例，来考察旧体诗演进过程中的继承与新变。

许承尧（1874—1946），字际唐，又作霁塘，号疑庵，安徽歙县唐模人。近代诗人、方志学家、文献学家、书画家、收藏家。主要著作有《疑庵诗》十卷、《疑庵诗续集》四卷、《歙县志》十六卷、《西干志》七卷、《歙事闲谭》三十一卷，另有《疑庵文剩》《疑庵藏书画录》《疑庵日记》《〈蕙音阁诗集〉评点》，辑有《明季三遗民诗》《新安佚诗辑》等。许承尧是从传统教育走出、熟稔四书五经的士大夫，也是晚清最后

---

[1] 严迪昌：《清诗史》，浙江古籍出版社2002年版，第982页。

一批翰林；他于1906年与黄宾虹、陈去病、江炜、陈巢南、陈鲁德等成立在同盟会领导之下的"黄社"，曾起草"遵梨洲之旨，取新学以明理，忧国家而为文"[1]的社盟。黄社影响力不大，但足以见许承尧不同于晚清遗老之处，虽未游学西方，也不至于保守旧制，思想上有一定的先进性。其次则是在许承尧入陇做官，几次反袁举动和实干活动也体现了他的政治抱负[2]，其间的诗歌创作颇能得江山之助。不过政治生涯的不得意促使他彻底回归学术，潜心诗画与收藏，特别于诗歌创作别有心得。许承尧的教育背景、政治倾向与入陇经历对其诗歌创作有一定影响。其诗最擅长古体，对古典传统继承最优秀处，是以黄山、陇上景色为主的山水诗以及一些反映战乱和民瘼的五言长篇；而对旧体诗的突破则集中于书写新事物的新派诗。本文即从许承尧的创作观点出发，梳理其继承传统的内在理路，而不限于近现代各家的诗评，并对其新诗的价值作对比分析。

## 一、由华转实，顺时而歌

就现存出版资料而言，许承尧没有系统的诗话论著或成篇章的诗学观点，但于一些散论中提到了自己的创作经验以及旨趣，这为把握《疑庵诗》的诗法溯源提供了一定的指向和启发。纵观其论，许承尧的前后取法对象与审美标准变化呈现出一致性；对于自我流派归属和诗歌创作原则又体现了相对的独立性。诗人晚年（1943）的一段总结概述了其诗

[1] 转引自杨天石、王学庄《南社史长编》，中国人民大学出版社1995年版，第52页。
[2] 许承尧1912年任安徽都省府高级参谋、全省铁路总办；1913年因反袁失败，应张广建之请，任甘肃省府秘书长、都府一等参谋；至1924年辞官归故里以前有过一次返京调任，但自此以后便基本没有离开故乡歙县。据徐步云《许疑庵传略》载："1913年怕反袁失败下野，先生应甘肃都督张勋博广建（皖人）聘为省府秘书长、都督府一等参谋。旋任甘凉道尹，权兰山到尹，调署甘肃政务厅厅长，则是1916年袁世凯帝制失败病死以后之事。现实袁在1915年宣布明年改元洪宪称帝号，要各省都督通电表示拥护，否则撤职。甘肃省以先生拒发拥护电报，因此未附袁；但张还怕被袁撤职，极为愤怒和恐慌，1916年3月22日袁被迫取消帝制，不久死去，张始释然，深佩先生卓识。"（徐步云：《许疑庵传略》，载《歙县志坛》，1985〔3—4〕，第33页。）许承尧"反袁"的这种做法展现了他的政治远见与胆识，也从侧面反映了他刚正的品质。随后他因"拒受分赃烟土巨款"而"慨然"辞官回归故里，也可印证以上的判断。

风的前后变化：

> 余为诗初爱长吉、义山，继乃由韩入杜，冀窥陶阮。于宋亦
> 取王半山、梅圣俞、陈简斋。明清二代，时复旁撷，无偏嗜，故无
> 偏肖。因时变迁，惟意所适，取足宣吾情，自娱悦耳。郑子尹言：
> "颇不思存稿，其如劳者歌？" 余亦劳者歌也。生平哀乐，略见于
> 是，不忍捐弃，因写存之。民国三十二年癸未十一月 许承尧[1]

在民国旧体诗人群体中，许疑庵诗的取法相对而言比较广泛，上至
陶渊明、阮籍，下达明清诸家，适意而取，无所限制。早期偏爱李贺、
李商隐两家，随后取法韩愈、杜甫以及宋代诸家，诗人所提及的所有师
法对象之间本身也存在诗风演变上的关联。二李诗歌以想象力著称，对
比喻和通感的使用别具一格，诗人特殊的感知力营造了朦胧瑰怪、华丽
奇崛的艺术空间，开拓了诗歌的语境，对于模仿者而言也需要自具诗
才，有一定难度。随后更加崇尚韩愈、杜甫两家，"由华转实"。不过转
"实"并不意味放弃了对诗歌语言的修饰，不至于立即转向元、白诗这
类浅近俗语，而体现在诗歌的思想深度与反映现实的广度上。韩愈诗亦
不乏奇特的想象，重气势，求险怪，并以古文的语言和章法入诗，也于
诗体中发议论。许承尧的长篇五古写景与纪行诗显然吸取了这些特点。
杜甫、韩愈对宋诗的影响也很深远，特别是从韩愈走向宋诸家也水到渠
成，"韩愈为唐诗之一大变，其力大，其思雄，崛起特为鼻祖，宋之苏、
梅、欧、王、黄，皆愈为发其端，可谓极盛"[2]。除诗歌的内容指向与技
法之外，许承尧中晚年以后融合陶阮、宋诸家，则是深化诗境的追求。
因此在继承前人方面，许疑庵所师法对象的前后变化呈现出一定的逻辑
联系，不至于过分离散——从诗歌遣词技法入手，追求修饰，另外毫不
排斥诗歌的自然语言以及浑然天成意境，避免落入堆砌繁缛而忽略对诗
境的开拓，于唐宋及历代诸家游刃有余。

除诗法自述以外，许承尧在具体诗歌及散论中也直接表达了自己

---

[1] 许承尧：《疑庵诗》，黄山书社2014年版，第21页。
[2] 叶燮：《原诗》，人民文学出版社1979年版，第8页。

的诗学观点与宗趣。他曾于《入陇琐记》谈及"不废郑卫"："余向以
为诗之佳者，莫如郑卫，不必皆狡童、荡妇之所为也。《论语》言'郑
声淫'，淫者，过甚之意，谓其乐音流靡，往而不返，非谓其词之媟渎
也……又其时郑卫之人必皆盛文采、知礼节、讲交际，侈游宴之乐，工
被服之饰，吾于其词之绮丽温柔知之。"[1]相比于传统诗教观，许承尧从
正面肯定了孔子删诗不废郑卫之举，并且为其正名。他认为，前人所理
解的郑声之"淫"，只是关注到了诗歌的内容，但"淫"应当指乐曲方
面的艺术特点：回环往复、流动婉转，"非谓其词之媟渎也"；再者，许
承尧推测郑卫之地的风俗、礼仪亦是遵循"礼"而不越界，但相比于其
他地区更重"文"，即在文学艺术领域中追求"文采"，审美标准偏重
藻饰与华美。由此可知，许承尧所理解的郑卫之音是从其艺术角度来定
性，而非内容所涉及的淫靡之风。因此许承尧早期的诗歌艺术审美也崇
尚"绮丽温柔"的风格，从而可以理解他早年偏嗜和模仿李贺、李商隐
等人诗法的缘由。

关于中后期诗风的转变，许承尧也在诗作中阐明"删尽浮华"的思
虑。他曾于1936年作《论诗二首》：

> 春态幻作云，秋心化为月。何如深冬寒，坐对千峰雪！空明已
> 可悦，孤洁更严绝。山中有四时，诗能换神骨。
> 浮华勇删尽，真意炯然通。郁郁孕万变，盘旋元气中。我识杜
> 陵叟，实介贞曜翁。期艾亦无病，遒峭得大雄。[2]

对"神骨"与"真意"两大审美宗趣的追求，相当于从"绮丽"的
语言外表走向诗歌内部的整体建构，即艺术空间与内涵的纵深发展。风
骨、神韵、真趣，都是古典诗歌批评史上的经典范畴，在历代批评论争
中也曾被用来挽救绮错婉媚、空乏无力所导致的诗风流弊。现在许承尧
以一套有别于早年审美志趣的批评范畴来进行自我重审，"勇删尽"确

---

[1] 转引自魏宏伟《许承尧〈入陇琐记〉的诗歌价值》，原载《陇右文博》2006年
第1期，第71—73页。
[2]《疑庵诗》，第271页。

实可见其转变之决意。许承尧诗法和前后风格的转变，前人自然都有所关注，如马其昶、吴承仕、汪青等人的题序；钱仲联先生认为他"晚年与同光诸人游，诗风一变"[1]，因受同光体派诗人的影响而转变了宗趣。纵观《疑庵诗》，其前后诗风所呈现的面貌主要围绕由华转实的总体特点，但早期不仅偏重辞藻与修饰，不少长篇古体已经开始有宗韩的倾向，也成为他转向宋诗之铺垫；中晚年不少作品因追求"真意"而趋于直白，在自我直抒的过程中淡化了艺术价值。但不可否认，许承尧诗法的多样性与其宗趣是基本一致的，除却交游所带来转变的外因，其诗歌继承演变的内因也值得探讨。

诗法与宗趣的多重选择并没有限制许承尧对自我风格形成的探索，反之，他更加强调不拘古人、抒写当下的作诗之道。在序言中，许疑庵认为自己的诗歌创作即是记载"生平哀乐"之"劳者歌"。他所赞同和引用的郑珍句，全诗《柏容检诗稿见与》为："颇不思存稿，其如劳者歌。古人安可到，儿辈或从阿。闻昔有佳处，得之无意多。更为丁敬礼，一一看如何？"[2]强调诗歌当与时境而迁、言必有物。许承尧也明确提出古今相异、自写性情才能成就好诗的观点："先生论诗，以为时代迁则言必有异。今古不相肖，要能自写其性情者为佳；否则，假衣冠而饰言笑，命之曰'优孟'。"[3]（《汪冶亭诗序》）许承尧反对作诗"优孟衣冠"，倡导"时代迁则言必有异"，同自序所谓"因时变迁，惟意所适"一致。古今不相肖，即可以继承古人的技艺与神髓，但内容必须与诗人自己处于同一时空，情感与风貌也应顺应时代。这种观点投射在《疑庵诗》，即有大量书写现实、战事、民瘼的长篇，贯穿于许承尧一生的创作；另有数首"新派诗"也得到了诗坛之重视，如钱仲联《近百年诗坛点将录》评许疑庵："诗中多新意境，寓新哲理，而又机组严密，合昌黎、昌谷为一手，胜于侈言诗界革命者所诣。如《寄庐泥饮》《沧浪篇》《言天》《灵魂》《过菜市口》，皆奇作也。"[4]对其新诗的新意境给予了很

---

[1] 钱仲联：《梦苕庵论集》，中华书局1933年版，第367页。
[2] 郑珍著，杨元桢注释，贵州大学古典文学教研室校订：《郑珍巢经巢诗集校注》，贵州人民出版社1992年版，第216页。
[3] 吴孟复：《简论许际唐先生（承尧）的疑庵诗》，见《疑庵诗》，第4页。
[4]《梦苕庵论集》，第367页。

高的评价。纵观许承尧的诗观以及创作实践，就取法多样、宗趣演变、不拘古人、内容广博而言，已经较难对其诗歌作一具体派别之定性，再加上诗人本人也不特意同某一社团、诗派诗人交游，与南社、同光体、唐宋兼采派的诗观和风格亦不完全吻合，可以说是自成一路[1]，或者说继承了龚自珍旧体诗革新的旨意。

## 二、奇崛造境，宏观叙景

山水体物主题诗歌在许承尧《疑庵诗》中占有约四分之一的比重，特别是围绕黄山与甘肃一路的长篇古体、系列组诗，集中展现了许承尧各时期艺术风格的承变轨迹，也是疑庵诗中艺术价值最高的一种。许承尧特以长篇五古见长，特体现于山水览胜与纪行写实两类诗歌。历代诗人写黄山景物，五言古体可溯至李白《送温处士归黄山白鹅峰旧居》《赠黄山胡公晖求白鹇有序》，随后有李敬方《汤池》四百言，为五古规模最大，范成大、汪起莘、程嘉燧、施闰章、吴嘉纪、屈大均、宋荦、潘耒、汪志远、郑燮、魏源等人均有古体长篇佳作，自清代以后数量大大增加，可见单就地域山水诗而言，许承尧继承了以宏大之篇幅写宏大景观的传统。

许承尧十涉黄山，五入陇上，中晚年久居故里歙县，所涉奇山异水成就其江山之助，因而许承尧擅长写山水诗，创作出不少奇险瑰怪、精微深奥的长篇；加之许疑庵于书画鉴赏、文物收藏方面的学养深厚，如题画这类以体物为主的诗歌也造诣颇深。山水诗基本在晚唐以前便已经形成了稳定、成熟的经验传统和审美特征，融入了览胜、游仙、隐逸、宦游、宫廷、田园等创作影响因素。体写山水也从追求形似走入意境、时空、整体画面等，再到物我关系的生成与辩证。就体物和画面感的构建而言，山水诗应当达到"吟之未终，皎然在目"（高仲武《中兴间气集》卷上）的艺术效果，但仅限于刻画与描绘山色风光，则会导致沉溺

---

[1] 马卫中认为："许承尧所谓'无偏嗜，故无偏肖'，似乎在清末众多的诗学流派中自处于一个不偏不倚的位置。许承尧列举他推崇的诗人，也囊括了汉魏至唐宋各代。"（《光宣诗坛流派发展史论》，苏州大学出版社2000年版，第378页）。另，许怀敬《许承尧诗派归属再思考》（原载《宜宾学院学报》，2010年10月第5期，第45—49页）一文已有详细论述，本文不再赘述。

于辞章雕饰，疏于浅表。《文心雕龙》"物色"篇即谈到，体物与描写的过程当融入情志，即达到情景交融："自近代以来，文贵形似，窥情风景之上，钻貌草木之中。吟咏所发，志惟深远，体物为妙，功在密附。故巧言切状，如印之印泥，不加雕削，而曲写毫芥。故能瞻言而见貌，即字而知时也……古来辞人，异代接武，莫不参伍以相变，因革以为功，物色尽而情有馀者,晓会通也。"[1]刘勰从通变的角度解释"物色尽而情有馀"，十分契合晚清民初诗坛之情境。山川风物的呈现角度和写法已有既定的形式，近代诗人既需要因袭，又要新变，新变则可以由诗人主体特殊的情感特质与才智主导，从而创作出独具个性的山水诗。

（一）体物状景

许承尧山水诗并非直接借鉴前人某一时期的具体山水诗派，而是取法于李贺、李商隐、韩愈等不特以山水诗负盛名的诗人的创作技巧，来抒写自己的山水诗。这同他"自成一路"、不刻意模仿前人的创作宗旨相合。二李诗歌密集使用修辞手段、富有奇特想象的比喻与通感以及瑰丽怪奇的风格，直接影响了许承尧黄山诗中景物描写的表现力度；入陇以后，许诗在结构和内容的安排更加多元化，跳出了对景物的一般摹写和渲染，并将"以文为诗"引入古体长篇山水诗，连章组诗的形式亦从宏观角度对边塞、黄山等地区的自然与人文景观进行立体呈现。就黄山主题诗而言，《疑庵诗》大致于1907、1930、1935、1938、1942年间有相关诗作，前后风格差异较大，特别是三十年代以后的作品，呈现出许承尧诗风演变的特征。1913年入陇以前即1907年的黄山诗可以算作前期，主要作品包括：《游黄山发容溪》《洽舍桥》《杨村夜坐》《发杨村四首》《芳村》《紫云庵》《紫云庵枕上作》《慈光寺》（又名朱砂庵）、《发慈光寺至文殊院六首》《文殊院四首》《咏萤石》（石出黄山莲花沟）、《游黄山归途中杂诗五首》，颇类游记写法。这组黄山主题诗在诗歌艺术方面偏重语言修辞，状物写景，较为密集地使用比喻、通感和代语等手法，铺排景物之余，借奇特的想象来状写黄山景色的多变与瑰奇，在词法的构成层面存在模仿李贺诗歌的痕迹。以许承尧黄山诗代表作《文殊

[1] 刘勰著，郭晋稀注释：《文心雕龙》，岳麓书社2004年版，第383页。

院四首》其二、其三为例：

> 雄风破空来，驱云蹋天走。惊涛悸心目，奔石落肩肘。群峰易其次，倏忽分见否。见如舟出峡，一闪复无有。掉头偶不虞，云气咽满口。老松与风战，如人竞张手。百撑不一折，颇恃鳞甲厚。山灵顾怜之，鏖斗不使久。吾徒饭未毕，旭日已窥牖。

> 群峰尽石骨，骨立色纯紫。石蟠蟠老松，松寿亦不死。松骨与石化，飞馨似兰芷。石笋尤雄奇，一一拔地起。正直不妖媚，凝然古君子。倔强不依附，凉凉独行士。即此况群峰，峰峰略相似。[1]

《疑庵诗》甲卷末十余首单篇与组诗共同构成一个游览黄山的小单位，诗人以类似于游记、览胜的形式，几乎每到一景便作一诗，形成了一组景观群像。其写法大多采取铺排、堆叠景物的方式，于体物上有缜密而细致的构思，移步换景，排闼而至，构建出黄山景物"奇"的总特征。雄奇景象的塑造主要通过修辞与诗歌的节奏控制来完成。首先，就诗体而言，五言古体本身便提供了比较自由的形式，相比于七言句式也更为紧凑、简练，也便于诗人控制节奏。全诗诗句的表意有一句两意，一句一意，或两句成一意，如"驱云蹋天走""飞馨似兰芷""见如舟出峡，一闪复无有""石笋尤雄奇，一一拔地起"，使比喻、拟人等修辞句式更加灵活，张弛有度。其次，节奏控制的关键在于运用具有速度与力量的动词、形容词与副词，如起句中"破"与"蹋"引领全诗的节奏——疾起，随后用"倏忽""一闪""未毕"等副词对此进行了延续，"奔石""掉头""咽满口"等动词的使用又增加了动态画面的力度。此外，诗人还配以感觉形容词，来渲染这种景象所带来的触动，并且穿插使用比喻、拟人和通感的手法来增强视听效果，如"老松与风战，如人竞张手"，松树的形态如同骨爪，既有直观形态的呈现，也有力度在其中；又以立骨、石笋、君子、紫色、凉凉等拟人、拟物手法来写造型奇特的山峰，这和李贺善用超乎常理的通感、比喻有类似之处。

---

[1]《疑庵诗》，第18页。

组诗的局部细节既可以推敲，通篇又贯通一气，在景物描写的过程中特意增加力度与怪奇之感，从而营造奇崛的诗境。钱锺书论李贺诗："长吉化流易为凝重，何以又能险急。曰斯正长吉生面别开处也。其每分子之性质，皆凝重坚固；而群体之运动，又迅疾流转。故分而视之，词藻凝重；合而咏之，气体飘动。此非昌黎之长江秋注，千里一道也；亦非东坡之万斛泉源，随地涌出也。此如冰山之忽塌，沙漠之疾移，势挟碎块细石而直前，虽固体而具流性也。"[1] 修辞与文气的平衡在这几组黄山诗中即得到了继承，相比于许承尧早期其他作品，其文气贯通，克服了单纯堆叠辞藻、夸示技巧所带来"滞重"感的不足。这也成为此后过渡至韩、杜诗风的内部自我追求。

（二）多元呈现

许承尧山水诗的转折点在入陇以后，或者说入陇后诗人的整体诗风发生了转型，山水体物也随之变化。诗人落笔的重点从表现具体景物之奇美和壮美，逐渐转移至对景物宏观、整体画面的构建；作品呈现的内容也更加丰富，突破了单一以景物描写的纯山水诗，增加了地方景物背后的社会历史与文化信息，逐渐向"杂诗"演化，因此"以文为诗"的倾向也更为明显。发生这种演化的原因其实还是和许承尧入陇后对民生疾苦、战乱凋敝场面有更直观的认识有关。《疑庵诗》自丙卷（1912 1916）开始，反映现实的诗作就大大增加，其中《硖石镇》《石壕村》《北邙山》《潼关道中逢数车载杨柳青妇女赴嘉峪关外，作此哀之》等数十首古体五、七言诗歌，便已经十分近似杜甫之沉郁顿挫诗风，再加上边塞风光的衬托，则更显雄厚。另外如1913年冬赴兰州道上的一系列边塞风光诗，即始于《元日登陕州羊角山》的近四十首古近体诗，类似于杜甫由秦入蜀的山水纪行诗，各以当地景物题名，不仅继承了疑庵早期山水诗的瑰奇之风，相比于黄山系列诗增添了更多历史人文内涵，咏史、吊古、兴寄之作大大增加。这些多样的创作尝试提升和丰富了许承尧描写自然景观的功力，诗歌的感情也更加充沛，因而体物诗总体趋向由追求"形似"到"以形传神"或"以形抒怀"的新境界。

[1] 钱锺书:《谈艺录》，中华书局1984年版，第243页。

再看入陇之后山水诗的总体面貌，取景造境在继承初期奇崛风格的同时，视角也更为宽广，借鉴韩愈《南山诗》五古长篇的赋体作法，也有"以文为诗"的倾向。对比前期黄山诗歌作品，三十年代以后的作品且不流连于写景造境，诗歌思想的深度也较之前不同。首先最显著的特点是作品规模的突破。许承尧中后期黄山诗不仅有古体，另有组诗，如《黄山杂诗二十首》《中秋日文采邀游黄山，杂占十五首》，前者为五古，后为五绝，皆从组合画面的角度来写黄山风物，如二十首杂诗即是一组黄山纪行，每首诗下标注地点或游览路线，从全景式的角度来观览黄山，其视角的流动性强，诗人本人的体验亦多，与先前对某一视点极尽描摹的作法大为不同。其次则是更为明显的"以文为诗"，即以虚词入诗，由"骈"转"散"，但并不抛弃状物写景，只是通篇完全不以"赋"的形式呈现，如《一线天》："灵隐飞来峰，窥天成一线。彼乃妄举似，我窥瞠无见。嗟兹巨刀削，合壁剖双扇。俯谋思侧身，骤仰惊碍面。真将割青冥，炭炭恐渠颠。出坎复入坎，数武又诡变。打头有余怖，泼眼得浓眩。人间此窦创，梯栈孰先穿？舍身辟道场，神勇普门擅。"以及《沙岭至狮州道中》《由狮林精舍登清凉台》等；在游览过程中感发议论，掺入杂感，"肖人与肖物，遗神强仪迹""人间此窦创，梯栈孰先穿"等，与明清地方风土、景物大型组诗的写法相似。

许承尧后期黄山诗的内容也呈现出对一般山水景物的超越。一方面是内容的"杂"化，另一方面则是对现实的关注。许承尧远离官场后即返归故里专注治经史，相关论著主要为歙县一带方志，《歙县志》颇为著名，另有《歙事闲谭》等笔记，延续清代地方笔记以及晚清地方志类的编撰方法，因而熟识地方掌故。如《檗庵塔》一首：

> 昔读雁黄诗，数扫檗庵塔。拔草喻忠奸，苦语吐嗫呫。如闻泣松楸，哀泪湿破衲。因念潘吴游，易代屐齿接。（潘耒、吴苑曾偕雁黄至塔前拔草。）我来谒墓门，文石已宁帖。艰贞照风谊，应是悲愿摄。孤标峙寒青，风响答林叶。[1]

[1]《疑庵诗》，第254页。

雁黄，清代僧人，能画松石；檗庵，南明大学士熊开元，明亡后曾为僧于黄山；潘末、吴苑亦是与黄山有关的名士。许承尧主论景观背后的文化典故，配以山水描写，在整首组诗的大结构中，有几首记录其历史底蕴、探访文化古迹的点缀，可以使整个组诗的结构与内容更为丰富和多样。这体现了诗人在对连章组诗的布局有意识地进行丰富和改良，而且没有模仿清代地方组诗过度学人化的特征，融入大量地方典籍，喧宾夺主，但也从内容上进行了拓展，使组诗表现的内容层次更加多元丰富。再则联系时政和现实，如《黄山杂诗二十首》其十五：

> 闭门千丈雪，渐公留冷诗。此境绝严肃，寄命孤灯危。有客居三年，细咽遗民悲（宣城沈寿民）。又闻渐公游，圆月秋中时。四更老猿啸，凄和铁笛吹。我昔值飘暴，魇梦悬倾攲。晓起云入屋，扣榻求裳衣。今来日当午，净无云蔽亏。巉巉朗见骨，不许藏纤厘。灵区固多变，清彻亦一奇。[1]

沈寿民为清初遗民，复社成员。在这里诗人表达了对他的追忆之情，并以景物描写来衬托他的人格和志向，如"四更老猿啸，凄和铁笛吹""今来日当午，净无云蔽亏。巉巉朗见骨，不许藏纤厘"等句。许承尧早年政治生涯坎坷，欲有所作为而无处施展，其人格亦高，不受官场气息浸染而选择退居故里专注于学术。这一首则颇有隐喻意味，描摹景物之外有更深一层的"言志"功能，对于《疑庵诗》整体发展的脉络而言，有"转型"的典型意义。

最后值得一提的是诗人对现代黄山景区所发生变化的记录以及保护其原生态的想法。生长于黄山脚下的许承尧和众多古今游客一样，为山光景色所触动而撰写诗篇，但与其他诗人不同的是，许承尧持续留意着黄山的发展现状，这体现在诗人七十岁以后（约1944年）作的一首《哀黄山》中。诗歌所哀之事乃为黄山景区被旅游开发后受到的一系列破坏。许疑庵对名山大川的人为"藻饰"而深感悲痛："岂真天子都，必

---

[1]《疑庵诗》，第257页。

取封禅仪？焚林纳金碧，斫石摧嶔崎。堂皇筑驰道，环绕潭水湄。巨室
因名汤，强以宾馆题。曲徇贵显意，嗟损野逸姿。旧刻渐扫除，我为罗
郑危（山有罗鄂州、郑师山题字）。古刹付梦想，人为祥符悲。"[1]就这
些趋利行为发出"俗子不足呵，俗嗜不可医"的喟叹，诗歌总体反映了
自然山水与现代生活方式所产生的矛盾。此即许承尧《疑庵诗》序言所
谓"生平哀乐"，即便隐居治学，也持续对现实生活进行关注。

要之，许承尧《疑庵诗》的诗法和继承，在其山水体物诗中有比
较典型、集中的体现。早期选择取法长吉与义山也有一定的时代因素，
"光宣期间，在全国范围内，同光体占有统治地位。在江左，则盛行专
宗西昆的所谓晚唐派"[2]。李希圣、曹元忠、张鸿、曾广钧、徐兆玮、汪
荣宝等推重李商隐，竞作西昆体，不免也有很强的影响作用。但就许承
尧而言，这正好应和了他曲笔表达其心境的目的。晚年疑庵彻底远离官
场，不必过于顾虑，可以更好回归自我，从而"劳者歌其事"、言当下
之语，自然在表达上更追求真、纯，后趋于老澹。

## 三、诗与境迁，开新境界

"时代迁则言必有异"是许承尧一以贯之的创作观，诗歌应当表现
当前之世相与人情，就许承尧生活的年代而言，则当与正在迈入"现
代"的时空状态保持一致。《疑庵诗》汲取了大量古典诗歌抒写经验，
如其山水诗，但绝无复刻之意图，更不必说其他数量更多、篇幅更长的
纪实纪事、针砭时弊之作中，所反应的时代变迁与社会百态，具备"诗
史"之意义。许承尧所处年代的诗歌抒写也以尚实为主流，"诗界革命"
自然可成为近代社会变迁史的一部分，而在其他旧体诗人群中也或多或
少会涉及时变或战乱的实景。相对于其他作家，许承尧特有两种精神：
其一，"经世"理想；其二，"世变"意识。前者投射于《疑庵诗》即
是大量关涉民生的纪实诗，这与诗人的经世理想有关。许承尧非同于久
居书斋不涉世事或仅议论时事而少有实际行动的书斋学人，不论身处何
境，都致力实干。即便是在结束宦游以后，他也持续为乡人造福，如重

---

[1]《疑庵诗》，第340页。
[2] 钱仲联：《近代诗钞》，江苏古籍出版社2001年版，第1843页。

修檀干园（小西湖）、浙江墓；遇徽州大旱，曾发起捐款、以工代赈，并有诗记录如《闵旱》《一雨》《喜雨》《荒荒二首》《忧旱四首》等。抗日战争期间，许疑庵保存和保护了诸多地方文物。最主要的贡献还是在于大量搜集文献并主持编纂《歙县志》，撰写《歙事闲谭》等杂著，对于保存地方文献意义重大。[1]但是即便诗人深谙文物与字画，却没有将考据风气带入诗中，《疑庵诗》还是以个人生活杂感和社会实景中的"生平哀乐"为主。反映现实的诗歌贯穿始终，中晚年尤盛，并能够从微观与宏观视角记录社会变迁史，如《石壕村》《过菜市口》《痛定篇》等具体记事，又有《山国篇》（作于抗日战争结束前），从中华文明史的角度来重审咸丰、同治以来的中国近代史，包括八国联军侵华、内战以及抗日战争所带来的重创，许承尧也特别注重从日常生活中表现民生疾苦、不同阶层的生存状态以及弊政：

> ……吾邻蚕食尽，兹土欣独留。袅击亦已瞿，卒未逢长虬。明灯乃艳艳，檀板喧群讴。行贾乃于于，鼓腹工持筹。物价遽腾踊，持百抵一酬。穷檐败灶冷，涸绝盐、米、油。朝惊点兵役，折臂勇自瘦；夕惊税富力，野哭风飕飕。无国安有身？失教怜愚柔。更悲虎狼吏，悍与凶胥谋。奉公仪丝缕，入室堆山丘。赃私不可诘，偶语遭拘囚。告哀瞠何适？茹泪鲠在喉……倾危此何世？风雨方同舟。[2]

国难当头，正是需要风雨同舟的时期，却依旧充斥着劫贫济富、暴敛横征、贪赃枉法的恶行，在这种缺失公平与公正的社会状态下，民不聊生，更无人权可言。许承尧不仅关注到了外部侵略的原因，对国内制度本身即存在的内部矛盾也有所体察，而这也是让他更为痛心的，但无力扭转，"经纬有万端，一一勤绸缪。斯岂汝意及，吾愤当谁尤？"该诗作于诗人暮年，退居故里后，许承尧深刻了解平民之疾苦，却无法再施

---

[1] 具体生平经历参看叶世英《晚年的许承尧先生》，原载《江淮文史》2007年第5期，第149—154页。

[2] 《疑庵诗》，第339—340页。

展抱负，忧愤之情不减老杜。此外也非停留于现象描述，诗人从制度弊端角度进行问题解剖，这类相对于其他诗人较为深刻的见解，则是他早年游宦所养成的政治眼光。除经世理想所引发的对社会现实的广泛关注和思考，许承尧的"世变"意识也对诗歌创作产生了不小的影响，诗人早年便表达过这种观念，约作于1911年的《世变不可极，寄马通伯先生》概述了近代社会性质剧变以后日本快速崛起，引入西方先进的科学技术与教育制度，对比国内之战乱与民瘼，提出置办新式学堂的构想，"世变不可极""万态如翻蓬"。这种与时俱进的思想，更多地体现在他为数不多但评价颇高的几首"新派诗"。

许承尧的新派诗大部分作于早年，即20世纪初期，长篇如《言天》《沧海》《灵魂》《累卵十章》等，律体诗有《茫茫》《读书偶作》《躯壳》等十余首，数量不多但评价颇高，有开"新意境"之功劳。许承尧新派诗的内容更偏向于自然科学，涉及物理、生命科学、地理科学等方面，因此长篇古体诗有科学小品的风格，律诗也不乏理趣。这种以介绍新知识为主的新派诗与黄遵宪的新派诗相比，写法与侧重存在一定的区别。形式与内容近似科学小品的新派诗自身也存在一个演进的过程，如果从改良运动时期早期新学诗开始追溯，那么被安置在诗句中的新名词、新事物则属于初期探索，是对"旧学"的反叛。不过新的话语也很难完全融入传统话语形式之中，或者说简短的诗歌形式不足以对某一事物进行彻底的阐述，因此则会出现以组诗、诗下注释等弥补信息的方式以弥补不足，或增长诗歌的篇幅。再看中华人民共和国成立后胡先骕的《水杉歌》（1962），诗歌的形式已经转变为长篇七言古体，诗人借用文学性的语言来表述科学知识，可以说科学类新派诗至此已经发展成熟。其间的演化过程也有迹可循，例如在许承尧的新派诗尝试中便可以看出转型过程中的一些特征。

介绍一种"新学"，其实与介绍域外文化风俗、制度思想有相似之处，作者的逻辑无非两种：引进或推翻。引进即可以理解为建构、从无到有的过程；推翻则是新旧思想的碰撞，尤其体现在近现代科学对部分中国传统文化理念的冲击，即认知领域更新的过程。如果特以阐述"学问"为主，诗体选择自然会偏向于组诗或者古体这类限制较少的体式，便于发议论和梳理逻辑关系。因此"以文为诗"的形式与诗法可以算是最佳的选择。介绍一种新的学问并表达观点，作者的最终目的是希望读者能够从中受到启发，所以诗歌的内容之间需要有紧密的联系，而压缩甚至排挤了抒情与思维跳跃的空间，因此有以科学小品文为诗的倾向。就许承尧的《言天》与《灵魂》两篇而言，前者从宇宙爆炸、行星生成谈起，再到人类的起源、进化论，意在反驳"佛家轮回说"；后者谈人脑机制、思维的形成区别于其他物种，从而赞美人类思维的独特性。虽然限于诗人的知识背景，其中某些观点未必符合科学常识，如《言天》后注"尝疑光线同一即原质同一，即灵魂同一。光线可通，灵魂亦必可通"[1]，但是很显然诗人借诗体形式谈客观物质世界与人类的源起，通过反驳传统的但持续存在千年的宗教或神话世界观，其实质也是思想认识领域的一种飞跃。在诗歌的语言表现形式方面，许承尧的新派诗自然也借用了不少新名词，包括音译词如"爱耐卢尼""木内拉"，但更多的是"流（星）与彗（星）""游与卫（星）""原质""互吸力""地壳""太空""空气""脑电""光线""灵魂""化学"等进入现代生活领域的常用词汇。新名词入诗是新派诗的标志之一，不过对新名词的使用褒贬不一。钱锺书先生在评论黄遵宪新诗时这样说道："盖若辈之言诗界维新，仅指驱使西故，亦犹参军蛮语作诗，仍是用佛典梵语之结习而已。"[2]"参军蛮语""佛典梵语"，即指少数民族语言和宗教经典用语，偏离了一般的日常语言使用习惯，用来形容夏曾佑、谭嗣同等只求"二三子"理解而不求公众了解的早期新诗是合适的。但黄遵宪和许承尧诗中大部分新词语并不为追求新颖，而是意在说明和普及新事理，如上述列举的词汇多数成为常用词，显然不是《世说新语》所指"参军蛮语"式的对近现代科技文化的生硬套用，也不是将西方文明作为"佛典梵语"接入诗歌。新名词入诗是旧体诗变革的必经之路，如何在新名词中创造新的意境，也是考察新派诗价值的重要标准之一。

梁启超于《夏威夷游记》中提出新派诗的三要素："欲为诗界之哥伦布、玛塞郎，不可不备三长。第一，要新意境。第二，要新语句。而

---

[1]《疑庵诗》，附录第5页。
[2]《谈艺录》，第23—24页。

又须以古人之风格入之，然后成其为诗。"[1] 既是反思，也是标准——新语句、新意境、旧风格。新语句是容易做到的，不过只有新语句而缺失了诗境也是旧体诗改良的弊病之一，"能以旧风格含新意境，斯可以举革命之实矣。苟能尔尔，则虽间杂一二新名词，亦不为病。不尔，则徒示人以俭而已"[2]。黄遵宪作为诗界革命之旗手，其新诗含有新意境，而许承尧也被认为有新意境，细辨两人之诗，其中的新意境颇有差别。总体而言，黄遵宪之"新意境"在于新事物、新生活对经典情感模式的全新诠释，立足于当前的时空状态；而许承尧则是从理性空间构建新的思维方式，于思辨过程中更新认知，继承了"天问"的探索精神，也重新思考了人类的存在意义。黄公度最为人所称道的新派诗当属《今别离》《八月十五夜太平洋舟中望月作歌》《以莲菊桃杂供一瓶作歌》以及《伦敦大雾行》《番客篇》等域外纪行诗。《今别离》为乐府旧题，而黄遵宪之"今"别离与古之别离确实大有不同："别肠转如轮，一刻既万周。眼见双轮驰，益增中心忧。古亦有山川，古亦有车舟，车舟载离别，行止犹自由。今日舟与车，并力生离愁。明知须臾景，不许稍绸缪，钟声一及时，顷刻不少留。"[3] 古人的抒情节奏相对缓慢，而今的离别既加快了进程，也不随主观意志改变，因此离愁之痛苦更甚。诗人敏锐地捕捉到了科技进步对生活方式的变革以及对情感的冲击，这也正是迈入现代性的典型体验。离情别怨古今共有，但发生于当前时空场景的情绪更能引起当代人的共鸣。许承尧新诗的意境则是认知领域的更迭和碰撞。在他少数的几首新诗中虽然没有很多对生活变化的直接体验或普遍情感，但是其意境则是从科学角度对宇宙、生命、天人关系的重新审视来构建，气势宏大，也跳出了传统的认知模式。《言天》《灵魂》两姊妹篇从宏观与微观角度探索宇宙与生命的生成、人类与物质世界的关联，以"宇宙"和"原质"（原生质，指基本物质）为论述的中心。许承尧诗歌的新意境即来自将宇宙万物融合于一诗的广阔视角中，以奇特的想象串联宏观与微观世界，并用新知识所带来的"新奇"之感，穷尽万物之真

---

[1] 梁启超：《饮冰室合集 专集第二册》，中华书局1989年版，第22页。
[2] 梁启超：《饮冰室诗话》，人民文学出版社1959年版，第51页。
[3] 黄遵宪：《人境卢诗草 卷六》，文化学社1930年版，第140页。

理，为"天问"精神的折射。全诗如下：

> 星球有老少，斯语匪我欺。试观流与彗，确证何然疑。原质
> 不生灭，游衍无边陲。最初果何有？名"爱耐卢尼"。此"爱耐卢
> 尼"，非出真宰为。更思求其朔，冥闿不可窥。万球本一祖，盈缩
> 相推移。为有互吸力，遂生成毁期。成毁递相禅，年寿亦不齐。恒
> 沙一万劫，永永皆如斯。光体丽太空，四五百亿奇。其他游与卫，
> 巧历不易稽。中蓄有机物，与我同与非？嗟嗟空气隔，想象何能
> 知！如此庞且大，果属谁执持？人类与地壳，非永无睽离。纪年
> 二千万，穷尽终有时。躯体渺一粟，念之生涕洟。灵魂辟世界，或
> 可汇众倪。茫茫大宇中，脑电纵横飞。如金合一冶，如水合一卮。
> 为同一原质，不受迹象羁。云何得比例，光线无差池？灵魂较光
> 线，速率尤神奇。佛家轮回说，我请更大之。此语无左验，留俟通
> 人推。（尝疑光线同一即原质同一，即灵魂同一。光线可通，灵魂
> 亦必可通。）[1]

开篇以"星球有老少"引发读者兴趣，步步展开。其中追问、否定
式语句的大量使用，推动了内容的有序演进——从行星的存在时间引入
"原质"概念，再谈原质催生出的宇宙的运行方式，使其有了"长幼"
之区别。随之联想万物的生与灭、成与毁，而"我"，人类，作为特殊
的有机物，在宇宙中也不过是沧海一粟，终有毁灭的一日，心感悲哀。
但是诗歌不在这"有限"与"无限"的不可抗矛盾中终结，许承尧转向
了人类独有的"灵魂"，并大胆想象思维与宇宙光线的同质，从而走出
了生死覆灭的纵向时间，在当前时空中追求人类与宇宙万物的同一性。
相比于古人对永恒与瞬间的思考，许承尧思考的视角颇类似于宋人——
追求真理中的永恒，而不沉浸于生死悲喜之中，如苏轼《赤壁赋》"盖
将自其变者而观之，则天地曾不能以一瞬；自其不变者而观之，则物与
我皆无尽也""天地之间，物各有主"的观点。但许承尧是站在现代科

---

[1]《疑庵诗》，附录第5页。

学的视角对人类的价值进行重审，虽然在今天看来是不合乎科学的，只是诗人大胆的推测与想象，不过能把握客观之物质之间的"原质"，也就是同一性，即是从客观物质世界出发"存在"之思，这即是其独特的"新意境"所在，也是古体诗歌的新变。

其他诗作也不乏这类具有现代意义的思考，如《累卵十章》（"上帝冶万物""拒亦不见尾"）《躯壳》《茫茫》《五十杂感八首》等。虽然观念已经具有现代性，但作为传统士夫，许承尧摆脱不了"旧风格"的束缚，如《言天》中的"一万劫"，即是在表述方面仍旧有借用佛典梵语的习惯。"自借此躯壳，未能离爱瞋。虚明小觉界，懵懂大法轮，漠然无津涯，见此现在身。粲粲祇树花，自然嬉古春。佛亦无棒喝，含笑看斯人。"[1]（《躯壳》）表达哲思的过程中不免借宗教术语来表达，也反映了诗人认知的局限。许承尧一千七百余首诗，新派诗不超十首，而且写作时间集中于作者早年入黄社时期，自然也是受到革命派的影响，其新诗成就远不能及诗界革命之旗手黄遵宪。梁启超称黄遵宪之诗为"诗史"，范当世认为是"诗言起讫一生事，眼有东西万国风"[2]，黄遵宪外交官的经历特殊，国内的一般士夫难以复刻。因此黄遵宪诗的独特价值在于包含"东西万国"之气度、开放与交流之胸襟，见于《以莲菊桃杂供一瓶作歌》以及其他论著。这种全球视野在当时非常先进，因而黄公度在构思诗歌的过程中，角度也是多元的，更不必说世界文化的交融，共同创造了其诗的"新意境"。而国内具有现代眼光的诸诗人也值得关注，例如许承尧。从他们具有探索意义的尝试中可以把握旧体诗演进的得失，以及旧体诗走向现当代生活的有效路径。

## 四、结语

许承尧《疑庵诗》一千七百余首旧体诗，展示了诗人在时境变迁中的真实情感与广泛的世象，通过集成古典诗歌中的书写传统特别是艺术经验，来完成自我表达的需求与对诗歌境界的探索。虽然诗人所生活的

---

[1]《疑庵诗》，附录第4页。
[2]范当世著，马亚中、陈国安校点：《范伯子诗文集》，上海古籍出版社2003年版，第195页。

年代早已远离了古典诗词繁盛的时代，但通过新的感悟与新的创作，即便是为前人所开辟成熟的山水诗，或是前人从未涉足的新派诗，以及不断演进的纪实诗史，都可以从中形成自我独特的表达。许承尧诗歌的启发意义即在于此，将传统诗歌美学、表达范式与当前时事潮流、思想观念不断融合，也是现当代诗人所需要一直探索的课题。

【作者简介】复旦大学中国古代文学研究中心博士研究生。

# 传统与现代的互补

## ——论吴兴华"化古"诗的继承与新变

李舒宽

【摘　要】　作为一个学贯中西、才华绝伦的诗人，吴兴华的诗歌体现了中国与西方、传统与现代综合互补的创作观。首先，针对当时新诗自由化、大众化的弊病，呼吁重建新诗诗体，从中国古典诗歌中借鉴经验，创造了"新五七古""新绝句"和"新律诗"等几种典型的体式；其次，大量借用古典诗歌意象，化用古典诗词，以唯美的文笔唤起读者对于古典诗境的美好想象；最后，其"古事新咏"类作品以历史、传说为基础，同时受里尔克的影响，选取"最丰满，最紧张，最富于暗示性"的片刻，"趋向人物事件的深心，在平凡中看到不平凡"，在古典题材中融入与传统书写相异质的思想内容，呈现出浓重的现代主义色彩。

【关键词】　吴兴华　新格律诗　古典意象　点化　古事新咏　里尔克

　　吴兴华（1921—1966），浙江杭州人，著名诗人、学者、翻译家，被夏志清誉为陈寅恪、钱锺书之后，20世纪中国文学史上第三代最高学养之代表[1]。吴兴华少年时便有神童之誉，16岁就考入燕京大学西语系，1941年毕业后留校任教，后来在中法汉学研究所工作。新中国成立后，又担任北大西语系英语教研室主任。吴兴华天资聪慧，精通英、法、德、意、拉丁、希腊等多国语言，翻译过莎士比亚、拜伦、雪莱、济慈、丁尼生、里尔克、乔伊斯等人的作品。而且，他的旧学功底深厚，经史子集皆有涉猎，对于古典诗歌更是如数家珍，自称"能把中国上下

---

[1] 见林以亮致夏志清的信，参看夏志清《追念钱锺书先生》，收入《人的文学》，福建教育出版社2010年版，第167—168页。

数千年的诗同时在脑中列出"[1]。可惜天妒英才,这样一个学贯中西、才华绝伦的天才型人物,却在"文革"中惨死。

　　吴兴华不仅在翻译、学术研究方面颇有建树,同时还是一位才华横溢的诗人。他的新诗创作受到中西文化的双重影响:一方面,他精通西学,翻译过大量的西方诗歌,尤其对里尔克特别欣赏,认为与歌德、荷尔德林这些无法摹仿的诗人相比,里尔克的诗"有这样一种特殊的品质——一种足以为后进取法的深度"[2],而从他的某些诗篇如《柳毅和洞庭女》《给伊娃》中,也确实可以看出里尔克对他的影响。另一方面,诚如吴兴华在写给宋淇的信中所说:"我竭力不忘记旧诗。"[3]面对"五四"运动以来新诗欧化、散文化、口语化的"语言危机",他主张"仿效古人",从辉煌灿烂的中国古典诗歌中汲取营养,在继承借鉴中创新发展。美国汉学家爱德华·冈恩称"吴兴华的诗发展成为一种新古典主义的风格,这是在他吸取了西方诗歌的丰富经验并对中国诗歌进行了大量试验之后才形成的"[4]。应该说,吴兴华的新诗是中西文化的结晶,体现了传统与现代的交融。本文主要讨论吴兴华"化古"诗的继承与新变,为全面、准确、深入地认识吴兴华的诗歌艺术提供一个观察角度,同时对古典诗歌的现代转化问题进行再审视、再思考。

## 一、"新格律诗的实验":对古典诗体的借鉴

　　自新诗诞生以来,其是否需要格律、能否建立格律等议题就从未停止过。随着新诗在"自由"的声潮中慢慢暴露出散文化、口语化的弊病,以致陷入一片散漫泛滥的泥沼,越来越多的诗人表达了重建新诗诗体的要求,并开始从诗歌形式方面对初期新诗进行"纠正"。1923年,

[1] 吴兴华:《风吹在水上:致宋淇书信集》,广西师范大学出版社2017年版,第101页。
[2] 吴兴华:《黎尔克的诗》,原载《中德学志》1943年5月第5卷第1、2期合刊,收入吴兴华《沙的建造者:文集》,广西师范大学出版社2017年版,第77页。
[3]《风吹在水上:致宋淇书信集》,第45页。
[4] 爱德华·冈恩著,张泉译:《吴兴华——抗战时期的北京诗人》,载《中国现代文学研究丛刊》1986年第2期,收入《吴兴华诗文集·文卷·附录》,上海人民出版社2005年版,第270页。

被朱自清称为"第一个有意实验种种体制，想创造新格律"[1]的陆志韦率先发声，他在《〈渡河〉序言——我的诗的躯壳》中说，"节奏必不可少""押韵不是可怕的罪恶"[2]。随后，以徐志摩和闻一多为代表的新月派诗人以《诗镌》为阵地，继续探讨新诗的格律问题。[3]进入30年代，林庚在总结古典诗歌的行句结构后，"决心尝试改写新格律诗"[4]，提出"节奏音组"和"半逗律"理论。与此同时，某些现代派诗人如卞之琳、冯至，秉承纯诗的理念，沟通中西诗学，深入探讨诗歌本体艺术特征，其中也包括语言形式问题。[5]然而，与"纯诗化"相对，为了使新诗参与到现实斗争的热潮中，左翼作家成立中国诗歌会，倡导诗与音乐的结合，向民歌、俚曲吸收艺术养分，推进诗歌的大众化、通俗化，并随着抗战爆发，成为诗坛主流。

　　1941年珍珠港事件爆发，吴兴华滞留北平，针对当时诗坛的大众化倾向，他表示出强烈的不满，指出这是"一种非常可笑而毫无理由的举动"，认为"诗人的责任就是教育大众，让他们睁开眼睛来看'真''美'和'善'，而不是跟着他们喊口号"[6]。显然，这是对当时新诗成为意识形态工具的批评，呼吁新诗审美性的建构。在这样的背景下，吴兴华表达了自己对于诗艺的追求，而首先需要解决的便是语言形式的问题。他在《现在的新诗》一文中说：

　　　　现在大多数的新诗都是既非此又非彼的。诗人在落笔时，心

---

[1] 朱自清：《中国新文学大系·诗集·导言》，见蔡元培等著，陈平原导读《中国新文学大系导言集》，贵州教育出版社2014年版，第206页。
[2] 陆志韦：《渡河》，亚东图书馆1923年版，第8—24页。
[3] 徐志摩在《诗刊弁言》（《晨报·诗镌》第1号，1926年4月1日）中声称"要把创格的新诗当一件认真的事情做"，要求"传造适当的躯壳"，即"诗文以及各种美术的新格式与新音节的发见"。闻一多则发表《诗的格律》（《晨报·诗镌》第7号，1926年5月23日）一文，提出"三美"理论以及"音尺"概念。
[4] 林庚：《从自由诗到九言诗》，见《新诗格律与语言的诗化》，经济日报出版社2000年版，第23页。
[5] 卞之琳早期深受新月诗派的影响，后来开始寻找自己的声音，从1937年起全面尝试各类格律诗体的创作；冯至则从西方引入"十四行"（Sonnet），并使之"中国化"。
[6] 吴兴华：《现在的新诗》，原载《燕京文学》1941年11月第3卷第2期，收入《沙的建筑者：文集》，第76页。

中只有一个极模糊的概念，说我要写一首和爱人离别的诗，或我要写一篇波特莱尔派的诗，至于他动手时要怎样写法，他心里一点影子也没有。固定的形式在这里，我觉得，就显露出它的优点。当你练习纯熟以后，你的思想涌起时，常常会自己落在一个恰好的形式里，以致一点不自然的扭曲情性都看不出来。许多反对新诗用韵、讲求拍子的人忘了中国古时的律诗和词是多么精严的诗体，而结果中国完美的抒情诗的产量毫无疑问的比别的任何国家都多。"难处见作者"，真的，所谓"自然"和"不受拘束"是不能独自存在的；非得有了规律，我们才能欣赏作者克服规律的能力，非得有了拘束，我们才能了解在拘束之内可能的各种巧妙的表演。因此当我们看了像"落花人独立，微雨燕双飞""春如短梦初离影，人在东风正倚栏""蝶来风有致，人去月无聊"等数不尽的好句时，心理一点也感觉不到有甚么拘束，甚至阻止感情自然流露的怪物。反之，只要是真爱诗的人立刻就会看出以上所引的诸句，和现在一般没有韵、没有音节、没有一切的新诗来比时，哪个更自然，更可爱。[1]

从这段文字可以看出，缺乏固定形式的"新诗"为吴兴华所诟病。他认为，固定的形式对于诗思来说非但不是束缚，而且有助于"显露出它的优点"，并以古典诗歌为例，指出律诗和词这样精严的诗体丝毫不阻碍感情的抒发，相反，"规律""拘束"更加凸显出诗人的技巧和能力。可以说，吴兴华的观点是对胡适所言"形式上的束缚，使精神不能自由发展，使良好的内容不能充分表现"的强烈反驳。至于如何建立新诗形式，文中暗示了他从古典诗歌中借鉴经验的倾向。

卞之琳曾转述吴兴华同学好友的话，说吴兴华"以中国悠久诗传统为自豪，着力在写白话新诗里加以继承"，认为他在"化古"（继承中国诗传统）方面，成就似较大。[2] 其实，在1944年3月致宋淇的信中，吴兴华曾经提到过自己的创作计划："我大概的计划是把所有的诗分为两部

---

[1]《现在的新诗》。
[2] 卞之琳：《吴兴华的诗与译诗》，原载《中国现代文学丛刊》1986年第2期，收入《吴兴华诗文集·文卷·附录》，第264—265页。

分——暂时叫它们甲乙稿——甲部分收容那些深深根植在本国泥土里，被本国日光爱抚大的诗，及一些形式上的模仿，五七古、七律（vide《落花》，《感旧》等）及绝句等。乙部是我燕京四年脚跟在头上埋在英法德意诗中的结果，包括那些sonnets，blank verse experiments，各种不同的诗节、歌谣、古典节奏的试验如哀歌，Sapphics，Alcaics等等，此外附以一部分译诗。"[1]由此可见，他的"新格律诗实验"是具有强烈的自觉意识的。在这里，我认为所谓的"甲稿"诗作大致可分为以下三类：

（一）"新五七古"，即借鉴五古、七古的形式而写的作品。其中化自五古的，每行9字4顿，如《览古》《拟古》《杂诗》等；化自七古的，每行12字5顿或13字5顿，如《西山》《书〈樊川集·杜秋娘诗〉后》《大梁辞》《白纻歌辞》等。而较于七古，吴氏更偏爱五古："七古自然可能容纳更多的变化，并且给诗人逞才斗博时一个更自由的，更足以大显身手的格法。然而在七言间，一字与另一字中单单失去了那造成五言特别的charm的品质。"[2]他发现明清诗人集中写"咏怀""杂诗""寓感""读史"等题时总用五古，写出的诗与其余作品气势不同。然而，就五古而言，"名家所作，各有不同，其体不一"（费经虞《雅论》卷九《格式七》），为此他特别指出自己推崇的是阮籍、陶潜、陈子昂、李白以及屈大均等人的五古，由于他们的五古表现了"超乎众物至上的情感"，因此，吴氏把"五古"视为"最高的表现工具"，将其与梁宗岱所谓的"宇宙诗"相类比。[3]如此看来，他所欣赏的是有着"高视远瞩笼罩一切的气势"[4]和"宇宙意识"的五古。而他模仿这一崇高的体裁，也

[1]《风吹在水上：致宋淇书信集》，第139页。vide为拉丁文，意为"看看，参看"。
[2] 同上书，第81—82页。
[3] 同上书，第78—79页。梁氏在《论诗》一文中谈及"宇宙诗"这一概念时，便征引了陈子昂《登幽州台歌》，认为此诗能令人感受到"宇宙的精神""对于永恒的迫切呼唤"（梁宗岱：《论诗》，见梁宗岱著，卫建民校注《诗与真》，中央编译出版社2006年版，第36页）。而吴兴华也以此诗为例，称"按精神及结构看起来，那首诗（即《登幽州台歌》）还是较近于五古"（见《风吹在水上：致宋淇书信集》，第81页）。这并非巧合，吴兴华曾在1942年4月致宋淇的信中写道："前几天重念《诗与真》，发现他赞扬中国诗还算有理。"（见《风吹在水上：致宋淇书信集》，第40页）由此可见，吴兴华对梁宗岱的《诗与真》是非常熟悉的，难免受到其影响。
[4] 同上书，第82页。

写了不少"得意之作"，比如《览古》：

静坐/心有似/明镜/空空
自己/本来/无所谓/色相
东邻/有弦歌/西邻/恸哭
哀乐/到方寸/尽都/两忘
止水/知道的/无限/风波
非/激浪排空/所能/想象
烛光/不瞬/而泪若/连珠
虚空中/遇见/绝顶/悲怆
易水/不闻歌/风吹/似昔
西台/无人泣/松声/犹壮
宇宙/奔着/不变的/路程
万世/深忧/在一人/肩上[1]

诗人静坐后心如止水，如同一面明镜，而世间色相映在其中，皆是梦幻泡影。听闻"东邻弦歌""西邻恸哭"，世人大都会失去节制，没了方寸。而自己的心看似静谧，实际上也思绪万千，心潮澎湃。叮着眼前静止不动的烛光，诗人遁入虚空，遥想荆轲已去，易水边上高歌不再；谢翱痛哭致祭的西台，也只剩下松声如涛。刹那间，不由地感慨：历史的车轮继续向前，而渺小的自己，却承受着万世的深忧，其悲怆之情虽未及陈子昂"念天地之悠悠，独怆然而涕下"强烈，但思想却是一致的。难怪吴氏写下这首诗时，声称"片时间我觉得阮籍陈子昂黄金的坛坫就在我面前"[2]。另外，对于七古，吴氏曾总结归纳出五种典型的体式："一是初唐王杨卢骆体，一是李白向上可溯至汉魏乐府及鲍照，一是老杜的七古如《哀江头》《洗兵马》之类，一是元白长庆体，最后有

---

[1] 吴兴华：《森林里的沉默：诗集》，广西师范大学出版社2017年版，第271页。本文所引吴兴华诗均出自此书，后文不再作注。
[2]《风吹在水上：致宋淇书信集》，第80页。

韩愈苏黄的七古专以铺排喻述见长。"[1] 而其"新七古"在风格上也不遗余力地摹仿古人：《白纻歌辞》用的是乐府古题，吴氏此诗立意受鲍照《代白纻舞歌词》的影响，从一个歌舞女的视角出发，继承了鲍诗叹息韶华易逝的惆怅情调，但同时又有所发挥，抨击了荒淫误国的行为。《大梁辞》化用信陵君窃符救赵的典故，慷慨激昂，在韵脚不停切换的过程中，造成一种抑扬顿挫的效果，犹如一支战歌，极富感染力，就气势豪迈这方面来说，确实与李白有几分神似。

（二）"新绝句"，即借鉴绝句写成的作品，大都直接以"绝句"为题，每行12字5顿，第一、二、四句押韵。[2] 吴氏自称是"新诗人中极少能窥旧诗之奥的人"，而其"新绝句"则是念了一辈子旧诗的结果。而事实上，在此之前，林庚曾致力于"典型诗行"的建设，其中便尝试过类似于绝句的四行韵律诗，收入《北平情歌》（1936）、《冬眠曲及其他》（1936）两部诗集。林氏的四行诗实践和理论面世以后，还受到了一些人的拥护和追随，如朱英诞在1936年出版的《无题之秋》第二、三辑，便是对其的"声援"。不过，吴兴华称自己的创作"绝没有经过任何林庚的道理"，相反还对林庚等人的"四行诗"表示批评："林×（按：林庚）、朱××（按：朱英诞）的四行，句拼字凑，神孤离而气不完还不讲，他们处理题目的手法还在原始阶段中。只写眼前所见，心中浮薄之感，哪用得着四行那样高贵的诗体？不能掂播形式的重量，而妄想开十石硬弓，笑话莫有大于这个的了。"[3] 在吴氏看来，林庚、朱英诞等人的"四行"只是写即目之景，"往里装一点他自己轻飘飘，学魏晋六朝也没到家的情感"，因此不免流于轻滑肤浅，而自己则是"饮水在泉源处"，"放自己在传统的大流中"[4]，真正从古人的视角出发模拟旧诗。这里不妨举一首他的"绝句"：

---

[1]《风吹在水上：致宋淇书信集》，第81页。
[2] 吴氏以"绝句"为题的"新绝句"共计25首，此外还有少数自创诗题的绝句，如《无题》（伫思项藉的才具不过一勇夫）、《果然》。值得注意的是，"新绝句"一般来说是4行，但也有例外，《森林里的沉默：诗集》第84页所载8首绝句则是8行形式。
[3]《风吹在水上：致宋淇书信集》，第77页。
[4] 同上书，第145页。

仍然/等待着/东风/吹送下/暮潮
陌生的/门前/几次/停驻过/兰桡
江南/一夜的/春雨/乌柏/千万树
你家/是对着/秦淮/第几座/长桥

　　这首诗被多位批评家所征引，可谓有口皆碑。首先，形式整饬，每行12字5顿；其次，第一、二、四句押萧韵，具有较强的音乐感。此外，"东风""兰桡""乌柏""秦淮"等意象营造了一种含蓄蕴藉的古典意境，更使全诗染上了一层唯美主义的色彩。而事实上，此诗的原型乃明人林初文的《渡江词》："不待东风不待潮，渡江十里九停桡。不知今夜秦淮水，送到扬州第几桥。"通过对比阅读我们可以发现，吴诗在章法上大体与原诗亦步亦趋，但也存在冯睎乾所说的"创造性误读"，比如林诗云"不待东风不待潮"，吴诗则与之相反。另外，第三句也是原诗所没有的意境。[1]应该说，在形式上，吴诗可以视为林诗的"次韵"之作；在题旨上，吴诗虽"脱胎"于林诗，但却呈现出一番新面目，一改原诗的思乡之情，而转向了对情人的眷恋之情。但无论是从形式、意境还是情感内容上说，吴兴华这首绝句都是深得古人精髓的。

　　（三）"新律诗"，指从五、七言律诗转化而来的新诗，代表作有《筵散作》两首、《效清人感旧体》八首、《锦瑟》《咏古》三首、《十台咏古》（存九）以及一些《无题》诗等。这类诗一般是8行，每行12字5顿，韵脚安排上遵循律诗的规则，有时第三行与第四行、第五行与第六行严格对仗，与律诗中间两联对仗相似。且看《锦瑟》其一：

何必/夜雨/在江头/吹竹/或弹丝
十年/尘土/仍闻得/锦瑟的/伤悲
堂中/明月/不复有/惊鸿/来照影
院角/垂杨/又撒开/憔悴的/金枝
宝靥/新妆/自怜的/风度/还如昔

---

[1] 参考冯睎乾《吴兴华：A Space Odyssey》，见《森林里的沉默：诗集》附录，
　　第429—433页。

危冠/长剑/惊世的/心情/已过时
惟应/一梦/幻化为/失途的/蛱蝶
不为/人见/飞上/她越罗的/轻衣[1]

　　显然，这首诗是模仿李商隐的《锦瑟》。开篇写潇潇的雨声触动了男主人公的回忆，十年前自己与佳人分离时，那一曲锦瑟同样是如怨如诉，至今仍然铭记在心。而自那以后，他再也没有见过她，物是人非，院子里的垂杨又抽出新芽，他不免睹物思人，遥想如今她对镜贴花应该还是昔日那样美丽，而自己那份建功立业的雄心却已不再。此刻两人天各一方，他只愿在梦中化成一只蛱蝶，趁别人没注意，轻悄悄地飞落在她的罗衣上。吴诗在构思上与李诗相似，都是借助"锦瑟"这样一个触发心事的"道具"，追思昔日的恋情，结尾"幻蝶"情节的设计，丝毫不逊于"庄生晓梦迷蝴蝶"，营造了一种恍惚迷离、梦幻朦胧的凄美意境。另外，吴氏对清人黄仲则也非常欣赏，盖因其七律颇似义山，吴氏《效清人感旧体》八首便是模仿他的七律《感旧》四首和《感旧杂诗》四首，典故繁富，辞藻华美，以绚丽的色彩营造出一种幽怨典雅的诗境。至于《咏古》三首、《十台咏古》（存九），常有新颖的翻案立意，体现了作者良好的史学修养，隐约可以看出杜牧咏史诗的影响。

　　上文较为详细地介绍了吴兴华"新格律诗实验"的大致情况。可以说，吴氏从古典诗歌里汲取营养，借助格律节拍构建新诗的形式秩序，创造了"新五七古""新绝句""新律诗"等几种典型的体式。而论者亦多着眼于节奏、用韵、句式等"外形律"[2]特征，实际上，诗体并不是

---

[1] 此诗见于《森林里的沉默：诗集》，实乃编者之误。在1944年4月12日吴兴华致宋淇的信中，作者同样引用了这两首《锦瑟》，并在括号里注明"《锦瑟》一、二"，由此可知这是两首单独的诗作，而并非一首诗分为两节。

[2] 刘大白在《中国旧诗篇中的声调问题》一文中总结了四个"外形律"，即等差律、抑扬律、反复律和对偶律，后来又在《说中国诗篇中的次第律》一文中提出"次第律"。等差律，即诗的语言、节奏单元、诗行、诗韵、行组、诗节甚至诗篇等语言组织的均等或参差。抑扬律，是指平仄的安排。反复律，即以相同或相类的音在相连或相隔后使它再现，包括语的反复、声的反复、句的反复和韵的反复等。对偶律，包括音的对偶、字的对偶、词组的对偶、句子的对偶和义的对偶等。参考许霆《中国新诗自由体音律论》，复旦大学出版社2016年版，第155—156页。

一种"纯外形"的体式，它还包含风格、题材等深层艺术特质。吴氏对林庚、朱英诞等人的格律诗的批评，正是在于他们仅仅套袭古人的皮毛和外形。反观吴氏的"新格律诗"，其"新五古"深得五古高远之气势；"新七古"则博采众家，或如《白纻歌辞》学汉魏乐府，或如《大梁辞》有李白之风，或如《书〈樊川集·杜秋娘诗〉后》效仿杜牧；而"新律诗"如《锦瑟》《无题》等则效仿义山，"寄托深而措辞婉"（叶燮《原诗》），咏史诗则受杜牧的影响，立意独特——真可谓既得古诗之"形"，又不失古诗之"神"。总之，吴兴华的"新格律诗实验"，不仅仅是对古典诗歌语言形式的效仿，准确地说，应是对古典诗体的借鉴。

## 二、"新皮囊里的旧酒浆"：对古典意象、诗词的化用

梁实秋先生说："诗料只有美丑可辨，并无新旧可分。用滥了的辞句固是名家所不取，然古雅的典丽的辞句，未始不藉艺术的手法散缀在新诗里面。"[1]中国现代新诗具有一定的文化传承性，较多地接受了中国古典诗歌的原型意象、历史典故。比如徐志摩"最是那一低头的温柔，/像一朵水莲花不胜凉风的娇羞"，即源于古典诗歌常见的将女性形态与莲花互喻的传统；又如戴望舒《雨巷》中的"丁香"本于李璟《摊破浣溪沙》中的"丁香空结雨中愁"，散发着感伤迷惘的情韵；再如闻一多的诗歌中，出现了香炉、篆烟、孤雁、黄鸟、红豆、黄菊、华胄、淡烟、疏雨等古典意象，不少诗作在开头总要引用古典诗词，比如《红烛》引李商隐"蜡炬成灰泪始干"，《李白之死》引李白"我本楚狂人，凤歌笑孔丘"等。可以说，在白话诗这一新的"皮囊"里，古典意象仍然焕发着生命力。

作为一个学者型诗人，吴兴华沉湎于古典世界，诗料也大都来源于此，不免有种"闭门觅句"的味道，因此在他的诗歌存在着大量的古典意象，这也是其"化古"实验的重要表现。

中国古典诗歌是典型的意象诗，诗人在表情达意时，一般不采用直接抒情的方式，而是借由意象间接传达。而某些意象在反复书写的过程

---

[1] 梁实秋：《评一多的诗六首》，原载《清华周刊·文艺增刊》1923年2月15日第四期，见《梁实秋散文集·第2卷》，时代文艺出版社2015年版，第332页。

中，其内涵已经固化，成为所谓的"原型意象"。吴兴华的某些诗作便直接从古典诗歌中挪用为人熟知的意象，意境构思上也不出古人藩篱。比如《鹧鸪》诗，写鹧鸪的哀啼令"一个白马少年人驻听双落泪"，抒发羁旅思乡之情，便源于李珣《南乡子》："烟漠漠，雨凄凄，岸花零落鹧鸪啼。远客扁舟临野渡，思乡处，潮退水平春色暮。"而"一个高楼的多思女襟袖尽沾湿"，则继承了温庭筠以"双双金鹧鸪"（《菩萨蛮》）暗喻离别闺思的写法。又如《绝句二首》其二云"柳叶如双眉微颦弯弯的下垂"，显然是袭用白居易"芙蓉如面柳如眉"（《长恨歌》）的构思。其他如"落花""鸿爪""锦瑟"等意象，亦是沿用前人原意。

原型意象如果运用得当，自然能成为作者与读者之间进一步交流的基础。但是，吴兴华如此痴迷古典世界，刻意仿古，不免丧失了自己的个性，扼杀了独创的可能。再者，新诗采用欧化的白话文来写作，严谨的语法规则消除了古典诗歌固有的多义性。因此，严格来说，古典诗歌的意境其实是很难复刻再现的，爱德华·冈恩便说："吴兴华的诗和古诗的语言格调非常接近，以至于作为有效地恢复伟大传统的媒介的口语似乎也成了他在发掘古诗语调方面的障碍。"[1]卞之琳也看到了这一点，他在谈吴氏的"新绝句"时，也认为古典诗歌具有单字表义的特点，这与现代白话是迥然不同的，并以"仍然等待着东风吹送下暮潮"一诗为例，评道："在一首新诗的有限篇幅里实在容不下那么多意象，拥挤了一点，少了一点回旋余地，除非多分出几行，有点像金粉山水那样的凝滞，'浓得化不开'，反而欠缺，少了一点中国传统常见的一种雍容或潇洒的风姿。"[2]应该说不无道理。

然而，吴氏的"化古"并非毫无创新之处，在另一些作品中，他充分运用原型意象的丰富韵味，同时又注入自己的个体情感，体现出现代性的思考，此时，原型意象的传统内涵被消解，而古典语调则被继承和保留下来了，比如《森林的沉默》：

月亮圆时那森林是什么样子

---

[1]《吴兴华——抗战时期的北京人》。
[2]《吴兴华的诗与译诗》。

呢，我要告诉你

金色的轿子匆匆的赶过去了

朱砂的溪水静静地舐着岸边

森林里传来一阵沉重的蹄声

一队雪白的母鹿投入了清泉

月亮从丁香雾里悄悄涌出来

摇动着宛如一叶小小的白船

天上也有星，淡淡挂在溪水上

映在水中的影子也不十分清

静极了，再听不见生人的语声

四围寒冷的青山隔着朦胧雾

但悄悄地无言的溶入黄昏去

大星照着那一队白鹿在溪边

俯着颈投下溪水去饮那清泉……


……

一切消失了，永远永远不复见

歌唱的女子如今长眠古墓中

偶尔有生人走过，半夜讨个火

因而来敲问这座冰冷的石门

你要火？给你飞萤，给你月亮，星

（她说她记得月亮是一个指环

不知是谁遗落在这座坟墓上

那是很久以前了）

　　　　　　不知多少年

有一个诗人忽然为这事歌唱

说每当月亮圆时，在这高崖上

有一队雪白的鹿投入了清泉……


　　此诗中，"鹿"这一意象一共出现了四次，而作为一种与人类关系密切的动物，鹿其实很早就进入了文学书写，比如《诗经·小雅·鹿鸣》以"呦呦鹿鸣"起兴，表现殿堂上嘉宾琴瑟歌咏以及宾主之间互敬互融的融洽场景；《埤雅》从鹿的生活习性出发，引《字统》称"鹿萃善走者，分背而食，食则相呼，群居则环其角外向，以防物之害己"[1]，认为《诗》以"鹿鸣"况君臣之义，即礼乐制度下君贤臣忠的和谐关系。后来又由此引申为"道备"的象征，如《瑞应图》云："天鹿者，纯善之兽也。道备则白鹿见。"言明主治下的太平盛世，鹿才会出现。当然，作为祥瑞之物，鹿还被赋予长寿、辟邪、福禄等其他涵义。在《森林的沉默》中，"一队雪白的母鹿投入了清泉"一句曾四次出现，那么这与古典诗歌中的"鹿"意象是否存在联系呢？白鹿作为"沉默的森林"中的焦点，确实容易使人陷入过度解读的误区，然而就诗歌本身来说，作者并未提供任何信息暗示其对原型意象内涵的继承。对此，我比较赞成吴晓东先生的观点，他说："诗中真正的主体却是森林本身。在一切都成为传说之后，笼罩在森林之上的是一种亘古般的'沉默'，而'雪白的鹿'的形象则是加剧了这种沉默感。"[2]"白鹿"在诗中并不是祥瑞的象征物，而是作者为了渲染森林的安静而安排的一个"特写"。但不可否认的是，由于"鹿"意象的书写具有悠久的历史传统，所以诗中的"白鹿"沾染上了一种既定的古典语调，予人一种古老遥远的历史感；而且，"鹿"在传统文化中所带有的神话传说属性，也在此诗中得以继承，从而加强了"森林"的神秘气氛和传奇色彩。这种弥漫着古典气息的意境，实际上是为了传达"永远归于静寂"的体验，以及对于时间流逝的沧桑感。

　　除了对传统意象的沿用以外，吴兴华还经常化用古典诗词。《西珈·八》中的"满月立刻能使我想起半天中的画船，/酒垆边侧坐的佳人稍露凝脂的手腕"，化用了韦庄《菩萨蛮》"垆边人似月，皓腕凝霜雪"句；"伊人的罗裙处处荫覆着如油的芳草"则化用了牛希济《生查子》"记得绿罗裙，处处怜芳草"句；《西山》中的"佳人的茅屋想已牵遍了女萝"，化用了杜甫《佳人》"牵萝补茅屋"句；《效清人感旧

[1] 陆佃著，王敏红校点：《埤雅》，浙江大学出版社2008年版，第20页。
[2] 吴晓东：《燕京校园诗人吴兴华》，见《记忆的神话》，新世界出版社2001年版，第234页。

体·其五》中的"一舸明月离吴宫泛滥于五湖/遥想阴山的弦管声调似
唏嘘",分别化用了余毅"五湖漫载吴宫月"和杨凭《明妃怨》"马驼弦
管向阴山"句;《效清人感旧体·其六》中的"不知巴山的池水新近可
增添",化用李商隐《夜雨寄北》"君问归期未有期,巴山夜雨涨秋池"
句;《效清人感旧体·其八》中的"药裹重帘怕扶头善病如前日",化用
郭麐"画帘暗想扶头起,粉壁昏曾点笔斜"……而作者在创作时均已注
明点化源语,这表明吴氏是有意识地将古人的诗意融入自己的作品中。
有时候,为了表现一个主题,吴氏"集思广益",将各种古典意境聚拢
起来,重新拼凑到一首诗中,比如《杏花诗》:

> 痴看着春风然而她总不回头
> 　　一枝舒卧在墙外
> 几乎使他草檄时手脚都颤抖
> 　　脸热想:这个女人……
> 炀帝在一边微笑　这些小儿女
> 　　头颅不会有人砍
>
> 重来寺门前车马声归于阒寂
> 　　当年得意的年少
> 马蹄挟带着春风　看遍长安花
> 　　竟爱郊外的幽僻
> 题名处尘如泪涴,十九人如星
> 　　灭的散的在天涯
>
> 然后一夜的春雨,叫卖声突然
> 　　来在诗人的枕畔
> 担头枝枝的殷红含泪横陈着
> 　　惊破壮阔的梦境
> 短衣射虎在南山飞扬的雪里
> 　　九州初混而为一

第一节"痴看着春风然而她不回头"，化用元好问《杏花杂诗十三首·其一》"看尽春风不回首，宝儿元是太憨生"句；第二节"马蹄挟带着春风　看遍长安花"化用孟郊《登科后》"春风得意马蹄疾，一日看尽长安花"句，"题名处尘如泪渑，十九人如星／灭的散的在天涯"则化用张籍《哭孟寂》"曲江院里题名处，十九人中最少年。今日春光君不见，杏花零落寺门前"一诗；第三节"然后一夜的春雨，叫卖声突然／来在诗人的枕畔"化用陆游《临安春雨初霁》"小楼一夜听春雨，深巷明朝卖杏花"的意境。乍一读之，此诗弥漫着浓郁的古典气息，作者还原了古典诗歌中几个典型的"杏花"片段，具有含蓄蕴藉之致，但是，"再现"后的古典意境之间缺乏合理的过渡（比如第一节与第二节），跳跃性太大，没有做到浑然一体。

更有甚者，吴氏在诗作中不厌其烦地化用古人诗词，如獭祭鱼，不免有炫耀才学之嫌，比如《春草·其四》《落花·其五》，后者写道：

> 一路残香衬托着游人的马蹄
> 唯有难系离别处垂杨千万丝
> 楼上笛声使五月无风亦飘落
> 额角艳妆成一代难比的仙姿
> 昔日长安登第后扬鞭看遍日
> 而今曲江寺门前挥泪半残时
> 难道江南二三月杂色如铺锦
> 犹有妇女悲念着北地的臙支

第三句化用李白"黄鹤楼中吹玉笛，江城五月落梅花"（《与史郎中钦听黄鹤楼上吹笛》），第五句化用孟郊"春风得意马蹄疾，一日看尽长安花"（《登科后》），第六句化用张籍"今日春光君不见，杏花零落寺门前"（《哭孟寂》）。同样，多个情境的拼接显得有些勉强，破坏了诗歌的整体性，这不得不说是吴氏的败笔。

吴兴华不遗余力地从古典诗歌中汲取养料，使得传统意象、意境在现代新诗中"重现"，其唯美的文笔唤起读者对于古典诗境的美好想象。

然而，吴氏在探索过程中也存在不足之处，即在"化古"与"创新"之间并未找到一个平衡点，过于迷恋古典世界以致迷失其中，丢掉个性，这也为批评家们所诟病。当然，某些诗作在沿用古典意象时也注入自己的个体情感，蕴含了现代性的思考，体现了一定的价值，但是这样的作品毕竟还是少数。总体来说，吴氏的这些作品只是往"新皮囊"里灌入"旧酒浆"，创新不足，但其探索为后人提供了宝贵的经验，功不可没。

## 三、"古事新咏"：对历史、传说的重写与翻新

吴兴华在写给宋淇的书信中，曾表述过自己的"历史观"，他说道："特别是关于历史，因为历史是甚么？事情已经过去了，一个后世的人很明显的绝不能亲身目击他所要述写的事件——所以最好最可靠的历史只是一个人对于过去的事件最合理的interpretation，即使他充分利用同时的sources，仍不能不自己interpret。"[1] 在这里，吴氏用了"interpret"这个词，认为历史是后人利用已有的材料，对已经发生了的事情的一种解释。这与20世纪70年代出现的"新历史主义"有着相似的观点，海登·怀特的"元史学理论"认为，历史学家根据自己的理解对"原始素材"进行编码，使得历史文本具有一种叙述话语结构，因此，呈现在读者面前的，其实是经过独特的解释的历史。从某种意义上说，历史的深层结构是"诗性的"，它与文学一样经过了虚构和想象的加工。在这一点上，吴氏与"新历史主义"不谋而合。

其实，吴兴华早在其毕业论文《现代西方批评方法在中国诗学研究中的运用》中，便已提及历史的文学性特征。这篇论文以中国诗歌为研究对象，认为在中国，史书一直是诗人创作灵感的重要来源。中国诗歌之所以与历史具有密切的关系，主要包含三个方面的原因：第一，以往历史从未被视为一个具有科学性的研究门类，而是归入纯文学的领域。第二，中国诗人运用历史是因为，中国并没有一个以文学形式保存的系统的神话，而历史以某种方式弥补了这个缺陷。第三，"历史是公共财产，也不用担心会出现晦涩不解的情况，历史保留有某种尊严，能够防

---

[1]《风吹在水上：致宋淇书信集》，第67页。

止它变成日常语言的一部分。"[1]简而言之，吴氏认为中国传统的历史书写带有强烈的文学色彩，诗人"引用"历史能够丰富作品的内容，是一种高雅的表现，但又不至于晦涩难解。

反观吴兴华的诗歌创作，其中也有大量以古代史事或小说故事为原型的诗作。而正是因为对历史秉持着这样一种开放性的态度，吴氏在这些作品中以一个现代人的视角对历史、传说进行翻新与重写。值得注意的是，这类作品在表现技巧上深受奥地利诗人里尔克的影响，对此，吴氏自己也有所察觉，他在致宋淇的信中曾说：

> 在翻译时，时常禁不住吃惊，自己和他（里尔克），暗合的地方会如此多。有许多诗句竟是整个从他的诗里搬过来的。我以前念Rilke可太多了，因此有些深入脑海的印象不知不觉的也就转移到自己诗上。然而我从他获得的最大的益处，还是在写作方法上，也就是说比较狭义的craftsmanship。在这点上我在那篇论文里已经谈到，譬如怎样在最高、最有意义的一点上抓住一个人的灵魂，像画家使炊烟在天空静止，片时给易变的物质以永恒的外表似的。……[2]

信中所说的"那篇论文"指的是《黎尔克的诗》，在这篇文章中，吴氏表达了对里尔克的高度推崇。他非常欣赏里尔克《奥菲乌斯·优丽狄克·合尔米斯》这首诗。此诗的原型是一个希腊神话，讲的是奥菲乌斯在妻子优丽狄克去世后，非常悲痛，感动了诸神。诸神便答应他从阴世接回妻子，但有一个条件，就是在他引领妻子回归人世之前，不许回头看她一眼。但是，当渡过一切难关以后，奥菲乌斯最终遏制不住好奇心，而在回头一顾中失去了他的爱妻和毕生的幸福。里氏在表现这个故事时，抛弃了奥菲乌斯在地界王面前奏琴的那一段感人情节，而选

---

[1] 参见吴兴华著，陈越译《现代西方批评方法在中国诗学研究中的运用》，见《沙的建筑者：文集》附录，第352—354页。该文是吴兴华在燕京大学的毕业论文，原文为英文稿，题为"AN APPLICATION OF MODERN WESTERN METHODS OF CRITICISM TO THE STUDY OF CHINESE POETRY"。
[2]《风吹在水上：致宋淇书信集》，第129页。

择了奥菲乌斯将要回头而尚未回头那短短的一瞬。吴氏认为这是整个故事"最丰满，最紧张，最富于暗示性"的片刻，诗人不仅在短短的一瞬里放进了整个故事，还加入了一些"凝固而具有永远性的东西"。同时，他还指出，一般诗人应该学习里尔克观察事物时"撇开外表上的虚饰而看到内心的隐秘"的能力，即"趋向人物事件的深心，在平凡中看到不平凡"[1]。因此，受到里尔克的启发，吴兴华在重写本土历史与传说时，并不是完整地将故事按照自己的理解重新演绎，而是选取其中的一个"episode"（片段），他还称自己"有一个野心想将来把它们积成一册，起名叫：'史和小说中采取的图画'"[2]，而所谓的"图画"，他解释道："我想竭力避免连续的叙事，而注重片时的flash。"[3]吴氏曾以自己的两首诗《钱镠》和《红线》为例，阐明自己对这一理念的实践，他说：

> 拿钱镠来说，我略去他的武功、治业、他后代之宾服宋室（苏轼《表忠观碑》所啧啧不绝的），只择取他那两段尽人皆知的轶事，代表着他性格不同，几乎可以说彼此exclude，容此不容彼的两面，而我把它俩合在短短的一瞬之内——在射潮之前；这样在短短的十四行里塑出一个永远值得深思的人物。同样我写《红线》最得意处也在不纪她的剑术，飞行，挺身救主，类似不肖生的小说里的事迹，而在表现她大功完成后，将要告辞远举之前。并且特别将力量倾注在她在别人身上起的反应——在何等方式之下她使她周围的人遇见她之后的生活显得异于遇见她之前的——而以薛、冷二人代表将实际的人与空想的艺术家两种不同的典型。因此使整个剑侠故事成为一个奇迹的研究，如许多镜子从不同的方位，不同的光暗程度下，反映着同一物件，词句音律都抛开，就这种接近题材的手法别人谁有？我有时甚至想Rilke本人也很难把它变得更好……[4]

---

[1]《黎尔克的诗》。
[2]《风吹在水上：致宋淇书信集》，第62页。
[3]同上书，第65页。
[4]《风吹在水上：致宋淇书信集》，第129—130页。

　　《钱镠》一诗的写作灵感来源于赵翼《西湖咏古·其二》中的"千秋英气潮头弩，三月风情陌上花"两句，此诗意在表现射潮前钱镠的心理活动：面对敌军，他的脑海里突然冒出三月落花飘扬、蛱蝶飞舞、美人埋玉的画面，眼前残酷的战斗与心中的良辰美景形成冲突，但他没有沉醉其中，而是复归理性。同时，他不希望自己的战士也像自己一样多情，因为在战争面前，这是非常危险的。《红线》取材于唐代袁郊《甘泽谣》中的同名传奇小说，但吴氏将"奇迹"的代言人——红线置于聚光灯下，而集中力量去表现钱别前后众人的表现和反应。应该说，这种片段式的描写给予作者更多的精力去观察人物，从而使人性的复杂面得以被放大。

　　而这种"最丰满，最紧张，最富于暗示性"的片刻在《演古事四篇：盗兵符之前》一诗中展现得更为淋漓尽致。这首诗取材于《史记·魏公子列传》中信陵君窃符救赵的故事，但作者特意省去侯生献计、门客朱亥锤杀晋鄙、侯生自杀等情节，而唯独聚焦于信陵君开口乞求如姬援手的那一瞬间，铺写两人的心理活动，又辅以神态、动作、对话等表现手段。如姬出场时，信陵君是如此焦虑而充满期待："然而他的脚依旧无节奏的敲着地，/仿佛不耐，同时也不立起向那人致敬——/室内是暗的，空气比平常更加燥热。"而在她一见到他，霎时觉得寒气逼人，不免有些紧张："她不禁战抖：看他这样子年青而寒冷，/寒冷而平滑使人不可抑止的想起/鞘里一柄剑，闪着目不能捕捉的光辉，/死寂的卧着，却又如蕴着无限动力，/直到它几乎飞跃想渴饮仇血的一点——"她追想起父亲的死，而如今自己已是魏王身边的红人了，却无法报仇雪恨。然而她是那么渴望复仇，哪怕失去一切也在所不惜："她愿意抛去生命，地位和，老实说，一切。"这时，信陵君终于开口说出了自己的请求，而如姬却为他的性命感到担忧："你还年青，/这样疯狂的行动会剥去你的生命的……"无奈，为了爱情，如姬答应了他："她投身在长榻上/哭泣，并没有理由，两肩抽动着，尽情的/哭泣但伸手给他，作为最后的允诺。"而他也表现出遂愿后的兴奋："一句话不说，立刻转过身来，像高崖上/变向的狂风，他向室外走去，但心里/胜利与成功之感似罩上一天的云霾。"全诗在交替的心理描写中一贯而下，有条不紊，结尾补叙信陵君在赵国享受醇酒美人之际，眼前闪过如姬的形象，不禁若有所失，恍然大悟——而这一刻，围魏救赵的功业及其重情重义的一面瞬间被消解，而产生了新的意义。可以说，作者在遵从"如姬窃符"这一基本史实的基础上，充分发挥自己的想象力，不断丰富历史事件的细节，尤其是爱情元素的羼入，重塑了信陵君、如姬的性格特征。当然，这些情节本来并非《史记》的原貌——如姬未必对信陵君有情，信陵君事后也未必对如姬有意，不得不说这一片段及补叙都是作者的借题发挥，但是，正如吴兴华自己所言："我的主意是在给它们每件琐事、每个人的性格一种新的，即使是personal也无碍的，解释。换句话说也就是to see something which isn't there的意思。这自然necessitate我有时扭曲史事，或不忠于性格，然而故事不过是skeleton和vehicle，我communicate给它们的意义，才是that which matters。"也就是说，为了使故事容纳新的内涵，改变故事本身也无可厚非。

至于其他三篇"演古事"诗，除了《北辕适楚》以外，在叙述技巧上都是聚焦于某一特殊的时刻，侧重于人物心理的刻画。《解佩令》取材于郑交甫江上遇女的传说，故事篇幅本来就短，作者以仙女遇人后的心灵活动为线索，以表现"人世所不解的，无私的爱恋"，带有神秘主义的色彩。《吴王夫差女小玉》的故事来源于常沂的《灵鬼志》，作者选取小玉在墓侧现形与韩重相聚这一特殊时刻，她对以死亡换来的爱情自由表示感激，迸发出强烈的生命激情，显然是作者为其注入的现代性思考，是对腐朽的封建伦理的批判："于是他吻了她，而了解这一切，一切，/她的唇虽冷，她的心依然在搏动。/片刻在生人臂弯里，她恻然追念/如何地下的长夜像没有时间性。/同时她感谢死亡，把她从人世的/欲念牵挂解脱了，回到他本来的/纯净中，给爱情以最自由的领土。"此外，《褒姒的一笑》一改前人对烽火戏诸侯的道德谴责，而重点放在了烽火点燃的那一瞬间，刻画了褒姒与幽王的心理。前者对于"盛国落而为废墟"无动于衷，这或许才最接近真实的褒姒；后者对于"死亡的神祇"也不是全然不知，反而觉得"不含恐怖"。《明妃诗》以昭君出塞为故事原型，而作者择取的"最丰满，最紧张，最富于暗示性"的一刻是昭君步出殿门转身走下台阶之时："而我当我转身走下时/我的背与圆柔的两肩/微微抽动泄露出我的情感——"接着作者描写了她的心理活动：

她回想自己昔日在宫中不与群女争宠，本以为凭借自己的容颜定能赢得圣眷，无奈这惊艳众人的时刻也是自己告别汉宫之时。显然她恨画工，但更坚信自己的美是无法磨灭的："天地父母生下我，你岂能改变？ /敲碎，扬在狂风里，践踏在脚下，/看啊洗浴着眼泪，美仍然跟随着我。"在作者的笔下，昭君身上的美是永恒不朽的。同样，《给伊娃》一诗中的伊娃、西施也在美的谱系当中。在"做梦的诗人"眼里，眼前的伊娃（夏娃）像一座石像，是永恒的美的化身。由此他联想到西施，并深入她的内心，揣想这位传奇佳人的心理：

> 徒然为了她雪白的肌肤，有君主
> 肯倾覆自己正将兴未艾的国运；
> 纵使他在她含忧的倚着玉床时，
> 眼睛里看出将会有叉角的雌麇
> 来践踏他的宫室。绝代的容色
> 沉浸在思维里，宇宙范围还太小
> 因为就在她唇角间系着吴和越。
> 成败是她所漠然的，人世的情感
> 得到她冷漠的反应而意味满足
> 她的灵魂所追逐的却是更久远
> 可神秘的物事——
> 或许根本不存在。

关于此诗的写作构想，吴氏曾信誓旦旦地对宋淇说："她（指西施）想的事一定不会是日常的辛苦，人类的劳累，吴越的战情。"并联想到荷马笔下的海伦，以及但丁《神曲》中的Beatrice，认为她们与西施一样"在这世上一切都是被动的，就因为她的思想，与这个世界格格不入"。[1] 在作者心中，西施、海伦还有Beatrice，就像雕像一样没有感情，脱离尘世，因此，她们的美是超越现实的，是纯粹永恒的，是"凌

---

[1]《风吹在水上：致宋淇书信集》，第21—22页。

越知识的范围"的，是"人类所未闻未见的境域"。在这里，传统的
"红颜祸水论"已经销声匿迹，取而代之的是对美的赞颂，而那位历经
身世变换的西施，则成了"美"的象征。

总之，在吴兴华的作品中，片段式的事件通常是以人物的内心独白
或者是对话展开的，作者充分发挥想象，对人物内心世界进行重构，从
而达到重写历史的目的。而与传统咏史诗不同，吴氏在古典题材中融入
了与传统书写相异质的思想内容。吴晓东说："一旦吴兴华以一个现代人
的眼光观照他的古典题材的时候，这种纯粹的古典世界的自足性便被打破
了。"[1]确实，吴氏在历史人物身上灌注的心理冲突、生命意识、爱情观等，
都呈现出浓重的现代主义色彩，极大地冲击了传统历史题材的创作。然
而，他笔下的人物故事终究是"想象的异域"，并非自身经验的"再现"，
因此，大部分作品走向形上层面的思考，这看似深刻的背后，却也有着内
容空泛、感染力不足等缺陷。后来，任洪渊、杨牧、钟玲、罗智成、廖伟
棠等人继续从古典题材中汲取灵感，结合当代的社会文化语境，实现了历
史感与当代性的接榫，可以说是吴兴华"古事新咏"的当代回响。

## 四、结语

贺麦晓曾评价吴兴华、林以亮等人："对他们来说，最重要的不是
传统和现代的对立，而是新的传统的建立；不是中国和西方的对立，而
是对美的追求；不是文言和白话的对立，而是语言和思想的关系；不是
集体和个人的对立，而是文学的作者和读者作为群体的认同；不是格律
和自由的对立，而是规律的自然性和自然的规律性。"[2]的确，一方面，
吴兴华"向传统回眸"，在诗体、意境、题材等方面汲取中国古典诗歌
的营养，体现出强烈的"复古"色彩；但另一方面，他又不排斥西方诗
歌，尤其是"古事新咏"类作品，不仅在形式上突破了严谨整饬的"新
格律诗"的局限，采用无韵诗、十四行等西方诗歌体裁，更是在表现技
巧上学习里尔克，"趋向人物事件的深心，在平凡中看到不平凡"，从现

---

[1]《燕京校园诗人吴兴华》。

[2] 贺麦晓：《吴兴华·新诗诗学与50年代台湾诗坛》，载《诗探索》2002年第3—
4期。

代性的视角审视历史，使古典题材获得新的诠释。这种综合互补、理性审慎的创作观，对于新诗的健康发展具有一定的积极意义，特别是当时诗坛"西风"盛行，可谓独树一帜。然而生不逢时，其创作并未引起时人的重视，相关研究也不多。直到20世纪70年代，林以亮（即宋淇，吴兴华的好友）发表《论新诗的形式》《再论新诗的形式》两文，才使有关吴兴华的研究浮出历史地表。随后，这位20世纪上半叶"被冷落的缪斯"[1]在学者们的笔下不断被阐释、解读，"这道天才的火花"[2]再次闪烁在新诗史的夜空，与其他诗人一齐发热发亮。本文所论只是吴兴华诗艺的冰山一角，不当之处，还请方家指正。

【作者简介】复旦大学中国古代文学研究中心硕士研究生。

[1] 这里借用美国汉学家爱德华·冈恩先生的说法。1980年，他撰写了《被冷落的缪斯——1937年至1945年上海北京的文学》一书，其中在第五章"反浪漫主义"中专门谈论了吴兴华的诗歌创作，后来被国内学者张泉译成中文，发表在《中国现代文学研究丛刊》1986年第2期上面。
[2] 周煦良评价吴兴华说："新诗在新旧氛围里摸索了三十余年，现在一道天才的火花，结晶体形成了。"见《介绍吴兴华的诗》，原载《新语》1945年第5期，收入《吴兴华诗文集·文卷·附录》。

# "向传统回眸"

## ——洛夫诗歌基因检测

岳宗洋

【摘　要】　洛夫是台湾地区著名诗人，他的现代诗在对西方进行"横的移植"的同时，也注重对本土"纵的继承"。通过"夺胎换骨"式的点化诗文；借鉴中国古典诗法，对超现实主义进行选择性吸收；以及运用西方解构主义手法解构唐诗促进古典诗歌现代化这三种方式，洛夫完成了"向传统回眸"。他的这些努力，为如何继承传统，如何使用传统手法解决现代问题，如何促进传统诗词的现代化提供了多样性思考。

【关键词】　洛夫　回眸　传统　夺胎换骨　解构

　　洛夫（1928—2018），原名莫运端、莫洛夫，湖南衡阳人。台湾地区著名诗人，与余光中、罗门并称为台湾诗坛"三巨柱"。主要作品有诗集《灵河》《外外集》《西贡诗抄》《魔歌》《时间之伤》《酿酒的石头》《月光房子》《唐诗解构》，诗歌评论《镜中之像的背后》以及《洛夫谈诗：有关诗美学暨人文哲思之访谈》）。他的诗歌受西方超现实主义影响较大，呈现出近乎魔幻的风格，被誉为"诗魔"。同时，在对"超现实主义"这种表现手法进行"横的移植"的过程，洛夫也注意对本土"纵的继承"[1]，在他的诗歌中，能看到"向传统回眸"[2]。

　　洛夫一生飘荡，辗转于海峡两岸及加拿大。1947年，洛夫就读高二时开始写作新诗，1949年渡海赴台，只身流落异乡，这段时间由于心灵的空虚寂寞，其精神处于焦虑不安状态，所留诗歌寥寥。其真正大

---

[1] 洛夫：《洛夫诗选》，九州出版社2012年版，第3页。
[2] 洛夫：《洛夫谈诗：有关诗美学暨人文哲思之访谈》，江苏凤凰文艺出版社2015年版，第15页。

规模创作诗歌开始于1954年，当时洛夫与张默在台湾南部的左营创办了《创世纪》诗刊，一年后痖弦也参与进来。之后，他的诗歌创作历程可以分为三个时期，他在《镜中之相的背后》一文中有所涉及。第一个时期是20世纪六七十年代对现代主义的拥抱期，彼时的他"与一群台湾年轻诗人，在西方现代主义、存在主义等思潮影响下，狂热地追求中国新诗现代化的极端"[1]。然而，这种对西方现代主义的拥抱，造成了两个后果："正面的意义是，在西方新兴哲学与艺术思潮的刺激下，我们为诗歌创作的想象与灵感开了一个窗口，而负面的效果是，某些实验性很强的作品十分晦涩，日渐拉开了读者与诗人的距离。"[2]其后，他开始对自己的诗歌进行反思，80年代前后，他开始对传统文化，尤其是古典诗歌进行回眸审视。"庞德在一首自传性的诗中说'努力使死去的诗的艺术复苏，去维护古意的崇高'。今天中国大陆有些诗人把崇高视为垃圾，而去追求崇低。我则一向肯认崇高是显示人性尊严的唯一标杆，而古意的崇高正是我在80年代以后在创作中大力维护的，而且也是我在迷惘的人生大雾中得以清醒前行的坐标。"[3]在对传统的回眸审视中，他发现了中国古典与超现实主义的契合，运用中国古典诗学对超现实主义进行了修正。同时，他也开始对古典题材进行加工整理，写出了诸如《李白传奇》《猿之哀歌》《与李贺共饮》等诗歌。90年代开始，则在前两个时期的基础上，将现代与传统、西方与中国的诗歌美学作了有机性的整合与交融。

在对古典的继承上，大致有以下几种方式：一是运用"夺胎换骨"的方式，对传统诗文进行檃栝或翻案；二是借鉴古典诗法，对早期所宗的超现实主义进行批判性吸收；三是运用西方解构主义的方法，对唐诗进行解构，促进古典诗歌的现代化。本文即主要围绕这三部分展开。

## 一、"夺胎换骨"式点化诗文

"夺胎换骨"是黄庭坚提出的诗歌理论，始见于惠洪的《冷斋夜

---

[1]《洛夫诗选》，第2页。
[2]同上书，第20页。
[3]同上书，第2页。

话》："山谷云：诗意无穷，而人才有限，以有限之才，追无穷之意，虽渊明、少陵，不得工也。然不易其意而造其语，谓之换骨法；窥入其意而形容之，谓之夺胎法。"[1]关于其具体内涵，近人梁昆提出："不易其意而造其语者，《诗宪》所谓'意同语异'，即换辞不换意也。规模其意而形容之者，《诗宪》所谓'因人之意触类而长之'，是换意不换格也。"[2]这两种方法，在洛夫的诗歌中都有体现。

"换骨法"谓"换辞不换意"，可见主要是在语言上的创新。洛夫在运用换骨法时，有只对古诗文单句进行化用的，亦有对其通篇进行橐栝的。前者如《与李贺共饮》中"石破 / 天惊 / 秋雨吓得骤然凝在半空"[3]是化用的李贺《李凭箜篌引》的"石破天惊逗秋雨"，《走向王维》"一群瞌睡的山鸟 / 被你 / 用稿纸折成的月亮 / 窸窸窣窣惊起"是化用王维《鸟鸣涧》"月出惊山鸟，时鸣春涧中"，《致时间》中"李白三千丈的白发，已渐渐还原成等长的情愁"是化用李白《秋浦歌》"白发三千丈，缘愁似个长"，等等。这其中，《边界望乡》中对杨万里《初入淮河》的点化，尤为精彩：

> 病了病了 / 病得像山坡上那丛凋残的杜鹃 / 只剩下唯一的一朵 / 蹲在那块"禁止越界"的告示牌后面 / 咯血。而这时 / 一只白鹭从水田中惊起 / 飞越深圳 / 又猛然折了回来

《边界望乡》作于1979年，洛夫自1949年迁居台湾，由于两岸关系问题，三十年不得返乡，此诗是余光中陪同他去香港落马洲边界眺望大陆后所作。在这首诗中，乡愁被描述成"严重的内伤"，"病得像山坡上那丛凋残的杜鹃 / 只剩下唯一的一朵"，写出了内伤之重，而"禁止越界"则点明了病重之因。在杨万里的诗中，"两岸舟船各背驰，波痕交涉亦难为"则也同样写了宋金对峙前线"禁止越界"的场景。在其后，杨万

---

[1] 释惠洪：《冷斋夜话》，中华书局1985年版，第5页。
[2] 转引自曾子鲁《夺胎换骨与点铁成金刍议》，载《江西师范大学学报》（哲学社会科学版）1986年第2期。
[3] 洛夫：《洛夫诗全集》，江苏文艺出版社2013年版。本文所引洛夫现代诗除解构部分，其他均出自此书，不再一一列出。

里诗用"只余鸥鹭无拘管，北去南来自在飞"两句通过写鸥鹭无拘无束，在禁止越界的淮河两岸北去南来，自由自在的场景，反衬前句人由于政治原因所乘之舟船也相背而驰的苦痛。洛夫后一句"而这时／一只白鹭从水田中惊起／飞越深圳／又猛然折了回来"正是点化于此，白鹭没有被政治阻隔，所以可以由香港的水田飞越深圳，再折回来，北去南来自在飞，而这更加反衬了"禁止越界"告示牌下，故土近在咫尺，而诗人却触摸不到的辛酸。而两者又略有不同，杨万里仅仅是通过鸥鹭与人的对比来展现人的不自由，而洛夫则同时也把自己的情感渗透到了鸥鹭的动作之中，"猛然"两字极其粗犷，表现出诗人对此景的触目惊心，正与该诗开始所写"一座远山迎面飞来，把我撞成了严重的内伤"的"撞"字有异曲同工之妙，都是通过移情，把自身的情感融汇到了事物当中。

而对全篇进行改写的，则如《猿之哀歌》是檃栝了《世说新语》中"桓公入蜀，至三峡中，部伍中有得猿子者，其母缘岸哀号，行百余里不去，遂跳上船，至便气绝，破视其腹中，肠皆寸寸断"的故事。《车上读杜甫》则是檃栝杜甫《闻官军收河南河北》，以后者为例：

剑外忽传收蓟北／摇摇晃晃中／车过长安西路乍见／尘烟四窜犹如安禄山败军之仓皇／当年玄宗自蜀返京的途中偶然回首／竟自不免为马嵬坡下／被风吹起的一条绸巾而恻恻无言／而今骤闻捷讯想必你也有了归意／我能搭你的便船还乡吗？

初闻涕泪满衣裳／积聚多年的泪／终于泛滥而湿透了整部历史／举起破袖拭去满脸的纵横／继之一声长叹／惊得四壁的灰尘纷纷而落／随手收起案上未完成的诗稿／音律不协意象欠工等等问题／待酒热之后再细细推敲

却看妻子愁何在／八年离乱／灯下夫妻愁对这该是最后一次了／愁消息来得突然惟恐不确／愁一生太长而今又嫌太短／愁岁月茫茫明日天涯何处／愁归乡的盘缠一时无着／此时却见妻的笑意温如炉火／窗外正在下雪

漫卷诗书喜欲狂／车子骤然在和平东路刹住／颠簸中竟发现满

车皆是中唐年间衣冠/耳际响起一阵窸窣之声/只见后座一位儒者正在匆匆收拾行囊/书籍诗稿旧衫撒了一地/七分狂喜，三分唏嘘/有时仰首凝神，有时低眉沉吟/劫后的心是火，也是灰

白日放歌须纵酒/就让我醉死一次吧/再多的醒/无非是颠沛/无非是泥泞中的浅一脚深一脚/再多的诗/无非是血痂/无非是伤痕中的青一块紫一块/酒，是载我回家唯一的路

青春作伴好还乡/山一程水一程/拥着阳光拥着花/拥着天空拥着鸟/拥着春天和酒嗝上路/雨一程雪一程/拥着河水拥着船/拥着小路拥着车/拥着近乡的怯意上路

即从巴峡穿巫峡/车子已开出成都路/犹闻浣花草堂的吟哦不绝/再过去是白帝城，是两岸的猿啸/从巴峡而巫峡心事如急流的水势/一半在江上/另一半早已到了洛阳/当年拉纤入川是何等慌乱凄惶/如今闲坐船头读着峭壁上的夕阳

便下襄阳向洛阳/入蜀，出川/由春望的长安/一路跋涉到秋兴的夔州/现在你终于又回到满城牡丹的洛阳/而我却半途在杭州南路下车/一头撞进了迷漫的红尘/极目不见何处是烟雨西湖/何处是我的江南水乡

全诗采取起首一句古诗，其后跟一段现代诗的模式。除了起首"摇摇晃晃中/车过长安西路乍见/尘烟四窜犹如安禄山败军之仓皇"，用现代的车尘联想到安禄山败军仓皇四窜惹起的尘烟，以引入历史，以及结尾"而我却半途在杭州南路下车/一头撞进了迷漫的红尘/极目不见何处是烟雨西湖/何处是我的江南水乡"，半途下车，走出历史，走进迷漫红尘，家不知何处，其他均是对诗歌内容的翼栝。在翼栝之时，诗人尤其善于发挥现代诗长于心理描写的特点，有的是通过细节刻画，如"初闻涕泪满衣裳"一节和"漫卷诗书喜欲狂"一节，以前者为例。"举起破袖拭去满脸的纵横/继之一声长叹/惊得四壁的灰尘纷纷而落/随手收起案上未完成的诗稿"，"破袖""满脸的纵横""四壁的灰尘"刻画出了一个漂泊江湖、老病穷愁诗人的形象；"举起""拭去""长叹""随手收起"这一连串的动词，则写出了乍听安史之乱平定，诗人悲喜交集的心

情，举袖拭泪，一声长叹，哭的是国步艰难，叹的是江海飘蓬，随手收起诗稿，"随手"两字已见不动声色的喜悦，喜的是中兴有望，乡关可归。有的则是直接抒情，如"白日放歌须纵酒"一节和"却看妻子愁何在"一节，以后者为例，"愁消息来得突然惟恐不确/愁一生太长而今又嫌太短/愁岁月茫茫明日天涯何处/愁归乡的盘缠一时无着"。诗人对平叛消息到来时的"愁"进行了生动描摹，对消息真切性的怀疑，对"太长"的颠簸的感慨，对还乡已是白发、人生"太短"的唏嘘，对明日漂泊无定的担忧，对归乡盘缠无着的焦灼，在诗人的笔下，被细致刻画出。

"夺胎法"则谓"换意不换格"，杨万里在《诚斋诗话》中把"诗家用古人语，而不用其意"[1] 定义为翻案，这与"夺胎法"相类。在洛夫的诗中，用古人之语而不用其意的情况，处处可见，如《绝句十三帖》"夏虫望着冰块久久不语/啊，原来只是/一堆会流泪的石头"是化用《庄子·逍遥游》"夏虫不可语于冰也"；"弃我去者不止昨日，还有昨日的骸骨"是化用李白《登宣州谢朓楼饯别校书叔云》"弃我去者，昨日之日不可留"。《无题四行》"久困于涸辙/谁能相忘于江湖"是化用《庄子·大宗师》"泉涸，鱼相与处于陆。相呴以湿，相濡以沫，不若相忘于江湖"，等等。以《泪巾》为例：

> 首先感知河水温度的/不见得就是鸭子/亦非入水便手脚发软的柳条/而是桥上的女子/女子手中的/一条被风吹落的/泪巾

该诗前两句，是翻苏轼《惠崇春江晚景》中"春江水暖鸭先知"之案，在诗人看来，首先感知河水温度的，不是鸭子，亦非柳条。春江水暖代表的是春回大地，对春天最敏感的是桥上等待归人的女子的心。诗人说对春天最敏感的是"女子手中/被风吹落的/泪巾"，正是以泪巾代表了女子的心。

在洛夫的诗歌中，还有夺胎换骨法同时运用、一夔桔一翻案相映成

---

[1] 丁福保：《历代诗话续编》，中华书局1983年版，第135页。

趣的，如《爱的辩证》：

尾生与女子期于梁下，女子不来，水至不去，抱梁柱而死。

——庄子《盗跖篇》

式一：我在水中等你

水深及膝/淹腹/一寸寸漫至喉咙/浮在河面上的两只眼睛/仍炯炯然/望向一条青石小径/两耳倾听裙带抚过蓟草的窸窣/日日/月月/千百次升降于我胀大的体内/石柱上苍苔历历/臂上长满了牡蛎/发，在激流中盘缠如一窝水蛇/紧抱桥墩/我在千寻之下等你/水来我在水中等你/火来/我在灰烬中等你

式二：我在桥下等你

风狂，雨点急如过桥的鞋声/是你仓促赴约的脚步？/撑着那把/你我共过微雨黄昏的小伞/装满一口袋的/云彩，以及小铜钱似的/叮当的誓言/我在桥下等你/等你从雨中奔来/河水暴涨/汹涌至脚，及腰，而将浸入惊呼的嘴/漩涡正逐渐扩大为死者的脸/我开始有了临流的怯意/好冷，孤独而空虚/如一尾产卵后的鱼/笃定你是不会来了/所谓在天愿为比翼鸟/我黯然拔下一根白色的羽毛/然后登岸而去/非我无情/只怪水来得比你更快/一束玫瑰被浪卷走/总有一天会漂到你的手中

式一"我在水中等你"以及式二"我在桥下等你"，都是脱胎自尾生抱柱的故事，在用现代诗进行演绎的时候，作者却预设了两个结局。式一是隐栝原典，"水深及膝"至"发，在激流中盘缠如一窝水蛇"，描写了尾生在水下的等待，以及对往事的回忆，水漫过喉咙，而他的两眼仍然炯炯然，望向曾与女子嬉戏的青石小径，两耳仍在倾听女子裙摆抚过蓟草的窸窣。"紧抱桥墩/我在千寻之下等你/水来我在水中等你/火来/我在灰烬中等你"与"水至不去，抱梁柱而死"如出一辙，写出了尾生对爱的执着。式二则是对原典进行翻案，尾生在桥下等待女子，然而女子不来，在水中等待的他"漩涡正逐渐扩大为死者的脸/我开始有了临流的怯意"，面对女子的失约，以及冰冷的河水，他放弃了等待，"所谓在

天愿作比翼鸟/我黯然拔下一根白色的羽毛”，对爱情失望的他选择了“登岸而去”。两个故事，一正一反的对比中，体现了诗人对爱情之中付出与回报的辩证性思考。

## 二、古典视野下对超现实主义的吸收与改造

早期的洛夫，是台湾超现实主义诗歌的代表诗人。超现实主义是一个西方现代主义流派，其代表人物布勒东在《超现实主义宣言》中为其下了这样的定义：“超现实主义，阳性名词。纯粹的精神无意识活动……超现实主义建立在相信现实，相信梦幻全能，相信思想客观活动的基础之上。”[1]该定义强调了两点，超现实主义是纯粹的精神无意识活动，它相信梦幻全能。洛夫也是从这两点出发，对其进行了客观评价。在他看来，一方面，超现实主义是值得肯定的，在《诗人之境》中，他说：“超现实主义对诗的最大贡献乃在于扩大意象的范围与智境，浓缩意象以增加诗的强度，而使得暗喻、象征、暗示、余弦、歧义等诗的重要表现技巧发挥最大的效果。”[2]超现实主义正是在梦幻全能这一点上，最大程度上解放了人的想象力。另一方面，他对超现实主义的弊端也是充满警觉的，在《诗人之镜》中，虽然洛夫对其不乏溢美之词，但是也看到了“完全乞灵于潜意识和梦幻，必有更多的伪诗假其名而行之”，故而提出了“超现实主义之修正”。几年后在《超现实与中国现代诗》中，他则进一步对超现实主义宣扬的“诗不是以思想写成的，而是以语言写成的”[3]这种强调纯粹精神无意识的“自动写作”模式进行了批判：“对以语言为唯一表达媒介的诗而言，如采用‘自动语言’而使语意完全不能传达，甚至无法感悟，是件难以想象的事情，我不认为诗人纯然是一个梦呓者，诗人在创作时可能具有做梦的心理状态，但杰出的诗最终仍是在清醒的状态下完成的。”[4]基于这两种认识，他在《我与西洋文学》一文中，把他对超现实主义的态度进行了如此概括：“在我来说，超现实主

---

[1] 布勒东著，袁俊生译：《超现实主义宣言》，重庆大学出版社2010年版，第32页。

[2] 洛夫：《洛夫自选集》，黎明文化事业公司1979年版，第237页。

[3] 张秉真：《结构主义文学批评论》，辽宁大学出版社1987年版，第57页。

[4] 《洛夫谈诗：有关诗美学暨人文哲思之访谈》，第12页。

义既非万灵秘方，又非洪水猛兽，而且我对它的选择是有所接受，有所批评的。"[1]而对于这种选择性吸收来说，最重要的，便是他对中国古典的重新审视。

从接受角度来看，在阅读李白、李商隐、李贺诗歌的过程中，他发现了他们的诗歌与超现实主义的同质性，即"非理性"；在阅读严羽《沧浪诗话》的时候，也发现了古人对非理性的自觉追求："诗有别趣，非关理也。""不涉理路，不落言筌。"[2]这种同质性，在对时空的处理上，体现得尤为明显。正如他在《关于〈石室之死亡〉》中所说："而我后期诗中之所以能够突破时空的局限，突破后设语言的藩篱，而创造出'虚实相生的诗境直探生命宇宙的本貌'，除了师法古典以外，无不拜超现实主义写法所赐。"[3]可以说，洛夫笔下的时空交错，正是中西联姻的产物。洛夫笔下有把空间变形者，如《独饮十五首》："令人醺醺然的/莫非就是那/壶中一滴一滴的长江黄河。"醉人的是乡愁，而长江黄河是乡愁的代表，被压缩成一滴滴的酒；亦有把时间变形者，如《血的再版——悼亡母诗》："母亲/我真的不曾哭泣/只痴痴地望着一面镜子/望着/镜面上悬着的/一滴泪/三十年后才流到唇边。"眼泪从眼睛流到唇边的几秒，被扩展成孤岛游子与母亲三十年不可相见的悠悠；亦有时空跳跃者，如《蟋蟀之歌》："唧唧/究竟是那一只在叫/广东的那只其声苍凉/四川的那只其声悲伤/北平的那只其声聒噪/湖南的那只叫起来带有一股辣味/而最后/我被吵醒的/仍是三张犁巷子里/那声最轻最亲的/唧唧。"诗人在此打破时空，在对一生所历之地、所听之蟋蟀鸣叫的复述中概括了自己的一生。这种手法，在李白、李贺、李商隐等人的诗歌中，极其常见，时间变形者如李白《将进酒》："君不见高堂明镜悲白发，朝如青丝暮成雪。"空间变形者如李贺《梦天》："遥望齐州九点烟，一泓海水杯中泻。"时空跳跃者则更多，如屈原的《离骚》，李白的《梦游天姥吟留别》以及李贺的《李凭箜篌引》等。正是因为契合了古典与现代，这种时空交错的书写模式成为洛夫成功地把西方理念嫁接到中国

[1] 洛夫:《诗的边缘》，汉光文化事业公司1988年版，第55页。
[2] 严羽:《沧浪诗话》，中华书局1985年版，第6页。
[3] 朱寿桐:《中国现代主义文学史》，江苏教育出版社1998年版，第738页。

现代诗歌的典范。

从修正角度来看,他认为,中国古典诗歌又与西方超现实主义有所区别,中国古典诗歌不仅仅追求"无理",更追求"无理而妙"[1]。换言之,诗歌不仅止于非理性,而是通过非理性的手段,最终达到绝妙的艺术效果。从这点出发,洛夫认为中国传统的禅宗与超现实主义存在微妙的关系。禅宗的表现方法有所谓的"棒喝""斗机锋""参话头"。譬如问:"如何是佛祖西来意?"或答:"镇州大萝卜头。"或答:"青州布衫重七斤。"或答曰:"干屎橛。"所答所问,各不相干。这些看似是胡说八道,实际上是在用非理性的语言进行暗示,这其实和超现实主义的借"自动语言"摆脱理性控制,以表现潜意识下的"自我"是相通的[2]。这种相类,也促使他开始创作融合禅宗和超现实主义的现代禅诗。如《金龙禅寺》《寻》《水墨微笑》《背向大海》《月落无声》。以《金龙禅寺》为例:

> 晚钟/是游客下山的小路/羊齿植物/沿着白色的石阶/一路嚼了下来/如果此处降雪/而只见/一只惊起的灰蝉/把山中的灯火/一盏盏地/点燃

全诗充满魔幻现实主义色彩,在诗人笔下,游客在钟声中下山,被用"晚钟/是游客下山的小路"的比喻写出,这是化动为静;而山路的石阶旁长满羊齿植物,则进一步从羊齿引发出嚼的动作,被描绘成"一路嚼了下来",这是化静为动,在这动静交错中,营造出一种虚实交错的禅境。最后一句,"一只惊起的灰蝉/把山中的灯火/一盏盏地/点燃",则想象更为奇特。灰蝉的叫声,与山中的灯火,一为视觉意象,一为听觉意象,本无任何联系,而诗人却说是蝉声点燃了灯火,这其中便渗透了佛家"诸法空相"的认知。同时,"蝉"又与"禅"谐音,惊起的灰蝉,是他在晚钟声中顿悟的隐喻。正是这一刹那的顿悟,使得其心空灵明净,好似山中的灯火,被一盏盏点燃,颇有欲辩已忘言之感。可以说,

---

[1]《洛夫谈诗:有关诗美学暨人文哲思之访谈》,第14页。
[2] 同上书,第17页。

这首禅诗，正是洛夫追寻"无理而妙"的代表。

就意象运用而言，洛夫诗歌常常出现主客易位的情况，如"山色也曾醉过，当它饮尽我们的目光""自从/路，一口咬住了鞋子""你知道河流为什么要紧紧抓住两岸""光在中央，蝙蝠将路灯吃了一层又一层""广场上，鸽子啄去了我半个下午""如何相信屋顶上的月光/确确切切是/按照月饼模子压出来的"。这些句子有一个共同的特点，它们都是给物赋予人的思维或活动，使熟悉的世界陌生化，从而呈现出新鲜的体验。若进一步观察，可以发现，这种倒错反而更接近内心的真实，可谓是"反常合道"[1]。像"如何相信屋顶上的月光/确确切切是/按照月饼模子压出来的"，倒因为果，自然反而要模仿人工，但这几乎是现代人的命运：一切都在远离本貌。而"山色也曾醉过，当它饮尽我们的目光"，把人为山色所醉置换转移，用山色取代人，再保留人饮的动作，这其中，不但把人醉的情绪移情到山色之上，同时在饮尽目光的暗喻中，泯灭了人与物的界限，达到了物我合一的境界。

洛夫对这种主客易位的大量使用，一方面来自他早期对超现实主义的接受，另一方面也和他对传统的吸收不无关系。超现实主义也强调神奇与新异，表现在语言上就是通过意象的随意倒置与转换，对语言的常规性和常态性进行突破，使得语言一反常规，出人意料。然而，这种置换与颠倒具有极大程度的偶然性与随意性，发展到极端便产生了一种叫"美妙的僵尸"的文字游戏："美妙的僵尸是一种集体的拼贴游戏，几个参加游戏的人围坐在一起，首先由其中一人在一张纸上写下自己偶然想到的一个词，然后折叠好递给第二个人，第二个人在不看到第一个人所写词语的情况下，再写下自己偶然想到的一个词，然后把纸叠好递给第三个人，这样依次下去，直到每个人都写下一个词为止，这样写下的词就会拼贴成一个句子。"[2]这种游戏性质的笔墨，固然会带来惊奇的效果，却也割裂了言与意的关联，割裂了物与我的关联，使得创作沦为无利害的思维游戏，变得晦涩难懂。针对这种弊端，洛夫开始从传统"取

---

[1]《冷斋夜话》，第24页。

[2]李徵：《论超现实主义的美学核心——神奇》，载《乐山师范学院学报》2014年第8期。

火"，"在思维和精神倾向上，我开始探足于庄子与禅宗的领域，于是才有了'物我合一'的哲学观点的形成"[1]。这种主客的易位，正是物我合一的哲学观点在诗歌中的体现，也正是这种传统的东方智慧弥补了超现实主义自动写作带来的碎片化弊端，变无情世界为有情世界。另外，这种手法的运用也呼应了古典诗的创作实践。在古诗中，这样的诗作大量存在，如辛弃疾的"料青山见我应如是"，还有李白的"相看两不厌，只有敬亭山"，王维的"远树带行客，孤城当落晖"，杜审言的"云霞出海曙，梅柳渡江春"，陆游的"沈家园里花如锦，半是当年识放翁"等无不如此。以杜审言句为例，其后半句"梅柳渡江春"本来是春天来临，江南江北梅柳开放，而作者却把主客关系颠倒过来，把梅柳赋予人格特点，说是梅柳渡江而来，把春天从江南带到了江北，这在美学上带来了特殊的效果，同时，也把诗人身处江南思念江北的情感杂糅其中。这和洛夫的"自从／路，一口咬住了鞋子""你知道河流为什么要紧紧抓住两岸"有异曲同工之妙。因而，洛夫的这种书写，可说是对中国古典诗写法的一种延续。

## 三、唐诗解构——中国古典诗歌的现代化

洛夫毕生都在追求诗的现代化，以创造现代化的中国诗为职志。在他所写的《建立大中国诗观的沉思》一文中，他曾说："我们要创造的现代诗不只是新文学史上的一个阶段性的名词，而是以现代为貌，以中国为神的诗。"[2]他认为，这个"中国之神"就深藏于唐诗之中，却长期被封闭在僵化的格律中，而解构便是对唐诗中神的释放，或一种变形的重生。

所谓解构，原滥觞于后现代主义。关于后现代主义思潮，有人认为：所有文化体系都应加以怀疑，都可以被解构，也就是说，文化符号之间的既有的关系都可以使其分解裂变，从而使我们对文化符号意义的理解和它的价值产生怀疑。洛夫认为，这种解构观念有其消极意义，但

[1]《洛夫诗选》，第4页。
[2] 洛夫：《唐诗解构》，江苏凤凰文艺出版社2015年版，第2页。下文所涉解构诗歌均出自此书，不再一一列出。

却是人类文化演进的必然过程。不过从另一个角度看，人类历史文化的演进其实就是一种不断被解构，又不断被重建的过程。就文学史的演变而言，这就是传承与创新的意义。

洛夫对唐诗的解构，可以从两个层面来看。从语言层面，他把古诗的趣味和内涵加以延伸和拓展，用现代的语言重构成现代诗体。从精神层面，他则以现代人的心态介入古典诗歌，用现代人的目光体验诗歌的情景和意境，从而表现出现代人的审美心态和意智。

在第一种类型中，洛夫往往抓住原诗中的诗眼或者核心意象，进行重新阐释。在《黄鹤楼送孟浩然之广陵》中，解构的是"孤帆"意象；在《宿建德江》中，则是"近"字；在《回乡偶书》中则是"问"字；在《望月怀远》中，则是"月亮"意象。以《月下独酌》一诗为例：

> 花间一壶酒，独酌无相亲。举杯邀明月，对影成三人。月既不解饮，影徒随我身。暂伴月将影，行乐须及春。我歌月徘徊，我舞影零乱。醒时相交欢，醉后各分散。永结无情游，相期邈云汉。

> 独酌是对酒的一种傲慢／可是，除了不解饮的月亮／我到哪里去找酒友？／天上也月，地上也月／花间也月，窗前也月／壶里也月，杯中也月／我穿上月光的袍子／月亮借去了我全身的清凉／举杯一仰而下／一个孤寒的饮者月下起舞／下酒物是壁上零乱的影子／我把酒壶摇呀摇／摇出了一个寂寞的长安／摇呀摇，摇出了一个醉汉／一卷熠熠生辉的盛唐

李白的原诗中，一共存在三个核心意象"影""月""身"，而三者的实际关系是"月既不解饮，影徒随我身"，但是在李白的想象中，三者是"醒时同交欢，醉后各分散"，通过这想象和真实的对比，李白表现出个人的孤独。而在洛夫的诗中，他对三者的关系进行了重构。首先，月亮被作为主体意象着重描述，月光无处不在，天上，地面，花间，窗前，酒壶，酒杯，甚至穿的袍子，月亮被扩大成无限时空的象征，又被浓缩成生命无常引发的千古哀愁。而影在这里，不再是诗人嬉戏的对象，而

被想象成下酒物，月下的醉者，也只是舞着满身的孤寒。这首新作，写出了亘古的寂寞，以及绝世的美。它从原作基础发展而来，但经过全新的阐释，丰富延伸了原作的生命。

而第二种类型，洛夫则在诗中消解了诗歌的原意，用现代人的眼光和价值观对之进行审视和关照。如《江雪》中，"千山鸟飞绝，万径人踪灭"被解构成"千山有鸟没有翅膀，万径有人没有踪迹"，把本来的宁静之境，改写成了对人生存困境的思考。而《长恨歌》中，"从此君王不早朝"被解构成"他开始在床上读报，吃早点，看梳头，批阅奏折/盖章/盖章/盖章/盖章"，把帝王沉溺女色，改写成了对现代人机械化生存状态的一种揶揄，等等。以《春望》为例：

> 国破山河在，城春草木深。感时花溅泪，恨别鸟惊心。烽火连三月，家书抵万金。白头搔更短，浑欲不胜簪。

> 该死的驿丞/三个月都不见一封家书/从浅浅的酒杯中/他用一根白发钓起，啊，那岁月/额头上的皱纹/成倍数增长/烽火起了/马蹄响了/城池破了/春天来了/春天来了/蓟草与野冢等高/城池破了/不幸的人拥雨声入睡/马蹄响了/一只花瓶哀号一声碎在大街上/烽火起了/长安的耗子正排着队等待轮回/安禄山打过来了/杨玉环在马嵬坡睡着了/花朵躲在叶子后面哭泣/鸟儿吓得打翻了窝/蛋，毫无疑问完了蛋/什么都不对劲/怔怔的，对着镜子发愁/他举起木簪，颤颤地/插呀插/插进了破镜的裂缝

杜甫的《春望》是纯主观的个人心绪表现，而洛夫则是作为客观叙述者，描述了杜甫笔下的那场国难。他对这场国难中诗人的表现与感受，作的是一番别有意味的描述。杜甫的诗充满浓浓的忧国忧民情思，而洛夫的诗，则充满荒诞和滑稽感。在解构诗中，杜甫不再是忧国忧民的诗圣，而是一个生活在时代夹缝中可怜的知识分子。从诗歌字句的顺序来看，原诗首句"国破山河在，城春草木深"上来便给人以国破家亡的沉痛感，而在洛夫的诗中，首句是"该死的驿丞/三个月都不见一封家书/

从浅浅的酒杯中／他用一根白发钓起，呵，那岁月／额上的皱纹／成倍数增长"，化自原诗"烽火连三月，家书抵万金"，便可看出，洛夫更加关注大时代下个人的命运。而"该死的驿丞""从浅浅的酒杯中""用一根白发钓起"这样的句子中，隐含的则是对杜甫某种程度的调侃。这种调侃的意味，在其后的描述中愈发明显，如"花朵躲在叶子后面暗泣／鸟儿吓得打翻了窝／蛋，毫无疑问完了蛋"，"完了蛋"这样利用歧义与谐音进行调侃的句式，已近乎谑浪了。在诗的结尾部分，"甚么都不对劲／怔怔地，对着镜子发愁／他举起木簪，颤颤地／插呀插／插进了破镜的裂缝"，杜甫的形象则略显迂腐。这种迂腐的形象，调侃的句式，正是洛夫解构该诗的根本出发点。安史之乱这场巨大的灾变，给人带来了巨大的痛苦，但是它竟是肇始于唐玄宗和杨玉环的荒唐的爱情，"安禄山打过来了，杨玉环在马嵬坡下睡着了"，这两句看似轻描淡写，本身就充满了荒诞和滑稽感。所谓的木簪"插进了镜子的裂缝"，不仅仅是一语双关的超现实主义语句，更是一种讽刺和调侃。洛夫通过这一个意象传达的，其实是与他在长诗《漂木》中所传达的"命运的无常，宿命的无奈"同样的信息，这种对知识分子命运的观察和思考，充满了现代感。

从以上所述可以看出，洛夫确是一个有浓厚古典情结的人，在他的诗歌中，有对古典诗句的借鉴，通过"换词不换意"式的"换骨法"以及"换意不换格"式的"夺胎法"的使用，洛夫完成了对古典诗句的点化，使这些古典的诗句在现代诗中焕发出新的生命。而通过对禅宗、古典诗论以及李贺、李商隐等人诗歌的审视，他则对自己早期所宗的西方超现实主义思潮进行了反思与修正，对超现实主义中的时空交错的手法进行了吸收，而对于"自动写作"则进行了扬弃。最后，洛夫还对中国古典诗歌的现代化进行了有益的探索和尝试，借鉴西方解构主义的观点，他对五十首唐诗进行了解构。对一部分诗歌，他从语言层面把古诗的趣味内涵进行延伸拓展，把其中的意象打乱重排，用现代语言重构成全新的诗体；对于另外一部分诗歌，他则从精神层面，以现代人的眼光介入诗歌，消解诗歌原意，表达现代人的审美及价值。总之，通过这一系列自觉向传统的靠拢，洛夫完成了"向传统回眸"，这种选择性的"回眸"与新古典主义"刻意表示继承古典诗的余韵，凡写景必小桥栏杆，写物必风花雪月，写情则不免伤春悲秋，结果写出来的都是语体的旧诗"[1]这样的标榜回归传统的假古典主义完全不同，在他看来"一来传统是不可能回去的，二来向古典借火不过是一种迂回侧进的策略，向传统回眸，也只是在追求中国诗现代化进程中的一种权宜而已"[2]。他所作的这一切努力，也都无疑为在全球化、现代化背景下的今天，如何实现传统文化的现代化，以及如何用传统文化解决文化现代化存在的问题，提供了新的视野和思路。

【作者简介】复旦大学中国古代文学研究中心硕士研究生。

[1]《洛夫谈诗：有关诗美学暨人文哲思之访谈》，第14页。
[2]同上书，第15页。

# 诗有可解有不可解

查洪德　　王树林

【摘　要】　诗有可解有不可解，有两层义：就辞和意的层面说，有的诗可解，有的诗不可解，此其一。但诗之所以为诗，不在辞与意，而在味。就味的层面说，任何诗都是不可解的。诗有辞、意、味三个层面，辞与意或可解，味则无法言说，则一首诗又有其可解者和不可解者，此其二。诗味是无法用语言言说的，但诗之所以有诗味，还是需要通过辞即语言来传达与感受。识得辞之妙，有利于感受诗之味。读诗，须在辞和意的层面下功夫。

【关键词】　诗可解　诗不可解　诗味

诗有可解，有不可解。这里的不可解，绝非晦涩其辞，使人读不懂，不得其解。所谓不可解，其意大致可概括为三个方面：诗之遣词用语之妙，在可解与不可解之间者；诗之蕴含之多义性，有得于语言文字之外，非确切语言所可涵括揭示者；诗之味独得于心，可会于心不能形于言者。晦涩其辞，艰涩难读，缺乏诗意诗味，让人读之不快，不能称作诗，那种不可解，不在我们讨论的范围内。前段时间我在网上看到一个材料，一个年轻人记我多年以前在他诗集的扉页上写的几句话："诗家妙语总天成，奇险盘曲在平中。蹇涩言词艰难句，须著磨砻历练功。"诗语艰涩，那是欠功夫。

诗有可解有不可解，古人早有论述，清人薛雪《一瓢诗话》说：

杜少陵诗，止可读，不可解。何也？公诗如溟渤，无流不

纳；如日月，无幽不烛；如大圆镜，无物不现，如何可解？小而言
之……兵家读之为兵，道家读之为道，治天下国家者读之为政，无
往不可。所以解之者不下数百馀家，总无全璧……余又谓：可读，
不可解，夫读之既熟，思之既久，神将通之，不落言诠，自明妙
理，何必断断然论今道古耶？[1]

诗歌的蕴含极其丰富，诗歌的表达又具有多种解读的可能性，所谓"片
言可以明百意"[2]，所以只可读，在读中体悟、体味、感受，任何解说
都不得要领，古人说："理之妙，不容言"，"心得而存之，口不可得而
言之"[3]。诗之妙，也不容言，所谓"妙处难与君说"（宋张孝祥《念奴
娇·过洞庭》语）。解诗的人，都是根据自己的经验和眼光作出自己的
解说，都是各有所得，各有所见。在薛雪看来，读者各自之一得、一
见、一解，都消解了诗歌本身意蕴的丰厚性，得一而漏万，把诗解薄
了。要不把诗解薄，最好只品味，不解说。

明代谢榛《四溟诗话》卷一说：

> 诗有可解、不可解、不必解，若水月镜花，勿泥其迹可也。[4]

在他看来，诗有的是可解的，但大多不可解，也不必解。诗是虚灵的，
其含义也往往是不确定的，"赋诗必此诗，定知非诗人"。诗就如夏日奇
云，幻化万状，引起人各种想象。你一定要把它弄到眼前来看，落实它
到底是什么形状，那它就什么也不是，什么也没有了。就本质上说，诗
的鉴赏是一种心灵的活动，所以欣赏主要是心会。诗的内容，有的是可
以解说的，有的是难以解说的，有的是不必解说的。读诗所得，有的是
可以言说的，有的是难以言说的。

---

[1] 薛雪：《一瓢诗话》，人民文学出版社1979年版，第156页。
[2] 刘禹锡《董氏武陵集序》语，见《文苑英华》卷七一三，中华书局影印本1966
　　版，第3683页。
[3] 陈献章：《陈白沙集》卷一补遗《论前辈言铢视轩冕尘视金玉》下，文渊阁
　　《四库全书》本。
[4] 谢榛：《四溟诗话》，人民文学出版社1961年版，第3页。

　　当然，一直有一种反对意见，说诗首先应该能够使人解。所谓"大乐必易"[1]，如清人李渔《窥词管见》第十则说："诗词未论美恶，先要使人可解，白香山一言，破尽千古词人魔障，爨妪尚使能解，况稍稍知书识字者乎？"他说那些"意极精深，词涉隐晦，翻绎数过，而不得其意之所在"的作品，那只有"束诸高阁，俟再读数年，然后窥其涯涘而已"。[2]所谓"白香山一言"，指释惠洪《冷斋夜话》卷一所记："白乐天每作诗，令一老妪解之，问曰：'解否？'妪曰解，则录之；不解，则易之。"[3]研究者就说，白居易的诗连老妪都能解，这种说法很难让人相信。我们找白居易最浅易的作品，比如他的《长相思》："汴水流，泗水流，流到瓜洲古渡头，吴山点点愁。　　思悠悠，恨悠悠，恨到归时方始休，月明人倚楼。"其中之意，连我们也只能体悟而难以说清。只这"吴山点点愁"五个字让烧饭的老太太解释一下，为什么吴山会愁，愁怎么是"点点"？若说老太太们能弄明白，也太神奇了。金圣叹更激烈地反对诗有不可解之说，他甚至说："弟自幼最苦冬烘先生，辈辈相传'诗妙处正在可解不可解之间'之一语。"自称"断断不愿亦作'诗妙处可解不可解'等语"[4]。诗的妙处，金圣叹真的都可"解"吗？且不说金圣叹解诗，不少解说都离开原作自说自话，就他评为"妙"处的，也并未说出如何"妙"。如他评唐人张说《幽州新岁作》"去岁荆南梅似雪，今春蓟北雪如梅。共嗟人事何常定，且喜年华去复来"曰："'共嗟'，妙，只是一、二之两上半句；'且喜'妙，只是一、二之两下半句。笔态扶疏磊落，读之疑其非复韵语。"[5]如果仅仅是所"嗟"为一、二句前三字，所"喜"为一、二句后四字，有何妙？似乎另有妙处，所谓"笔态"云云。但究竟如何妙，还是没有说出来。当然，李渔和金圣叹，其主要成就都不在诗歌批评。

---

[1] 大乐必易，语出《史记·乐书二》："大乐必易，大礼必简。"宋人易祓《周官总义》卷五推衍说："大礼必简，大乐必易，大圭不琢，大羹不和，大裘亦然，无经纬之文，无缋绣之功，取其质而已。"

[2] 见唐圭璋辑《词话丛编》第18种，中华书局1986年版，第554页。

[3] 释惠洪：《冷斋夜话》（合订《风月堂诗话》《环溪诗话》）卷一，中华书局1988年版，第16—17页。

[4] 陆林辑校整理：《金圣叹全集》第1册，凤凰出版社2016年版，第102—103页。

[5] 同上书，第149—150页。

诗的语言和意蕴，不可能都是可解的。古代诗歌如此，即使是今人写的诗，也有很多是不可解、不能解的，比如现代散文家、诗人邵燕祥1976年写过一首《无题》诗："山似文章不喜平，楼高正好望秋晴。半生追日诅云妄，四海为家信可行。愁到酒边新病胃，诗沉江底浪得名。平林剪尽舳舻外，八月栏杆独一凭。"[1]这诗能解吗？诗的语言基本上是可解的，诗中运用的典故也是可以解释的，但这首诗表达的意思和作者寄寓的情思，可以解释吗？我看还是不解为好。

## 一、诗之可解与不可解

我们先从具体作品说起，以唐代李商隐的两首诗为例，一是《乐游原》：

> 向晚意不适，驱车登古原。夕阳无限好，只是近黄昏。[2]

另一首是《锦瑟》：

> 锦瑟无端五十弦，一弦一柱思华年。庄生晓梦迷蝴蝶，望帝春心托杜鹃。沧海月明珠有泪，蓝田日暖玉生烟。此情可待成追忆，只是当时已惘然。[3]

这两首诗的差异很大，差异之处就在于，《乐游原》明白晓畅，似乎根本不需要注释与解说;《锦瑟》则自古号称难解。元好问《论诗三十首》说："望帝春心托杜鹃，佳人锦瑟怨华年。诗家总爱西昆好，独恨无人作郑笺。"[4]看来，元好问也觉得李商隐《锦瑟》诗难解。

这两首诗也有共同处：它们都是千古传诵的名作，都深受读者喜爱。从另一个角度说，两首诗有同有不同：从一个层面上说，一首诗晓

---

[1] 钱理群、袁本良：《二十世纪诗词注评》，广西大学出版社2005年版，第380页。

[2] 刘学锴、余恕诚：《李商隐诗歌集解》，中华书局1988年版，第1942页。

[3] 同上书，第1420页。

[4] 姚奠中主编：《元好问全集》卷十一，山西人民出版社1990年版，第338页。

畅明白，一首隐约难解；但从另一层面上说，两首都是难解的：第一，要想用逻辑的思维和语言，对诗的意蕴加以解说，这两首诗都是很困难的。因为诗的思维是非逻辑的，感性多于理性。诗的意蕴都是丰富、复杂而不确定的。借鉴德国哲学家康德的理论，两诗传达给人的是"审美理念"："所谓审美理念是指能唤起许多思想而又没有确定的思想，即无任何概念能适合于它的那种想象力所形成的表象，从而它非语言所能达到和使之理解。"[1]不管是明白如话的《乐游原》，还是号称难解的《锦瑟》，要想用逻辑理性语言，对诗中表达的意蕴加以确切的解说，都是很困难的。《锦瑟》自不必说，梁启超在《中国韵文里所表现的感情》里就说："这些诗，他讲的什么事，我理会不着；拆开来一句一句叫我解释，我连文义也解不出来。"《乐游原》又何尝不是如此呢？当代研究李商隐的专家刘学锴说："《乐游原》所抒发的感慨，触绪多端，内涵深广，形态混沌，难以指实。诗人用白描的手法浑沦抒慨，而举凡时世衰颓、身世沉沦、年华消逝之慨，乃至对一切美好事物消逝之惋惜怅惘，均可在'向晚意不适'的情感基因与'夕阳无限好，只是近黄昏'的浩叹中包蕴，故管世铭谓其'消息甚大，为绝句中所未有'。"[2]第二，要想用语言说明在诗人写作时心灵隐微之处的感受，或者说明你读这首诗时的心灵感受，在心灵隐曲之处感受到的那种味，这两首诗都是不可能的。两首诗唤起的读者内心的情感体验，也都是难以言说的。宋叶厘《爱日斋丛抄》卷三有一条："李商隐诗'夕阳无限好，只是近黄昏'，足以戒盛满，而意似迫促。程子云：'未须愁日暮，天际是轻阴。'悠然无尽之味，诗家未能及。"[3]他说的这些，恐怕只能用心感悟，很难明白说出了。《乐游原》的明白晓畅，只不过是文辞易解。我们读一首诗，往往是解其辞者未必明其意，明其意者也未必得其味，得其味者又难以言说。其实，就某种意义上说，欣赏诗歌，本来就无须言说，只要"悠然

---

[1] 康德著，宗白华译：《判断力批判》，商务印书馆1964年版，第160页。

[2] 刘学锴：《白描胜境话玉溪》，载《文学遗产》2003年第4期。管世铭语载其《读雪山房唐诗序例》，见《清诗话续编》下册，上海古籍出版社1983年版，第1561页。

[3] 叶厘：《爱日斋丛抄》卷三，《丛书集成初编》本，商务印书馆1936年版，第119页。

心会"就可以了。

应该说，读诗所得，有可言说的部分，有不可言说的部分。不可言说的部分，追求言说，希望表达，古人也有经验，我们可以借鉴。而可言说的部分，应该努力掌握其表达的方式，提高表达水平。

## 二、诗中之可解者与不可解者

诗有可解有不可解，包括两个方面的意思：其一，有的诗是可解的，有的诗是不可解的，也就是说，诗的语言，诗中要表达的意思，有的诗是可以用语言加以解说的，有的诗则不能用语言加以解说。其二，即使那些可以解说的诗，它深层的东西，诗人在诗中寄寓的人生况味，世事体味，灵妙之趣味，诗人心灵隐微之处的感受，也是不可言说的。也就是说，一首诗，有可解之处与不可解之处。如上举李商隐的两首诗，《乐游原》是可解的，而《锦瑟》是不可解的，这是一层意思；再深入一层，《乐游原》可解的部分只是语言，诗中极丰富极复杂的含义，以及其中透露出的诗人心中难以言说的滋味，是没有办法加以解说的。

那么，就一首诗来说，哪些是可解的，哪些是不可解的呢？清人朱鹤龄《辑注杜工部诗集序》有一段话，他说：

> 且子亦知诗有可解有不可解乎？指事陈情，意含讽喻，此可解者也；托物假象，兴会适然，此不可解者也。不可解而强解之，日星动成比拟，草木亦涉瑕疵，譬之图罔象而刻空虚也。[1]

他讲诗有两个层面：在"指事陈情，意含讽喻"这一层面，即通常说的表情和达意的层面，是可解的，当然也是可以交流言说的，比如说某首诗表达了诗人乡思怀远之情，某首诗表现了诗人仕途失意的孤愤等，这些是可解的。而不可解的，是"兴会适然"这一层面，也即诗人会心适

---

[1] 朱鹤龄：《愚庵小集》卷七，见《清人别集丛刊》影印本，上海古籍出版社1979年版，第301页。按：罔象，本为古代传说中的水怪或木石之怪，《国语·鲁语下》云："水之怪曰龙、罔象。"后引申出虚无之意，王褒《洞箫赋》："薄索合沓，罔象相求。"《文选》李善注云："罔象，虚无罔象然也。"

意之处，是心灵隐微灵妙之处，是诗人在特定时期对人生、对生命、对自然等的独特感受。有时是人同此心，心同此感，但想说出来，却谁也说不出来，比如"悠然见南山"的瞬时所感。无法言说，不可名状。这才是诗歌的真正妙处，真正动人之处，使一首诗传诵不衰的真正原因。元诗四大家之一的杨载有一首《宗阳宫望月分韵得声字》："老君台上凉如水，坐看冰轮转二更。大地山河微有影，九天风露寂无声。"[1]历来为鉴赏家击节赏叹，但谁也没有具体讲出它的好处。这就是诗人"托物假象"，而使读者"兴会适然"，有感于心而难以言说。王世贞《艺苑卮言》谈诗思的特点，带有一定神秘性：

> 西京、建安，似非琢磨可到，要在专习。凝领之久，神与境会，忽然而来，浑然而就。无岐级可寻，无色声可指。[2]

其实不仅汉魏（西京、建安），好诗多应如此。诗人诗思既是如此，鉴赏者对诗的把握和感悟，也必然如此。诗人诗思之得来，"无岐级可寻，无色声可指"。读诗，当也一样无岐级可寻，无色声可指，全靠心之领悟。比如陈与义《临江仙·夜登小阁忆洛中旧游》："忆昔午桥桥上饮，坐中多是豪英。长沟流月去无声。杏花疏影里，吹笛到天明。　二十余年如一梦，此身虽在堪惊。闲登小阁看新晴。古今多少事，渔唱起三更。"[3]这是千古击赏的名作。但若要问：他写的这些意象之间是什么关系？"闲登小阁看新晴"和"古今多少事"之间有什么关系，"古今多少事"为什么接一句"渔唱起三更"？便没人能说得清了。明代杨慎的《临江仙·滚滚长江东逝水》最后三句："一壶浊酒喜相逢。古今多少事，都付笑谈中。"[4]容易理解，但从诗歌品评的角度说，却远不如陈与义这几句。

欧阳修在《书梅圣俞稿后》一文中也说到诗之可言说与不可言说，

---

[1] 顾嗣立：《元诗选·初集·丁集》，中华书局1987年版，第964页。

[2] 王世贞：《艺苑卮言》，见丁福保辑《历代诗话续编》本，中华书局1983年版，第960页。

[3] 白敦仁：《陈与义集校笺》，上海古籍出版社1990年版，第867页。

[4] 杨慎：《历代史略十段锦词话》第三段《说秦汉》。

他说：

> 工之善者必得于心、应于手，而不可述之言也；听之善，亦必得于心而会以意，不可得而言也……余尝问诗于圣俞，其声律之高下，文语之疵病，可以指而告余也；至其心之所得，不可以言而告也。余亦将以心得意会，而未能至之者也。[1]

欧阳修的意思是说，诗歌声律技巧方面的东西，这些粗浅的、形式的、表面的东西，是可以言说的，而得于心、会于意的，诗的精妙之处，是无法言说的。他在《六一诗话》中记载他与梅尧臣的对话亦如是说："余曰：'……状难写之景，含不尽之意，何诗为然？'圣俞曰：'作者得于心，览者会以意，殆难指陈以言也。'"[2]

如果简单地说，诗之不可言说者，是诗人之深情远思。宋人徐铉从创作的角度论证了诗之深情远思难以言说的道理，他说："人之所以灵者，情也。情之所以通者，言也。或情之深、思之远，郁积乎中，不可以言尽者，则发为诗。"[3]作者正是"不可以言尽"才发而为诗，读者又怎么能"以言尽"而加以解说呢？

概括地说，诗有辞、意、味三个层面，宋代徐鹿卿谈自己读杜诗的经历说："余幼读少陵诗，知其辞而未知其义；少长，知其义而未知其味。迨今则略知其味矣。"[4]诗有辞、意、味三个层面，鉴赏也当然应该着力于这三个层面：一，解其辞（弄懂语言，包括语言技巧、诗法运用方面的认识与把握）；二，明其义（理解诗中表达的情感意蕴）；三，得其味（感受诗中之味，包括诗之风味、韵味、人生况味，得诗人之心）。古今批评家所写诗歌鉴赏文字，大致也不外这三个方面的内容，即解词、析意、品味。三者中，关键在味。诗之所以为诗，正在于第三层次，正在于诗有诗"味"。南宋杨万里说：

---

[1] 欧阳修：《欧阳修全集》，中华书局2001年版，第1048页。
[2] 欧阳修：《六一诗话》，《历代诗话》本，中华书局1981年版，第267页。
[3] 徐铉：《徐公文集》卷十八《萧庶子诗序》，四部备要本，中华书局聚珍仿宋版，本卷第六页。
[4] 徐鹿卿：《宋宗伯徐清正公存稿》卷五《跋黄瀛父适意集》，豫章丛书本。

> 夫诗何为者也？尚其词而已矣。曰："善诗者去词。""然则尚
> 其意而已矣。"曰："善诗者去意。""然则去词去意，则诗安在乎？"
> 曰："去词去意而诗有在矣。""然则诗果焉在？"曰："尝食夫饴与荼
> 乎？人孰不饴之嗜也，初而甘，卒而酸。至于荼也，人病其苦也，
> 然苦未既而不胜其甘。诗亦如是而已矣。"[1]

诗之所以为诗，就在于"初而甘，卒而酸""苦未既而不胜其甘"的味。它虽然是难以言说的，却是诗之真谛所在。所以，诗的鉴赏就是品味，品出这"初而甘，卒而酸""苦未既而不胜其甘"的味。

从最根本的意义上说，诗之所以为诗，关键在味，而"味"只能感受，无法言说。所以，古诗的品鉴，在于潜心涵泳玩味，不必追求言说。陶渊明面对自然，体验过这样的心理感受："此中有真意，欲辩已忘言。"但这就有了一个矛盾：鉴赏中难以言说而鉴赏者往往追求表达的矛盾。言说是鉴赏者的心理或其他需要。如何言说，就成为鉴赏中需要解决的问题。解决这一矛盾，我们不妨多借鉴前人的经验。

前人或他人的鉴赏文字，大致有两个方面的内容：一种是诗歌技法或语言运用技巧的分析，这属于诗歌鉴赏中的可言说部分；另一种则是对诗歌的感悟，是读者之心对作者之心的体贴，是鉴赏者对诗人心灵隐微灵妙之处的着力探寻（或引他人诗句，或作形象描述）。后一种鉴赏文字，我们应该把它看作鉴赏者的再创造，它只不过与原作有一定关系，或者说它是由原作激发或生发出来的。我们读鉴赏文字，感悟的是鉴赏者之心，而非原诗作者之心。这两者是有关的，但不是一回事儿。同一首诗，不同人写出的鉴赏文字却相去甚远，就说明了这一问题。再举一个近似的例子来说，郭沫若翻译了屈原的诗，但我们不能真的就把他的翻译当屈原的作品去理解。他翻译了《山鬼》，但译诗中的山鬼，是郭沫若心中的山鬼，而不是屈原心中的山鬼。

第一种鉴赏文字，可以帮助我们理解作品，对我们的鉴赏有所帮助，我们应该重视。如李清照《声声慢》词十四叠字——"寻寻觅觅，

---

[1] 杨万里：《颐庵诗稿序》，见杨万里撰，辛更儒笺校《杨万里集笺校》，中华书局2007年版，第3332页。

冷冷清清，凄凄惨惨戚戚"——之妙，历来评诗者都赞不绝口，但如何妙，则很少有人详说，近人傅庚生先生作了如下解说：

> 此十四字之妙：妙在叠字，一也；妙在有层次，二也；妙在曲尽思妇之情，三也。良人既已行矣，而心似有未信其即去者，用以"寻寻"。寻寻之未见也，而心似仍有未信其便去也，又用"觅觅"；觅者，寻而又细察之也。觅觅之终未有得，是良人真个去矣，闺阃之内，渐以"冷冷"；冷冷，外也，非内也。继而"清清"，清清，内也，非复外也。又继以"凄凄"，冷清渐蹙而凝于心，又继之以"惨惨"，凝于心而心不堪任，故终之以"戚戚"也，则肠痛心碎，伏枕而泣矣。似此步步写来，自疑而信，由浅入深，何等层次，几多细腻！不然，将求叠字之巧，必贻堆砌之讥，一涉堆砌，则叠字不足云巧矣。故觅觅不可改在寻寻之上，冷冷不可移植清清之下，而戚戚又必居最末也。且也此等心情，惟女儿能有之，此等笔墨，惟女儿能出之。设使其征人为女，居者为男，吾知其破题儿便已确信伊人之不在迩也，当无寻寻觅觅之事，男儿之心粗故也。能词之士，多昂藏丈夫勉学莺莺燕燕者，故不能下如此之十四叠字耳。[1]

他把李清照这首词中用来表现外部行为动作和内心感受的词语，按照词义的细微差别，用自己的生活经验作补充，排出了一个严密的逻辑顺序。我们在傅庚生分析的基础上可以作如此归纳：这十四字的顺序是：外部动作（由粗到细）→生理感觉→心理感受→情感情绪（由淡到浓）。其分析解说，可谓细致入微，但也仅能帮助我们把握词意并理解作者如何表情达意，让我们更加佩服李清照语言技巧的高超。所涉及的，是辞

---

[1] 傅庚生：《精研与达诂》，见《中国文学欣赏举隅》，北京出版社2003年版，第3页。按：他对李清照词的解说有不够确切之处，其所谓"良人既已行矣""征人"云云，以为是其丈夫外出，其实此词写于宋南渡李清照夫亡家破之后，表现的是丈夫死后的孤凄。"寻寻觅觅"是写人在痛苦中人恍惚迷乱的神情，若有所失，像要寻找什么又不知道要寻找什么，表现词人家破夫亡、异乡漂泊、老年寡居寂寥苦闷的精神状态。

和意的层面。至于词中所蕴含的神情韵味，李清照在此情此景中的人生况味，却一点也没有说出。因为这本身是难以言说的。个中滋味，还需要读诗的人自己去品味，用心灵去感悟。也就是说，诗歌鉴赏，可言说的是"辞"和"意"，不可言说的是"味"。因此，鉴赏文字，很难进入"味"的层面。不过，深入透彻理解"辞"和"意"，对诗的品味，是有帮助的。所谓诗之妙处，不在文字，也不离文字。味还是要通过文字品得。这里举金圣叹评杜甫《江村》为例。杜诗云："清江一曲抱村流，长夏江村事事幽。自去自来梁上燕，相亲相近水中鸥。老妻画纸为棋局，稚子敲针作钓钩。多病所须唯药物，微躯此外更何求？"金圣叹评：

> "江村"者，非江边一村也。乃清江一曲，四围转抱，既不设桥，又不置艇，长夏于中，事事幽绝，所谓避世之乐，乐真不啻者也。问：江村如是，即令人如何去来？答：我有何人去来？自去自来，止有梁上之燕耳。问：若无去来，然则与何人亲近？答：我与何人亲近？相亲相近，独此水中之鸥耳。二句乃以梁燕、水鸥写江村更无去来亲近；非以自来自去、相亲相近写梁燕、水鸥也。[1]

不管是诗人独居江村，来去唯有梁上燕，亲近只有水中鸥，还是燕自来去，不关诗人，鸥自相亲，与我无涉，都可让我们体会诗人心灵的幽独。语言的解析，可以帮助我们感受诗味。

辞、意、味三个层面，辞的层面，多是可解的，意的层面，由于诗歌含义具有丰富、复杂和多义性，以及古今语言的差别、用典等原因，有的可确解，有的难以确解，有的则很难作解。我们知道，元曲的特点是明白如话，就语言的层面说，应该是很容易理解的。但若说到意的层面，就不见得首首可解了。如任昱的［南吕·金字经］《秋宵宴坐》："秋夜凉如水，天河白似银。风露清清湿箪纹。论，半生名利奔。窥吟鬓，江清月近人。"[2]整篇没有一个生僻字，没有用典（"江清月近人"是唐孟浩然诗《宿建德江》成句，但知道与不知道这一出处，与解

---

［1］陆林辑校整理：《金圣叹全集》第2册，凤凰出版社2016年版，第692—693页。
［2］隋树森：《全元散曲》，中华书局1964年版，第1006页。

诗并没有太大影响）。就语言的层面说，似乎没有解不解的问题。但如果一深究，在意的层面上，就有难解处了。在如此秋夜月下闲坐（即宴坐），就曲子所写看，还是独自宴坐，"窥吟鬓"是谁窥呢？王星琦《元曲与人生》就注意了这个问题，他说："是谁'窥'呢？诗人自己窥自己的霜鬓吗？月色中，无镜在手，如何窥见呢？那么，就只能是月在偷窥人了。月明如镜，又亲近地靠近人，或许以月为镜，诗人抚摸着自己的双鬓。如此，则又是诗人自窥了。其实，不必强求确解，人自窥，是以月当镜；月窥人，是月色撩人，也未为不可，其妙正在似是而非之际。"[1]"不必强求确解""妙在似是而非之际"，鉴赏中确实是不得不如此的。

　　至于味的层面，则是无法作解的，因为品味是一种心理的活动，是一种心灵的感受，是体验。所谓体验，有人说，就是"以体去验"，意思是只能亲身去"验"，用现在的话说，是只有直接经验，既无法通过间接经验获得，也不能把自己的体验告诉别人。

　　但是，古今的鉴赏家还是将品味并以言说，要把自己的感受告诉他人。我们需要考察他们是如何言说的。

　　其实，在"味"的层面，诗给人的是感染和感动，如钟嵘所说，"使味之者无极，闻之者动心"[2]，这种感染和感动，是情绪的反应。那么古人如何表述这种感染、感动、情绪反应的呢？徐渭说："试取所选者读之，果能如冷水浇背，陡然一惊，便是兴观群怨之品；如其不然，便不是矣。"[3]孔尚任说是要"令读者动心变志，啼笑无端，真如声之震耳，色之眩目，五味之沁舌"[4]。两例都是用人的生理反应、外部表情描述，让读者想象其内心感受、心中滋味。我们再看一些具体的例子。《晋书》卷九十八《王敦传》谓王敦（字处仲）"每酒后，辄咏魏武帝乐府歌曰：'老骥伏枥，志在千里。烈士暮年，壮心不已。'以如意打唾壶

［1］王星琦：《元曲与人生》，上海古籍出版社2004年版，第104—105页。
［2］陈延杰注：《诗品注·总论》，人民文学出版社1961年版，第2页。
［3］徐渭：《徐渭集》卷十六《答许北口书》，中华书局1983年版，第482页。
［4］孔尚任：《长留集序》，孔尚任著，汪蔚林整理《孔尚任诗文集》，中华书局1962年版，第491页。

为节，壶边尽缺"[1]。王敦是王导的从兄，东晋权臣。晋元帝后期，他已经控制了东晋的经济和军事，但并没有像汉末曹操那样，荡平中原。也可以理解为他不满足于"王与马，共天下"，但野心不能实现，壮志难酬。后世用"击碎唾壶"或"缺壶歌"等，形容壮志难酬。王世贞《艺苑卮言》卷三说："王处仲每酒间歌：'老骥伏枥，志在千里。烈士暮年，壮心不已。'其人不足言，其志乃大，可悯矣。余自庚申（嘉靖三十九年，1560，其父王忬被杀）以后，每读刘司空二语，未尝不欷歔罢酒。至少陵'千秋万岁名，寂寞身后事'（按：《梦李白》句），辄黯然低回久之。"[2]所谓"刘司空二语"，指晋刘琨《重赠卢谌》诗的最后两句"何意百炼刚，化为绕指柔"。这两句诗之所以对他的感情影响如此强烈，是因为他经历了与刘琨写《重赠卢谌》时相似的经历。刘琨写此诗的情感历程，《晋书》有载，宋祝穆《古今事文类聚别集》卷十六《百炼刚》条概括说："晋刘琨为段匹磾所拘，自知必死，为五言诗赠其故吏卢谌，末云'何意百炼刚，化为绕指柔'。琨诗托意非常，远想鸿门、白登之事，用以激谌。谌素无奇略，以常辞酬和，殊乖琨心。"（据文渊阁《四库全书》本）卢谌是刘琨妻子的外甥，也是其故吏，刘琨在生死关头寄希望于他，卢谌却无所作为，坐视刘琨被杀。王世贞的父亲是右都御史王忬，因事得罪严嵩，严嵩借故加害王忬，危难之时，王世贞曾遍求亲旧，但竟无人救援。《明史·王世贞传》："父忬以滦河失事，嵩构之论死，系狱。世贞解官奔赴，与弟世懋，日蒲伏嵩门，涕泣求贷。嵩阴持忬狱，而时为谩语以宽之。两人又日囚服跽道旁，遮诸贵人舆，搏颡乞求。诸贵人畏嵩，不敢言。忬竟死西市。"[3]所以，王世贞每读刘琨诗，便惘然若失。诗歌对读者心灵情绪的感染、感动，多用"铁如意击唾壶""欷歔罢酒""黯然低回"这些描述性的语言来表达。

以上两个例子都是诗歌给人强烈的负面感情冲击，使人表现出激烈的肢体反应或表情反应。诗歌给人的情绪影响，也有正面的积极的，使读者感到审美的享受，或表现出手舞足蹈，或沉潜其中而忘乎所以。隋

---

[1] 房玄龄等：《晋书》，中华书局标点本1974年版，第2557页。
[2] 王世贞：《艺苑卮言》卷三，《历代诗话续编》本，第991页。
[3] 张廷玉等：《明史》，中华书局标点本1974年版，第7380页。

颜之推就说，"文章之体，标举兴会，引发性灵"，心存同想，欲罢不能，"一事惬当，一句清巧，神厉九霄，志凌千载。自吟自赏，不觉更有旁人"。[1]完全进入诗的境界，这也是通过人的外部神态，描述其心灵感受。

## 三、惟知诗者为不能言

元代戴表元有"惟知诗者为不能言"之说。推而论之，则凡言说者都不知诗。他说：

> 余自五岁受诗家庭，于是四十有三年矣。于诗之时事忧乐险易、老稚疾徐之变，不可谓不知其概，然而不能言也。夫不能言而何以为知诗？然惟知诗者为不能言也。今夫人食之于可口、居之于佚、服之于燠而游之于适，谁不知美之？问其美之所以然，则不得而言之。[2]

他是一位实有所感的人，他的话很有说服力。为什么说"惟知诗者为不能言"呢？因为只有真正"知诗者"，才能体会到诗之精妙之处，才能悟出其不可言说之妙，也才能感悟诗之妙不可言。不知诗者没有体会诗之精妙，对诗之不可言说没有真正的体会，也就不知诗之不可言。他讲了一个射箭的故事，说明言者未必知，而知者不能言：

> 昔尝有二人射，其一百发百中，若矢生于手而侯生于目，其一时而中焉。时而中者每中辄言，百发百中者未尝言也。揖百发百中者问之，其人哑然而笑，曰："吾初不知吾射之至此也。"问可学乎？曰："可学而不可言学之法。"固问之，曰："日射而已矣。"夫学诗亦犹是也。[3]

---

[1] 颜之推著，王利器集解：《颜氏家训集解》卷四《文章篇第九》，上海古籍出版社1980年版，第222页。
[2] 李军等校点：《戴表元集》卷八《李时可诗序》，吉林文史出版社2008年版，第111页。
[3] 同上书，第112页。

不仅是诗，任何事物，人只有妙造精微，才能领会其不可言说之妙，正如刘勰所说："至于思表纤旨，文外曲致，言所不追，笔固知止。至精而后阐其妙，至变而后通其数，伊挚不能言鼎，轮扁不能语斤。其微矣乎！"[1] 许多东西，其精妙之处都是难以用语言表达的。

这里所谓的不可言，应该包括两方面的含义。其一，作诗中的精妙之理无法言传。这就如轮扁斫轮，"得之于手而应于心，口不能言，有数存焉于其间。"[2] 老子说的"知者不言，言者不知"，庄子说的"辩不若默，道不可言"，都是讲的这一道理。元释英《答画者问诗》云："要识诗真趣，如君画一同。机超罔象外，妙在不言中。珠蚌照沧海，玉蟾行碧空。安能起摩诘，握手话高风。"[3] 诗的真趣"妙在不言中"，可言的当然就不是诗之"真趣"和诗之"妙"处。其二，读诗时得于心的趣和味不可言说。明代李梦阳说："古诗妙在形容之耳，所谓水月镜花，所谓人外之人，言外之言……形容之妙，心了了而口不能解，卓如跃如，有而无，无而有。"[4] 我们随手拈出一些诗句，如"盈盈一水间，脉脉不得语"（《古诗十九首·迢迢牵牛星》），其中之味怎么言说？"画船儿载将春去也，空留下一江明月"[5]，这感受怎么说得清楚？作者在特定情境下有一种感受，这感受微妙而复杂，他没法用理性的语言表达出来，于是他描述了使他感动的情境。读者读了他形象的描述，如身临其境，因而感同身受，产生了共鸣，也体验到了作者在此情此境中的感受。作者因为无法用理性的语言表达才写成了诗，读者又怎能用理性的语言表达出来呢？

## 四、妙在可解不可解之间

这是明清人论诗常说的一句话，但不同的人说的意思并不完全相

---

[1] 范文澜注：《文心雕龙注》卷六《神思》，人民文学出版社1962年版，第495页。
[2] 郭庆藩：《庄子集释》，中华书局1981年版，第491页。
[3] 释英：《白云集》卷三《答画者问诗》，文渊阁《四库全书》本。
[4] 李梦阳：《空同集》卷六十六《论学》下篇第六，见《四库名人文集丛刊》，上海古籍出版社1991年版，第605页。
[5] 隋树森：《全元散曲》，第131页。

同。胡震亨《唐音癸签》卷三引王世贞之语曰："乐府诗妙在可解不可解之间。一涉议论，便是鬼道。"又卷二十四评杜甫《三绝句》其一："杜'斩新花蕊未应飞'。非斩字不能形容其新，在可解不可解之间。"[1]看来，胡震亨之意，是形容之妙，可心会而不能口解。《红楼梦》香菱学诗的一段，似乎可以拿来作这话的注释：

> 香菱笑道："据我看来，诗的好处，有口里说不出来的意思，想去却是逼真。有似乎无理，想去竟是有理有情。"黛玉笑道："这话有了些意思，但不知你从何处见得？"香菱笑道："我看那《塞上》一首，那一联云：'大漠孤烟直，长河落日圆。'想来烟如何直？日自然是圆的。这'直'字似无理，'圆'字似太俗。合上书一想，倒像是见了这景的。若说再找两个字换这两个，竟找不出两个字来。再还有'日落江湖白，潮来天地青'，这'白''青'两个字也似无理。想来，必得这两个字才形容得尽，念在嘴里倒像有几千斤重的一个橄榄。还有'渡头余落日，墟里上孤烟'，这'余'字和'上'字，难为他怎么想来！我那年上京来，那日下晚便湾住船，岸上又没有人，只有几棵树，远远的几家人家在作晚饭，那个烟碧青，连云直上。谁知我今天读了这两句，倒像我又回到了那个地方了。"[2]

香菱说的这些，就是"无理而妙"，因无理故难以作理性解说。袁枚《随园诗话》卷十二："戴喻让有句云：'夜气压山低一尺。'周蓉衣有句云：'山影压船春梦重。'皆妙在可解不可解之间。"[3]这里的可解不可解，意思与胡震亨所说不同。"夜气"当然是无形的，只是人的感觉，更不可能"压山"，何况还"低一尺"？既不可能，也无道理，但它写出了人的心理感觉。这种感觉原本就是无形而不能描述的。张燕瑾讲《牡丹

［1］胡震亨：《唐音癸签》卷二十四，上海古籍出版社1981年版，第256页。
［2］曹雪芹、高鹗著：《红楼梦》，商务印书馆2016年版，第391—392页。
［3］袁枚：《随园诗话》卷十二，见《续修四库全书》第1701册《集部·诗文评类》，上海古籍出版社2002年版，第424页。

亭》曲词也说"妙在可解与不可解之间",可以作为我们的参考:

> 《牡丹亭》的曲词具有纤丽缥缈的朦胧美,能感觉而难以指实,
> 妙在可解与不可解之间。例如,《惊梦》出中的"袅晴丝吹来闲庭
> 院"和"雨丝风片""遍青山啼红了杜鹃,荼蘼外烟丝醉软。牡丹
> 虽好,他春归怎占的先"等一类句子,就都是情绪化的措词,带有
> 心理语言的特征。如果用逻辑语言的规律去解释,"晴丝"和"雨
> 丝"同时出现无论如何都是不通的。其实这里只是要传达女主人公
> 内心对轻柔春光的主观感受,并不需要字字坐实。[1]

诗是情绪化的表达,诗是非逻辑的,也是"能感觉而难以指实",其妙
处正在可解不可解之间。他说的"晴丝""雨丝"这类现象,在诗中是
常见的,李贺的"黑云压城城欲摧,甲光向日金鳞开"(《雁门太守行》
诗句)不是很典型吗?清人叶燮《原诗·内篇上》却以"理、事、情"
三者论诗[2]。在我们看来,"情"是诗之事,"事"与"理"都是文章之
事。他自己也说:"然此三言,固文家之切要关键。而语于诗,则情之
一言,义固不易,而理与事,似于诗之义未为切要也。"[3]但他这里说的
"理、事、情",是非常之理、非常之事、非常之情。他首先肯定:"诗
之至处,妙在含蓄无垠,思致微渺,其寄托在可言不可言之间,其指归
在可解不可解之会,言在此而意在彼,泯端倪而离形象,绝议论而穷思
维,引人于冥漠恍惚之境,所以为至也。"[4]所以是无法用语言表达的。
就一般的意义上说,理与事,应该是能够用语言表达和描述的。但叶燮
认为,诗中的理与事,不同于一般意义上的理与事,都是不可言、不可
述的,因为诗中之理,非"可言可执之理",乃"名言所绝之理",乃天
地间"至理"。他说:

---

[1] 张燕瑾:《中国古代戏曲专题》第九章《汤显祖与临川派》,高等教育出版社
  2002年版,第123—124页。
[2] 叶燮:《原诗·内篇上》,《清诗话》本,上海古籍出版社1963年版,第574页。
[3] 同上书,第584页。
[4] 同上。

可言之理，人人能言之，又安在诗人之言之？可征之事，人人能述之，又安在诗人之述之？必有不可言之理，不可述之事，遇之于默会意象之表，而理与事无不灿然于前者也。[1]

他举杜甫的几句诗为例，说：

如《玄元皇帝庙作》"碧瓦初寒外"句……又《宿左省作》"月傍九霄多"句……又《夔州雨湿不得上岸作》"晨钟云外湿"句……又《摩诃池泛舟作》"高城秋自落"句……以上偶举杜集四语，若以俗儒之眼观之，以言乎理，理于何通？以言乎事，事于何有？所谓言语道断，思维路绝；然其中之理，至虚而实，至渺而近，灼然心目之间，殆如鸢飞鱼跃之昭著也。[2]

他又举了唐诗中"事所必无者"："如'蜀道之难，难于上青天''似将海水添宫漏''春风不度玉门关''天若有情天亦老''玉颜不及寒鸦色'等句……决不能有其事，实为情至之语。"他断言："可以言言，可以解解，即为俗儒之作。唯不可名言之理，不可施见之事，不可径达之情，则幽渺以为理，想象以为事，惝恍以为情，方为理至事至情至之语。"[3]

我们可以找一些作品来为他这些话作注。先看黄庭坚的《清平乐》（春归何处），就是"决不能有其事，实为情至之语"：

春归何处？寂寞无行路。若有人知春去处，唤取归来同住。　　春无踪迹谁知？除非问取黄鹂。百啭无人能解，因风飞过蔷薇。[4]

---

[1] 叶燮：《原诗·内篇下》，《清诗话》本，第585页。
[2] 同上书，第585、586页。
[3] 同上书，第586、587页。
[4] 黄庭坚：《山谷词》，见毛晋辑《宋六十名家词》，上海古籍出版社1989年版，第78页。

这样的作品,"以言乎理,理于何通?以言乎事,事于何有?"但我们可以借以理解所谓"不可名言之理,不可施见之事,不可径达之情,则幽渺以为理,想象以为事,惝恍以为情"。明人潘游龙评:"'赶上和春住''唤取归来同住',千古一对情痴。"[1]类似的作品还有一些,清人吴衡照《莲子居词话》同类句子放在一起加以评论:

> 山谷云:"春归何处。寂寞无行路。若有人知春去处。唤取归来同住。"通叟(按:宋人王观)云:"若到江南赶上春,千万和春住。"碧山(宋元之际王沂孙)云:"怕此际春归,也过吴中路。君行到处,便快折河边千条翠柳,为我系春住。"三词同一意,山谷失之笨,通叟失之俗,碧山差胜。终不若元梁贡父(元人梁曾)云:"拼一醉留春,留春不住,醉里春归。"为洒脱有致。[2]

元曲中薛昂夫《双调·楚天遥过清江引》也是此类作品:

> 屈指数春来,弹指惊春去。蛛丝网落花,也要留春住。几日喜春晴,几夜愁春雨。六曲小山屏,题满伤春句。　春若有情应解语,问着无凭据。江东日暮云,渭北春天树,不知那答儿是春住处?[3]

其中所言,全是既无其事,又无其理,可以说是一派荒唐言。但其中所表达的感情,却是真切的,古往今来,并没有人认为这些作品是荒唐的。

"可解不可解"还有其他的含义。如何焯《义门读书记》卷五十一评杜甫《哀江头》:"'翻身向天仰射云'二句,仰天一箭而翼坠双飞。此指陈玄礼请杀贵妃事,其云'辇前才人'者,姑隐避其词,如闻比兴,

---

[1] 潘游龙辑、梁颖点校:《精选古今诗余醉》,辽宁教育出版社2003年版。
[2] 吴衡照:《莲子居词话》卷一《梁贡父词洒脱有致》,唐圭璋《词话丛编》本,中华书局1991年版,第2419页。
[3] 隋树森:《全元散曲》,第718页。

在可解不可解之间，欲人思而自得之耳。"[1]（按：杜诗两句为"翻身向天仰射云，一箭正坠双飞翼"）杜诗《哀江头》这两句之前四句"昭阳殿里第一人，同辇随君侍君侧。辇前才人带弓箭，白马嚼啮黄金勒。"两句写杨贵妃，两句写陈玄礼，跳跃性很大，又都没有说明。这两句之后就是："明眸皓齿今何在？血污游魂归不得。"用这种隐喻的形式，不加说明，让读者自己理解。此所谓"可解不可解"，是可理解而不可明言，有些话是要避讳的。这在古代很重要，但与我们讲的并不是一回事。

当然，也有人认为，诗不是那么玄虚，反对"妙在可解不可解之间"之说。前已引李渔、金圣叹之说，这里看清人李重华《贞一斋诗说》：

> 有以可解不可解为诗中妙境者，此皆影响惑人之谈。夫诗言情不言理者，情惬则理在其中，乃正藏体于用耳。故诗至入妙，有言下未尝毕露，其情则已跃然者，使善说者代为指点，无不亹亹动人，即匡鼎解颐是已。如果一味模糊，有何妙境？抑亦何取于诗？[2]

有人主张"惟知诗者不能言"，有人主张诗之妙"在可解不可解之间"，李重华则认为，一味模糊，便无妙境。可见同一问题古人的看法各异。但李重华在同一地方还有一段话，说："诗求文理能通者，为初学言之也；诗贵修饰能工者，为未成家言之也。其实诗到高妙处，何止于通？到神化处，何尝求工？"[3]诗到高妙处，到神化处，李重华自己恐怕也难言之。

**【作者简介】**查洪德，南开大学文学院教授，博士生导师，教育部长江学者特聘教授；王树林，南通大学文学院教授。

---

[1] 何焯：《义门读书记》卷五十一，中华书局1987年版，第1005页。杜甫《哀江头》：少陵野老吞声哭，春日潜行曲江曲。江头宫殿锁千门，细柳新蒲为谁绿？忆昔霓旌下南苑，苑中万物生颜色。昭阳殿里第一人，同辇随君侍君侧。辇前才人带弓箭，白马嚼啮黄金勒。翻身向天仰射云，一箭正坠双飞翼。明眸皓齿今何在？血污游魂归不得。清渭东流剑阁深，去住彼此无消息。人生有情泪沾臆，江水江花岂终极。黄昏胡骑尘满城，欲往城南望城北。

[2] 李重华：《贞一斋诗说》，见《清诗话》下，上海古籍出版社1963年版，第933页。

[3] 同上。

# 城市的想象：香港诗词的审美与创新

黄坤尧

【摘　要】　香港诗词汇聚各方才人，自开埠迄今，名家亦多，创作内容主要是反映重大的历史事件、社会百态，摹写香港风光，表现新来港者的飘零感觉，书写师友交谊、生命的感慨，以及论诗之什。考察现今香港每年所举办的两项重要的诗词比赛——"全港诗词创作比赛"和"全港学界律诗创作比赛"，我们可以了解近年来香港诗坛的诗词水平，以及创作者的审美想象及创新思维。

【关键词】　香港诗词　审美　创新　全港诗词创作比赛　全港学界律诗创作比赛

## 一、城市的想象

香港是一个充满活力的城市，活力呈现于急速的节奏与庞大的财富网络当中。财富就是金钱，赶车赶路，投注投资，移山填海，分秒必争。每个人都在红尘绿霭中匆匆走过，整个城市的面貌不断迅速地整合变换。岁去年来，春秋代序，皇后码头拆卸了，环球贸易广场118层直插云霄；激光舞影侵蚀城市人空虚的角落，黑社会的血腥镜头在银幕中爆发；圣诞灯饰悄悄带来一股人间的温馨，郊野公园青山绿水长在长流。蓦然回首，灯火阑珊，一盏清茶，一轮皓月，维多利亚港的海霞幻化不定，一念乍起一念乍灭，书卷灵明照彻了三千法界。人性未泯，诗心长健。

一流的文学必然是一种创作，要创作就得像神创造宇宙万物一样独一无二。香港的诗歌撤出了田园，开上了高速公路，异卉灵芝，色香秀艳。当代香港的诗歌除了小本经营的旧诗、新诗以外，还有由大公司倾力包装制作的流行歌曲，都是地道的香港特产。好的作品就是城市心灵的脉搏，也是社会发展的记录。诗词，在城市中流淌，可能也只是一个部族、一个过客，而非整体，有缘者自能拾筏登岸，怅望大千，化成优美的意象，发挥想象的空间。

## 二、香港诗词的审美

诗词是一种审美的艺术。喜欢诗词，往往就是陶醉于美的享受。美的享受会因应不同的人、不同的才性、不同的品味而定，诗词就是在众多的艺术之中，因人而异，给我们提供多一种的选择。艺术就像森严的天地一样，表现一种永恒的秩序，从秩序中审美，而审美就是不断地探索新感觉，乐在其中。

香港诗词汇聚各方才人，自开埠迄今，名家亦多，近年汇辑为《香港名家近体诗选》一书，收录近体诗作者约二百家，每人限选十首。[1] 近体诗指的是五七言绝句、律诗及五言排律，不收古体，全部要求合律。本书大体展示了香港诗歌的独特风貌、香港诗歌的发展轨迹，摹写历史事件、社会人事、自然风光、人生百态等，自然也是香港诗人的心灵记录了。相信可以全面准确地提供认识香港诗坛的基本材料。其中较重要的有王韬（1828—1897）、胡礼垣（1847—1916）、陈伯陶（1855—1930）、黄伟伯（1872—1955）、伍宪子（1881—1959）、刘子平（1883—1970）、伍俶（1897—1966）、韦汪瀚（1897—1972）、刘太希（1898—1989）、许菊初（1901—1976）、黄相华（1902？—2002）、熊润桐（1903—1974）、王淑陶（1906—1991）、郑春霆（1906—1990）、刘德爵（1909—1990）、劳天庇（1917—1995）、谢启睿（1919—1999）、高毓赐（1921—1996）、苏文擢（1922—1997）、陈一豫（1927—）二十家的作品，包括不同的内容和风格，表现香港的独特面貌，展现香港诗中的人文景观。按诗意约分七项：

（一）反映重大的历史事件。例如1908年胡礼垣《戊申年水灾香港女界售物赈灾诗十二首》之一："曾闻大士女儿身。露洒杨枝净浊尘。今

---

[1] 何文汇、何乃文、洪肇平、黄坤尧、刘卫林选编：《香港名家近体诗选》，香港中文大学出版社2010年版。

日文明花始放，女权一复见斯人。"

（二）新来港者的飘零感觉。例如1911年陈伯陶《避地香港作》："瓜牛庐小傍林坰。海上群山列画屏。生不逢辰聊避世，死应闻道且穷经。熏香自烧怜龚胜，藜榻将穿慕管宁。惆怅阳阿晞发处，那堪寥落数晨星。"

（三）摹写香港风光。例如刘太希《香港》："垂垂海立归无象，纸醉金迷亦可哀。七百年看兴废尽，无情只有宋王台。"

（四）论诗之什。例如1974年熊润桐《近日有所谓〈诗坛点将录〉者，竟尔涉及贱名，朋辈举以为问，走笔见意》："饥驱卖药到洋场。偶尔歌吟只自伤。岂谓迂儒堪落草，竟牵名姓附强梁。时衰尽有求全毁，计拙惟余不谢方。莫讶曹公逊潘陆，本无人识古悲凉。"注云："陆九芝世补斋医书有《不谢方》一卷。"[1]

（五）师友交谊。例如1982年苏文擢《挽徐复观教授》："文星遥夜掩雄光。目极东云百断肠。早向高衢骧绝足，晚于行路惜迷阳。狂澜欲拯人终溺，国士投闲世可伤。寥落乾坤悲后死，为谁独立问苍茫。"

（六）生命的感慨。例如刘德爵《宠辱》："宠辱区区不置怀。东方应世杂庄谐。春风瞬息二三月，人事从来八九乖。黏翅已同虫坠网，辞根却似橘逾淮。山行踏尽崎岖路，巷口寻人补破鞋。"

（七）反映社会百态。例如黄相华《木屋》："拓得悬崖地半坯。蓬门瓮牖傍林陬。流泉石下声沉着，甘露枝头滴不休。招饮久疏宁远市，思归无自废登楼。只愁杜老秋风里，补屋牵萝计未周。"

以上各诗反映时代社会的新鲜事物，例如光绪末年的赈灾义卖，香港女界出钱出力，胡礼垣看到女权的彰显，审美的视觉比较独特。陈伯陶是清朝遗老，隐居九龙，但整理文献，穷经闻道，著述不辍，表现出了顽强的生命力。刘太希流落香港，只能为纸醉金迷的社会悲哀。熊润桐洋场卖药，知道没有多少人认识自己，写出自嘲的口吻。刘德爵忘怀宠辱得失，在历尽崎岖山路之后，在巷口中找人修补破鞋，在繁华的闹市中自得其乐，想象奇特。黄相华住在悬崖边简陋的木屋里，流水淙

---

[1] 适然楼主：《香港诗坛点将录》（1954—1974），《名流月刊》第廿六期（永泽出版有限公司，1980年11月）转载，署名老兵，第10—12页。

淙，沉着应对，夜雨屋漏也变作杨枝甘露了，苦中作乐，寓意深刻。这些作品都是基于诗人定居香港后的观察和想象，写出的现代城市的画面，好像跟眼前的社会并不协调，其实诗人的审美就是要跟现实保持距离，才能表现独特的眼光，显出创意，而真实的香港感觉就这样确立了，令人耳目一新。

此外，诗中也有很多佳联警句，可供吟诵细味，浮想联翩，感于时世，带出生命深刻的思考，丰富城市生活的不同想象。兹举十四例于下。

1. 投荒万里成浮海，奇绝兹游昔所无。（王韬《偶遗》，1862）

2. 惆怅六朝弹指尽，山河举目有余哀。（陈伯陶《游杯渡寺》，1916）

3. 堂堂旗鼓起神州，剑气真能射斗牛。（王淑陶《抗战》，1937）

4. 百年生聚感苍茫，异俗殊言自一方。（郑春霆《香港弃守，遄走澳门，留别诸友》，1941）

5. 俨然地震新遭劫，满目纵横瓦砾冈。（黄伟伯《日本人毁九龙城外屋宇辟作飞机场》，1942）

6. 应知得国求师友，安用忧时见肺肝。（伍宪子《闻陈布雷之丧》，1948）

7. 旧事从头我自知，大都不与梦相宜。（伍傲《旧事》）

8. 退一步思皆称意，作千秋想太劳生。（刘太希《偶成》）

9. 残年顿感千忧集，奈此天回地动时。（熊润桐《岁暮述怀》）

10. 风骚各诉中年后，湖海相怜一往深。（劳天庇《吴天任过寓谈诗有作》）

11. 欲借西风吹梦去，盈盈一水托微波。注云："为苏彝士运河事。"（韦汪瀚《丙申七夕感赋》，1956）

12. 灯花过眼明还灭，世态翻云塞里通。（许菊初《元夜寄友，时美国航天员登陆月球成功》，1969）

13. 劫罅天留觞咏地，蛮陬聊认作江南。（高韛赐《春聚沙田画舫》，1972）

14. 一江云水连天碧，落日楼台矗地阴。（陈一豫《七月一日登太平山，重过曩常游眺之地，徘徊有作》）

王韬、陈伯陶来港时间相差半个世纪，喜乐各异，香港还是香港，但诗人心境不同，时代不停地变换，自然就各有不同的审美感觉了。王淑陶写七七抗战，英姿焕发，气冲牛斗。郑春霆在日军侵占香港后逃难澳门，黄伟伯见证日军强拆九龙城民居建设机场，再现历史震撼的场景，感同身受。伍宪子刻画解放战争以至新中国成立前的心境。伍俶、刘太希、熊润桐、劳天庇浮生若梦，沈郁悲凉，也就注入深刻的个人想象。韦汪瀚、许菊初记录20世纪60年代的世界大事，借诗寄意，自抒怀抱。高韛赐、陈一豫摹写不同的香港风光，引人入胜，亦堪玩味。以上诸家健笔纵横，情韵悠扬，立意新颖，句律凝练，谱写现代城市人的诗声，皆成佳制，从传统中来，但也注意摆脱古人的影子，摹写自我的感觉和想象，分庭抗礼，足以显示香港诗坛辉煌的成就。

诗词跟现实人事息息相关，所谓主题，所谓内容，经过凝视与聚焦处理，往往会形成重心，有助于认识现实社会，构成人类的历史。

诗人感情真挚，思想深刻，而且一定会有独特的观点和看法。中正和平、温柔敦厚可以是一种取态，而壮怀激烈、批判现实则是另一种表达方式，各适其适，互不矛盾。读者欣赏诗词，往往正是欣赏一种个性，一种批判的思维。

## 三、香港诗词的创新

诗词是一种创意思维，表现独特的个性，通过不同的试验和多重的组合，创出新意，避免重复。诗人的彩笔跟造物主创造天地一样，无中生有，显出神力。阅读诗词其实也是在积极地培育想象力，带领心灵驰飞。

诗词是一个丰富多姿的感情世界。人的世界充满了悲欢离合，无论读者或作者，其实都可以通过诗词交流感情和经验，超越时空的局限，破除隔阂，而永恒也就呈现在眼前了。

现在香港每年有两项重要的诗词比赛。一是"全港诗词创作比赛"，由康乐及文化事务署辖下香港公共图书馆主办，由1991年起计，已办二十七届，单年比诗，双年比词，分为"公开组""学生组"，学生组包括高一至大专的学生，二是新市镇文化教育协会主办"全港学界律诗创作比赛"，分"大学及大专组""中学组及香港专业教育学院组"，限作七律，由1989年起计，已办二十八届。这两项比赛面对不同层次的市民群体，前者是全港诗词实力的公开比试，代有英才，各领风骚。后者主要是训练学生认识正字正音正读及培养写作律诗的兴趣，循规蹈矩，按部就班，提升语文能力，致力艺术创作。通过这两项比赛，我们可以考察近年香港的诗词水平，以及他们的审美想象及创新思维。

1. 寒销天水碧，卜宅且南移。低树流芳暗，高窗碎影迟。邻声侵晓梦，纱幔漾春曦。偶得清心客，茶香夜雨时。（董秀生《移居》，2011年第二十一届全港诗词创作比赛公开组冠军）

2. 一浪冤魂吊万千，深悲辐射祸绵延。曾矜核电能强国，更驾仙槎要霸天。碌碌生涯如过客，茫茫星际计光年。谁将宇宙无穷大，可把人心欲壑填。（叶烱光《日本海啸核泄漏有感》，2011年第二十一届全港诗词创作比赛公开组亚军）

3. 编贝凋零合换新，一朝再龇喜回春。启唇便见排齐整，注目无从辨假真。莫道蜡枪徒冒铁，须知瓷斧足雕珉。珍羞今后悠然嚼，爱此螟蛉胜至亲。（邹继洲《假牙》，2013年第二十三届全港诗词创作比赛公开组冠军）

4. 不解文词义，缘何页上栖。手头夸杀快，眼底悔飞低。有字倾心血，无声压肉泥。被叮人在否，陈迹伴眉批。（李敬邦《页上死蚊》，2015年第二十五届冠军）

5. 赴约虞韶管自携，沿途安步顾东西。忽惊引凤箫何在，料化飞龙影已迷。按指时供人喜乐，移唇尽诉市悲凄。怅然惋惜非遗宝，无复丁东奏大齐。（潘少孟《往曲艺社途中失落洞箫》，2015年第二十五届亚军）

6. 老树苍苍对远冈，英华敛尽尚昂藏。性原耿介何妨直，花到清高不仗香。硬朗独轻三伏日，嶒峻宁怯九秋霜。倚天照海无穷意，四顾巍然立夕阳。（李瑞鹏《远山望木棉树》，2017年第二十七届全港诗词创作比赛冠军）

7. 闲坐窗前拂面凉，昏黄风景一张张。街眠黑狗人流少，门扑苍蝇马友香。往事相连沿路轨，新诗未就倚车厢。静心慢活无颠簸，乘客悠然入梦乡。（李敬邦《乘电车偶记》，2017年第二十七届全港诗词创作比赛优异奖）

以上七首都是近年全港诗词创作比赛中公开组诗赛的获奖作品。例1董秀生《移居》，作者可能原住香港城市北郊的天水围，迁居城南某一个地方，低树高窗，周围环境优美。邻居可能有些吵闹，但荡漾在一片"春曦"之中，自寻晓梦，也很迷人。末联"茶香夜雨"，来了访客，谈得十分惬意。此诗从城市生活中追寻传统的宁静感觉，文字优美，意象迷离，结构流动，秀韵天然，没有什么瑕疵，自是佳作。

例2叶烱光《日本海啸核泄漏有感》取材于当年轰动世界的大灾难，灾难无可挽救，作者以渺小的人生跟星际之间的"光年"比较，自有仙凡长短之异，希望能压抑人心的"欲壑"，给大自然休养修复的机会。诗人论道，迂阔难行，没有几个人会听的，但我们还是尊重作者的一心诚意。诗笔比较直率，稍欠流动的感觉，自是同年的亚军作品。

例3邹继洲《假牙》摹写假牙十分到位，生动活泼，自是现代人特有的生活感受，古人有时连牙齿都掉光了，只能写脱牙，换不了假牙，当然不会有现代人的奢华感觉，作者把假牙认作"至亲"，诙谐风趣。此诗感同身受，偏重写实，富有创意，亦为佳制。

例4李敬邦《页上死蚊》专写拍蚊，手段暴烈，充满杀机。这是过去很少有人触及的题材，作者通过书上的"死蚊"发挥想象空间，同情被叮者的感觉，也很生动，显出趣味。

例5潘少孟《往曲艺社途中失落洞箫》重现城市生活的真实画面，在五光十色的繁华闹市中失去心爱的洞箫，这是很多人共有的经验，但能化为诗意的，恐怕就不多了。作者自是诗中的老手，操作的过程相当熟练，娓娓道来，轻松幽默，内心平静，用失物换来一首诗，这项交易看来也很划算，作者赢在创意。

例6李瑞鹏《远山望木棉树》是2017年的新科冠军，9月底颁的奖。木棉是英雄树，此诗自是歌颂英雄气概，中间两联工整秀丽，气韵流动。末联振起，大有烈士暮年，壮心难已之叹，从传统中来，苍茫顾盼，好诗。

例7李敬邦《乘电车偶记》写流动中的城市生活，"马友"是一种咸鱼的名字，对仗精工。作者从香港电车路上看到咸鱼的陈列，嗅到咸鱼的气味，电车"慢行"，因而静心带出"慢活"的境界。此诗平铺直叙，缺少回旋转接的空间，进不了较前列的位置，可是作者的创意还是相当精彩的。以上各诗很少重复前人的题材，自我的色彩相当浓厚，借题寄意，挥洒淋漓。

8. 老夫惭愧住劏房。上无梁。侧无窗。檐隙炎风，争肯送微凉。夹板新修才五尺，闲作案，倦为床。　　夜来淫雨忽浪浪。湿巾霜。透泥墙。交响环回，千滴落盆缸。且喜箪瓢炊未断，虽僻陋，又何妨。（王锦洪《江城子·蜗居记实》，2014年第二十四届全港诗词创作比赛公开组冠军）

9. 连霄新雨活蜗涎。绕墙边。遍阶前。篆字回纹，沾露写蛮笺。点染春心知几许，凭寄与，倩谁传。　　荒园泥湿屐痕鲜。绿芊眠。且流连。晖碧铺青，薜径锁寒烟。梦里繁华都换了，浑不似，那些年。（范逸文《江城子·苔痕》，2014年第二十四届全港诗词创作比赛公开组亚军）

10. 雨酿春酣海气蒸。鞍山仙岭各潜形。耳畔清音非滴漏。知否。几宵虚室吸南溟。　　晓静抄经调笔砚。欣见。玉涵沆瀣又盈盈。休养息机循物理。尤喜。隔尘网外不沾凝。（李丽桃《定风波·抽湿机》，2016年第二十六届全港诗词创作比赛公开组冠军）

以上三首是近年全港诗词创作比赛中公开组词赛的冠军作品。例8王锦洪《江城子·蜗居记实》写香港社会普遍的"劏房"现象，将房子分割为小单位，居住狭窄，租金昂贵，小市民逆来顺受，忍不住怨气冲天。从词意来理解，作者看来也住在"劏房"之中，可是自得其乐，保持心态上的轻松自在。

例9范逸文《江城子·苔痕》写蜗牛的生活境界，雨后"苔痕上阶绿，草色入帘青"的景色，上下搭配也很调和，结拍繁华过后，追想"那些年"，蜗牛蜿蜒而过，象征书信，"点染春心"，寄给心上人，设想奇特，手段新鲜，也是老手求变的佳制。

例10李丽桃《定风波·抽湿机》，作者大抵住在马鞍山、吐露港一带临海的地方，空气潮湿，要用抽湿机抽掉水分，虽然烦厌，但静心抄经，却也保持乐观平静的心境，"休养息机""不沾凝"，意象亦佳。以上抄录十首，大抵可以反映香港诗词创作的整体水平，摹写城市风光不落俗套，往往提出一些新的角度、新的观点、新的思考，通过想象，显出创意，音调谐协，朗朗可诵。

## 四、哲理和科学

"全港学界律诗创作比赛"，分为大专组及中学组，通过比赛，发掘不少年轻的诗才，同时也提升了学生的语文能力。英才辈出，生生不息，姿采纷呈，成就卓越。回顾近年（2012—2017）学界律诗创作的表现，充分展现出了新一代的青春雅韵及创意思考，令人振奋。

在大专组的律诗方面，第二十五届冠军作品刘智德《读时间膨胀论有感》（2014，香港理工大学）将宇宙时空的科学观念纳入传统诗词之中，最为杰出。

> 巨匠狂言雷雨震，乾坤日月任飞驰。春秋雾雪风随意，福祸机缘命按时。不尽星河终有岸，曾经爱恨始无涯。千年后世纵横易，一息前尘不得追。

首联"巨匠"指冥冥中的造物主，雷雨震动，日月飞驰，构成天地万汇。颔联写大自然的风云变幻跟人类的命运祸福息息相关。颈联认为宇宙星河看似无垠，实则有岸，反而人间的缠绵爱恨更是无尽无涯的，就像白居易《长恨歌》所说的一样，"天长地久有时尽，此恨绵绵无尽期"，印证古诗的意境。末联写千秋万世可以无限延伸，自是时间膨胀的最佳证据，可是生涯有限，时间稍纵即逝，一息的前尘一去不返，个体的生命十分脆弱，只能善自珍摄。让时间虚度，可能就得不偿失了。此诗感情真挚，对仗精工，议论深刻，富有哲学意义，写出茫茫时空中的孤独感觉，更是充满诗意的作品。"前不见古人，后不见来者。念天地之悠悠，独怆然而涕下。"陈子昂《登幽州台歌》的意境，仿佛再现，但又披上当代科学的新衣，可能更觉丰盈多姿了。

第二十四届冠军作品罗光辉《咏眼镜》（2013，香港浸会大学）将平凡惯用的对象写出无限的风神，饶有韵味。

　　一上鼻梁风雅牵，琉璃颜色骨还坚。三分瘦怯尚有节，两片虚明堪悟禅。易辨蝇头昏阁里，难窥狼子素灯前。安身浊世时勤拭，莫使微尘染镜边。

首联写戴眼镜显出书生的风雅气度，妆点琉璃梦界，想入非非。颔联斯文瘦怯，有所节制；而"虚明"喻眼神，更可以悟通禅境。颈联写眼镜的功能，协助我们读书识字，但要识别是非，当然更要有清醒的头脑了。末联自勉，必须不断地努力，辟除浊世的尘垢，表现正确的修身之道。此诗超出我们平凡的想象之外，丰富眼镜的内涵，显出创意。

第二十七届冠军作品梁采珩《秋柳》（2016，香港中文大学），仿效清代王士禛（1634—1711）的名作，古色古香，也很精致。

　　笛声凄切剪离魂。一夜秋风渡玉门。烟重已湮残翠色，月寒犹蹙旧眉痕。楼前流水谁家渡，春后桃花何处村。唯有相思难拂断，扁舟明日可重论。

首联写凄切的笛声随着秋风飘送。颔联大自然的苍翠已经黯然失色，可是月痕依旧，不改本色。其中"湮""蹙"两字，炼字生动传神。颈联流水桃花，茫茫一片，意在追寻一些逝去的影像。末联相思不断，揭出殷切的思念之情。参王士禛《秋柳》四首之一："秋来何处最销魂？残照西风白下门。他日差池春燕影，只今憔悴晚烟痕。愁生陌上黄骢曲，梦远江南乌夜村。莫听临风三弄笛，玉关哀怨总难论。"看来更有意挑战大师级的作品，悦目赏心，情韵悠扬，相当突出。

第二十八届冠军作品伍展枫《挪威极光游》（2017，香港中文大学）摹写旅途中的极光景色，这是大家都喜欢尝试及挑战的题材，希望能写出奇幻的感觉，令人耳目一新。

> 杉上冰寒峻岭空，遨游绝景画图中。繁星万点皑凝雪，幻影千重绡曳风。仰叹苍虬腾紫雾，犹瞻彩瀑泻玄穹。华光纵暂何须慨，且醉良辰乐不穷。

首联杉树寒冰，视野空阔。次联置身于繁星凝雪、幻影曳风的飘忽景象之中。第三联苍虬紫雾，彩瀑玄穹，写出令人神往的奇妙境界，想象亦佳。动词"腾""泻"表现跃动的生命力，气势磅礴。此诗以写实为主，第二句及末联只属一般的话语，流于空泛，缺乏意象经营的力度，有些失色。唯全首虚实互见，照应周密，殆亦不失为佳作，脱颖而出。

第二十四届季军作品冯康泓《催眠治疗潜意识导游》（2013，香港城市大学）将催眠医治的疗程写入诗作之中，纡徐自在，游刃有余。

> 问君何事长悲戚，引语如歌导入眠。身外风霜乍回暖，心中铁石顿成烟。静观得拭孩童泪，逆溯方知芥蒂缘。半世阴霾一朝解，从今自在度余年。

用语浅白，对仗工整。此诗引导病人化解心中的郁结，指出"芥蒂"所在，培养健康的身心，终身受用不尽。其实这也是很好的学习态度，只要能悟出自己的需要，超越"芥蒂"，明白努力的方向，自然就是飞跃的进步了。案：冯康泓的《湖南游》（2012，香港红十字会甘乃迪中心）亦尝于中学组获得亚军，早就积累了丰富的写作经验。

第二十六届季军作品许乐妍《观时钟有悟》（2015，香港中文大学）感觉时光的飞逝，希望摆脱凡尘。

> 盈亏盛萎存亡事，自古皆瞻十二辰。转尽行针惊浪寂，滴残蜡炬怨词新。须臾笑看千秋业，反复轮回万劫身。莫叹青阳催客老，一尊痛酌去凡尘。

首联一日十二个时辰，人生要做的事情很多。颔联写时光从寂静中消逝，而蜡炬的烛泪则流泻怨词幽思，惊心动魄。较之杜牧《赠别》"蜡烛有心还惜别，替人垂泪到天明"，别有一番韵致。颈联议论人生事业，从有限中追求无限。末联"青阳"喻春光，把握光阴，做好本分。此诗以说理为主，议论纵横，诗意亦佳。

第二十五届特别奖黄启深《电车》（2014，香港中文大学）摹写本土特色事物，带出文化保育的课题。

> 浮华斫去百年韶，度越沧桑岁钥迢。轨外犹窥石塘月，车旁渐褪下环潮。市衢屡过情怀旧，栋宇频迁物事凋。倏听铃叮一声后，风裁逸景看繁嚣。

首联写电车运作的沧桑岁月。颔联分写石塘咀及下环、湾仔流动的街景，风情无限。颈联写街景的变化，以及带出浓烈的怀旧情绪。末联以电车的铃叮声音唤醒个人想象，一再呈现当代香港的繁华景象。此诗周游于今古之间，写出变幻的感觉。

以上诗词包括纪事、咏物、写景、行旅、议论、想象等种种不同的内容，手法多样，意象丰盈，语言精练，可以令人读出滋味，朗朗上口，意味深长，摇曳多姿。其中多数充满哲学意味及科学精神，将读书所得融入生活实践之中，例如《读时间膨胀论有感》《催眠治疗潜意识导游》及《观时钟有悟》三诗可为代表，刻意摆脱一般抒情写意的写法，雄心勃勃。挑战难度，有时诗艺稍欠成熟，追求陌生化，却给人耳目一新的感觉。当然，如果成熟只是照传统依样画葫芦的话，那么我们宁可不要成熟了。

## 五、中学生的心灵想象

"全港学界律诗创作比赛"中学组人才辈出,且均富有创意,表现亦佳。

第二十七届冠军作品冯绮婷《秋日游元朗南生围》(2016,仁济医院王华湘中学)。

> 骄阳破晓现三秋,物畅风宜一望收。渡泊孤船天漠漠,云行翠岫思悠悠。滩来紫蟹窥人眼,鸟掠枯蓬过陌头。寄语凡夫迟脚步,武陵旧迹此中求。

此诗描绘湿地风光,物种富饶。首联写秋景,风物晴和。颔联写孤船、翠岫,一派自然景色。颈联写紫蟹、枯蓬,物种富饶。颇有杜甫"香稻啄余鹦鹉粒,碧梧栖老凤凰枝"(《秋兴八首》)的意蕴,而别出心裁,没有摹拟的感觉,只是造景及意象偶合而已。结语放慢脚步,用心欣赏遗世的武陵旧迹。此诗宣示保育思维,表达美好的事物往往一去不回,值得珍惜。

第二十三届优异奖赵文慧《读诗有感》(2012,华英中学)。

> 展卷寻幽驱怅惘,小楼一角隔窗纱。无边天地如澄镜,万缕诗情铸采葩。人心难得吟秀句,浮生不愿逐芳华。何妨续写清狂事,且把文心寄彩霞。

此首由初三同学写读诗的感受。首六句写作者对诗的钟情,采葩秀句,天地澄明。末联指出读诗是"清狂"的举动,也是作者"文心"之所寄,显得执着,绚丽多姿。赵文慧由第二十二届初二开始,至第二十六届,连夺四届的优异奖及第二十五届的季军。此外对联方面也是连年获奖的,水平稳定。

第二十七届冠军作品黄颂轩《读海德格存在主义有感》(2017,慈幼英文中学）。

> 大道乾坤指掌中，红尘净土本来同。六邦城郭为秦帝，一枕黄
> 梁问吕翁。莫待虚名心寂向，因抛浊世苦而终。十年不过庄周蝶，
> 回首浮生只是空。[1]

此诗探讨海德格尔（Martin Heidegger，1889—1976）的存在主义哲学，显出中学生的雄心，希望突破传统的书写题材。不过作者多用传统的词语来解读西方思想，求同存异，得出"浮生是空"的结论，仍然植根于东方佛道的想法，好像写不出"存在"的具体意义，语言表达难免有所局限。

第二十八届亚军作品罗天珩《晚照寄怀》（2017，圣若瑟书院）。

> 晚翠澄鲜暝霭轻，微茫群壑不闻声。苍山依旧春秋在，赤盖何
> 需日夜明。邈邈青天霜月冷，萋萋碧野朔风清。独凭栏处临峰顶，
> 一揽中怀我自倾。

> （叶下平八庚韵）

此诗写日落月出的景色，都是平常惯见的事物，词句优美，风光秀丽。颔联写青山依旧，春去秋来，岁序循环，而太阳也不用日夜照临了，赋予自然现象新的诠释，颇见无理之妙，自然也是戏言，写出幽默感觉。颈联写月夜冷寂的幽韵。末联写登高揽日，表现出陶醉的情怀，珍惜光阴。与吴文英词"连呼酒，上琴台去，秋与云平"（《八声甘州》）直奔山顶，挽住斜阳，亦有异曲同工之妙。

中学生初入诗门，首要循规蹈矩，遵守格律，能够从严谨的规律中抒情写意，发挥想象，写出自我的心灵境界，其实已经是一个很好的起步了。踏出了第一步，以后海阔天空，未来的世界必然属于年轻人，可供驰骋。

---

[1]"寂向"，按：诗句对仗宜当为"向寂"。

对于现代人来说，诗词可能是一个远古的世界，其实也是一个很现实的世界，古人和今人之间，有时距离很远，有时又很接近。如果认识多了，慢慢就会变得亲切。而且古人的思维和技巧也不见得一无是处，加上文化的传承细水长流，到处都是经验的积累，智慧的结晶，伦常大义往往就在最平凡的生活中显现出来，原来竟是血脉相连的，不必刻意求深。因此，我们如果有幸接触到诗词，更有幸对诗词产生兴趣，有些感觉，进而希望自我提升，表现对文化的承担，那么写诗填词可能就是一个很好的选择了。学习诗词，有时随意选读，怡情养性，不求甚解，固然十分写意。但是学得其法，注重学习的效益，有所提升和进步，可能更是现代化的管理模式、经营之道。

【作者简介】香港中文大学联合书院资深教授。

# 王治本在日本越后、佐渡地区的足迹与诗文交流

柴田清继

【摘　要】　王治本是一位从1877年开始长期居住日本的中国文人。在日旅居近四十年期间，他的足迹几乎遍及日本全国各地，积极进行诗文交流，与其有或多或少交往的日本人数以千计。本文以其于1883年至1884年访问越后（现新潟县）时期为例，论述日中汉诗文作者之间诗文交流的具体情况，并借由这些交流活动来透视当时日本一个地方的汉诗文文化的参与者及其水平等历史景象，以期学界对19世纪末围绕日中汉诗文交流的种种境况加深了解，进而引起重视。

【关键词】　王治本　明治时代　日本汉诗文作者　诗文交流　报纸"汉诗文"栏目

在明治时代（1868—1912）赴日本，同日本汉诗文作者进行过诗文交流的中国人为数不少，然而交流的时间和范围像王治本（1835—1908）那么长而广的人物，大概是独一无二的。王治本，号桼（漆）园，浙江慈溪人，1877年初次赴日，最初在广部精（1855—1909）创办的日清社教日本人"汉文"，同时在公使馆担任临时随员（学习翻译生）职务，至1880年辞去了公使馆的职务。1882年起，以东京为据点，开始赴日本各地游历。从北海道札幌到九州熊本，日本全国各地都留下了他的足迹。他在日本的生活，持续到1907年底，即使除去他几次归国的期间以外，也达将近三十年的时间。

对于王治本在日本的详细足迹，早在20世纪70年代就有实藤惠秀

先生（1896—1985）进行调查，并发表了其成果。[1]加上后来也有些人发表过有关王治本的资料。笔者以这些资料作为起点，对保存在日本各地的汉诗文资料进行调查和收集，目前持有相当数量的有关资料。然而至今尚无"资源"罄尽的感觉，估计还会越挖越多。可是只顾收集资料，就难免归于"空藏美玉"。基于这种想法，笔者从2012年开始以"王治本在日本的足迹及与各地文人的诗文交流"为主题，对收集的资料加以整理，逐步公之于世。

这次笔者重新整理和修改几年前发表的拙文[2]，并把它翻译成中文。其目的在于向给中文读者介绍王治本和日本文人进行诗文交流的一些情况。从中国来看，王治本不算是"域外"的人；但在拙文中，他交流的舞台是日本国内，交流的对象都是日本人，从这一点来说，笔者的研究应该属于"域外汉诗"这一领域。

明治时代，无论中央或地方，大部分日本报纸都设有"汉诗文"栏目，登载本地人或来访著名人士的汉诗文作品，当然也包括中国文人的作品在内。另外，有时连现代报纸从保护个人隐私的观点来看，恐怕不敢公开的人物信息甚至是私人信件，当时的报纸都刊登出来。笔者现在从事的研究，其最重要的资料来源之一就是这些新闻报道。

标题中的"越后"指的是现新潟县在本州范围内的部分；"佐渡"是一个隔着日本海与越后相对的海岛；两个地区合起来就是现在的新潟县。关于笔者这次要写的越佐地区，田宫觉先生早已把《新潟新闻》中登载王治本作品或其他报道的发行年月日列成表提供给读者了。[3]由于有了这种条件，笔者得以比较顺利地着手收集其他有关资料。

笔者对与王治本有关系的日本人，在可能的范围内加以介绍，以便

---

[1] 实藤惠秀：《王治本の日本漫遊》，见实藤惠秀《近代日中交涉史话》，春秋社1973年版。

[2] 柴田清继：《王治本 越佐の旅およびその间の诗文交流——明治十六、十七年を中心として》，载《新潟县文人研究》2012年第15号；《王治本 越佐の旅およびその间の诗文交流——追补》，载《新潟县文人研究》2014年第17号。

[3] 田宫觉：《清国书家の来越（明治十六至十七年）——徐晏波と王治本を中心として》，载《新潟县文人研究》第6号，2003年；《清国书家の来越（二）——徐晏波と王治本を中心として》，载《新潟县文人研究》第13号，2010年。

读者能对当时爱好中国文化、具有写作汉诗文能力、积极推行日中交流的日本人是属于哪种阶层、从事哪种工作有一定的理解。

## 一、支援王治本游历的越后当地人士

1883年7月，王治本和王藩清、王汝修一同访问北海道南部的函馆。这两位都是王治本的"族兄弟"，藩清从1877年起、汝修从1881年起，均在日本生活。

1878年以后已开通了联通横滨、东京、函馆、船（舟）川（现秋田县男鹿市）、新潟、伏木（现富山县高冈市）、下关和神户等港口城市的航线。在函馆上船的王氏三人于8月3日，到达新潟港。[1] 八天后，《新潟新闻》"禀告"栏登载了森春涛的一封书信。森春涛（1819—1889）是两年前曾访问过越后的明治汉诗文坛巨头之一，他在信中把王治本称为"我数年来的至交"，而"请务必多加关照"。收件人的姓名如下：

> 藤井忠太郎，坂口仁一郎，小林二郎，大仓市十郎，儿玉金八郎，国井周太郎，丹吴俊平，斋藤权四郎，石川敬二郎，原富次郎，佐佐木常右卫门，旗野十一郎，雏田千佳良

把当时新潟县的财主、地主列成表的资料有两份。一份是渡边正太郎按照"相扑番付"（排名榜）的形式把有产者分成东西两边、从上到下排列的《越后持丸镜》（佐藤庄八，1886年），另一份是阪田笃敬从明治二十一年度（1888）新潟县内缴纳"名誉税"（所得税）的人士中，选取全年收入300日元以上者列成表的《新潟县下名誉鉴》（笃信馆，1889年）。上列人士中见于这两份资料者如下：

> 《越后持丸镜》：
> 藤井忠太郎：西边第三十名

---

[1] 根据1883年8月4日的《新潟新闻》。到了新潟之后，王治本与其他两个人分开行动。

大仓市十郎：东边第三十名
丹吴俊平：东边第二十七名

《新潟县下名誉鉴》：
藤井忠太郎："新潟区"，金额名次全县内第一百五十七名
坂口仁一郎："新潟区"，金额名次全县内第四百零八名
丹吴俊平："北蒲原"，金额名次全县内第八十七名
原富次郎："北蒲原"，省略名次（因为金额不到一千日元）

石川敬二郎如可等同于"石川敬次郎"（"二"和"次"，日语读音相同），在《新潟县下名誉鉴》"北蒲原"之部也有记载："名誉税款额三百零七日元，新发田町　石川敬次郎。"（因金额不到一千日元，名次被省掉）由以上调查可见：上述13个人物虽然有一些差距，但是至少有一半是相当程度上的有产者。

笔者根据其他资料，对各人物的经历、身世等作以下一些介绍：藤井忠太郎是在新潟市古町通七番町做生意的"诸国纸类商"，曾以"弥岳"的雅号为森春涛1881年访问新潟时所赋的诗集《新潟竹枝》（森春涛著述并出版，1881年10月）中的作品作过评语。《新潟竹枝》中有一首诗——"谁让米家书画船，豁明楼壁簇云烟。岳阳气象吾何说，此际风流有万千"[1]，就是森春涛描写藤井为人的，他加注："藤井氏以书画鉴藏闻世。"[2]

坂（阪）口仁一郎（1859—1923），号五峰，是反映新潟汉学史、汉诗文史的《北越诗话》的著者。他的第三个儿子是日本现代小说家坂口安吾（1906—1955）。关于坂口仁一郎，《新潟县大百科事典》中有下列记载："（他）于1879年就任新潟米商会所（新潟米谷株式取引所的前身）的总经理，当时还很年轻，才21岁。从那以后到去世，四十年余，

---

[1] 此诗起句用了有关北宋书画家米芾的典故，后半两句源自北宋范仲淹《岳阳楼记》的一节。
[2] 冈村铁琴：《日下部鸣鹤の书简に现われた文人墨客としての实像》，载《书论》第36号，2008年，第167—170页。

他没离开过这个职位。1884年被选为县会议员，一直到1902年被选为众议院议员，二十年间他持续着这个职务，又被推选为县会议长。其间，他在控制政治舞台的同时，还替代市岛谦吉（1860—1944）经营了新潟新闻社，发挥才华。"[1]另外，从他的长子阪口献吉（1895—1966）所撰的传记《五峰余影》所收《阪口仁一郎年谱》中，可以知道五峰于"森春涛来越之际，为他当'东道'招待"[2]。

小林二郎（1840—1926）是"在东中通一番町县厅前经营书肆的出版人"，以最初制造铅字书《僧良宽诗集》（1893年）而闻名，曾出版过森春涛《新潟竹枝》（1882年）、《新潟才人诗》（1885年）。从《五峰余影》所收的山际操（1852—1937）的谈话中可知，小林加入了五峰大约于1878、1879年前后结成的诗社[3]。另外，该书《五峰追回录》中有南义二郎的回顾谈，如下：小林接受了"掌握了春涛怀有北游[4]的志愿"的五峰的委托，"每次赴东京进货，就访问春涛家"促使他北游[5]。

关于大仓市十郎（1834—1909），可以参考《北越诗话》的记载："大仓健，字士行，通称市十郎，号砚斋，一号南溪，龟田人……明治初，被举为小区长，五年（1872）被任命为新潟县管内计算挂，还兼任女红场主干。[6]及县置劝农场，任命砚斋为其长。当时他还与铃木长藏、本间新作同谋创刊了《新潟新闻》。"[7]他于1880年，45岁时被选为县议会议员，到1883年一直参与县政；到了1884年，50岁时，回到了龟田的老家。另外，《五峰余影》中有下列记载：在新潟新闻社内"民权改进论者"市岛谦吉经过与"保守的温和派"的冲突后，1887年终于掌握了报社的全权，当时大力援助市岛的人物中，就包括坂口五峰和大仓市十郎。

关于旗野十一郎（1851—1908），在《北越诗话》中有记载，在著

[1]《新潟县大百科事典》别卷，新潟日报事业社1977年版，第167页。
[2]阪口献吉：《五峰余影》，新潟新闻社1929年版。
[3]同上书，第24页。
[4]"北游"指的是访问新潟。
[5]南义二郎：《其家计·其诗》，见《五峰余影》，第243页。
[6]"计算挂"大概指的是会计员，"女红场"大概指的是女子作坊。
[7]坂口仁一郎：《北越诗话》下卷，第548页。

名的历史地理学者吉田东伍（号洛城，1864—1918）的"别录"中有"号樱坪，名正树，字士良，称十一郎，安田村保田人。博涉日中群籍，尤精于语学。明治初，被参谋本部聘为编辑官，受知含雪、隈山[1]二公。后来在音乐学校当讲师十余年……著有《语汇》若干卷"[2]的记载。旗野还创作了《日本正气歌》《育儿唱歌》等歌曲。8月15日的《新潟新闻》上刊登了旗野赠王治本的诗：

### 酒间呈王漆园先生

樱坪　旗野十一郎

诗笔载来已八年，饮霞吐玉日东天。

北州山水三千里，风物何边入锦篇。

关于丹吴俊平（1845—1913），据《新潟县议会史》所收的《新潟县会议员略历》，他的在任期间为"明治二十六年至三十年"，他原来是"本条村的大地主，……明治三十年被选为大地主互选郡会议员，三十二年被选为郡会副议长。在明治三十年设立的中条共立银行当了专务董事，同时在同年设立的新发田贮蓄银行当了审计员"。[3]

原富次郎（1838—1923），《新潟县史》把他列为1882年4月决定结成北辰自由党时被选出的干部之一。[4]据《新潟县议会史》所收的《新潟县会议员略历》，他的在任期间为"明治十五年至十九年"，他名"宏平，富次郎是其通称，生于新发田的商人家庭。明治九年被选为第二三大区长。参与策划新发田地区的自由民权运动，参加了明治十五年结成的北辰自由党。明治二十三年被选为第一任新发田町长，后来被选为县教育会长。擅长书法、和歌，创办了松堂社，为普及和歌之道

---

[1] 含雪是军人、政治家山县有朋（1838—1922）的雅号。隈山大概指的是政治家、早稻田大学的创立者大隈重信（1838—1922）。

[2]《北越诗话》下卷，第143页。

[3] 新潟县议会史编さん委员会编：《新潟县议会史》明治篇一，新潟县议会2001年版，第1777页。

[4]《新潟县史》通史编第六近代第一，新潟县1987年版。

效力"[1]。

雏田千佳良的"千佳良"又写作"力"（两者日语读音相同）。据《北越诗话》，千佳良是雏田中清（号松溪，1819—1886）的养子；千佳良与养父的门人相谋，刊行养父的遗著[2]。结城重男著《雏田松溪 その诗と生涯》[3]所附的《雏田松溪年谱》写道：1902年5月16日千佳良去世，享年55岁。

虽然其他人物未详，但是从以上调查，大约可以看出：森春涛委托照顾王治本的新潟人，大部分都是平时经济上毫无困难，能够毫不犹豫地招待像王治本那样的来访文人的人，换句话说，他们的经济基础颇为稳固，其中有很多精通文艺的人。

## 二、越后之旅与诗文交流

（一）到达新潟前后

对王治本这一时期的足迹与诗文交流，笔者将主要依据《新潟新闻》"词林月旦"栏所载的作品来考察。当时，主持此栏的是坂口五峰和小崎蓝川。小崎蓝川，"名懋，字子敬，幼名伊太郎，号蓝川，佐渡人。少时向圆山溟北学文，向丸冈南陔学诗，造诣很深。父柳塘仕宦诗，跟随移居新潟。向森春涛学数十日之后，诗风大有所变，进了坂口五峰的诗社，然后执笔于《新潟新闻》，遂升为主笔。为人聪敏，在政治经济方面写出色的文章，以其雄丽的文笔和卓越的论点闻名"[4]。

登在《新潟新闻》最早的王治本作品是8月5日的《舟渡青森海上晚眺句》。王治本与新潟人的直接交流之迹最初见于8月12日该报所载的王治本《饮延寿亭，酒间赋似大仓君》诗：

> 八千八水汇中流，荡涤吟魂共客愁。
> 弥彦山长关港口，信浓川远溯源头。

---

[1]《新潟县议会史》明治篇一，第1795页。
[2]《北越诗话》下卷，第189—198页。
[3]结城重男：《雏田松溪　その诗と生涯》，新潟日报事业社2008年版。
[4]《新潟县大百科事典》上卷，第235页。

遥遥云外飞轮船，曲曲江干多酒楼。

来此纳凉真绝妙，快逢胜友作良游。[1]

    从中可以感受到他对即将开始的新潟之旅和诗酒征逐抱着的期待。对此诗蓝川评道："逢胜友作良游，真是绝妙绝快，诗亦清秀炼切，不似一时兴到之作。"王治本此诗赠送的对象应该是上述的大仓市十郎，但是8月15日该报所载的对此次韵之作两首的作者却是小崎蓝川。

### 王泰园先生见示近作一律，次韵赋赠

蓝川小崎懋

烟霞清福属名流，不信诗添两鬓愁。

有客浮槎来海角，几人劳梦望刀头。

南山月白夜如水，北斗星高秋倚楼。

我亦江湖看未遍，何当汗漫得同游。

    第二句有点唐突。我们可以推测：王治本的原韵有表达"诗作得辛苦使人老"这种意思的诗句。而蓝川的最后一句表现了作者愿意陪同王治本出游的心意。

    第二首如下：

万里论交悉韵流，琴樽随处足消愁。

看空一世唯青眼，搜遍三山未白头。

云路雁声迷故国，海城蜃气映曾楼。

手拈吟笔收奇胜，难得人间此快游。

    第三句大概表现一种把人间看作"空"的佛教式的世界观。王治本对此诗再叠韵赋诗两首，各首分别附记"赠君""自感"（1883年8月18日的《新潟新闻》）。

---

[1] 弥彦山是位于新潟县中部的弥彦山地的主峰；信浓川是日本最长的河流，流过新潟平野而注入日本海。

### 叠韵赋赠小崎蓝川先生

王黍园

夙钦小杜擅风流，诗以陶情酒解愁。

勤学何如苏刺股，妙彩不让贾长头。

为能笔扫千军阵，独许身登百尺楼。

值此灯盆佳节好，约君同逐蹈歌游。

赠君

第五、六句可以理解为作者推想出蓝川作为新闻记者的自尊心的外在表现。最后一句表达了对蓝川陪同出游的回应和感谢之意。

第二首如下：

云自无心水自流，有情触处便生愁。

歌成懊恼花垂泪，目断苍茫天尽头。

伶老抚时叹入海，词人感旧赋登楼。

春萍秋蒂随波转，曾作东瀛八载游。

自感

另外，岚汭大桃相资也有一首次韵之作，和王治本的作品一样，各首分别附记"赠君""自感"（8月30日的《新潟新闻》）。

### 赋赠王黍园先生，次其近作韵

岚汭　大桃相资

满腹奇才涌欲流，兴来到处不知愁。

八年船马搜诗境，五国江山入笔头。

影事千场空有梦，秋风万里又登楼。

囊携一卷惊人句，东海浮槎试壮游。

赠君

岁月匆匆叹水流，西风客馆又添愁。

逢秋老树还黄叶，感事词人易白头。

异土零星怜旧雨，故园何日筑书楼。

半生回首都如梦，愧我徒为汗漫游。

自感

关于大桃相资，据《五峰余影》所收的箕浦胜人（1854—1929）之谈可知，从1882年7月到1883年4月，箕浦担任《新潟新闻》主笔时，和五峰特别亲密的人之一就是大桃。他也是森春涛的弟子。[1]

8月18日的《新潟新闻》还刊登了王治本《赠大江海门先生》诗，可见他们之间也有交流。关于大江海门（1825—？），《第二回内国绘画共进会　出品人略谱》中有下列记载："大江海门住越后国新潟区医学町通壹番町。佐藤喜平治（号称蜂堂）之男，文政八年生。学画于泷和亭。"[2]

（二）龟田

8月25日的《新潟新闻》登载了关于自此陪同王治本数年的玉纤女史的报道，并把司马相如和卓文君的故事引以为例：

玉纤女史　女史是加州金泽人，年龄大约二十七八，据说学习书画。二十一日到达当港。听说目前逗留在龟田的王黍园前去该地游历之际，两人结上风流之交。这次她到本地来也是为了寻找王黍园，一到本地，她立刻动身前往龟田。记者微吟曰，今日相如倦游久，怜才谁□[3]卓文君。

按照这条报道，他们的罗曼史是从王治本访问金泽的1882年8月以后开始的。另外，可以知道在1883年8月25日这天，王治本逗留在龟

---

[1]《五峰余影》，第33页。

[2] 农商务省博览会挂编：《第二回内国绘画共进会　出品人略谱》，国文社1884年版，第104页。文政八年相当于公历1825年，泷和亭（1830—1901）为出身于江户的南宗国画家。

[3] 笔者查阅的《新潟新闻》缩微胶卷有些地方不鲜明。引用不鲜明的字时，用"□"代替。这里的□可以推测为"若"字。

田。或许是大仓市十郎邀请王治本来游。

从1883年夏天到1890年前后，玉纤女史一直陪同王治本。1887年3月18日的《熊本新闻》登上这么一条消息：

> 清客来熊　有一位担任清国公使馆游学员[1]、名为王治本的人于前天，十六日晚偕同石川县加洲江沼郡大圣寺町百十五番地士族，名叫野田玉纤的女画家到达熊本。

玉纤女史的本名，收录王治本于1886年在高知同本地文人唱酬的诗文而成的《高城唱玉集》中称为野田隆；高知文人之一三浦一竿所著《江渔晚唱集》则名为横井隆。[2]她的本姓究竟是野田还是横井，留待后考。

（三）新津

从9月11日《新潟新闻》的报道来看，王治本大约在12日前后前往新津、保田一带。9月16日以及23日的《新潟新闻》分别登载王治本在新津逗留，受到儿玉栗江（恒）的招待，当时赠答的作品如下：

**癸未秋日客次新津，儿玉栗江词兄招饮，赋此以赠清客王黍园**
> 文酒相征不复辞，况逢名士话襟期。
> 诗情蕴藉茶香里，醉语清狂烛跋时。
> 野树秋声欧子赋，江莼风味季鹰思。
> 前世同是玉皇吏，故的欢怀胜旧知。

第五句以北宋欧阳修的《秋声赋》为典故，第六句则援引晋代张翰的故事（《世说新语·识鉴》），表现了思乡之情。

---

[1]"游学员"此一职称恐怕是虚构的。不是记者写错的，就是王治本谎称的。
[2]林信：《高城唱玉集》，拥书城·文昌堂1887年版；三浦渔编，三浦万里发行：《江渔晚唱集》，1909年版。

### 招饮荥园王君

栗江　儿玉恒

相逢文酒乐还真，况有交情入句新。

只怕秋风牵客感，不江鲈脍飨诗人。

此诗承了王治本诉说的思乡之情，幽默地应道：如果思乡之余感到忧郁的话，恐怕连"鲈脍"也挑不动您的食欲吧！

（四）水原

此年中秋的9月15日，王治本投宿于水原。"旧交"三浦桐园与佐佐木适圃、佐藤安、小田岛仪一在一家高级饭庄"绿屋"招待王治本。9月23日的《新潟新闻》刊登了王治本的诗。

### 癸未中秋客次水原，三浦桐园医伯余东都旧交也，偕佐佐木君适圃、佐藤安、小田岛仪一相招旗亭绿屋赏月，酒间赋此以博同座一粲

清客　王荥园

佳节今宵又一年，绿窗欣赏集群贤。

偏惊客路秋容易，料识家乡月共圆。

好水好山多乐地，淡烟淡雾半阴天。

停琴几度凭栏望，拟赋嫦娥古乐篇。

尽管此日是一年一度的中秋节，但是像第六句所说的那样，天气不好。最后一句也是与天气相关的内容，作者加注："嫦娥古乐府也。汉人因中秋无月度此曲。"

王诗的后面有五峰的评语如下：

> 袁随园"四海共传斯夕好，八年不在故乡看"一篇[1]，千古绝唱。此作前联，能袭其意，虽逊阔大之气象，凄婉之致过之。可以为学古者之法也。○路作鬓亦可。

---

[1] 这一篇指的是《小仓山房诗集》卷3所收的《淮上中秋对月》诗。

当时报纸所载的对汉诗文的批评，尤其是对中国文人作品的批评，往往只不过是用表面上的赞词敷衍过去的，可是五峰基于对王诗的深刻理解，写下了极其真挚的感想。笔者认为这种认真态度是《新潟新闻》诗评的特色。

参加这次宴会的三浦桐园，我们可以初步认定他为字春作，通称宗春，当时住在水原的医生三浦春（1847？—1915）。《北越诗话》把他的雅号作"桐阴"，并说，他"二十余岁时游学浅田栗园宗伯之门"[1]。笔者认为他出游钻研的时间大概在于后来以"浅田饴"[2]成名的浅田宗伯（1815—1894）拜命宫内省侍医[3]的1875年前后。其后不久王治本东渡日本。浅田宗伯和王治本都是中村正直（号敬宇，1832—1891）在自己家（东京小石川江户川町）开设的家塾"同人社"的社友，两人也都在《同人社文学杂志》上发表了汉文作品。因此我们可以想象，当三浦春在东京钻研学问的时候，经过浅田宗伯的介绍，和王治本相识。[4]后来返回家乡桐阴。据市岛谦吉的回忆说，"开医业于新潟，通过诗作结交五峰，可以说是五峰的门生之一。"[5]

小田岛仪一，很可能就是在1883年4月结成北辰自由党的时候，与上述原富次郎同时被选为干部之一，同年6月结成了水原自由党以后，又成了其中心人物的小田岛仪一郎了。[6]

另外，以城南为雅号的安孙子石太郎（1850？—1906）作了一首题为《癸未中秋，与清人王漆园饮绿楼，漆园诗先成，乃次其韵》的作品[7]，看来他也是参加这次赏月宴会赋成的。安孙子明治初进京，加入了上述的同人社，后来返回家乡，"服贾事数年，被推选为町长，又当

[1]《北越诗话》下卷，第786页。

[2]"浅田饴"是堀内伊三郎于1887年按照浅田宗伯的处方配药发售的一种润喉糖，至今还畅销。

[3]侍医是天皇等的主治医。

[4]关于三浦桐阴，更详细的情况，请参看冈村浩《夜明け前后の新潟を舞台とした三浦桐阴》，载《五头乡土文化》第36号，1996年。也收在冈村浩《续西水居自娱》，1999年版。

[5]市岛谦吉：《五峰君の印癖》，见《五峰余影》，第172页。

[6]《新潟县史》通史编第六近代第一。

[7]《北越诗话》下卷，第838—840页。

了邮局长，均有令誉"[1]。诗句如下：

> 偶尔相逢绮阁筵，一椽临水小于船。
> 吟成诗意如秋淡，捧出荷杯与月圆。
> 且喜新交联海外，谁将暗恨上琴边。
> 佳期乍被痴云碍，更赏明宵二八妍。

（五）五泉

实藤惠秀先生曾经受到了龟山圭三先生赠送的"王治本的绢本小点的真迹"，其诗句如下：

> 草枯溪径似羊肠，半是山乡半水乡。
> 泥没马号愁路滑，雨收雁影带云长。
> 霜林赤火柿悬树，露圃黄金稻作墙。
> 一杵暮钟催客棹，西峰烟霁见斜阳。

识语为"癸未孟冬自五泉回新潟途中句，梾园逸士"。"癸未孟冬"相当于从1883年10月31日到11月29日的一个月。像出宫先生指出过那样[2]，我们可以推测此诗是王治本访问住在五泉的中野雪江（1831—1891）后返回新潟的归途中所作的。关于中野雪江，他的孙子中野理叙述如下：

> 历任计算挂、户长后，明治十一年以副大区长、官十七等职后辞官，时48岁。雪江从那以后专心画堂[3]、作诗歌，以风月为伴。他结交许多文人墨客……与清国人的交际很广泛，不少清国画家、书法家等逗留过他家。家里现在还留着胡铁梅、卫铸生、王治本、

---

[1]《北越诗话》下卷，第839页。
[2]田宫觉：《清国书家の来越（明治十六年至十七年）——徐晏波与王治本を中心として》，载《新潟县文人研究》第6号，2003年，第74页。
[3]或许著者把"画业"误作"画堂"。

王冶梅、朱印然、王琴仙等笔下的诗、画、书。[1]

（六）1884年元旦

王治本对1884年元旦咏的《阳历甲申元辰喜赋二绝句，邮贺越后辱知诸翁新禧》诗（1884年1月5日《新潟新闻》）加注："去年元旦客居越中[2]，今年又在越后"，由此可知他仍然到新潟县内各地去访问，过年时还在新潟县内。

（七）出汤村

后来王治本访问了北蒲原郡的出汤村。

### 出汤泉室偶成　泉在北蒲原郡出汤村

泰园　王治本

华报山前水脉长，暖气溶溶似天浆。

旧传空海开泉窟，信是禅家般若汤。

一浴洵能销百灾，五峰峰下任徘徊。

此泉不受人间火，为从源头煎沸来。[3]

对此两首诗，蓝川的评语如下：

> 出汤之名，久耳闻，尝欲一浴，洗了平生尘垢肠，而未能果。泰园先生，海外万里人也，今先浴此泉，可谓奇矣。余知，此诗一出，泉之知于世倍前日，而未浴如余者，快读之下，有遗尘刮垢之□也。（1884年2月26日《新潟新闻》）

（八）十三佛岩（长松十三佛岩）

王治本还前去观看了现在鱼沼市、东西方向一直排列的十三座佛

---

[1] 中野理：《ポンペと中野雪江》，载《医家艺术》第12卷第12号，1968年。

[2] 越中指邻接新潟县的富山县。

[3] 华报山指现阿贺野市的华报寺。空海（774—835）是平安时代的一位僧侣，日本真言宗的创始人。五峰指五头山。

冢——"长松十三佛岩"（1884年3月16日《新潟新闻》）。

## 十三佛岩

泰园　王治本

十三岩石列嶙峋，俨似无遮会上人。

料是点头缘未了，满山风雪苦修真。

蓝川对此诗致以最高评价说："题已奇，诗更奇……先生近业中，仆私以此首为绝调。"

（九）寺泊

王治本大约于3月19日访问了寺泊，扫了艺妓"初君"的墓（1884年3月23日《新潟新闻》）。

## 寺泊驿吊古歌妓初君墓

泰园　王治本

把杯为唱白波词，藉慰孤臣远谪悲。

不久果蒙恩赦返，诗中谶语有前知。

美人埋骨海山阿，夜雨萧萧旧恨多。

幸得深情怜亚相，长传玉叶一篇歌。

作者在第一首第一句后加注："初君国歌有白波……"并在第二首最后咏为"长传玉叶一篇歌"，这些指的都是京极为兼（1254—1332）所咏的和歌，"物思ひこしぢのうらの白浪もたちかへるならひありとこそきけ"（大意：恰如拍击滨边的日本海的白浪似的，总有一天您被释放，会回来的。我由衷盼望那一天）。关于这首和歌，《玉叶和歌集》的词书（和歌的引言）说是"为兼将渡到佐渡国之际"，初君"于越后国中一个叫寺泊的地方赠送"的；为兼把此歌采入《玉叶和歌集》中的原因是"对即将流放到孤岛的为兼来说，初君的此首歌是赋予他希望的，难忘的东西"[1]。

---

[1] 岩佐美代子：《玉叶和歌集全注释》中卷，笠间书院1996年版，第148—149页。

蓝川在此诗后面加以补充说：

> 王君寺泊所裁，本月十九日手书月，"今日风日晴和。拟下午
> 赴出云崎。明晨料有轮轴。即渡佐海也云云"。而以二首见寄。乃
> 录于此，便读者知其游程云。

王治本如按这个预定行动的话，就算是3月20日在出云崎上船前往
佐渡。《新潟县史》说，1881年"开始运行从出云崎到小木、从新潟到
夷的定期航班"[1]。

目前我们把王治本的足迹追寻到1884年3月，他即将坐船前往佐渡
岛。在此我们在时间上暂时往回倒走半年，看一下1883年11月底在新
潟出版的王治本所撰《舟江杂诗》。

## 三、《舟江杂诗》

《新潟新闻》于1883年8月15日、9月5日、9月8日分别登载王治
本题为《新潟杂咏》或《新潟杂诗》的七言绝句。这一系列作品可以说
是他的"新潟竹枝"，看来是他到新潟之后随时而作的这类诗所积累下
来的。

这一年的11月28日，出版了一部题作《舟江杂诗》[2]的诗集。收
入的都是王治本的作品，包括歌咏新潟各种事物的二十八首和题为
《秋叶山六首》的六首。所收的各首都附记小题，比如："信浓川烟
火""寄居村""脱奔巷"（妓楼鳞次栉比的一带）、"龟田轮船""湾月
楼"（古町通五番町的高级饭庄）等，比较全面地歌咏了新潟的各种
事物。

在此，笔者须提及诗集中的最后一首：

---

[1]《新潟县史》别编一年表、索引，新潟县，1989年版。
[2]"舟江"是新潟的旧称。王治本在其《新潟新繁昌记》（后述）地舆章说："新
潟……地势东西狭小，南北宽长，如舟形，故旧称舟江。或曰，以其地濒海，
谓之舟江。"

聊藉軺车遍采风，竹枝欲赋恨难工。

此间烟月谁留句，前有静翁后鲁翁。

作者加注："静轩翁有《新潟富史》，鲁直翁有《新潟竹枝》，此外纪述寥寥矣"。这里他对著作《新潟富史》（一名"新潟繁昌记"，有安政六年〔1859〕自序）的江户时代汉诗文作家寺门静轩（1796—1868）和著作《新潟竹枝》的森春涛（名鲁直）表示敬意。

在此一首后面附有小崎蓝川、坂口五峰和三浦友竹（1824？—1887）的评语。其中三浦友竹的评语如次：

尊稿拜诵再三，可以作新潟沿革史，可以作新潟舆图志，可以作新潟繁昌记。予昔时亦拟竹枝词。今得尊吟，恍如瓦砾之对珠玉，惭愧惭愧。

友竹是上述三浦宗春的父亲，亦以医为生。关于他所作的"竹枝词"，《北越诗话》有更详细的记载：友竹"曾刻新潟竹技[1]一卷问世"，其中数首"为冶游才子所争先传唱，以为可亚菊池五山之《深川竹枝》；小野湖山翁小赠诗"。[2]

12月11日的《新潟新闻》刊登了这么一个广告：

木梨大书记官题字　日下部鸣鹤先生评阅　小崎蓝川先生评阅　坂口五峰先生评辑　舟江杂诗　小本一册定价拾贰钱邮便税二钱　右は清王黍园先生の新著にして新潟の风土人情を写し巨细漏す事なし……

木梨是木梨精一郎（1845—1910），从1881年以来一直担任新潟县

---

[1] 此"技"字当是"枝"字之讹。
[2]《北越诗话》下卷，第359页。菊池五山（1772—1855）是江户时代的汉诗文作者，深川是江户的地名，小野湖山是在从江户至明治时代活跃的汉诗文作者。

大书记官。评阅者之一的日下部鸣鹤（1838—1922）是被称为"明治三笔之一"的书法家，这时候他也在新潟县内。据田宫觉先生的考证：鸣鹤在一系列周游的过程中，1883年6月初进入了新潟县，然后10月下旬离开新潟县；其间他从8月25日到9月9日、10月2日到15日，两次分别在新潟市逗留。鸣鹤和王治本的逗留时间，有一部分是重复的，两人之间应该自然而然地发生了交往。

作为《舟江杂诗》的题词登载着五峰的两首七绝和蓝川的一首七律，这里选录五峰的第二首：

> 风怀牢落过中年，惯咏香奁写绮篇。
> 此老平生犹得意，玉纤亲捧浣花笺。

诗中，"玉纤"一词可以解释为表面上指美人的纤细如玉的手指，另一面却指玉纤女史本身的双关语。这是对同伴比自己年少二十岁的年轻女人的王治本开玩笑的题词。

## 四、佐渡岛

现在让我们渡到佐渡岛去探寻一下王治本的足迹。

（一）位于真野的顺德院故陵

王治本在佐渡的诗篇中，《新潟新闻》最早登载的是他参拜顺德院故陵时咏的《真野山顺德院故陵》诗（1884年4月25日）。顺德天皇为了打倒镰仓幕府积极活动，承久三年（1221）5月将要付诸行动，遭到失败。这就是所谓的"承久之变"。结果，天皇被流放到佐渡，寓居岛上21年之后，于仁治三年（1242）9月驾崩。次日他的遗体在佐渡真野山上火化，到了次年4月他的遗骨被奉迎回京都，翌月被安放在后鸟羽院的大原法华堂旁边。虽然真野御陵只不过是为火花用的"火葬冢"，但是从明治七年（1874）以后，在天皇崇拜政策的影响下，真野御陵升级为政府管理之下了。王治本把如上所述的关于顺德天皇的一系列事件的来龙去脉表达如下：

## 真野山顺德院故陵[1]

### 泰园　王治本

汪汪巨浪卷风起，叠叠荒山带云峙。孤岛绝域罪人居，胡为天子亦此来。天子当年手无柯，大权旁落六波罗。衣诏密谋忽败露，称兵犯阙唤奈何。义时之恶过魏武，颁诏谢罪未息怒。驱逐三院如驱羊，分谪穷荒海外土。顺德天皇夙英敏，贼恨愈深谪愈远。冻云愁锁和泉村，狂涛怒撼真野阪。天皇时年二十五，幽居下与渔樵伍。八云歌曲写愁怀，数株梅花手自树。夜涛惊梦忧如结，遥忆二院天隔绝。九州不闻举义旗，镰足以后无豪杰。俭俭羁栖廿一年，白波逝矣不复还。天日无光海风恶，帝皇夜坠蛟龙渊。吁嗟明皇幸蜀贼即灭，嘉靖北虏旋返阙。唯叹徽钦宋二帝，同此生死埋异域。读史至此发长呀，臣逐君兮罪何加。吾知当日天皇心，誓不再生帝王家。冷落东风台鼻峡，幽恨寒潮共鸣咽。望帝帝帝不得归，空山愁听杜鹃泣。迄今明治修旷典，北海迁葬西都巘。一抔仍留旧时陵，丛林乔木勿容翦。乃叹奸臣枉遗丑，九世威名今何有。皇祚一替旋复隆，陵宫岁岁荐羔酒。[2]

北宋宣和七年（1125），金朝灭亡辽朝后，继续南下攻击宋朝。宋徽宗慌忙让位给太子桓，自己称为太上皇。新即帝位的桓就是钦宗。靖康元年（1126），金军攻破了宋都汴梁，次年把两帝押到北方。以上所述的就是"靖康之变"的大略。后来徽宗于1135年、钦宗于1156年，都在五国城（现属于哈尔滨市）死去。与这一系列中国历史的事实对比之下，五峰对王诗批评如下：

---

[1] 男鹿部朝阳编《壮士吟》（蓝外堂，1910年）也登载此作品，题作《登真野山谒顺德院故陵赋吊古长歌一篇》，有些字与《新潟新闻》所载的不同。笔者基本上依据《新潟新闻》，但有个别难懂的地方按《壮士吟》改正。另外，不得不判定两部资料都印错的字一共有四个，笔者都用意改正。

[2] 第9句"义时"指北条义时；第11句"三院"指顺德、后鸟羽、土御门，这三天皇；第15句"和泉村"相当于现佐渡市泉；第19句"歌曲"指和歌；第23句"九州"指日本全国；第24句"镰足"指藤原镰足；第37句"台鼻峡"指现相川町米乡的台ケ鼻；第42句"西都巘"指京都的大原法华堂。

徽钦二帝，为敌国所虏，与顺德天皇为臣贼所逐，其困辱一也。然六陵残照，冬青绿长，比之岁岁荐羊酒者，其幸不幸何如乎。是稍为天皇可慰耳。通篇笔墨飞舞，感慨从之。千载之下，使人感愤不已。盖近业中杰作。

郑海麟先生在2001年发表了《清季名流学士遗墨》一文，其中介绍了王治本寄给冈千仞的4封书信。第3封的日期和发信地为"六月十四日新潟"，虽然没记上发信年份，但明显是1884年；并且从当时中国人的习惯来看，"六月十四日"应该是阴历，相当于阳历的8月4日。冈千仞（1833—1914），号鹿门，原是仙台藩士，是从江户末期到明治时期的著名汉学家之一。他从1884年5月底到翌年4月，带着一个侄儿，以当时居住在东京的王惕斋（1839—1911，王治本的族兄弟）为翻译兼向导，赴中国各地游历。1884年8月，冈千仞一行正逗留在浙江慈溪的王氏老家。

从该书信的文章中可以看出王治本如何评价自己写的《真野山顺德院故陵》诗：

弟涉历越后一年吟稿，长短计五六百篇，其中唯佐州真野山陵，题目既巨，下语亦较痛切。此吟一出，已足惊破越人诗胆，谅知己如阁下，亦不笑我为夸也。

从此，我们可以了解到他对该作有相当大的自信。另外，此时此刻，他在越后吟咏的诗篇竟然达到五六百篇，是令人吃惊的。

有关真野的王治本作品还有一首。那就是山口县文书馆收藏的书幅[1]上的七律，其识语为"佐渡竹田村吊日野亚相作书为日野恕助翁大雅属　丙戌孟冬溯东泰园王治本时在鸿城[2]"。诗句如下：

---

[1] 萩藩医日野文书24《王治本诗》。
[2] 鸿城是山口市的雅称。

七年待罪竹田村，一死未堪酬国恩。

密议假称无礼讲，远迁谶应不祥言。

报仇君子龄犹幼，讨贼无人恨暗吞。

妙宣寺前三天碣，杜鹃千载注忠魂。

作品所咏的是日野亚相父子的故事：日野亚相，即日野资朝（1290—1332）参与了"正中之变"（1324）的计划，企图推翻镰仓幕府，然而被幕府抓获而流放到佐渡，幽禁在竹田城内之后被处死。后来他的儿子阿新丸来到佐渡，意欲替父报仇……从识语来看，这首诗无疑是王治本1884年在佐渡竹田村咏作的，但他把此诗在书幅上挥毫的时期为丙戌孟冬，即1886年10月至11月的时候，而且他是在山口市应了日野恕助（又写作恕介，号宗春。1827—1909）的要求写的。当时王治本在山口与日野恕助有交流。[1]然而恕助和资朝之间查不出血统上的联系。[2]目前我们只能想象恕助半开玩笑地把资朝假托为自己的祖先，请王治本咏诗。

（二）相川

王治本与住在相川的人物之间的交流，笔者可以举出下列三件事。一是他给"常山烧"（一种陶瓷器）的开创者三浦常山（1836—1903）的赠诗。那就是5月16日《新潟新闻》登载的《赠佐渡相川三浦常山陶冶歌》。二是5月29日（当阴历端午节），应本庄了宽（1847—1920）[3]的要求，为他即将出版的《竹窗日记》（1885年7月出版）题写的序文[4]。三是与一位老儒者，圆（丸）山滇北（1818—1892）[5]的交流。滇北是小崎蓝川的老师。王治本以《抚孤松园记》为题目，描述滇北家的庭园，滇北对此加以评论。《抚孤松园记》是一篇四六骈俪体的文章，共有大约五百六十字。8月7日的《新潟新闻》登载，然而有一些难以辨认的字。

---

[1] 请参看柴田清继《王治本の周防访问および地元文人との文艺交流》，载《武库川女子大学纪要》（人文·社会科学）第60号，2013年。

[2] 关于日野恕助，请参看日野岩《日野宗春》，1958年版。

[3] 本庄了宽本来是一座佛寺的住持，但同时在小学教书，而且为了社会事业尽力。

[4] 见田宫觉：《清国书家の来越（二）——徐晏波と王治本を中心として》。

[5] 圆山滇北生在现两津市夷，38岁，任佐渡奉行所的儒官以后，定居相川。见《新潟县大百科事典》下卷，第614页。

幸而岩木扩所著的《溟北圆山先生年谱》[1]登载全文，据此抄录如下：

佐渡孤峙海中，山奇水阔，古来忠臣义士，不得于时，往往遁居海上，生则寄怀歌咏，死或咽波涛。故迄今居其地者，闻风兴起，没多慷慨磊落之士。若溟北圆山先生者，固岛中之巨擘也。余久知先生名，今来相水，始得与先生交，入其庐经案之傍，唯设茶铛棋局，室外隙地数弓，有小池，池上有蒲萄架，架下牡丹二三丛，新枝乍发。池畔有偃松一树，苍翠映水，园不甚修饰而荒芜中要自有儒家风致。先生指松而言曰："吾园名抚孤松。请子为我记之。"余曰："敢问其说。"先生又曰："吾家世业儒，向袭先人旧职，初督州学，得膺世禄。戊辰之役，幕府罢政，吾乃致仕退隐，卜居此园。园适有松，盖取渊明归去来之辞以名之。纵不能逮亦窃比之焉。"余曰："先生何谦言也。夫松之为木，论其材，森森然千百丈，上扫云雾，下荫百卉，施之大厦，足充栋梁之选，一如大丈夫得志于时，身登廊庙，泽被生民者之所为也。而论其节，烈烈然郁郁然，老干冲霄，孤根拔地，终老岩阿而不悔，迭经霜雪而弥坚，一如大丈夫不遇于时，微光匿迹，窨寐槃阿者之所为也。松之可用可舍，而不可挫折者如是。士之可行可藏，而不可移屈者亦如是。渊明无所加，先生无所损焉。以是名园，余益有以知先生。先生年逾耳顺，而矍铄如壮岁，兴酣下笔，滔滔千百言，倚马可待，与门弟子谈经讲史，上下古今，议论风生，每至国事，变革志士投荒，不觉拍案疾呼，声泪俱下。故及门类多杰出之材，盖得其教者然也。暇时或灌花剃草，治锄三径，倦则就松窗之下，枕书而卧，觉清风徐来，松涛稷稷，睡梦酣酣，几不知世间有理乱事，直可谓羲皇以上人，彼彭泽叟不足多慕焉。"先生闻之，当哑然而笑，欣然而乐也耶。

光绪十年，岁词焉逢沕汉，春三月谷旦，澜东黍园王治本

1889年8月出版的溟北著《溟北文稿》（圆山聿发行）卷1、2有王

---

[1] 岩木扩：《溟北圆山先生年谱》，1929年版。

治本的评语，这也可以看成是1884年两人交流的产物。

（三）加茂湖

后来，王治本转移到佐渡岛东部，周游加茂湖之时写有一篇《鸭湖游记》（"加茂"与"鸭"，日语读音相同。1884年7月23日《新潟新闻》）和《鸭湖十景》诗（8月2日该报）。

溟北也在评语中指出，《鸭湖游记》是仿效欧阳修《醉翁亭记》的格式，加进自己心情的饶有趣味的文章。可惜有一些难以辨认的文字，所以不得不略去一部分内容：

> 环津皆水也。外为海，内为湖，相隔一横塘；塘有桥，为湖流注海之口。湖形似大囊。囊口宽广，傍海为堤；囊底狭缩，依山为峰。周围凡二三十里，汪洋深远，不可具状，实为佐州之第一胜景也。余海外逸士，自甲申春渡海来佐，阅月至于两津，卜寓于湖之上，得识湖上众宾，而众宾亦喜与逸士游。于是订盟卜日，携酒瓢、挈茶鼎、提渔具、设文房，泛舟鸭湖以探胜焉。舟之初放，自东而北。山林丛密，村家三四……望之宛如桃源洞口，是为加茂村。转而西，入一湾。烟波澄洁，水藻流香，是为莲入……时酒兴正酣，肴核既尽。乃命舟人，停棹少憩，沽得鲜鳞十余尾，割鲜炰脍。重举杯酌，以醉以歌，唯意所适。未几复行，自西而南。山村寥落，野径横斜，天鹅鸣声于茂树，沙鸥飞浴于晴波。是为潟上鸟岬之间也。复转而东，沙堤一带，店舍千家，僧院歌楼，喧声相接，船帆酒斾，斜影交横。是为湊、夷之两街也。若夫中流浩荡，一碧万顷，暮冈流赤，雨岫送青，倒卷金峰之雪，平吞海府之涛，镜庵[1]之钟声催晚，福浦之渔唱连宵，岸树汀花，芬芬郁郁，远岸近岛，叠叠重重，此则全湖之大观者矣。至于荷篠泽畔，伐木崖间，行歌不绝者，村人也。舟摇摇而轻扬，风飘飘而吹衣，随波上下者，游棹也。或把钓，或飞觞，或拈毫绘图，或击楫兴歌，情怡神悦，起坐而喧哗者，众宾也。左顾右盼，独心醉于山水之乐者逸士

----

[1] 镜庵指曹同宗的佛寺，湖镜庵。

也。溟北曰，先生此游，予不能从。读至于此，不堪健羡也。已而夕阳欲落，倦鸟归飞，暮烟四起，湖光饮碧，命棹而回，其乐未极。虽然游赏之乐，在一时耳。自来贤达胜士，凭此游览，如我今日者多矣。然第取乐目前，一过而名遂灭，古今所同慨焉。出而游湖，归而述文，以冀斯乐之不朽者，逸士也。逸士谓谁。澜东王治本也。

溟北、蓝川的评语如下：

丸山溟北曰，一效庐陵醉翁记体，周匝曲折，风情宛然……尝谓，永州山水，以柳记著。如我鸭湖之胜，未遭其人，癖[1]没海隅，世少识之者。岂非可慨之甚乎。今得先生此记，宿憾如洗。

蓝川曰，鸭湖游记一篇，系日者王君所寄示，乃收录于此，亦唯欲使世之未识之者，知海隅僻陬有此名山水耳。若夫行文之妙，则溟北先生具评定焉。仆辈何容喙。

《鸭湖十景》诗是王治本从加茂湖周围的种种胜地中选出"金岭残雪""椎冈斜照""津桥晓棹""镜庵暮钟""孤岛神祠""潟端渔舍""江村晒布""福浦垂竿""雨岫烟青""鸥洲波碧"，分别题咏的一系列七言绝句。现在除了含有难以辨认的文字的四首以外，把其他六首都举出如下：

### 鸭湖十景
#### 泰园　王治本
##### 金岭残雪
北高峰影落湖中，春尽夏来雪未融。
岸柳堤花如美女，凝妆遥接白头翁。

---

[1] 按：此"癖"字疑是"僻"之讹。

### 椎冈斜照

横冈如马卧湖中，万木森森烟水空。
一抹斜阳无限好，碧林反映落霞红。

### 泻端渔舍

泻端村外水潆潆，挂网门前晒晚晴。
游到此间舟小住，好寻渔舍买鱼烹。

### 江村晒布

江村茅屋趁堤斜，此处人家善绩嘛。
最是花红树碧外，条条白练晒平沙。

### 福浦垂竿

渔浦烟云到眼宽，芳塘碧涨几回盘。
此中占得清闲福，三尺轻竿绿树滩。

### 雨岫烟青

烟峦云树望模糊，一幅襄阳泼墨图。
山色浓如五月雨，满林湿翠扑晴湖。

对此，蓝川的评语如下：

> 向有鸭湖游记，今又有此诸作，信手拈出，矢口成章。犹探鸭湖之胜，忽而岸柳堤花，忽而烟峦云树，出没变幻，使人应接不遑。此何等自在。古人云："十手传抄，畏不供。"仆于先生亦云。

1884年8月26日《新潟新闻》登载王治本的两首诗——《题湖山双美楼》和《新田皂上晚眺五古》。从诗题和诗句来看，前一首是吟咏加茂湖的作品；后一首诗题中的地名"新田皂"应该相当于现佐渡市小木金田新田。因此笔者推测王治本访问了位于两津的加茂湖之后，又回到佐渡西南端的小木，利用了和来时一样的航路回到本州的出云崎。

## 五、再次到越后

王治本回到本州的日期为7月28日，以后可以推测他从与板、出云崎一直旅行到中越方面[1]。其后他在离开新潟半月以前的11月3日，邀请在新潟交游的"诸知己"到"以闲静的气氛和漂亮的大厅出名的新潟第一家酒楼"[2]——松风亭（又称行形亭）设了告别宴会（1884年11月5日《新潟新闻》）。11月16日该报登载此时他所咏的一首诗和坂口五峰和之咏的两首诗。先举王治本的作品：

### 光绪甲申秋九，行将东归，置酒松风亭告别诸同人，
### 率赋一律以志契好之缘

泰园 王治本

黄花□落夕阳多，倒尽清樽奈恨何。

羊祜老怀殊感慨，马周豪胆半销磨。

一编粗就品花志，三叠漫唱醒酒歌。

百九十桥归后梦，吟魂应逐信川波。

第三句可以看成是作者把羊祜"乐山水，每风景必造岘山，置酒言咏，终日不倦"[3]的生活态度交叠在自己身上的表现。关于第五句"品花志"，笔者认为，和清代小说《品花宝鉴》的含义不同，这里的"志"是用作列举新潟华美事物的"志"的意思。那么这一句的意思大概是说：作者已经基本上把《新潟新繁昌记》（后述）或者《舟江杂志》（上述）编写完了。对此诗蓝川评论如下：

泰园先生，以诗文游本地者将年余。今归装已理，上程在近。

---

[1] 田宫觉先生在其《清国书家の来越（明治十六年至十七年）——徐晏波与王治本を中心として》中依据7月30日《新潟新闻》的报道如此推测。
[2] 尾崎红叶：《烟霞疗养》第12章，春阳堂1904年版。
[3]《晋书·羊祜传》。

自是，诗林月旦少一好文字，殊为可惜。乃录留别一律，以志别云。

五峰的两首如下：

### 柒园先生将归，招同诸友饮松风亭，席上有留别诗，依韵和之

五峰　坂口恭

欢场追逐订交多，忽到分离恨若何。

灯影上帘秋共瘦，池光映月镜□磨。

唤为诗杰本无敌，列入饮仙应有歌。

醉后深情难细说，付他娇口唱回波。

"回波"是乐府曲名。虽然歌唱这支曲子本来是为了"求官爵"[1]，可是在这首诗中大概是为了表现作者要挽留王治本的心情。另一首如下：

两鬓秋风客感多，劳劳归去更如何。

诗名异日金应铸，世路频年墨共磨。

与我同斟桑落酒，为谁重谱竹枝歌。

平生戒饮寻常事，不害逢君卷白波。

王治本离开新潟之后，1884年11月23日的《新潟新闻》登载了他的长达70数句的《新潟行》：

汤汤乎，信川水。发烧岳，出金屺。……彦峰峙，角岫环。佐岛为犄，粟屿作重关。中有水云乡，自昔称舟江。烟波千丈阔，陂塘十里长。左右分町堀，三五辟街坊。北越素饶足，多鱼亦多谷。风俗竞豪华，人民半耕读。自从开互市，其利尤倍蓰。珍产自远来，垄断日兴起。况复烟景丽，荏荏可流憩，公园好乘凉。日阜足遥睇，桥头步月色。川上叹水逝，波光接楼前。帆影落天际……[2]

---

［1］刘肃：《大唐新语·公直》。
［2］"粟屿"指山北町对岸的粟岛。"北越"指新潟县属于本州的部分。

最后笔者要提一下早稻田大学图书馆收藏的稿本——王治本的《新潟新繁昌记》。与《舟江杂志》一样，此书亦是仿效寺门静轩的《新潟富史》编著的。分成了15个项目（地舆、风俗、水利、街市、沿革、佛寺、学校、神祠、医院、商业、游寓、先民、流览、酒馆、妓楼），详细叙述新潟的市容。此书登有冈千仞、蒲生重章（越后人，1833—1901）的序，龟谷行（1838—1913）的题词，石川鸿斋（1838—1918）的评语等。这四个人均住在东京，也是以前与王治本就有交往的明治汉诗文坛的重要人物。

## 六、离开越后

王治本于此年11月18日由海路从新潟出发，由于天气恶劣，暂时在佐渡滞留，到了12月才到达函馆，然后回到东京。在此，我们通过《新潟新闻》1884年12月18日登载的王治本给五峰和蓝川两人寄出的书信和诗，了解一下王治本旅途中经历的意外的辛酸：

> 五峰、蓝川二位词兄先生阁下：自前月十八日付地启行，算计三日可抵函馆。不料风雨阻人，烟波滞我，佐海一旬，舟川七日，直至昨早晨始得到箱。眠食仅半甂，滞留过半月，不洗沐不解衣，困苦殆甚于狱囚也。幸贱躯无恙，希勿垂注。到函已遍地琼瑶，寒冷较付尤胜数分。缘为探访旧雨，略作半旬盘桓计，即反东矣。惟念羁寓付时，诸荷眷好，依依寸悃，别后弥殷想。知我者定有同情也。附钞舟次口占数诗。藉以告慰，并博一粲。
>
> 泰园弟王治本　十二月七日函海寓中呵冻书

### 舟泊佐州夷町二绝句

北风狂恶浪漫漫，一血微晴倍觉寒。
离得舟江江十日，逗遛犹在两津滩。

食不能甘卧不安，曲肱缩脚等蛇盘。
夜来惊听风涛起，又识明朝放棹难。

### 舟次舟川十二月初一日雨后见倚栏远望

雨余淡月涌狂流，风激怒涛撼铁舟。

我倚危栏舒一啸，猛然惊起两飞鸥。

### 初二日飞雪海景殊奇三绝句

一天狂雪阻行舟，玉树琼山浪里浮。

不怕海风寒切骨，贪寻诗思倚船楼。

风雪溟濛水接空，铁舟澎拜浪花中。

海山岸树寻常景，玉屑妆称便不同。

天水茫茫一白球，狂风吹起浪如楼。

渔翁独耐波涛恶，冻雪矶头放钓舟。

对中国南方人王治本来说，日本北部地区（雪乡）冬天的风光是新鲜的，他应该是忍耐着寒气，感受到这浪漫而又梦幻的气氛。

## 七、结语

以上，笔者简单地描述了王治本1883、1884年在越后、佐渡地区的足迹与诗文交流。最后笔者要加上若干总结性的补充。

第一，在王治本周游越佐和其前后一段期间，同他有交涉的日本人，其职业或从事的事业，有银行职员、新闻记者、医生、官吏、住持、教师、诗人、画家、书法家、政治家或者民权运动家（有些人兼两种）等等，诚然多种多样。表面上如此，其实有一个共同之处。那就是他们受教育的时期是江户时代，而那时的教育内容，无论是否武士阶级，儒教思想或汉学（含汉诗文）所占的比例是相当大的，因此，他们都敬重中国的文化和文人，而且都具有理解和写作汉诗文的能力。

第二，当时日本报纸所载的诗评，尤其是对中国文人作品的诗评，往往只是礼节上的褒词。在这样的倾向中，如上所述，坂口五峰基于对王治本作品的深刻理解表示极其坦率的感想。在此笔者还要举出两个同样的例子：（一）王治本在1883年8月21日的《新潟新闻》上对五峰《楳华明府招饮鸣鹤先生及余于大劝进》诗[1]评道："流丽婀娜，如百炼钢，如九转丹。"而蓝川对此提出异议，表示："诗亦潇洒庄严，可谓称题矣；王君评为流丽婀娜，仆未服也。"这样微小的反驳，在当时的日本诗坛中，也算是不常见的。（二）1883年9月5日的《新潟新闻》上登载着王治本题为《新潟杂词　节录》的作品，其第二首是他讽刺当时日本已婚妇女染黑的牙齿，即所谓"铁浆"的习俗如下："闻夸越女艳如花，微启红唇露黑牙。怪杀情郎多恶剧，美人口里乱涂鸦。"对此，五峰评道：

> 涅齿固属陋习。然诗人纪俗，强词夺理，以足一噱。如此说破，毫无余味。仆却怪其多恶剧也。

他直截了当地提出了反对意见，在文艺评论上对王治本毫不客气的态度是极为罕见的。

第三，对日本的历史文化，王治本具有深刻的理解和广泛的知识，这是令人感叹的。其最明显的表现就是他在佐渡真野咏的《真野山谒顺德院故陵》诗。他每到日本各地去访问，便往往把当地历史、故事写入一两首长篇叙事诗里。

一般来说，如要加深对日本历史文化的理解，非得熟悉日语不可。帮助我们了解王治本日语水平的资料为数不多，但是他1892年访问羽后（现秋田县）时，当地的《秋田魁新报》登载的消息中有"王治本先生的日语仅仅在能叙寒暄的水平上"这么一段话。这是他最初赴日以后第十五年的水平。当然，东北地区的方言难以听懂也是一个原因，但最大的障碍无疑是他最初来日时已年逾不惑这一不利条件。年龄愈高，外语，特别是口语愈难掌握，这是严峻的事实。考虑到他所面临的一系列困难，我们反而越来越钦佩他理解各地历史文化的神速、思考的敏捷以及诗文表现能力的无拘无束。

【作者简介】日本武库川女子大学教授。

[1] 大劝进在长野市，因此"楳华明府（县令）"可以看成是从1881年7月到1884年10月担任长野县令的大野诚（1834—1884）。王治本来到新潟的1883年8月初，五峰逗留在长野（从五峰对1883年8月18日《新潟新闻》所载王治本诗评语中，可以知道）。另外，当时日下部鸣鹤也在长野。通过这些情况，可知此作品是五峰在长野受了恩师大野诚的招待时咏的。

# 晚清外交官员在开港城市神户的诗文交流
## ——以水越耕南《翰墨因缘》为中心

蒋海波

【摘　要】　本文以汉诗人水越耕南（1849—1933）编辑的《翰墨因缘》（1884）为中心，钩沉和梳理了19世纪80年代日本神户乃至关西地区中日韩文人汉诗文交流的史实。以水越耕南为首，关西地区的日本士人以开港都市神户为舞台，积极地开展与中国、朝鲜文人之间的情真意切、程度高深的开放型诗文交流活动，不仅开辟了这座城市的文化新天地，而且为我们展现了当时东亚文人以汉诗文为纽带，在共享汉文学优美愉悦的同时，努力构建东亚世界独特的文化框架和思维体系的可能性。

【关键词】　水越耕南　廖锡恩　《翰墨因缘》　神户

在日本文学史上，明治、大正期的汉诗文相当隆盛。其中有两个特点比较明显，一是作者来自政界、财界、法律界、医学界、言论界等，职业分布相当广泛。二是相当多的作品在刊行于世时，会附有一些其他作者的点评。而中国和朝鲜文人的参与，更加丰富了这一文学交流活动的文化和政治意义。就关西地区而言，参与这一活动的包括清朝驻神户的外交官员，路过神户、大阪、京都等地的中、朝文人，定居神户、大阪的华商等。汉诗文对于日本人而言，不仅仅限于日常生活、社交，而且必然有将这一交流活动扩展到东亚的欲求。而对于中国人来说，与日本的交流，是进入近代以后一次范围大、时间持续长的文化撞击。在这一过程中，汉诗文不仅能消解中国人因直接接触异质的西方文化所带来的忧郁和紧张，而且还使中国人能在异域享受到汉文学优美的愉悦感，在近代东亚文化交流过程中起到了重要的作用。

　　神户汉诗人水越耕南（1849—1933）编辑的《翰墨因缘》收录了自1879年至1884年的6年间，与耕南有交流的25名中国人的诗文作品，于1884年12月15日刊行。近年，《翰墨因缘》不仅被作为当时的汉文体研究资料，在日本复印刊行，[1]而且也作为中日文化交流的重要史料，在中国影印出版。[2]《翰墨因缘》除了诗文以外，还大量地收录了中国文人的函简，这也是该诗文集与同时代其他汉诗文集最显著的不同之处。它们反映了通信双方交流的细节，具有特殊的史料价值。

　　收录在《翰墨因缘》中的作者，按其身份大致可分为两大类，一类是清朝驻神户大阪理事府（以下简称理事府）的理事（即领事）及其他外交官员，另一类是民间文人。外交官员分别是刘寿铿（第一任理事）、廖锡恩（第二任理事）、马建常（第三任理事）、黎汝谦（第四任理事）、吴广沛（随员）、张宗良（翻译）、郑文程（翻译）、黄超曾（随员）、冯昭炜（翻译）以及在东京的黄遵宪（公使馆参赞）、卢永铭（公使馆翻译），在横滨的陈允颐（横滨理事府理事），赴任途中逗留神户的徐寿朋（驻美国公使馆参赞）等。限于篇幅，本文只对外交官员与水越耕南的诗文交流作一些梳理和研究。

## 一、水越耕南生涯述略

（一）生涯

　　水越耕南，名成章，字裁之，号耕南，耕又作畊，又用笔名耕南吏隐（寒士、处士、散史、小农、堕农），别名味豆居士，室名花竹居士等，常用耕南、成章。播磨国姬路藩士。维新后赴东京，师从芳野金陵（1802—1878）、大沼枕山（1818—1891）等大家。归乡后，留居新兴开港城市神户，任神户裁判所判事补等职。1889年以后，以公证人为业，是活跃在神户的名士，以汉诗、古董鉴赏、书法闻名。

　　水越耕南幼时求学于姬路藩校好古堂，"以飞兔龙文之资，遂拔群

---

[1] 波多野太郎编：《中国文学语学资料集成》（第四篇），不二出版1989年版，第291—345页。

[2] 王宝平主编：《中日诗文交流集》，上海古籍出版社2004年版，第1—58页。

童之首。明治初年被选为藩费生赴京都，入中沼了三[1]之门，勤勉钻研。二十一岁赴东京，入芳野金陵塾，又就大沼枕山学诗文数年，极其蕴蓄"[2]。1874年前后，耕南任教于神户师范传习所，并编写了《读本熟字解》（1875）、《万国地志略字解》（1876）等参考书，供该所教学使用。1876年至1877年，耕南赴任神户裁判所的冈山出张所（即派出所），在这期间与当地文人诗文唱和，辑为《薇山摘葩》（1881）。1877年底至1885年，耕南返任神户裁判所判事补。这一期间是耕南汉诗文创作的旺盛期，除了创作以外，他还积极地参与了汉诗文集的编辑和刊行。这些诗文集的问世反映了包括中国文人在内的开放式的汉诗文交流网络在关西地区逐渐成熟。[3]而集中反映这些交流成果的就是《翰墨因缘》。

1889年4月10日，公证人制度正式实施。同年5月14日，日本全国有170多人被任命为公证人，[4]水越成章是日本首批公证人之一。公证人的主要业务是帮助个人或团体起草、制定具有法律效力的各种文书、申请书、契约书等，同时也办理民事诉讼的文件预审案件。1889年7月1日，水越成章正式挂牌营业。[5]自此以后，汉诗人水越耕南，同时也以公证人水越成章的身份活跃在神户的法曹界。1931年8月，耕南功成名就，正式引退。[6]1933年2月26日辞世，享年84岁。[7]

（二）著述

水越耕南的著述主要有汉诗文和法律两大种类，前者包括教科书、

---

[1] 中沼了三（1816—1896，号葵园）于明治元年（1868）在京都开设汉学所。1869年正月，了三曾任回銮京都的明治天皇侍讲，次月，随天皇赴东京。耕南随师赴东京，时年虚岁二十一。参见中沼郁、斋藤公子《もう一つの明治维新——中沼了三と隐岐骚动》，创风社1991年版，第55—57页。
[2] 山内青溪：《水越成章》，见《兵库县人物列传》，我观社1914年版，第479—480页。
[3] 柴田清继、蒋海波：《水越耕南の初期の作品とその汉诗文ネットワーク——〈开口新词〉と〈薇山摘葩〉をめぐって》，载《武库川国文》（73），2009年10月，第21—33页。
[4] 公证人联合会编：《公证制度百年史》，同会刊行1985年版，第31页。
[5]《神户又新日报》1889年6月30日（4）。
[6] 山崎敬义：《公证人水越成章氏送别记》，载《日本公证人协会杂志》第4号，1931年10月，第256—259页。
[7] 山崎敬义：《神户公证人会报》，载《日本公证人协会杂志》第7号，1933年5月，第179页。

自著诗集、编辑诗文集，后者包括法律解说、校阅他人著作。现仅罗列其自著诗集、编辑诗文集如下：

1. 自著诗集

（1）《开口新词》（鸠居堂，神户，1876年，8页）。用竹枝词形式咏唱开港城市神户的新生事物。竹末朗德题跋，菊池纯点评。诗16首。

（2）《薇山摘葩》（熊谷幸祐，神户，1881年，两册，共41页）。作为司法官吏借调冈山出张所期间（1876—1877年），是一部记录与当地师友游历的诗集，其特征是卷头册尾饰有众多中日友人的题字、题画、序、跋文等。诗47首。

（3）《游箕面山诗》（弘文堂，神户，1882年，12页）。除收录耕南本人绝句10首以外，还收录了伊势（现三重县）汉学者斋藤拙堂（1797—1865）《游箕面山遂入京记》和关西汉诗人18人咏唱箕面山的诗文。箕面山位于大阪北部，以枫叶著名，故取杜牧《山行》诗意，又名《红于集》。诗28首。

（4）《游赞小稿》（船井政太郎，神户，1883年，11页）。是一部游历赞岐地方（现香川县）的诗集。诗17首。

（5）《怀人绝句十二首》（出版地不明，1918年，11页）。描写了藤泽南岳、鸣泷凤冈、岩崎水哉、堀春潭、铃木东山、人见渐庵、土居香国、田边碧堂、矶野秋渚、木村于石、八木襄香等12名关西汉诗人的风采。

2. 编辑诗文集

（1）竹末朗德编，水越成章阅《清朝近世十七大家诗选》（大阪宝文轩、神户弘文堂刊，1881年，两册，共48页）。

（2）水越成章编，关德、马渡俊猷同校《唐宋诗话纂》（神户船井政太郎、大阪冈平助刊，1882年，41页）。

（3）水越成章编选《日本名家汉文作例》（宝文轩，大阪，1883年，两册，共115页）。

（4）水越成章编《翰墨因缘》（船井弘文堂，神户，1884年，两册，共100页）。

（5）水越成章评选、龟山云平增评《皇朝百家绝句》（本庄辅二、本庄千代平、滨本伊三郎，大阪，1885年，三册，共83页）。

　　另外，耕南还有大量诗作散见于当时的报纸杂志、诗文集中，数量庞大，留待详考。

　　（三）《翰墨因缘》概况

　　1884年12月15日，《翰墨因缘》由神户的书肆船井弘文堂（喜多觉藏、船井政太郎刊，名山馆藏版）刊行，上下卷，两册，线装，27公分，题字2页，序文5页，凡例2页，目录3页，正文上卷51页，下卷49页，跋1页。卷首有胜海舟（1823—1899）的"海内存知己，天涯若比邻。甲申初秋为耕南词兄之嘱，海舟散人"的题字。还有同乡长辈诗人龟山节宇（1822—1899，名云平）、朝鲜文人池运永的序，原口泰（1840？—1899，号南村）的跋。全书以作者为单位，作品按诗（诗作）、文（文章）、牍（函简）的形式依次排列。除了极少数诗文以外，基本上不标日期。这样不仅是不同的作者、作品之间，即使同一作者的诗文与函简之间的关联性也被隔离开了，这为诗文理解和鉴赏造成了不少障碍。加上没有刊载水越耕南本人的作品，诗文唱和的妙趣就减去了一大半。对诗文唱和，现在我们还可以从其他文献中寻找出一些耕南的相关作品进行分析，而对于函简，只能对耕南与发函者之间的交往，作一些推测性的解读。

　　（四）与神户理事府官员交流概述

　　自1878年神户理事府开设以来，至1894年7月甲午战争爆发，清朝驻神户理事府的历代理事（领事）及其在任期间如下所示：[1]

　　第一任　刘寿铿　1878年6月30日至1879年2月20日

　　第二任　廖锡恩　1879年2月21日至1882年5月3日

　　第三任　马建常　1882年5月4日至1882年10月11日

　　第四任　黎汝谦　1882年10月12日至1885年1月29日

　　第五任　徐承礼　1885年1月30日至1887年12月21日

　　第六任　蹇念咸　1887年12月22日至1891年4月9日

　　第七任　洪遹昌　1891年4月10日至1893年4月2日

---

[1] 中华会馆编：《落地生根——神户华侨与神阪中华会馆百年史》附《中国驻神户理事·领事一览》，香港社会科学出版社2003年版，第354—355页。

第八任　郑孝胥　1893年4月3日至1894年7月30日

在《翰墨因缘》刊行前的驻神户理事府的四任理事中，第一任刘寿铿任职8个月，第二任廖锡恩和第四任黎汝谦任职的时间分别约达三年，以上三人与耕南的唱和比较多，其中又以第二任理事廖锡恩最为突出。第三任理事马建常仅任职5个月，交流事迹比较少。以下是从《翰墨因缘》的诗文中整理出来的交流活动一览。

1879年（己卯，光绪五年，明治十二年）

4月，廖锡恩、吴瀚涛访问水越耕南宅邸，唱和。

5月，王韬访日，途经神户，逗留10日，与吴瀚涛等唱和。

1880年（庚辰，光绪六年，明治十三年）

4月，游摩耶山。

8月1日，夜游浪花桥。

1881年（辛巳，光绪七年，明治十四年）

10月7日，理事府举办中秋之宴，马渡汉阳、郑文程、水越耕南等参加。

10月31日，重阳登高会，宴于砂子冈去来亭，马渡汉阳、水越耕南等参加。

11月6日，徐寿朋、吴瀚涛经神户赴美国。

1882年（壬午，光绪八年，明治十五年）

1月12日，宴于马渡汉阳宅邸。水越耕南、松本、田中、野田等参加。

4月19日，于神田松云府邸举行赏樱大会。

4月23日，宴于布引山去来轩，送别廖锡恩，马渡汉阳、水越耕南、郑文程等参加。

4月26日，赴广严寺观楠公遗器。马渡汉阳、宇佐美正忠、水越耕南等参加。

4月29日，宴于常盘楼，送别廖锡恩，马渡汉阳、宇佐美正忠、水越耕南、廖锡恩、郑文程等参加。

1883年（癸未，光绪九年，明治十六年）

未确认活动内容。

1884年（甲申，光绪十年，明治十七年）

4月，黎汝谦游岚山，水越耕南有诗咏其事，黎作长诗和之。

5月31日，冈千仞赴华游历，水越耕南等饯行于神户。

## 二、与第二任理事廖锡恩的诗文交流

（一）诗笺咏梅

廖锡恩（1839—1887），字枢仙，号子日亭主人，又有罗浮醉香居士等笔名，广东省博罗县人。与水越耕南交流最多，仅诗作就达23首。1879年10月20日，廖锡恩应耕南之求，为《萍水相逢》撰序，回顾了与耕南的交往经纬（上卷第1页）：

> 水越耕南，播磨诗人也，尝入芳野金陵之门。余往在东京，识金陵老人，知其行端学正，岿然为东国汉学翘楚。故其门下，类多杰出士。只因职事所拘，每以不获遍交为憾。今春奉委来神，适耕南亦官神户判事补，遂得订交，一见如旧识。公余之暇，常相过从，见必出诗以质。然后知其贤而隐于下位，特借韵语以陶写其天和者也。一日，出《萍水相逢》稿本求弁。余阅之，乃赞岐椋园赤松渡所辑，片山冲堂、龟山节宇、藤泽南岳、与耕南及已近寓神阪诸作。颜曰《萍水相逢》卷，纪实也。

1879年阴历四月，就任不久的廖锡恩与随员吴广沛（1855—1919）一起访问了耕南宅邸。耕南作《春尽书怀》一首，廖锡恩次其韵如下（上卷第11页）：

> 己卯四月，偕同事吴瀚涛，访水越君子其家。值开诗会，作《春尽书怀》题，因次韵呈正。
>
> 柳暗花迷画欲暝，连镳访旧到书亭。频年作客头将白，入座同人眼倍青。幸得语言通秃笔，不嫌踪迹聚飘萍。三春归后身犹滞，冷雨凄风苦惯经。

同年岁末，耕南赠廖锡恩梅花一枝，并赋《梅花》一首。吟诗闻香之余，廖锡恩感慨不已，触发思乡情怀，复简一函，致谢耕南（上卷第3页）。惜《梅花》诗未见，期待日后发掘。

耕南仁兄大人阁下：

读梅花诗，动我乡思，复蒙春赠一枝伴瓷瓶而并至。当即养以清水，供置案头。睡起朦胧，瞥睹横斜疏影，时度暗香，恍疑身在罗浮山下梅花村也。谢谢。本日为贵国除夕，应少暇，元日再行恭贺。

光绪五年十一月十九日。子日亭主人廖锡恩。

（二）中秋邀月

翌年（1880）中秋前夜，神户理事署东文翻译官冯昭炜（字相如，广东省番禺人，1877年12月至1880年12月在任）致函水越耕南（下卷第14页），邀请耕南等人赴理事府出席中秋宴集：

耕南仁兄大人阁下：

明日是月明圆秋夜，日前在府时，曾约鹏万翁，邀阁下及尊夫人等于十五日下午四点钟后光临伊宅，共话知交。弟想届时鹏万翁，定恭候在家耳。如值公暇，乞践前约，是感不已。或有差支（贵国语）之处，恳为回示，借以转达鹏万翁也。专此并颂文祉。敬请秋安，希为心照，不备。

愚弟冯昭炜顿首。中秋前一日。如遇吉田先生，乞叱名问安，是荷。

吉田先生似指神户裁判所判事补吉田正义[1]，号芳阳，《薇山摘葩》有其题辞。郑文程时任神户理事府翻译官，字鹏万。"差支"为日文单词，意为不方便。"尊夫人"可能是笔误，当为"令尊大人"。当时的情

---

[1] 大崎清重编，山口安兵卫发行：《明治官员录》，1879年，第143页。

景是，耕南随其父水越丈访问清朝理事署，以水越丈的赠诗为发端，诗文唱酬，耕南及理事府的官员们相继唱和。这些诗作分别收录在《翰墨因缘》各作者名下，现辑录如次。

廖锡恩有《中秋节开宴僚友，适耕南仁兄访郑董鹏万至署，遂道入席。酒半呈诗，次韵奉答》五言一诗（上卷第12页）：

> 难得良朋聚，中东共唱酬。飘萍风半约，诗草日边收。北海尊开酒，南楼月赋秋。剧怜传舍隘，愈屋广寒游。

冯昭炜有《庚辰中秋与同寅赏月，适水越丈叟，偕少君耕南兄过访，赋诗见赠，步韵以答》（下卷第15页）一首，亦为当时的和诗：

> 尽是骚坛客，无缘可代酬。浊醪聊共酌，好句不胜收。浪说金吾夜，难同玉露秋。桂香如可折，拟作月宫游。

时任神户理事府的西文翻译官张宗良（字芝轩）有《中秋理署赏月，即席奉和耕南先生原韵，并呈郢正》（上卷第29页）一首，也应为当时所作：

> 异国逢佳节，伊谁共唱酬。筵开宾卒至，笺擘韵先收。露浥金茎冷，云磨玉镜秋。人间今夜景，士女乐邀游。

次年1881年中秋节（10月7日），廖锡恩函请耕南及其同僚判事补马渡汉阳（1851—？，本名俊猷）赏月（上卷第4—5页）。惜当夜阴雨，明月不现。适逢时任《神户新报》主笔的大江敬香与儿岛爱鹤[1]两人寻兴而至，故"爱命再整酒兵，同操诗律。虽天公不作美，亦可以三条刻

---

[1] 仓本栎山著，北村四郎兵卫发行的《栎山诗存》（1889年）卷之上有署名"戊子十二月中浣　襄邱居士儿岛规"的题诗五首。又据《神户又新日报》1886年9月7日（4）的汉诗栏"爱鹤仙史儿岛长规"的作品《有马杂吟八章》推测，姓儿岛，名长规，字或号爱鹤仙史、襄邱居士。

烛人事补之"（上卷第5—6页）。大江敬香的一首七律记录当时的情景[1]：

> 欲陪高士作清游，又上神山理署楼。盛宴客皆新好友，佳期夜是古中秋。鸥乡梦冷白芦渚，渔艇灯寒红蓼洲。重叠阴云无限恨，细听窗外雨纷稠。

廖锡恩在给耕南的书简中还附了五律一首，再和敬香，依然用去年中秋赏月诗的旧韵：

> 坐待蟾宫辟，悠然事旅酬。俗氛乘隙至，逸兴霎时收。雨打十分月，云霾一半秋。会当凡骨换，再拟广寒游。

（三）重阳登高

为弥补中秋未尽之兴，廖锡恩于重阳节（10月31日）发函（上卷第6页），邀请水越耕南、马渡汉阳等人赴"登高会"。"去来轩"是位于砂子冈山脚下的料理旅馆，[2]亦称布引山去来轩。

耕南仁兄大人足下：

> 本日是重九，敬邀足下与马渡诸君上砂子冈，作登高会，以补中秋夕未尽之兴。马渡氏日昨曾晤谈及此，今不另函。即恳足下拉之同来。我辈知己，不拘虚文，万勿推却。弟拟午后二时前往，游车来署，连辔就道固佳，即或先或后，亦无不可，惟随便乘兴可也。专此即候游安。

> 汉阳兄均此。弟廖锡恩顿首。九月九日。

---

[1] 该诗先在《邮便报知新闻》1881年10月22日（3）"文苑雅言"栏发表，诗题为《中秋无月，神户清理事署席上，与枢仙镜池砚池（清人）襄邱耕南同赋》。后又在《古今诗文详解》（第37集，1881年12月5日，第12—13页）发表，诗题基本相同，词句略有不同，本稿收录后者。
[2] 南丰芝莋舍《神户の花》（明辉社藏版，1897年）中《旅人宿舍所在名称（神户警察署部内）宇治川以东の分》一节，将该旅舍分类为"中等"。所在地是"茸合村千二百八十二番"。

　　咏唱当时盛况的诗有数首收录在《翰墨因缘》，均用去年中秋邀月时的"尤"韵。大江敬香也参与了这次盛会，他的七律《辛巳十月三十一日，同清领事廖枢仙，书记张芝轩、杨砚池，属员廖镜池、张百朋及西班牙公使馆驻扎清参赞官徐进斋诸君，游真砂子冈去来轩。寻水越耕南、马渡汉阳至，是日古重阳》，就是记录此次重阳登高盛会的：

　　　　新晴今日试吟游，砂子冈头同上楼。侑酒红儿皆妙选，当宴雅客尽名流。枫迎菊媚自闲境，溪默山眠又老秋。怜我萍踪随处改，明年犹续此欢不。[1]

　　大江敬香（1857—1916），名孝之，字敬香，号枫山，德岛县人，16岁赴东京庆应义塾学习；1877年，20岁时赴静冈县挂川，次年任《静冈新报》主笔，1880年赴冈山任《山阳新报》主笔，旋移居神户，任《神户新报》主笔。[2]尾联就是咏叹自己这种漂泊境遇的。

　　徐寿朋有七律《辛古重阳登高，奉和敬香大吟台，郢政》和之。但这首诗作是在时隔七年后才发表的，对当时的情景，提供这首诗的大江敬香在评语中回忆："当时余干理《神户新报》，在神户。此日与理事廖枢仙君等设登高会于砂子冈去来轩。偶徐君奉命经米国赴欧洲。路过神户，相伴以尽一夕之欢。回首匆匆已七年，殆不堪怀旧之情也。"徐诗如次：

　　　　天风猎猎满山楼，今夕何缘得共游。树木千章多远景，琵琶一曲送清秋。喜逢东国三高士，怕上西溟万里舟。嘉会难逢拼痛饮，归途还欲再勾留。[3]

　　徐寿朋（1840—1901），号进斋，进又作晋，浙江省绍兴府人，官至安徽按察使、太仆寺卿候补等。1898年至1901年，任清朝驻朝鲜公

[1]《古今诗文详解》第47集，1882年3月15日，第11—12页。
[2]大江武男：《先君行略》，见《敬香诗钞》卷首，1922年。
[3]《古今诗文详解》第225集，1887年2月25日，第19—20页。

使。[1]诗中"东国三高士"，就是指水越耕南、马渡汉阳、大江敬香三人。徐寿朋因随郑藻如（1827—1894）赴任美国，途中船泊神户，得以参会。在同一集《古今诗文详解》里，还刊登了敬香的和诗《去来轩席上奉赠徐先生》：

岁月易逝客难留，别酒几杯相献酬。鸿爪转教君惹恨，雪儿不解我多愁。危楼夜冷一帘月，落木风高千壑秋。此去无由期在会，可堪明日送行舟。[2]

对此，徐寿朋也留下了和诗《去来轩席上和韵》（上卷第29页）：

海外初为汗漫游，几人携手上山楼。黄花红叶饶风趣，名士佳人妙品流。是处岚光皆好景，重阳时节已深秋。明年此会知何地，踪迹还能记忆不。

徐寿朋与大江敬香，同是天涯漂泊人，一韵四咏，可谓知己。另外，徐寿朋事后又赋绝句一首《辛巳九月，余将赴亚美利驾，道出神户。廖枢翁以正值重阳，邀游登瀑影山[3]。同行者有水越耕南先生，情意甚殷，书此以赠》（上卷第29页），怀念此次盛游：

破浪欣乘一叶舟，天风吹过海东头。登高何幸逢名士，西去思君总未休。

（四）新春小集
1882年1月12日（阴历辛巳年十一月二十三日），廖锡恩与水越耕

---

[1] 出生地据《翰墨因缘》。在《清史稿》（卷446）本传里，作"直隶清苑人，本籍浙江绍兴"。见故宫博物院明清档案部、福建师范大学历史系合编《清季中外使领年表》，中华书局1985年版，第30页。
[2]《古今诗文详解》第25集，1887年2月25日，第21—22页。
[3] 瀑影山，谐布引（日语发音：nunobiki）山之音，位于神户中心部，以雌雄两条瀑布著名。

南同赴马渡汉阳宅第，出席酒宴。席间，耕南先唱一律，廖锡恩次韵《辛巳十一月二十三日，即阳历正月十二号，与耕南饮汉阳家。在座者有神户裁判署判事松本、检事田中，与铁道寮长野田。酒酣，耕南首唱一律，爱次韵，呈同座诸君，并乞耶正》（上卷第13页）。耕南诗的内容不详，廖锡恩诗尾联"鲰生俗溷诗假无，重九联吟到一阳"，说的就是去年重阳时节诗酒唱酬故事。

同年3月21日，在马渡汉阳宅第又举行了一次"小集"。参加的有廖锡恩（罗浮醉香居士）、黄超曾（金鳌钓徒）和耕南。当时的唱酬诗及点评刊登在《神户新报》3月29日和30日上，均为宴乐之唱，诗不录，仅录其诗题及点评者如次：

> 罗浮醉香居士《汉阳宅小集席上作》，点评者：汉阳、耕南。
>
> 金鳌钓徒小草《用廖枢翁韵，率成一绝，汉阳词兄正教》，点评者：汉阳、耕南。
>
> 耕南散史《读廖黄二公与汉翁唱和之作，即赓原韵，以促汉阳，再卜佳期》，点评者：矢野皆山、山口任斋。[1]
>
> 马渡汉阳《廖□黄三先生见访，轻酌闲吟，自觉俗骨顿医。欣喜之余，学瑶韵以呈。于时明治拾五年三月念一夕也》，点评者：廖枢仙、耕南。[2]

（五）樱花时节

在各项交流活动中，1882年4月19日，神户地方领袖神田兵右卫门在其府邸举行的中日人士参加的赏花大会是一次盛会。神田兵右卫门（1841—1921）出生于播州印南郡（今属姬路市），曾任第一任神户市会议长（1889）等公职，在神户创办了第一所近代学校明亲馆（1867），还参与兵库运河的开凿（1874—1876），设置神户商法会议所

---

[1] 山口任斋（名毅），在下田重复编辑的《天香遗稿》里，有1905年所作《贺山口任斋翁华甲寿》一诗，据此推测，山口出生于1845年前后。

[2] 均为七绝。"□"处难以判读，有点像"耕"或者"南"。

（1878）等。是留下了不少功绩的名士。号松云，善和歌。[1] 宇佐美正忠，备前（现冈山县）出生，任神户裁判所判事，号眉山（或媚山）。[2] 长谷川一彦（1846—？），时任第一银行神户支店的支配人。[3] 渡边正顺，不详。关于此次盛会，有以下的报道（出在家町位于神户市兵库区南端）：

> 兵库绅商神田兵右卫门氏于十九日在出在家町旧萨摩邸的别庄，举行了观花之宴，招待清国领事廖锡恩，副尹张宗良、黄超曾，通辨官杨锦庭及水越成章、宇佐美正忠、长谷川一彦、渡边正顺诸君，席上有唱和，又有令女弹琴，是近来少有之盛会。今得其唱和之作如左：
>
> 《席上奉诸老先生并正》 耕南吏隐
>
> 侑醉春风浅浅斟，香雪不动夕阳沉。主人待着高人句，盖与斯花试一吟。
>
> 《壬午四月随水越访神田君，留饮高斋，即席步水越韵，并呈主人晒正》 子日亭主人
>
> 鹦鹉杯传玉手斟，教侬怎禁醉沉沉。神山得遇贤宾主，不上骚坛也学吟。
>
> 《再续前韵》 子日亭主人
>
> 花开第一酒频斟，灯逼香云月色沉。广大自惭称教主，强将诗向会人吟。[4]

第二天的报纸上继续刊登了黄超曾的和作：

---

[1] 兵库县教育委员会编：《乡土百人の先觉者》，兵库县社会文化协会1967年版，第14—19页。
[2] 《箕山胜游诗文集人名录》，见林田炭翁编辑兼发行《箕山胜游诗文集》，蜗牛庐1929年版。
[3] 日本现今人名辞典发行所：《日本现今人名辞典》，同所发行1900年版，第58页。又，据该书记载，长谷川，号九华山人、蜗庵主人等。
[4] 《神户新报》1882年4月21日（4）。

《和水越词伯韵即乞哂削》 金鳌钓徒

量不胜蕉酒浅斟，呼灯院落夜沉沉。兰亭雅集风如昨，且对樱花一醉吟。

《再叠前韵》 吟梅

不辞花下浅深斟，烛影摇红玉漏沉。却笑惊人无好句，几回投笔空沉吟。[1]

黄超曾，字吟梅，号金鳌钓徒，以字行。江苏省苏州府崇明县人，时任驻神户理事府随员，[2]1884年4月卸任。编有《同文集》（1919），在这部经门人"删存其半，重刊饷世"[3]的诗集里，包括水越耕南在内，仅收录了日本汉诗人41人的诗作74首。

（六）惜别醉吟

在廖锡恩即将离任时，廖锡恩寄函水越耕南，约定于1882年4月23日下午3时在去来轩设宴话别（上卷第9—10页）。4月26日《神户新报》报道了这次离别之宴：

> 据悉，当港在留清国领事廖锡恩氏于廿三日，函邀文字旧交水越成章、马渡俊猷二君及清国人郑文程、并在领事馆张芝轩、黄吟梅、杨砚池、廖镜池、张百朋诸友赴布引山去来轩，召开了盛大的离别之宴。

黄超曾《壬午三月六日，枢仙廖刺史约游沙子山，置酒去来轩，并邀歌姬会饮。同席者马渡、水越两君，暨同僚四五人，醉酒赋诗，极欢而散，归而有作》和《再赋一律，戏调廖刺史》两首（上卷第47—48页），以及郑文程《廖枢翁瓜期在近，招饮去来轩，作诗志意，即希斧正》分别吟唱其事，其中郑文程的其一和其二分别用了耕南"旧韵"和

---

[1]《神户新报》1882年4月22日（4）。

[2]王宝平：《清末驻日外交使节名录》，见浙江大学日本文化研究所编《中日关系史论考》，中华书局2001年版，第243页。

[3]黄吟梅编、陈洙选编：《同文集》序文，艺文印书馆1970年影印版。

书简中语句，诗如次（上卷第33页）：

> 记得重阳菊绽黄，曾叨雅宴共飞觞。朦胧一觉还乡梦，又见樱
> 花卸晚妆。（用耕南旧韵）
> 其二
> 风吹红雨荡春潮，客醉斜阳酒易消。珍重公车行有日，千金一
> 刻是今宵。（用来书语）

廖锡恩于4月24日（上卷第10—11页），黄超曾于25日（上卷第41
页），分别寄函耕南，后悔前日饮酒过度。26日（壬午三月九日），耕南与
马渡汉阳、宇佐美眉山一起，携廖锡恩赴广严寺参观楠木正成（1294？—
1336）遗器，再宴。廖锡恩作诗八首。前七首诗题如次（上卷第14—
15页）：

> 《壬午三月九日，水越耕南，与马渡、宇佐美，邀游广严寺观楠
> 公遗器，感赋》《缠得一绝，而耕南诗成，即次韵续之》《马渡亦次
> 韵相答，再续赓之》《三叠前韵》《席间宇佐美吹箫赋似》《醉后有艺
> 者，捧扇请题，信笔挥之》《有老艺者，见而生羡，亦捧扇请题，胡诌
> 调之》

宇佐美眉山吹箫，耕南诗→锡恩次韵→汉阳次韵→锡恩又韵→锡恩
三叠。廖锡恩最后一首《赋别耕南友兄，即请吟正》回顾了三年来的交
往，极尽惜别之情（上卷第15页）：

> 论文讲艺岁经三，孔孟儒宗理窟探。别后同人劳梦寐，最难忘
> 处是耕南。

廖锡恩与耕南的交流事迹，最后见诸文字的应该是郑文程于4月29
日发出的函简和诗。函简是邀请耕南等人一起出席明日在常盘楼举行的
廖锡恩送别宴会。常盘楼位于神户市中心北部的诹访山麓，是大阪人前

田又吉（1830—1893）所开的料亭，又称常盘花坛。[1]郑文程所作《余与廖内翰枢仙、冯副理相如、水越先生耕南，诗酒流连，相交最契。感三君千之忘年降德，喜而有赠，乞赐和章》一首（上卷第32—33页），当为送别席上所咏：

吾儒砥砺重廉隅，风雨联床信岂渝。交到祢衡忘贵贱，谈偕尹敏乐宵旰。琴无知己音难奏，诗有同心兴不孤。独恨唱酬添我累，枯肠搜尽渐清癯。

## 三、与其他外交官员的诗文交流

### （一）第一任理事刘寿铿

刘寿铿，字小彭，福建省福州府闽县人。出任第一任神户理事府理事（神户正理事官）。有《读水越词兄〈叠和国东二律〉，即次原韵，并以质国东，粲正》一首（上卷第15页），日期署中历腊月，当为在任期间的1878年12月至1879年1月之间所作。

浑然无缝一天衣，绚采真如瑞凤威。风调高岑才并驾，渊源陶谢派同归。赏心赠答琅玕玉，出色裁成锦绣机。盥露得吟轩爽句，不夸寒瘦与秾肥。

水越耕南的原作发表在萍水吟社同人集《萍水相逢》上，题为《顷者判事国东君，见似近制一律。盖系君游西京与赤松教正唱和之什。词旨高远，当日之雅怀，可以想见也。乃赓原韵，以呈粲正》：[2]

凫川风月卸朝衣，抛却人间恩与威。野菊初开蛮响老，洲萍时

---

[1] 冈久壳三郎、福原潜次郎编：《神户古今の姿》，历史图书社1977年版，第103页。该书于1929年，由神户盛文馆出版。卷首题字是耕南手笔"神户古今乃姿　耕南八十一老人题"。

[2] 赤松渡编，船井政太郎发行：《萍水相逢》卷下，1880年，第29—30页。

动鸭群归。何唯廉洁推羊续，又有文章属陆机。盍寄高僧重促约，
新霜已落蟹方肥。

萍水吟社是神户的汉诗社，大约成立于1881年10月。[1]主要成
员是赤松渡（1840—1915，号椋园）、原口南村、仓本栎山（1842—
1897）、渥美桂厓、水越耕南、太田瞎夫、大江敬香、下田天香
（1841？—1916，名重复，字孟阳）、桃源、堀春潭（1853—1922，名
功，字百千，号春潭）等。"国东"是指时任兵库裁判所十五等出仕官
国东义路。[2]赤松教正似为真宗本愿寺派僧侣赤松连城（1841—1919）。
水越耕南的第二部诗集《薇山摘葩》出版于1881年2月，刘寿铿
题词两首诗，饰于卷首，题为《备读耕南先生所著薇山摘葩集，词句清
丽，格律浑融，非深于斯道者，不易臻此。爰缀杜句奉赠》，录其一：

时俗造次那得致，清词丽句必为邻。更觉良工心独苦，肌理细
腻骨肉匀。

刘寿铿还为水越耕南题赠"得闲多事外"五字，耕南为此题赋作
诗，纪念此事：[3]

清国理事官刘寿铿先生为余书"得闲多事外"五大字见赠。笔
气清逸，墨光瀟雅，亦见德风矣。爰揭之壁，钦仰之余，系为五小
诗，即用其字为韵，次第押之。
朝朝断狱来，未必无余力。嘲月骂花权，亦吾曾所得。
呼杯聊小憩，徐把旧诗删。只解个中趣，身忙心处闲。

[1]柴田清继、蒋海波：《水越耕南と〈萍水相逢〉——併せて萍水吟社について》，载《武库川女子大学纪要》（人文・社会科学）第57卷，2010年3月，第175—186页。
[2]根据村田诚治编《神户开港三十年史》上卷第一百三十三节《兵库裁判所の设立》（神户市开港三十年纪念会，1898年，第557页）附载的明治七年（1874）兵库裁判所的吏员名单。
[3]见《萍水相逢》卷下，第31—32页。

公平持此法，何敢有冤科。退食翻诗卷，春风满室多。

偶有故人来，灯前同一醉。清谈唯月花，无语及公事。

新柳绿毵毵，小梅香蔼蔼。坐来诗未成，春动疏帘外。

每首诗都后有龟山节宇作的点评，刘寿铿的后任廖锡恩也对这五首诗作了总评："五首清丽闲适，酷似宋人小诗"。这五首诗后又被分别收录在《明治诗文》（第30集，1879年6月，第10—11页）和《高山流水余韵》（1882），[1]应是耕南的自信作品之一。

（二）其他各任理事

1. 第三任理事马建常

马建常（1840—1939），字相伯，江苏省镇江府人，以字行。在神户的任期为1882年5月至10月，不满半年。《翰墨因缘》中只收录了他寄给水越耕南的一函（上卷第29—30页），相约会面，是反映马相伯与日本人交流的珍贵资料。马相伯著作集最近刊行，[2]未收此函。

耕南居士阁下：

簿书猥杂，过纵稍疏疏，比审休暇，端居修然。尘外诗酒之乐，日与俱长。昨汉阳君下顾，知其新被朝命，不日之官。爰饬庖人，薄治杯拌，一奏离亭风笛。约明日午后四点钟，奉攀高轩，并请拉吉田君同来。践此双鸡近局。谨泐奉速。即颂暑祺。

弟马建常顿首。

吟梅均此并云有学语之请。如有简明秘本手示之，真可谓同声相应矣。

2. 第四任理事黎汝谦

黎汝谦（1852—1909），字受生，贵阳府遵义县人。是清朝驻日本第

---

[1]《高山流水余韵》由竹末朗德（1865—？，号梧轩）编辑，各收录了古泽介堂（1847—1911）、水越耕南、关遂轩、马渡汉阳、关黄蕨（1854—1915）等人诗作7至16首。

[2] 朱维铮主编：《马相伯集》，复旦大学出版社1996年版。

二代及第四代公使黎庶昌（1837—1897）的堂侄。1884年4月21日至24日，黎汝谦赴京都旅行，有《甲申三月，游岚山归，耕南先生有诗纪事，书此报谢》五言三十二句诗（上卷第37—38页）。另有《题耕南先生诗刻四绝》四首，"诗刻"指《游赞小稿》。录其一首如次（上卷第35页）：

> 读罢新诗未易评，文章秀骨本天成。就中拈出惊人句，始信前贤畏后生。

### 3. 第五任理事徐承礼

关于水越耕南与徐承礼（1884年末至1888年初在任）之间的交流，缺乏相关资料。因徐赴任神户是在《翰墨因缘》出版（1884年12月）以后，所以他们之间的交流就只能查当时的报纸。而这一时期的《神户又新日报》缺号多，且印字模糊难辨之处亦多，无法窥见他们之间交流的全貌，仅在徐任满辞离之际，有一篇题为《旧清国理事徐承礼氏为赠别事，于布引山下富贵楼设宴招待内外人士，其时所作诗篇如次》报道留存：

> 余一行作吏，吟咏久疏。因瓜期已及，赟同人小饮于富贵楼。率成俚句，藉叙别怀。工拙非所记也，即请雅改　徐承礼
> 我本宦游人，神山寄此身。骞槎□万里，驹隙度三春。保障赟群力，交情□凤因。一樽离别意，□唱起征尘。
> 席间次韵徐公　水越成章
> 归帆将复隔西东，云树茫茫感不穷。此夜斜山怜旧雨，他年淞水□鸿风。梅含别意香先动，柳带新愁绿欲笼。三载甘棠栽得□，苍生应比古为公。[1]

如果徐承礼所述的"吟咏久疏"是实情的话，那么他们的诗文交往大概不会太频繁吧。对上述耕南的诗，随员厉荔青代徐承礼应酬，作和韵《余到东之日，即闻水越先生诗名，常以不得见为恨。值今吾乡徐公

---

[1]《神户又新日报》1888年1月17日（3）。

留别聚饮，始得相识。读先生赠徐公诗，益感服佩。谨步原韵，即以奉赠并乞吟坛削正》一首：

> 浪迹蓬瀛东复东，阮生失路叹徒穷。偶吟长莏新诗集，益仰□皇太古风。坐对离樽清酒满，赋成佳句碧纱笼。萍迹乍合旋相别，沧留茫茫忆杜公。[1]

### 4. 第六任理事蹇念咸

据高知诗人三浦一竿（1834—1899）编《江渔晚唱集》[2]的附录可知，蹇念咸号虚甫，贵州人，曾游历高知，与当地汉诗人交流。[3]1889年中秋，马屋原[4]裁判所长举行观月会，水越耕南作《己丑九月九日（阴历中秋）马屋原裁判所长驹林别墅观月宴席上，率赋一律以呈，并乞在座诸君和正》一首如次，驹林位于现在神户市长田区。

> 鲰生何幸得叨陪，佳节中秋宴正开。林树无声风乍动，山河有影月初来。今宵谁是梯云手，满座人皆折桂才。最羡贤侯清福厚，百年占此好楼台。[5]

蹇念咸和诗题为《敬和水越耕南中秋赏月原韵》，章伯和和诗题为《捧读耕南先生中秋赏月大作，清新雅洁，爱不忍释，是夕余以他事不及与同署诸君赴山楼饮宴，故无诗，然聆金玉之音朗，秋虫亦当助响，谨步韵，祈哂正》，蹇诗印刷破损颇多，不录。章诗如次：

> 独坐常呼影作陪，每逢明月笑颜开。不同列子乘风去，自有嫦

---

[1]《神户又新日报》1888年1月18日（3）。
[2] 三浦一竿编，三浦万里发行：《江渔晚唱集》，1909年。
[3] 中村忠佐：《胡铁梅札记——清末の一画家と土佐の诗人达》，见甲南女子大学国文学会编《甲南国文》第35号，1988年3月。
[4] 马屋原，可能是指马屋原二郎。见大崎清重编，山口安兵卫发行《明治官员录》，1879年，第141页。
[5]《神户又新日报》1889年9月11日（3）。

娥为我来。鞅掌域中抡杰士，太平天外乐凡才。蟾圆两度神山下，何处箫声弄玉台。[1]

据《江渔晚唱集》附录记载，章伯和，号寿彝，湖南人。该诗集录有他《秋夜招饮布引富贵楼》一首。[2]从上述和诗的尾联可知，他好像在神户两度中秋。

5. 第七和第八任理事

第七任理事洪遐昌（安徽祁门县人）于1893年初（光绪壬辰嘉平月）撰写的《创修中华会馆记》，凡753字，记述了神户和大阪地区的吴越闽粤侨商协力兴建神阪中华会馆的事迹，是研究神户大阪华侨早期历史的重要文献。文刻成碑，碑现在立于神户市内的关帝庙内，碑文留存在集，[3]供后人研习。

第八任理事郑孝胥（1860—1938）在任神户理事府理事期间（1893年4月—1894年7月），与包括水越耕南在内的关西文人的诗文交流，因内容丰富，拟另文详述。[4]

（三）其他外交官员

1. 吴广沛

神户理事府随员吴广沛（一名灏，字瀚涛，号琴溪钓子，安徽省徽州府泾县人），曾驻留美国。1901年至1903年，任清朝驻朝鲜汉城总领事。[5]后参与《清史稿》编纂。《翰墨因缘》中收录了包括王韬访日（1879年春）之际的唱和诗等共33首。其中《己卯暮春小集，水越君耕南草堂主人，出肴馔酤饮，乐甚。即席步原韵以赠之，醉后狂言，不足动方家一粲也》一首，反映他与水越耕南的交往（上卷第18页）：

客感春愁一洗空，但凭诗酒傲东风。疏帘听雨茶烟白，精舍传

---

[1]《神户又新日报》1889年9月17日（3）。
[2]三浦一竿编，三浦万里发行：《江渔晚唱集》，1909年，第70页。
[3]《落地生根——神户华侨与神阪中华会馆百年史》，第340—341页。
[4]柴田清继、蒋海波：《郑孝胥と神户、关西の文人たちとの文艺交流》，载《武库川国文》（74），2010年11月，第11—25页。
[5]《清季中外使领年表》，第79页。

杯剑气红。生幸逢时文字福，交虽异域性情通。茫茫尘海求名者，此乐应难我辈同。

之后，吴广沛因丁忧归国。1881年10月，再度出仕，11月初旬，在赴美途次滞留神户半日，与旧友耕南、马渡汉阳无缘再会，直赴横滨。从横滨寄函耕南、汉阳告别，15天后出发。[1]当时同行的徐寿朋任观察，吴任贰尹。在横滨，黄遵宪设宴送别两人。[2]船行16日到达洛杉矶，7日后到达华盛顿。1882年2月19日，吴致函耕南、汉阳，怀念在神户的交游，诉说在彼地"言文不通"之苦恼（上卷第27—28页）。5月6日之前，耕南收到此函。[3]

水越、马渡两诗人大雅足下：

二载遥别，幸复东行。自谓十日平原，定增佳话，乃简书见迫，一棹催程，浩浩离心，又随明月飞去。海天悼窅杳书，空徒唤奈何。想诘日两君过访，到门兴尽，当亦同斯恨也。抵横滨侨寓，旬有五日，星槎乃至。随节长征，渡太平洋，浑瀚万里，风波及天，倚楫东顾辄思两君不措。凡十六日抵金山，又七日抵华盛顿。使署而外，乡人绝少，贵邦人士亦不多见。出门一望皆碧瞳黄发之俦，正如李少卿所谓举目言笑，谁与为欢。回忆神山，寻诗觅访，联展湊川，此乐已如隔世，岂不怪哉。幸节署清闲，案牍稀少。一编静对，如睹故人。触怅纷来，偶成长律四什，另纸录就。斧藻小照二纸，分报琼投。风雨鸡鸣，出而晤对，当亦叹。眉间精悍，如见狂奴故态否。临楮不尽所怀，敬候道履，伏惟万福。

琴溪吴广沛，中历除夕缄于美都节署。

---

[1] 吴于1881年7月至10月，随道员马建忠赴印度，有《南行日记》，返回香港是10月15日。又，他赴美国之前在横滨向耕南、汉阳发函，其日期是"重阳后六日"（11月6日）。

[2]《徐晋斋观察寿朋吴翰涛贰尹广沛随使美洲道出日本。余饮之金寿楼翰涛即席有诗和韵以赠》，见陈铮编《黄遵宪全集》，中华书局2005年版，第104页。

[3] 此函分别登载在《神户新报》1882年5月6日，《古今诗文详解》（第58集，1882年7月5日），以及《翰墨因缘》（上卷，第27—28页）。只有《翰墨因缘》同时刊登了函简后所附的长律四首（上卷，第28—29页）。

2. 郑文程

郑文程，字鹏万，号莺石山房主人，广东省广州府香山县人，时任神户理事府翻译官。他于庚辰（1880）仲秋月，为《薇山摘葩》题诗两首（上卷第31页），其一曰：

薇山葩摘贮奚囊，命我标题墨数行。矢语敢云皇甫序，直言休笑接舆狂。花当秋老香原淡，水到渊深流自长。不与时流工獭祭，独张旗鼓继山阳。

1885年1月，郑文程卸任翻译官。1886年6月，发表了《读耕南先生手辑〈翰墨因缘〉集有感》一首：

淮南鸡犬尽成仙，凑港长留不系船。豪杰每逢加白眼，升沉何用问苍天。十年旧雨惟君在，九首新诗为我传。祗恐雪鸿湮爪痕，凭将翰墨记因缘。[1]

显然，这首诗是借称赞《翰墨因缘》之由，感叹自己的人生。颈联"十年旧雨惟君在，九首新诗为我传"，就是感叹虽然他在理事府开设之前，就与耕南已有十年之久的交往了，但留给世人的，却只有辑录在《翰墨因缘》中的九首诗而已。从颔联"豪杰每逢加白眼，升沉何用问苍天"来看，我们可以想象，他或许在官场经历了不平之遇。凑港，神户所称，以市内主要河流凑川得名。

3. 杨锦庭

据王宝平的研究，杨锦庭从1879年至1890年12月29日病殁为止，一直在神户理事府任日语口译者，其身份是"东通事"。[2]1882年2月14日任"学习东文翻译官"，1884年12月26日升任"东文翻译官"。通事与具有正式外交官身份的翻译官不同，是驻外机构口译在人手不足

[1]《神户又新日报》1886年6月18日（5）。
[2] 王宝平：《甲午战前中国驻日翻译官考》，载《日语学习与研究》2007年第5期。

时，临时雇佣的人员。关于杨锦庭的生平，现在只在大江敬香《赠清客杨锦庭》里有一点零星的资料，在诗的自注里，有"杨子来自本邦既十五年，能解邦语，又能话邦语。曾周游东西诸州"[1]一句，可知杨锦庭在明治以前已经赴日。诗曰：

> 淹滞皇州十五年，萍踪云隔故园天。岚山冲雨数停杖，墨水追晴几乏船。谈为语通情转密，欢随意达梦还牵。秋风昨夜吹梧叶，乡信应来自雁边。

二十多年来，杨锦庭旅居日本，通达日语，知晓日本风土人情。可以想象，他在明治前期神户的中日文化交流中，发挥了不可或缺的重要作用。

（四）东京公使馆的外交官

水越耕南与清朝驻东京公使馆等外交官的交流主要是通过书信往来而实现的，但也有一部分是直接交往，而且有些交往是在《翰墨因缘》刊行以后的。以下叙述的交流事迹主要依据各种诗文集和报刊的记载，并不局限于《翰墨因缘》。

1. 黄遵宪

水越耕南通过廖锡恩，向驻日公使馆参赞黄遵宪（1848—1905）索求墨宝。黄遵宪作诗一首《耕南先生因吾友枢仙，千里索书。余素不工书，求者多婉谢以自掩其拙，风闻耕南诗名不敢却。京阪山水梦寐以之，酷暑中赋此代简，书竟便觉习习风生矣》（上卷第16—17页）：

> 耕南仙史近如何，闻说园居水竹多。城市软尘红十丈，可能容我借吟窝。

2. 孙点

孙点，字君异，安徽来安县人。1888年1月2日至1891年5月26

---

[1]《邮便报知新闻》1880年9月4日（3）。

日，任公使馆随员，任期满后归国途中，被误报溺海。[1]《神户又新日报》1889年3月12日，刊登了孙点的《水越耕南来自神户，往还两见，情见乎词，口占两律，次和大作，并送其归》和《己丑一月廿又三夜，走送耕南道兄锦旋兵库，三叠前韵》三首诗，其背景缘于以下的交流故事。

己丑一月廿三日，即1889年2月22日，清朝驻日公使黎庶昌在红叶馆举办了亲睦会。首先由黎庶昌咏一律，韵险难和，参会者约60人中，和者甚寡，仅有孙点咏诗4首。散会后，孙点余兴未尽，又步原韵，吟诗20首。孙点将此时本人的诗24首及参会者评跋50篇集为《嘤鸣馆春风叠唱集》。[2]其文才为黎庶昌、伊藤博文等各家所称。水越耕南从神户奔赴盛会，会终后当夜返回神户。对孙点的诗，耕南的点评如次"叠韵二十四律愈出愈奇。其神妙之处，直如葛洪丹井汲用不尽矣。教弟水越成章耕南拜读"，[3]也收录在《嘤鸣馆春风叠唱集》中。

《神户又新日报》1889年6月12日，刊载了孙点《耕南仁兄，重来东都，两蒙见访，欢然道故，情见乎辞。今夜客寓造访倾谭，又有归期，能无惆怅，偶赋五古，□得八韵，诗未足言，聊以志□，高明正之，无任祷幸》一首，[4]大概是在上次赴东京之后不久，水越耕南再次赴京，造访孙点时所作。孙点的诗及耕南的点评如次[5]：

君自神山来，高轩辱枉顾。执手话别衷，深情托毫素。过门必入室，聚谈凡两度。于礼重往来，敢迟趋与步。逆旅敞重门，华灯照夜暮。从谭忘归软，交欢从此固。临岐重踟蹰，新诗可无赋。明发理归舟，黯然望云树。

水越耕南评：孙君才横溢，所谓笔力挥千里者，今如此作，座

[1] 王宝平：《试论清末中日诗文往来》，见《中日诗文交流集》前言，第8—10页。
[2] 王宝平：《嘤鸣馆春风叠唱集》解题，见《中日诗文交流集》，第8页。
[3]《嘤鸣馆春风叠唱集》，第19页，见《中日诗文交流集》，第396页。
[4] 字迹印刷不鲜明，难以判读的用□表示，以下相同。
[5] 据王宝平介绍，从孙点的《梦梅华馆海外唱酬录》稿本中可以了解到，他与包括耕南在内的日本诗人的交流状况。见王宝平《试论清末中日诗文往来》。

间咄嗟所成，而犹其措辞平易，叙情真挚，亦非凡才可企及也。

### 3. 黎庶昌

黎庶昌（号莼斋）是第二任（1882年2月中旬起约一年间）和第四任（1888年1月—1891年1月）公使（正使）。清朝外交官员与日本文人的诗文交流，从第一任公使何如璋任期时起就相当活跃，到黎庶昌任期时就更加隆盛了，逢春秋必有诗会。诗会上发表的作品多由随员孙点编辑刊行。水越耕南与黎庶昌的交流，除了上述1889年2月22日，耕南奔赴东京，参加黎庶昌主办的诗会以外，还有一次是在神户，这次交流的场所是神户西部的须磨海滨。《神户又新日报》1890年9月9日刊登了黎庶昌与耕南、郑文程的唱和诗。黎庶昌作一首题为《须磨海滨保养院得晤水越君，喜而有作，兼简奈良土屋弘》：

> 水越成章土屋弘，八年前已稔时名。江都英彦皆吾识，红叶诗编待子赓。神户山川兵库客，须磨云海奈良城。此行不数清游快，且喜文缘接两生。

土屋弘（1841—1926），号凤洲，时任奈良县师范校长。[1] 1887年1月曾受聘任兵库县师范学校教谕，寓居神户，有《神港杂诗》行世。[2] 须磨海滨保养院，建于1889年5月，楼阁八栋，耸立在翠松苍柏之间。[3] 黎庶昌诗首联说八年前就知道成章、土屋之名了，那就是黎庶昌最初赴日就任之际。黎有一首《席上口占，率呈水越耕南一粲》留赠耕南：

> 遽从保养须磨地，邂逅诗人水越章。一曲清歌红袖舞，海天风月意何长。

---

[1] 南摩纲纪：《土屋凤洲传》，见土屋弘《晚晴楼文钞二编》，益友社1901年。

[2]《神户又新日报》1887年11月23日（4）、11月26日（4），分别刊载6首、11首。后辑录在《晚晴楼诗钞二编》卷一（开发社1908年，第7—10页），共20首。

[3] 森贞雄：《须磨浦疗病院史》，载《历史と神户》第4卷第2号，1965年5月。

耕南次其韵，咏唱两首，分别题为《次韵奉呈黎星使》《又用前韵》：

> 海外大名推泰斗，杲然报国有文章。疏狂何幸陪宴末，始慰十年瞻仰长。
>
> 何料皇华到此乡，不妨花月入平章。留将村雨松风迹，一曲清歌引兴长。

原注有"此日侍妓三本松首奏村雨松风事一曲"，艺妓们歌唱的是须磨地区古老的传说物语，为一席助兴。上引黎庶昌诗颔联"红叶诗编待子赓"一句，还引出了以下一段交流。

在黎庶昌任期将满的庚寅重阳节（1890年10月22日），照例在红叶馆举行了诗会，作品均收录在由孙点编辑《庚寅谯集三编》的"登高集"中。在附录里，孙点说明道："会后水越耕南自神户寄诗。龟谷省轩为其友交稿。复有下条君投函，未便弃而不录，附录于后，以饷同好"。在神户的耕南虽然未能赴会，但也寄诗两首至友人龟谷省轩（1838—1913）处，[1]托其转交，以履与黎庶昌之约。其中一首《奉读黎星使重九日芝山雅会大作，爱次原韵以寄呈，兼送锦旋》[2]如次：

> 人事变迁沧与桑，不如同举菊花觞。久将威德留他域，应有声名动洛阳。白酒此时伤远别，青山何处托深藏。秋风犹作甘棠看，珍重东篱篱一段黄。

与第二首相应的黎庶昌原韵诗是《庚寅九月九日芝山红叶馆修登高约，兼为留别之会，赋呈二律，希诸大雅吟坛和政》：

---

[1]《神户新报》1882年4月19日（4）刊有龟谷省轩《奉赠水越耕南君》诗，至少从此时开始，两者就有交往。

[2]《庚寅谯集三编》第39页，见《中日诗文交流集》，第336页。又，耕南的诗还刊载在《神户又新日报》1890年11月12日。

晖晖夕照映扶桑，此日芝山又举觞。驻我乔持双使节，登高曾
赋六重阳。同文历劫终难废，与国论心实易臧。嘉会不常须尽醉，
劝君休负菊花黄。[1]

### 4. 陈允颐

陈允颐（1848或1849—1899），字养元，江苏省常州府武进县人，
时任横滨正理事官。陈允颐虽与耕南未曾谋面，但通过黄超曾的介绍，
结翰墨之交。《翰墨因缘》所载陈允颐诗《耕南司李，始介黄君吟楳，
以诗投赠，兼索拙作，碌碌久不报。顷复寄纸属书。为题一绝，不足
以答琼瑶之祝，聊塞盛意而已》（下卷第25—26页），反映的就是这段
交往。

海外思联翰墨缘，君居凑水我神川。愧无好句酬佳什，翘首云
天一惘然。

### 5. 蹇念恒

关于蹇念恒，资料甚少，从姓名推测，似为蹇念咸的兄弟。1889
年3月23日，黎庶昌在东京芝公园红叶馆举办了"己丑谦集"，蹇念恒
亦参加，有诗《黎莼斋姻丈招宴东都文士于红叶馆，念恒适来游东京，
犹陪末座，即席赋呈，兼乞诸公莞政。（遵义）蹇念恒（仲常）》一首
留存。据此可以判断，蹇念恒是黎庶昌的姻戚，适游东京，参加了这次
宴集。从孙点《遵义蹇茂才仲常自黔入都，纡道来游，适与斯会，有诗
见际，次韵奉赠，且送远行》诗题中可知，蹇念恒从贵州赴北京，转赴
东京，然后"远行"。蹇念恒《席散再次韵赋谢》原注中，有"予拟四
月归国，故云"之句，在为《嘤鸣馆春风叠唱集》写的序文末尾，又有
"光绪十五年四月立夏前二日，遵义蹇念恒仲常拜撰于日本神户理事公
署"一句，可知，1889年4月底5月初，他托念咸照应，在回国之前，
逗留神户。蹇念恒与耕南等人的唱和诗分别刊登在《神户又新日报》

---

[1]《庚寅谦集三编》，第1页，见《中日诗文交流集》，第317页。

1889年4月20日和5月5日，均为宴乐之唱，略之。

## 四、与朝鲜文人的交流

（一）池运永

《翰墨因缘》还有一个令人瞩目的特别之处，就是在卷首收录了朝鲜人池运永手书的序文。在日本人编集的中国人诗文集中，由朝鲜文人作序文，这本身就是一项联接东亚文人的交流盛事，值得圈点之处甚多，全文如次：

> 古人爱山乎斯石奇一拳之取也，爱花乎斯草菜野芳之取也，爱水乎斯岩罅之涓滴沟渠之清浅皆可取也。苟非水火之相反而似类以相感属，则得于大者未必遗于小也。信于远者亦未必绌于近也。此我友耕南先生之所以有及于翰墨者欤。余自航之东也，得与耕南为忘形交，以诗唱和者雅焉。一日访其花红竹翠小寓于神湾之西，乃出其所辑书示之，曰《翰墨因缘》，而要余序之。余序：耕南非翰墨人也，文章人也。非文章人也，政事人也。非政事人也，四海人也。方寸乎见大宪远，经纬乎有为之际，策略乎云扰之秋，将奚暇以区区翰墨为哉。然其所交游者尽海内英俊之士，或迩或遐，笺简翩翩，盖其政事文章之气味，溢出于问讯应酬者，多隐乎中，而一斑之豹，成珠之螳，有堪惜乎泯湮者存焉。此其所以辑之而梓之之意欤。凡读此书者将止于翰墨乎，亦将因缘而溯之于上乎。苟止于翰墨之归者，是知不知渊明之爱菊，茂叔之爱莲，由之于野芳之幽香也。不知太史公之名山大川，由之于小石细流之可爱也。又恶知耕南子之四海之志，由之于惜此寸楮片札而为之编之哉。虽以余之不敏，得依乎因缘而知其趣者，不出于此也，而况风雅人之有取于翰墨者乎。
>
> 四百九十三年甲申之季秋下澣，韩国愚弟雪篷池运永拜序（印：雪篷，池运永印）

池运永（1852—1935），晚年名云英，号雪篷、白莲居士等，忠清北道出生。1882年9月至1883年1月，以朴泳孝（1861—1939）为修信使，金玉均（1851—1894）为顾问的日本访问团赴日之际，池运永随团赴日，并于1882年11月至1883年1月，在神户师事摄影师平村德兵卫（1850—1894）[1]学习摄影技术。1884年春，在汉城团成社一带开设了摄影局（照相馆），为高宗拍摄肖像照，取得高宗信赖。同年12月，摄影局在甲申政变中遭破坏。[2]1886年2月，池运永以统理军国事务衙门主事身份赴日，奉命暗杀流亡日本的开化派志士金玉均。同年6月，在横滨，受金玉均告发被日本警察逮捕，遣送回国。[3]在国内入狱、流刑。1889年出狱后，改名为同音的"云英"，过着隐遁生活，专研儒学、佛学、书画，以山水画家驰名。有《池运永上疏》（1895年，写本）留存。[4]

1885年5月，池运永刊行了《香秋山馆集》。在水越耕南的前辈龟山节宇所作的序文中，叙述了水越耕南与池运永的交友经纬：

朝鲜国雪篷池先生，来寓于我神户港，与吾友水越耕南和识。一日，慨然赋长歌行一篇以赠耕南。耕南素嗜诗，一读呼快，且感其厚谊。云遥闻之，而未观其篇，然既想像其高节有为之君子也。顷者，先生以云之不逮，使耕南邮寄其所亲刷香秋山馆集一册且征序。盖溯自今兹甲申以至甲戌，凡十余年间所得之什也。云虽未接丰仪，然已钦英风，纵无此征，固将呈詹詹之一语，况知己之遇至此乎。乃先咏长歌行一篇，笔力雄健，神彩焕发，果如曩所想像焉。次及其余，或述国中之事，或述海外之情，而怡神于风月，寓感于古今。言出肺腑，无复虚设，能不失古人言志之旨。且至其咏大舜颜子，则不堕前人旧套，大觉俗儒之迷梦，非老于世故通于人情者，则不能说至此

[1] 东京都写真美术馆监修：《日本の写真家——近代写真史を彩った人と传记·作品目录》，日外アソシェーツ株式会社2005年版，第344页。
[2] 尹达世：《朝鲜人最初の写真技师——池运永と神户の写真馆》，见兵库朝鲜关系研究会编：《近代朝鲜と兵库》，明石书店2003年版，第21—25页。
[3] 琴秉洞：《增补新版·金玉均と日本——その滞日の轨迹》，绿荫书房2001年版，第231—274页。
[4] 国会图书馆司书局参考书志课编辑：《韩国古书综合目录》，大韩民国国会图书馆1968年版，第1306页。

也。顾此册虽出于先生笔砚之绪余，然其心志之见于言辞者，既已如此，不日更有经世之论济时之策严然诸大文字出，则其益于世用，非复声律排偶之比所及也。云趋足而待之，虽然，先生之所以为先生者，亦不独在笔砚文字之间也。特摅所怀，以赘于卷首。

这篇序文刊登在《古今诗文详解》（第161集，1885年5月15日，第9—12页）中，《神户又新日报》1886年6月24日又转载刊登。另外耕南有《题香秋馆诗卷》一首如下：

> 海外长为客，雄心抚未磨。清时才量少，伤事感偏多。杜老花前泪，苏公月下赋。百年知有遇，安用同蹉跎。[1]

惜未见《香秋山馆集》，难以详论，但是，可以在这里感受到，日韩诗人间志趣的共鸣。

另外，黎汝谦于神户在任时的甲申（1884）七月，为池运永《香秋山馆诗稿》作序。据此可以推测，池运永通过水越耕南的仲介，与黎汝谦相识，求其作序。这是在以神户为舞台的文化交流活动中一项值得记录的事例。

（二）金玉均

朝鲜开化派志士金玉均（1851—1894）也是水越耕南的友人。流寓日本的浙江文人陈雨农的一篇《题扇一则》叙述了其交友经纬。

> 古人结契深，赠缟投纻，虽零星碎物，皆足以表他年记念之情。兹箑乃三韩金玉均居士所贻吾友水越氏者。嗟乎，箑之为物，曲伸自如，正士生斯世用，行舍藏之则也。金君此赠，其殆有深意乎。吾故愿耕南其宝诸。[2]

对此，水越耕南在同一版面上，加了以下的说明：

---

[1]《神户又新日报》1886年9月10日（4）。
[2]《神户又新日报》1886年7月29日（4）。

此扇系金君寓诹访山时，即客岁七月十四日所赠，而此文以二十一日成。此文此扇，实为双璧，于予赵宝不啻。丙戌七月十六日，水越耕南识。

凝聚在这把扇子里的故事是这样的：1885年7月14日，流亡日本的金玉均来到了神户。水越耕南访其寓所，金玉均赠扇。同21日，陈雨农在扇面上题写一文，记念此事。耕南珍藏此扇，并于次年（1886）7月16日，添写了说明书，投寄报社，7月29日登载。此时此刻，既是池运永被日本警察驱逐出境之时，也是金玉均被流放到小笠原岛的前夕。本来，池运永与金玉均是熟人，两者之间也不一定有主义或思想上的对立。[1]由于政治的翻覆，两者竟然刀剑相见，实在是命运的恶作剧。在遥远的神户，耕南披露了这把扇子的故事，作为友人，为他们的命运感叹。

金玉均后来在札幌、东京等地辗转流亡，也曾几次赴关西。1894年3月28日，在上海苏州河畔东和洋行的客舍里，金玉均倒在了暗杀者的凶弹之下，成为甲午战争爆发的导火线之一。东亚文人们用笔墨培育起来的因缘，被日本军国主义投向东亚大地的炮火轰得灰飞烟灭。

## 五、结语

关于明治前期汉诗文兴盛的现象，已经有研究者指出其原因，那就是日本各地有许多诗社和大家的出现；在东京，日本汉诗人因有机会与清国公使馆员唱和，受到刺激；以及维新以来言论自由的社会环境等。[2]除此之外，或许还有一些更深层的因素。

1880年7月，朝鲜修信使金弘集（1842—1896）率团赴日，就日本驻朝鲜公使馆的开设等外交事宜与日本当局谈判。在日期间，金弘集与清朝驻日公使何如璋、参赞黄遵宪多次会面，就朝鲜所面临的国际形势、开国等问题交换意见。7月下旬，黄遵宪遵照何如璋的指示，完成《朝鲜策略》。其核心就是建议朝鲜亲中国、结日本、联美国，以图自

---

[1] 刊登在《朝野新闻》1886年7月4日至13日的池、金两者的往来书简和有关文件，反映了此事的一部分经过。详细参照前揭琴秉洞著作。

[2] 陈捷：《明治前期日中学术交流の研究》，汲古书院2003年版，第116—119页。

强。[1] 在与朝鲜修信使宴集时，黄遵宪作了下面这首四言长句。[2]

> 满堂宾客，三国之产，更无一人，红髯碧眼。笔墨云飞，笙歌
> 雨沸，皆我亚洲，自为风气。人生难得，对酒当歌，今我不乐，复
> 当如何。纵横战国，此乐难得，奚怪有人，闭关谢客。

19世纪80年代，东亚三国均面临着如何在完成开国的同时，摆脱
西方列强不平等条约桎梏这一艰难的课题。在与西方列强修订条约过程
中，日本的一系列努力，对身在日本有亲身体验的中国外交官员来说，
是有启发的。何如璋、黄遵宪对朝鲜的建议，实际上也可以看作是对清
朝当局的一种旁敲侧击的建议。东亚三国如果都能够锐意革新内政、亲
密联结、互相提携，或许能避开甲午战争的悲剧了。而联结东亚三国的
一项重要媒介，就是黄遵宪所说的"笔墨云飞，笙歌雨沸，皆我亚洲，
自为风气"。以汉字为纽带的笔墨交流，构成东亚世界独特的文化框架
和思维体系，尤其是浸透在汉诗文化中的愉悦，是"此乐难得"的文化
基因。这也许才是当时东亚三国的外交官员和文人如此热心地进行诗文
交流的深层动机吧。

新兴的开港城市神户有其独特的有利因素，这就是以华商为主体
的华侨社会的出现和形成。其中不少华商对传统文化的理解和驾驭的程
度都比较成熟，可以通过诗文这一手段，与日本的文人直接进行交流。
1868年，神户开港后，中国商人开始移居神户。1871年9月，中日两国
签订了《日清修好条规》，规定在开港都市互相承认对方人民的居留权，
并互设领事，实施对本国商民的领事裁判权。1878年11月，继东京、横
滨之后，神户也开设了清朝理事府（领事馆）。到1893年，居留在兵库
县（主要在神户）的中国人发展到1004人[3]，逐渐形成了自己的共同体，
同时与当地社会也有一定的交流。开港后的神户，随着国际贸易的发展，

---

[1] 张伟雄：《文人外交官の明治日本》，柏书房1999年版，第148—156页。
[2] 《邮便报知新闻》1880年9月18日（3）。
[3] 安井三吉：《近代日中関系と兵库县在留中国人》，载神户大学社会学研究会编
　　《社会学杂志》第7号，第90页。

对外交涉也越来越重要，这也为具备汉诗文素养的日本文人提供了新的活动舞台。在关西地区，不仅是水越耕南，本文中所提到的许多文人，本来就具备了良好的汉学素养，他们在神户以汉诗文为媒介，进行了开放型的汉诗文艺创作活动，开辟了这座新兴开港城市的文化新天地。

【作者简介】日本神户孙文纪念馆主任研究员。

# 编 后 记

近几年来，晚清民国以降的诗词受到学术界越来越多的关注，无论在史料整理出版，还是文本研究方面，都出现了新的进展。相关课题设置、学术研讨与交流活动，推动着现当代诗词学理性研究的不断丰富与深化。《中华诗词研究》丛刊推出以来，连续而集中地呈现了一批有相当学术分量的研究成果。

本辑收录的16篇论文，主要采自《第二届中华诗词古今演变学术研讨会论文集》（2017年10月28至29日由中华诗词研究院、复旦大学中文系在上海联合主办），同时也适当从中华诗词研究院与复旦大学中文学科于2018年参与主持的学术活动中，挑选了几篇新出炉的"成果"，汇集在一起，并基本上按第一辑所设栏目来分类编排。

"诗学建构"栏所收资深学者李修生教授《元白先生说诗》与学界新锐宋湘绮副教授《当代诗词审美学研究纲要》二文，分别从个案与整体上就当代诗学建构提出了新的见解；而黄仁生教授的《两种〈近代诗钞〉的比较研究》，则在论述陈衍、钱钟联所编同名总集各有优点与局限性的基础上，进一步阐明二书不仅曾为保存一代之诗、建构近代诗学作出过积极贡献，而且可为当下拓展近代诗学、加强民国诗歌研究提供借鉴。

"诗史扫描"栏仍是全辑的重心，不仅以九篇之数雄视诸栏，而且作者是由年富力强的陈友康教授、耿传友教授、周兴陆教授、姚蓉教授引领的一支由硕士生、博士生、博士后组成的生力军，形成朝气蓬勃、思维活跃的阵营，论文大多集矢于晚清民国时期的旧诗与新诗，甚或径直检测当代新诗所含古典诗词的基因，或扫描一种诗歌意象由古至今的演变轨迹与特征，合九文而观之，最典型地体现了本丛刊"立足当代，贯通古今，融合新旧"的取向与特色。

查洪德教授与王树林教授合撰的《诗有可解有不可解》本属于一篇颇有深度的"诗学建构"论文，但因其曾以此向研究生传道、授业、解惑，故仍循常例而归入"诗教纵横"栏；黄坤尧教授《城市的想象：香港诗词的审美与创新》一文，论述近代至当代作者书写香港变迁的诗词特点，但主要以"全港诗词创作比赛"和"全港学界律诗创作比赛"中的获奖作品来探讨其审美想象及创新思维，且两大比赛中皆有学生参与，故亦归入"诗教纵横"栏。

最后一栏因为所载柴田清继教授《王治本在日本越后、佐渡地区的足迹与诗文交流》、蒋海波研究员《晚清外交官员在开港城市神户的诗文交流》二文，皆主要从个案或群体的角度来探讨中国人居留日本期间的汉诗文交流，交流的对象除了日本人，还有朝鲜人，故而将"域外汉诗"更名为"中外交流"。且前三辑"域外汉诗"栏仅各收一篇论文，今年特意增加篇幅，藉以加强中华诗词与周边国家的汉诗交流研究，从而弥补以往所谓"兼顾中外"取向与特色方面的不足。

本辑从采选稿件到编校审订，仍然都是在中华诗词研究院常务副院长杨志新先生与复旦大学中国语言文学研究所所长黄霖先生的指导下进行的。受其委托，黄仁生教授继续承担了本辑的主要编务工作。中华诗词研究院学术部副主任莫真宝博士视本丛刊的编辑工作为分内职责，因而从筛选稿件到审订内容、统一体例诸方面皆尽心用力；黄霖教授与杨志新先生就清样的最终审订还分别发表了看法，并且达成共识；复旦大学中国古代文学研究中心硕士研究生李舒宽在本辑编辑过程中做过一些辅助工作，包括研读文本、归置栏目、统一体例、核对引文，甚至为日本学者柴田清继先生的论文润饰文字，使之符合中文习惯，曾付出辛勤劳动。

编　者

谨识于戊戌立冬

**图书在版编目（CIP）数据**

中华诗词研究.第四辑／中华诗词研究院，复旦大
学中文系编.—上海：东方出版中心，2018.11
ISBN 978-7-5473-1370-1

Ⅰ.①中… Ⅱ.①中… ②复… Ⅲ.①诗词研究－中
国 Ⅳ.①I207.2

中国版本图书馆CIP数据核字（2018）第260232号


责任编辑：刘玉伟
封面设计：一步设计

中华诗词研究 · 第四辑

出版发行：东方出版中心
地　　址：上海市仙霞路345号
电　　话：（021）62417400
邮政编码：200336
经　　销：全国新华书店
印　　刷：上海万卷印刷股份有限公司
开　　本：720 mm × 1000 mm　1/16
字　　数：311千字
印　　张：21.25
插　　页：2
版　　次：2018年11月第1版第1次印刷
ISBN 978-7-5473-1370-1
定　　价：58.00元